Mata-Hari

Jean-René Pallas

Mata-Hari

ROMAN

Albin Michel

© Éditions Albin Michel, S.A., 1983
22, rue Huyghens, 75014 Paris

ISBN 2-226-01781-X

Prologue

Il est cinq heures quarante, ce 15 octobre 1917. Une brume légère, brume du matin, brume vague et mouvante, flotte encore sur Vincennes et sur le bois, sur le château, au-dessus des fossés. Dans le silence que rompent seulement, très loin, les pas des chevaux sur la route pavée de la Cartoucherie, un oiseau sur un arbre mouillé se met soudain à chanter.

— Courage, petite sœur...

La femme en noir qu'on conduit en cortège jusqu'à son dernier rendez-vous rassure sa compagne, la religieuse en cornette, toute pâle, qui lui tient la main.

— Courage, petite sœur.

Courage : la vie sera très claire et très simple. Il y aura encore quelques minutes à fouler l'herbe humide, quelques mots murmurés à mi-voix, honteusement — et le visage fermé de ces hommes qui vont assassiner une femme — puis un coup de tonnerre, une salve, un adieu, et ce sera fini. Ensuite, nous pourrons rêver à jamais.

— Je vous laisse là, petite sœur. Maintenant, je continue toute seule...

Sœur Agnès serre plus fort, plus fort encore la main de cette femme très belle et qui va mourir.

— Je voudrais tant...

— Chut, petite sœur... Je m'en vais...

Cinq heures quarante-quatre : elle veut être seule, soudain, la femme qui va mourir. Et les regards de ces brutes moustachues, blêmes de ce qu'ils vont faire, les tueurs, leurs

7

complices et tous ceux qui sont derrière, qui se taisent ou qui tremblent — les hommes qui ont vécu d'elle — : tout cela est très loin. Elle entend seulement une musique. Presque rien d'abord : un petit chant, quelques rythmes connus, trop connus, si connus qu'elle en a les larmes aux yeux.

— Il ne faut pas qu'ils puissent croire que je pleure...

Alors, elle ravale ses larmes. Elle a ce geste de la main pour ramener en arrière ses cheveux. La musique devient plus présente, langoureuse et émue : tous les souvenirs qui lui·refluent aux tempes.

— Vadime...

Elle a prononcé un nom.

A deux mille kilomètres de là, dans la grande plaine russe, la moisson qu'on n'a pas faite, miraculeusement conservée jusqu'en ce début d'automne — le temps est alors à d'autres moissons... —, ondule doucement sous le vent. Là, le soleil est haut, déjà, et celui dont elle a dit le nom marche aussi vers son destin.

— Je suis venu vers toi, camarade...

Il a, lui aussi, parlé à voix haute. Mais à quel camarade, quelle camarde s'adresse-t-il ainsi, sinon à celle qui l'attend de toute éternité : la plaine est si blonde, et le ciel si bleu ! Et l'uniforme du lieutenant Vadime Ivanovitch Maznoffe d'un blanc si éclatant qu'elle ne saura pas ne pas le voir, la camarde ! Déjà, le fusil d'un partisan le suit, qui s'avance à si grands pas dans les blés.

Et là aussi, un oiseau chante. C'est une alouette, montée tout droit, très droit, très haut dans le ciel : épinglée sur le ciel, elle appelle, appelle à perdre haleine — et Vadime Ivanovitch Maznoffe, l'amant, le seul amour de Mata-Hari, a levé les yeux vers elle. Un éblouissement...

Piqué comme une dernière rose dans un buisson mouillé, l'oiseau de Vincennes — un merle — chante encore. Et c'est son chant qui, en ces derniers instants de Mata-Hari, se

mêle à sa musique. Un jour, Astruc avait dit : « Tu es folle !
C'est une valse ! » Comme si une prêtresse barbare pouvait
danser sur un air de valse. Mais Mata-Hari avait souri : « Et
si j'aime la valse, moi ? » Cette musique indienne à trois
temps, insolite, que lui jouait Radji et que Messager jadis,
dans un grand coup d'amour, avait inventée pour elle.

Le greffier Thibault s'est approché. Il porte une vareuse
bleue et son képi rouge est légèrement cabossé, son panta-
lon froissé : on dirait qu'il s'est battu. Mata-Hari le remarque et, brusquement, elle se dit que de cela aussi, elle doit
profiter, comme de l'oiseau, comme de l'odeur de l'herbe et
comme de ce gros nuage qui paraît sur le point de crever au-
dessus du château ; elle doit le dévorer, et des yeux, et du
cœur, et de la mémoire : tout ce qu'on lui laisse de temps,
c'est trois minutes, c'est deux minutes. Ah ! respirer...

— Par arrêt du troisième Conseil de guerre, la femme
Zelle a été condamnée à mort pour espionnage.

Le greffier Thibault s'est raclé la gorge.

Zelle, Margarethe Zelle, c'est elle : on a prononcé une
dernière fois son nom de petite fille. Elle a envie de pleurer.

Vadime écarte maintenant d'une baguette de coudrier les
blés trop lourds qui semblent se refermer sur lui. Il respire
l'odeur de la terre, l'odeur des graines, celle des bouleaux
qui font au bout du champ, autour de cette maison qui avait
si heureusement été la sienne, une belle ceinture d'un vert
pâle.

— Tu le connais ?

Le partisan, un doigt sur la détente, a interrogé son
compagnon.

— Un officier du camp, probablement...

— A cette heure, venir ici tout seul... ? Il est fou !

Vadime sourit : avec quelle délectation il les trahira tous,
ses camarades du camp de Plessei qui croient tenir le destin
du monde au bout de leurs cravaches d'officiers de cavalerie, plus raides encore que leurs pères dans leurs uniformes
si blancs, puisqu'ils imaginent que c'est la seule façon de se
montrer à la hauteur de leur tâche de défenseurs de la

Sainte Russie contre les ennemis du dehors et ceux du dedans ! Il sourit et ralentit le pas : le matin est jeune, encore.

Plus que deux minutes, pourtant. Au pas de gymnastique, le peloton de douze chasseurs à pied est venu se ranger face à la condamnée. Son sabre au côté qui lui bat les mollets, l'adjudant désigné pour commander le feu attend. Devant la jeune femme qui va mourir, un pasteur s'affaire : que tenter encore de lui dire, à elle qui n'est déjà plus là ? Il parle, pourtant, il chuchote, il exhorte : elle ne le regarde pas. Les yeux grands ouverts, une manière de sourire aux lèvres, elle sait que ce ne sont pas des mots qui pourront lui apporter les dernières secondes de joie qu'elle espère encore en ce monde. En face d'elle, d'ailleurs, on s'impatiente : plus qu'une seule minute. A-t-on bientôt fini de la préparer à mourir ? Le pasteur baisse les bras, il en a terminé. Au gendarme qui veut l'attacher au poteau, puis lui bander les yeux, elle fait signe que non, tout cela ne sert plus à rien. Elle les regardera jusqu'à la fin sans les voir, ces soldats qui vont la tuer, qui sont des enfants et qui auraient pu l'aimer.

— En joue !
L'oiseau sur son buisson chante, il chante éperdument, et la brume enfin se lève : d'un coup, comme un beau voile qu'on tire.

L'alouette monte, monte plus haut : là-bas, le soleil brille et les blés, doucement, ploient. Le vent s'est apaisé. On n'entend que ce chant, quand l'officier à l'habit blanc fait trois pas encore, deux.

— Je le tire ? interroge le partisan.
Son souffle est plus rapide : il n'a encore jamais tué un homme. Et son compagnon, qui sent la sueur perler à son front — il a seize ans et une petite amie que les militaires ont violée la veille dans un bois —, remue à peine les lèvres.

— Vas-y...

10

— Feu !

Douze coups ont retenti en une seule salve, sèche, ramassée. Douze coups qui n'en font qu'un, et une grande étoile rouge au côté de cette femme, la plus belle femme de Paris. Elle a glissé sur les genoux : c'est fini, l'oiseau s'est tu. Il n'y a plus sur Vincennes, sur le bois et la prairie, sur la butte sinistre et le carré des troupes qui viennent d'assassiner sur ordre, que le silence. Chacun retient son souffle : on pense à ces finales d'opéra, soudain si pathétiques dans le silence qui les suit que nul n'ose applaudir le premier. Ici, c'est la même attente, que viendra brusquement rompre un seul coup de feu, le dernier, le coup de grâce : la tête de la jeune femme, notre tant aimée, a rebondi, sur l'herbe, éclatée.

Tandis que, dans les blés si jaunes et si lourds, le corps de l'officier est tombé comme une grande figure blanche écartelée : au cœur, la même flaque rouge. Le garçon, presque enfant, qui l'a tué hésite encore à se lever : ainsi, c'est cela, tuer un homme ? L'alouette, épinglée sur le ciel, n'est plus qu'un point, imperceptible : aux lèvres de Vadime Ivanovitch Maznoffe, il y a une goutte de sang — et l'ombre, aussi, d'un sourire. Trois ans auparavant, Vadime avait rencontré cette femme ; trois ans, la cherchant il l'a perdue et, dans un matin d'octobre 1917, alors que sur la terre entière l'orage gronde, tandis que sur le front des troupes, sur la Marne et sur la Somme, des soldats lèvent la crosse en l'air, elle et lui, frappés de la même balle, viennent enfin de se retrouver.

On les a assassinés.

1.

CE sont les cloches de Notre-Dame qui ont sonné les premières : lancé à toute volée, le carillon résonnait dans les tours à vous faire, de joie, éclater le crâne. A trois cents mètres de là, les cloches de Saint-Gervais ont répondu, plus légères encore, plus joyeuses, tandis que le grave bourdon de Saint-Germain-l'Auxerrois, qui venait d'entrer dans la ronde, sonnait si clair que le chanoine Lepreux lui-même, qui voyait son sacristain s'agiter dans les cordes, s'étonnait : est-ce qu'on le lui avait changé, son bourdon ?

Dans la rue, la foule était descendue et arborait des rubans tricolores, des cocardes. Aux balcons aussi, on avait fiché des drapeaux, et ceux qui levaient la tête vers le ciel dans les artères les plus étroites de la ville, ne voyaient que trois couleurs qui flottaient allégrement.

— Alors, mon beau, on les a eus ?

La fille à la terrasse de l'estaminet tendait un verre au troufion bardé de décorations :

— On les a eus, petite ! Ils s'y frotteront plus !

Les cloches sonnaient, les drapeaux s'agitaient, on chantait, on criait, on s'appelait, c'était la fête, c'était la joie : c'était le 11 novembre 1918 et l'armistice venait d'être signé.

Sur le quai de la gare de l'Est, sa valise de carton bouilli à la main, un garçon en uniforme, les cheveux ras, presque un enfant, regardait autour de lui et ne comprenait plus. La veille au soir, il avait quitté Sainte-Menehould et le P.C. de Beaulieu-en-Argonne où, blessé, guéri et renvoyé au front, il était revenu pourrir un peu plus au fond d'une tranchée pour gagner maintenant l'arrière, un bureau où reposer une hanche cassée ; mais dans la tête, et le crâne, et le cœur, il avait encore le fracas du canon, la mitraille ; la dernière nuit, passée en train avait été ponctuée de grondements sourds puis, quand le convoi s'était arrêté en rase campagne à la hauteur de Châlons-sur-Marne, il y avait eu un silence. Un vaste, terrible, oppressant silence. Ses camarades, affalés sur les banquettes de bois, dormaient du sommeil des épuisés, mais lui avait regardé l'aube qui se levait : elle était verte et pâle, rose déjà à la lisière des bois qui barraient l'horizon.

— Tu ne dors pas, lieutenant ?

Une voix était venue de l'autre côté de cette pénombre tiède, pleine de relents de corps jamais lavés et d'haleines vineuses. Dans les compartiments de wagons de troisième classe qui avaient fait Sedan, on avait entassé les premiers convois, par groupes de dix.

— Tu ne dors pas, lieutenant ? Tu crois que c'est vraiment la fin, cette fois ?

L'autre, un caporal, hérissé de mauvaise barbe et de sales souvenirs, toussait en parlant : il voulait dire la fin du voyage, l'arrêt définitif du train dans cette plaine truffée d'éclats d'obus et qu'une dernière bombe allait enfin embraser. Mais le lieutenant, aux traits et aux gestes d'adolescent, avait soulevé les épaules.

— Si c'est la fin pour nous, ça sera jamais la fin pour les autres. Tu peux te dire ça, caporal...

Le caporal n'avait pas répondu et un coup très sourd, un seul, était encore venu de très loin. Puis, dans le même silence terrible et qui durait, le train s'était de nouveau ébranlé.

Et à Paris, ç'avait été l'accueil des cloches et la surprise, l'effarante, l'incroyable découverte : ce 11 novembre 1918, la guerre était finie.

— Ce n'est pas possible ! s'était écrié le lieutenant en

14

apprenant la nouvelle sur le quai de la gare de la bouche d'un ambulancier pressé.

Il marchait maintenant au hasard des rues, ivre de ce qu'il avait découvert. Des filles venaient à lui, qui l'embrassaient ; d'autres brandissaient des étoffes, des calicots tricolores ; on lui offrait des fleurs, des verres de vin. Mais lui, qui n'allait nulle part et que personne n'attendait, continuait à longer des avenues, tourner des coins de rue et boire ici et là, un verre encore, un autre verre, le dernier. Une étrange euphorie le gagnait. Etrange, car tout en lui était à la tristesse, à la mélancolie. Dix fois, sur la cote 344 ou au Chemin des Dames, il avait souhaité mourir. Neuf fois, il était revenu. La dixième, ç'avait été sa première blessure — il s'en était quand même sorti. Et après six semaines d'hôpital et de convalescence, il s'était porté volontaire pour ce P.C. de Beaulieu-en-Argonne, l'un des trous à mourir les plus exposés du front.

— C'est pas possible, mon gars : tu n'as pas envie de revoir Paris ?

Ses compagnons d'infortune avaient fini par comprendre : le petit lieutenant n'attendait rien. Mais les autres — les compagnons d'infortune — y étaient restés, et lui, le petit lieutenant blessé une seconde fois, désormais rescapé malgré lui du carnage, par tous les miracles du ciel conjugués, avait bien fini par revenir, ce jour précisément où toutes les cloches sonnaient.

« Je n'ai aucune raison d'être heureux », se dit-il enfin, brusquement dégrisé à l'angle du boulevard Haussmann et de la rue Tronchet.

En face de lui, dans un embrasement de pétards multicolores, l'église de la Madeleine semblait flamboyer. Il y avait des banderoles, des fanions et des Alsaciennes aux coiffes en ailes de papillon qui se détachaient sur les colonnes grecques de la plus parisienne des églises. Alors, d'un pas cette fois décidé, il se dirigea vers le boulevard Malesherbes.

Les hautes fenêtres de l'hôtel plus Napoléon III qu'il n'était permis où vivait Astruc donnaient sur le parc Monceau, dont il n'était séparé que par une tranche de gazon qu'il appelait son jardin. Dehors, dans les allées du parc, une bande de gosses inconscients jouait à la guerre : combien d'orphelins, parmi eux, qui tuaient si allégrement du Boche en sable avec un fusil de carton ?

Astruc avait laissé tomber le lourd pan de rideau qu'il avait soulevé pour regarder au-dehors. Devant lui, à terre, des journaux éparpillés : Signorelli, son vieux domestique, n'essayait même plus de mettre de l'ordre dans le salon. Quant à la bibliothèque, c'était devenu un gigantesque désordre de livres à demi feuilletés, tout juste coupés, que leur propriétaire sortait au hasard des rayons et oubliait très vite sur un coin du bureau, dans les bras écarlates d'un fauteuil Voltaire ou simplement en vrac sur le tapis persan marqué de taches de vin.

Veillant seul au désordre, omniprésent, répété et répété cent fois sur les murs, sur les meubles, dans des cadres ou simplement sur des photographies posées ou épinglées un peu partout dans toutes les pièces, il y avait un visage de femme. Brune, les yeux très sombres, les oreilles souvent ornées de grosses poires de diamant, la femme regardait. Elle paraissait vivre dans chaque encoignure de porte, aux murs du petit et du grand salons, sur les rayons de la bibliothèque, jusque dans la pénombre des chambres : elle était là, qui vivait. Mais cette femme était morte. C'était elle, qu'un peu plus d'un an auparavant, à l'ombre du donjon de Vincennes, on avait assassinée : c'était Mata-Hari.

Lorsqu'on sonna, Astruc n'entendit rien et, quand Signorelli le tira de sa rêverie pour lui annoncer la visite du lieutenant Desvilliers, il eut le geste d'un homme brusquement éveillé qui ne comprend pas où il se trouve.

— Desvilliers ?

Il cherchait à se souvenir. Desvilliers... Il hésitait puis, subitement, se rappela. Desvilliers, oui... Ce jeune officier qui avait tenté, les derniers jours et alors que tout était perdu, de la sauver quand même. Il eut un mouvement presque brusque de tout le corps pour se retourner.

— Dis-lui d'entrer.

L'instant d'après, le lieutenant qu'on avait vu errer depuis le matin dans les rues de Paris était assis en face de l'homme, vieilli maintenant, tassé sur lui-même — en quelques mois seulement — et dont la main tremblait en lui versant un verre de porto.

— Buvons, puisqu'il faut boire à la victoire.

Il y avait dans sa voix une gigantesque lassitude : c'était la même fatigue, le même ennui, la même bien inutile angoisse aussi, que celle qui avait tenaillé le cœur de Desvilliers depuis ce matin d'octobre 1917 où la femme qu'ils n'avaient pu arracher ensemble à la mort était tombée.

— Buvons, puisque ce soir ils seront tous bourrés comme des bourriques !

Tous : tous ceux qui allaient, dans l'allégresse de l'espoir enfin retrouvé, fêter ce jour-là, ce soir, cette nuit et pendant la semaine entière qui allait suivre et tous ces mois qui viendraient encore d'ivresses patriotiques, la fin de mille cinq cent soixante jours d'horreur, de sang, de larmes.

— Après tout, ils ont le droit de fêter ça, non ?

Astruc servait un autre verre, Desvilliers buvait encore. Dehors, dans le parc, les enfants qui jouaient à la guerre sonnaient du clairon.

— Enfin, ils en ont *presque tous* le droit...

La voix enrouée pour le dire, ce « presque tous »... Desvilliers hochait la tête. Presque tous, oui...

Et pourtant les autres, les assassins, allaient sabler le champagne eux aussi.

— Je les imagine si bien, murmure Astruc, le visage déformé soudain par une grimace de haine.

On les imagine si bien tous, oui... Vision fugitive du bonheur parfait d'avoir su si bien tuer ou, pire encore, la conscience si parfaitement en paix et en train, déjà, d'oublier...

— Je les vois si bien..., répète Astruc.

Ce général qui vide précisément une coupe de champagne entre sa femme et ses enfants. L'œil bleu est alerte, la moustache frémissante : il est l'image même de ces héros qu'on a fabriqués à grand renfort de petits échos, ceux dont *La Baïonnette* ou *L'Illustration* nous inventent la légende. On l'appellera Manessy, pour ne pas faire trop de peine à ses petits-enfants qui sont peut-être encore vivants et qui croient, dur comme fer, à la pure mémoire de leur noble grand-père. Il a été ministre de la Guerre, et c'est un lâche. Lorsque le moment est venu de témoigner, de dire simplement ce qu'il savait de Mata-Hari — et il en savait si peu ! —, celui que nous appelons Manessy a tenté de se faire porter malade. Comme un troufion au régiment quand la caserne pue le grésil et l'eau de Javel mais que le froid, dans la cour, est plus dur encore à supporter.

— Mata-Hari ? C'était qui, au fait ?

C'est tout juste s'il ne la pose pas ce soir encore, la question, sous l'avalanche de bises mouillées de ses trois filles et de sa chaste épouse. Mata-Hari ? Il a été son amant, comme tant d'autres, et voilà tout.

— J'allais dire : comme tous les autres ! remarque amèrement Astruc.

Mais Manessy l'a bien oubliée, la danseuse sacrée : on crie Hip ! hip ! hip ! hourra ! à l'anglaise, parce que c'est la der des der qui s'achève. Mais il y en aura d'autres et demain, comme hier, on sera encore prêts à faire tuer les autres à notre place.

Manessy, ancien ministre de la Guerre, habite place Saint-Sulpice.

Très loin de là, en banlieue, à l'autre bout du monde, c'est le capitaine Bouchardot qui fête, comme les autres, la fin des combats. Bouchardot — pourquoi pas ce nom qui ressemble à n'importe quel autre ? — a instruit voilà plus d'un an le procès de Mata-Hari. Il est ce soir avec sa mère, bien sûr, car il ne l'a jamais quittée, sa sainte femme de mère qui lui a donné de toutes les autres femmes une sainte horreur — une terreur presque sacrée. Un peu las, Pierre Bouchardot, parce que, jusqu'au dernier moment, il a fait tuer et qu'il a encore du pain sur la planche : la guerre est finie, mais les prisons sont pleines de défaitistes et autres jean-foutre dont il saura bien que faire ! Alors il lève les yeux vers Mme Alfred Bouchardot :

— Tu vois, mère, la guerre est finie, mais il y en a encore qui rôdent...

Il veut dire : des espions ou — mieux — des espionnes, celles qu'on a plus de joie encore à conduire au poteau. Les fières, les belles, les enjôleuses ; ces femmes au regard embrumé de mystère, au corps lourdement délié : toutes celles, au fond, qu'il n'a pas eues ! C'est sa façon à lui, Bouchardot, de les posséder. Douze balles dans le ventre, et on n'en parle plus : sa moustache, à lui aussi, tremblote de plaisir.

— Tu fais ton devoir, mon grand. Je suis fière de toi !

Et Ladoux, le capitaine Ladoux dans son bureau du boulevard Saint-Germain retrouvé ? Lui, c'est avec un peu de nostalgie qu'il célèbre avec ses camarades la fin d'une belle époque où, tous services d'espionnage et de contre-espionnage confondus, l'on pouvait traquer, truquer, finasser, ergoter. Mata-Hari est de ceux qui sont tombés dans ses rets : la jubilation qu'il éprouvait, le maigre capitaine Ladoux, à jouer au chat et à la souris avec ses victimes... Il en a tant fait, d'ailleurs, notre chef du contre-espionnage déguisé en sergent recruteur, qu'un moment il se retrouvera lui-même devant des juges : on lui reprochera d'avoir trop ergoté et truqué. Mais il se tirera d'affaire parce que, pour lui, les Manessy et autres Bouchardot viendront à la rescousse.

— Les salopards..., murmure Astruc dans sa barbe mal rasée.

Plus mal rasé encore que lui parce qu'il ne s'est pas

couché et qu'à soixante-trois ans, une nuit blanche vous marque quand même un homme, fût-il viveur, couard et joyeux drille pour ces dames, Desvignes, qui a été attaché militaire à Madrid, à l'époque où l'hallali sonnait déjà pour Mata-Hari, s'est arrêté dans les grands couloirs déserts du Ritz, et là, debout contre la porte qu'il vient de refermer — une demi-mondaine argentine dans des draps de lin blanc —, il rote. Il rote benoîtement, éperdument. Il rote avec toute la jouissance que peut éprouver un corps fatigué à se laisser aller, une bouteille vide à la main, dans le lit d'une fausse marquise qu'il a prise — quelle nostalgie encore ? — pour une vraie danseuse. Vieux beau qui n'a jamais désarçonné, Desvignes est un jouisseur : il a joui soixante et quelques années et se dit que ça va durer encore. D'ailleurs, le corps de la putain écrasé contre lui a des reflets de bronze : cette femme aussi, qu'il n'a pu posséder, jadis, à Madrid... Mais s'en souvient-il encore ? Ivre mort, sale et mal rasé, Desvignes, l'élégant Desvignes, le fringant et toujours jeune Desvignes, aura dormi grassement dans des draps souillés tout au long de ce 11 novembre 1918.

C'est dans un autre lit qu'un autre encore — on le nommera Dumet — fête l'armistice. Un lit ? Celui dont il ne se relèvera jamais car, dans quelques jours, cet homme va mourir. Il a quatre-vingt-deux ans et ses mains décharnées lèvent quand même une coupe de champagne. Des fils, des petits-fils, des arrière-petits-fils, toute une famille de grands bourgeois lyonnais se trouve réunie autour de lui. Des fils, des petits-fils : enfin, ce qu'il en reste. Ceux qui ne sont pas restés dans la Somme ou à Verdun.
— L'an prochain, tu verras, grand-père...
Un peu de salive coule au coin des lèvres du bon grand-papa Dumet. Encore un qui l'a désirée, Mata-Hari, à la folie ; encore un qui, le moment venu, a su ne pas se montrer. Il était fatigué, au loin, absent de Paris quand le sort de cette femme se jouait entre sept messieurs décidés d'avance à l'assassiner. Dans les salles de son musée désert, au milieu des bouddhas de Bamyan et des déesses ailées

échappées aux grottes magiques de Yün-Kang, au-delà de Gobi, le vieux collectionneur cherchait peut-être le fantôme de celle qui, la première, avait dansé parmi ces pierres. Celle-là seule l'intéressait : l'autre, l'aventurière, la fusillée, il s'en moquait bien. D'une main amoureuse, il frôlait le sein de grès rose d'une apsara khmère.

— Nulle femme ne m'a jamais paru plus belle...

La bouche entrouverte maintenant — et seulement un an après —, Emile Dumet bave doucement au milieu de sa basse-cour de petits-enfants qui piaillent dans la grande maison de Chagny-sur-Saône. Quel beau jour, quand même, que celui que nous fêtons !

Dumet, Bouchardot, Desvignes, Ladoux : tous. Les amants et les bourreaux. Et Lenoir ? Et Girard, et Malvy — ministre lui aussi —, et Victor ? Ah ! Ce ne sont pas leurs noms à eux qu'on verra gravés sur la pierre des monuments cocoricotants qu'ils élèveront pourtant bientôt eux-mêmes avec une belle hâte et quelques obus empilés pour faire plus joli dans quarante mille communes — un coq, un obus, un poilu... — à la mémoire de ceux qui sont morts à leur place. Eux, ils plastronnent et ils le lèvent bien haut, le menton : Barrès se découvre des millions d'émules chez tous les planqués de Paris, de Lyon, de Marseille, de Bordeaux et de partout. Mais, pour eux aussi, c'est pourtant la fête, comme pour tous ceux dont la vie a croisé celle de Mata-Hari. Ils en hoquettent de joie : on a dit le rot gras du cher Desvignes !

Osera-t-on ternir cette belle image toute d'Epinal et pavoisée d'une France enfin soulagée, en parlant de la balle dans la tête que s'est tirée un autre de ces messieurs à l'heure précise où Desvignes rotait, où Dumet bavait, où Ladoux et Manessy plastronnaient ? Il est vrai que l'autre n'était qu'un Boche.

Un acteur aussi, pourtant, de ce drame : Kieffert, Alfred Kieffert, l'un des patrons, dirent-ils, de Mata-Hari. Lui n'a pas supporté le point final qu'on mettait à son aventure. Un trou noir dans la tête et une flaque sale de sang très rouge autour : il a choisi sa fin à lui.

— Un salaud quand même, comme les autres, grogne de nouveau Astruc.

Desvilliers a fermé les yeux : Astruc et lui seuls, peut-être, dans ce moment de violente allégresse, ne peuvent que ruminer un passé qui les déchire. Car les millions d'autres qui, comme eux, se souviennent pleurent des morts héroïques et glorieuses ; des morts qu'on dit pour la France. Alors qu'eux deux, le vieil imprésario et le jeune officier, n'ont à se souvenir que d'une femme jeune et belle qu'on a assassinée.

— Et pourtant, commence Astruc, la première fois que je l'ai vue, je n'attendais rien...

C'était dans cet étrange hôtel du quartier de l'Alma dont le soyeux Dumet — précisément lui qu'on voit boire son dernier champagne, un tremblement aux lèvres — avait voulu faire une manière de temple à la gloire des arts de l'Asie, ou plus simplement un musée.

Qui connaissait Dumet, alors ? Il était lyonnais, faisant dans la soie comme d'autres font dans la banque, ne montait guère à Paris mais s'était découvert une passion, qui était déjà celle des Labit, Camondo, Cernuschi et autres d'Ennery : l'Orient. D'ailleurs, l'Orient extrême était à la mode : les frères Goncourt faisaient découvrir Outamaro et Hokusai à des comtesses pâmées, et Pierre Loti publiait la fade *Aziyadé*. Dumet, lui, n'était pas à la mode, mais il avait beaucoup d'argent et un peu voyagé. Ces grands brasseurs d'affaires vous ont parfois de ces passions... Et un ivoire un peu osé de Begram vous vaut bien le mollet mignon d'un petit rat de l'Opéra, pour peu qu'on ait de l'imagination... Alors Emile Dumet avait décidé d'offrir à Paris un musée tout entier consacré à cette passion-là. Et il avait fait construire un palais en rotonde, en escaliers monumentaux et colonnades inutiles, à deux pas du Trocadéro parce que le quartier était bien fréquenté. Mais dans les salles sacrées que hantaient rois-serpents et Bodhisattva, seuls s'aventuraient quelques chercheurs, de vagues curieux attirés par l'odeur d'encens qu'on pensait y trouver. D'où l'idée que le riche Lyonnais avait eue, au milieu de l'année 1904, de frapper un coup d'éclat.

— J'avais reçu une carte au libellé étrange, grogne Astruc dans sa barbe : « Pour inaugurer la décoration des nouvelles salles indiennes de sa maison de la place Y..., Mata-Hari, vestale hindouiste et prêtresse sacrée, dansera pour M. Emile Dumet et ses invités le... »

Quelque six cents personnes qui constituaient alors le Tout-Paris avaient reçu une carte identique : elles auraient dû la jeter au panier avec un haussement d'épaule. Pourquoi se rendre à l'invitation d'un Dumet venu d'on ne sait où, alors que Mme de Caillavet reçoit si bien avenue Hoche et que Marcel Proust rencontre Charles Haas dans les salons de Mme Strauss, née Halévy, veuve Bizet ? On l'a dit, Dumet n'était pas à la mode. Mais sa passion le dévorait. Aussi trois cents personnes de ce Paris de viveurs en vue firent tout de même répondre qu'elles viendraient. Et c'est ainsi qu'en un soir, Emile Dumet prit sa place parmi elles, que Mata-Hari devint célèbre et qu'Astruc en tomba amoureux.

— Une soirée qui ne devait ressembler à aucune autre, poursuit-il, lui qui n'a jamais pu oublier.

Tout avait pourtant commencé dans une confusion indiscible. Surpris quand même de la qualité de ceux qui avaient répondu à son invitation, Emile Dumet allait de l'un à l'autre, et semblait bien égaré dans l'une de ces soirées dont on se plaît à dire qu'elles étaient si réussies qu'on y connaissait tout le monde — sauf le maître de maison. Robert de Montesquiou faisait des vers au dos d'un calepin bleu, Laure Haymann conversait avec Mme de Crécy, ce cher Boni s'était enfin réveillé d'une nuit qui avait duré jusqu'au milieu de l'après-midi et Bibiche — dit Bischoffein, banquier comme il se doit — regardait avec envie Bertrand de Fénelon converser avec Laure de Sablé, devenue Chevigné puis tout simplement Guermantes. On comprend qu'au milieu de ce gratin, Dumet eût été le premier étonné. Il jetait parfois des regards de côté vers la minuscule estrade élevée entre des colonnes que réunissaient des guirlandes de fleurs tropicales si parfaitement vraies — Dumet les avait cultivées une année entière dans ses serres lyonnaises — qu'on les aurait crues de papier. Là, derrière un rideau rouge, se préparait l'histoire... Et Dumet se demandait si cette histoire-là suffirait à le faire entrer, lui, dans l'histoire.

Après une bonne heure d'atermoiements, le temps de permettre aux derniers retardataires d'arriver avec les trois bons quarts d'heure de retard qu'on se devait d'avoir chez un monsieur qu'on ne connaissait pas, et de violer pendant ce temps plusieurs douzaines de caisses de Moët et Chandon 1893, un gong chinois avait retenti trois fois, et le silence peu à peu s'était fait. Entre deux fois deux déesses indiennes de bronze, la minuscule silhouette de l'industriel provincial était alors apparue sur la scène d'un théâtre de bois qu'on avait improvisé entre les grandes colonnes du salon en rotonde.

— C'est qui? avait interrogé à voix bien haute Jean Lorrain, homme de lettres qui aurait vendu son âme pour un bon mot. Un maître d'hôtel?

— Au milieu de ce cirque? Vous voulez rire, c'est Monsieur Loyal! avait susurré en montrant deux duchesses empanachées de plumeaux multicolores l'un de ses mignons qui ne manquait pas d'esprit de repartie.

Déjà, d'une voix mal assurée, Emile Dumet commençait ce qui avait tout l'air de devoir être un discours.

Mais personne n'entendait rien et l'industriel dépassé par la renommée de ses trois cents invités qui étaient passés devant lui sans le voir agitait doucement les deux bras pour obtenir enfin l'attention de ses hôtes.

— Mes amis..., bégayait-il... Mes amis...

— Ça sait même parler ces pingouins-là! pouffa l'éphèbe décoloré qui accompagnait Jean Lorrain.

Mais un regard du poète le fit taire : il n'était jusqu'aux plus méchants esprits de cette noble assemblée qui ne voulussent à leur tour écouter.

— Mes amis, parvint enfin à commencer Dumet, j'ai voulu que vous assistiez tous à cette soirée de baptême de ce qui sera désormais mon musée, et je vous remercie d'être tous venus. Parce que sans vous, sans un seul d'entre vous,

cette... — Dumet affecta de rire mais c'était le rire faussement ironique de celui qui sait le vrai poids de ses mots —
sans un seul d'entre vous, donc, cette cérémonie aurait été
seulement un demi-succès, c'est-à-dire, pour moi, un demi-
échec...

Ceux qui avaient commencé à l'écouter dans un silence
tout relatif avaient repris leurs conversations — ce n'était
donc que pour cela qu'ils s'étaient dérangés : un discours et
un discoureur ? — lorsque les lumières des salons se sont
éteintes. Des torches brusquement enflammées ont soudain
jeté des ombres flottantes sur les Vishnou, les Harihara de
grès et les grands Avalokitesvara rougeoyants qui encadraient la scène.

Une musique s'était élevée, faite de notes piquées d'un
sitar mêlées aux glissements furtifs d'un long instrument de
bois à corde unique : il y eut dès lors un mouvement
d'intérêt dans la salle. D'ailleurs, l'orateur s'était tu, et le
rideau se levait.

— Ce que nous avons vu, alors...

Un silence, encore. Un silence somptueux, fauve et cuivre,
rouge et mouvant, qu'agitaient doucement les notes du
sitar. Puis, dans la fumée des torches et les vapeurs
d'encens, une vague lueur, rougeoyante elle aussi, semée de
taches d'or, a éclairé des voiles. Et c'est là, au milieu des
moires et des soieries, que se sont dessinées, balancées
d'abord en un mouvement très lent, très ondoyant, les
formes les plus parfaites qui se puissent imaginer d'une
femme dont les traits demeuraient encore dans l'ombre. Les
mains tour à tour élevées au-dessus de la tête ou allongées à
l'horizontale, les doigts à peine repliés et qui dessinaient
cependant dans l'air des figures mystiques, Mata-Hari
dansait pour la première fois. Un voile léger et transparent
flottait au-dessus de ses hanches, et ses seins étaient retenus
par de minuscules coupelles de bronze : au-delà de ces
bouts de métal et de ces chiffons de soie, la jeune femme
était nue et le public, fasciné, retenait son souffle.

— Vous ne pouvez pas savoir, murmure Astruc, ce qui
s'est passé en moi ce jour-là.

Desvilliers tire une longue bouffée de la cigarette qu'il

vient d'allumer, avant de l'écraser aussitôt dans un gros cendrier d'obsidienne. La même émotion, subitement, l'étreint.

— Je crois que je comprends.

Des images, peu à peu plus précises, plus vivaces, vivantes, comme des lianes déchirantes... Le visage de Mata-Hari émergeait lentement de l'ombre, caressé par le pinceau d'un projecteur perdu très haut dans les colonnes de la rotonde : c'était un masque parmi les masques. Un bronze dans la forêt des bronzes... On a dit les Avalokitesvara et les Harihara de grès rouge ; mais c'est tout le panthéon bouddhiste qui montait autour de la danseuse une garde attentive et jalouse : Surga, son char et ses sept chevaux, Krishna qui jouait de la flûte, Siva à la fois terrible, paisible et féminin, Durga enfin, pourfendant le démon-buffle. Mais au cœur du cercle qu'ils formaient ainsi, il y avait cette femme, aux traits parfaitement immobiles, dont la nudité était un défi à tout l'ordre bourgeois qui s'étalait jusqu'alors complaisamment dans la pièce et qu'elle refusait.

— D'autres ne voyaient que son corps, moi je regardais d'abord son visage. Son maquillage était d'une complication extrême... Les yeux étaient soulignés de trois traits de crayons noir, vert et or, tandis que les lèvres, peintes en rouge sombre, étaient également pailletées d'or. Une ombre brune, qui allait en s'éclaircissant vers les tempes, dessinait profondément ses pommettes et deux pierres rouges paraissaient incrustées dans la chair de ses tempes. Quant à son regard...

Regard lourd, regard brumeux et embué de rêves, regard semé d'étoiles et de questions : les yeux de la prêtresse et ceux de la victime. Dansant, au milieu de sa prière, Mata-Hari semblait regarder chacun des assistants jusqu'au fond du cœur et ne voyait pourtant personne tout en s'offrant à tous.

— Rien, ni les mots ni une peinture, surtout pas une photo morte, ne pourra jamais raconter ce regard.

Ces images...

Mata-Hari rayonnante au milieu des dieux de bronze et qui s'abat brusquement, comme en extase, devant le flamboiement déchaîné d'un Siva Nataraja aux quatre bras dorés... Le destin de Mata-Hari : cette beauté.

— Il y a pourtant une autre image que je ne peux pas non plus oublier. Peut-être parce qu'elle est la plus cruelle, déclare Astruc. La brûlure, déjà, la déchirure...

C'est la vision de cette femme, plus belle et plus nue qu'aucune autre qui, sa danse achevée, est descendue de la scène. La foule, alors, des hommes... Ces vieillards avides et repoussants, ces banquiers, ces ministres, ces maîtres de forge : leurs bras tendus vers elle... Et elle, debout au milieu d'eux, qui l'entouraient de toutes parts.

— Leur laideur, subitement et face à la beauté de ce visage et de ce corps, m'a paru d'une obscénité insoutenable.

Les sourires, les mains moites, les mots murmurés à l'oreille et, déjà, les promesses, les plus infâmes propositions...

— Une biche égarée au milieu d'une horde de vieux loups...

Pour la première fois, il avait compris. Le destin de Mata-Hari, c'était aussi ces hommes, ces cohortes aux aguets, les ventrus, les pansus, qui allaient toute une vie la suivre et se l'arracher.

Le regard d'Astruc vacille : c'est à la hâte qu'il avait quitté la rotonde du quartier de l'Alma ce soir-là, incapable de demeurer un instant de plus parmi ces vieillards auxquels il avait subitement si peur de ressembler.

Il avait regagné à pied l'hôtel sur le parc Monceau. L'air de la nuit, brusquement, lui cinglait le visage et il respirait très fort, comme un nageur à bout de souffle.

— Jamais je n'aurais cru...

Il ne voyait rien : ni les derniers passants attardés sur le boulevard de Courcelles ou contre les colonnes de la rotonde de Ledoux au parc Monceau, ni les cochers de fiacre qui passaient à sa hauteur, ni les putains de la Madeleine qui lui

27

étaient subitement apparues lourdes et vieilles, à lui qui, si souvent, trouvait aux premières lueurs de l'aube un peu de repos entre leurs bras.

— Mais j'étais un autre homme, vous comprenez ?

Lui qui, pendant cinquante ans, avait glissé de femme en femme, incapable de s'attarder près d'une seule ; lui que ces danseuses qu'il croisait, ces chanteuses de beuglant ou de music-hall, ces gamines en quête d'un contrat n'avaient jamais aimé que parce qu'il y avait peut-être, justement, au bout de la nuit, ce contrat ; lui qui n'avait jamais fait que passer éprouvait soudain le besoin de s'arrêter...

A son retour chez lui, il refusa le rituel verre de vieux whisky de malt pur dont le goût de goudron, âcre et rare, mettait un point d'orgue à toutes ses soirées. Signorelli, déjà son maître d'hôtel en ces temps reculés et qui, comme chaque soir, l'avait attendu, ne comprit pas.

— Monsieur ne se sent pas bien ?

Mais Astruc avait secoué la tête sans répondre. Il s'était seulement abattu sur son lit pour sombrer tout de suite dans un sommeil très lourd. Un sommeil hanté...

Et toute la nuit, il avait ainsi rêvé de Mata-Hari : au milieu de temples inventés qui étaient à la fois ceux de Tun-Huang et d'Angkor, les hautes grottes de Bamyan et les dédales oubliés des jungles de pierre de Birmanie, un corps de femme ondulait et ployait, s'élevait et se retirait en un lent mouvement de voiles ondoyants qui tombaient un à un pour ne plus laisser voir que les formes pleines d'une statue de bronze nue aux bracelets de cuivre doré.

C'est à son réveil, lorsque l'image des loups lui était revenue à la mémoire — c'étaient des vautours, cette fois, acharnés sur une petite fille perdue dans la jungle des villes —, qu'Astruc s'était rendu compte qu'il était amoureux de la jeune femme. Mais dans le même temps, il savait aussi qu'il ne pourrait jamais le lui avouer.

— Les loups, vous comprenez ? Les vautours...

Le destin de Mata-Hari...

— Dès le lendemain matin, je suis donc allé la voir...
Mata-Hari n'habitait encore qu'un petit appartement rue
Taitbout près de la gare Saint-Lazare, au deuxième étage
d'un hôtel nouvellement construit. Au coup de sonnette
plusieurs fois répété d'Astruc qui appuyait d'autant plus
énergiquement sur le bouton qu'il n'était pas sûr de lui,
personne n'avait d'abord répondu. Puis il avait entendu des
pas glisser dans le couloir, un frôlement derrière la porte et
une femme brune, enveloppée d'un déshabillé de soie
froissé, lui avait ouvert. Son visage était ensommeillé, ses
yeux rouges et gonflés, ses cheveux en désordre dans le cou.
— Je voudrais voir Mme Mata-Hari.
La jeune femme, étouffant un bâillement, n'avait pas
répondu tout de suite. Après quelques secondes seulement
Astruc avait compris que celle qu'il cherchait se trouvait en
face de lui.
— Elle était — comment dire ? — si différente. Un peu
plus lourde, peut-être, un peu plus forte et, dans le même
temps, plus fragile. Mais, surtout, il y avait en elle quelque
chose de timide, d'incertain, qui m'a, d'un coup, bouleversé.
Bouleversé : c'était cela. La beauté de Mata-Hari qui
dansait nue sur la scène du petit musée en rotonde l'avait
ému, certes, mais cette femme tout juste arrachée au
sommeil et qui semblait si étonnée, si vulnérable, le
touchait comme il ne se souvenait pas l'avoir été de sa vie.
Et lui, l'imprésario avisé, l'intermédiaire débrouillard qui
se faisait un point d'honneur d'être toujours le premier à
décider, à agir, disait-il, « à l'américaine », il ne comprenait
pas ce qui lui arrivait. Si bien que c'est la jeune femme,
amusée peut-être de son air égaré, qui l'avait entraîné à
l'intérieur de l'appartement.
— Venez prendre une tasse de café. Ça nous fera du bien à
tous deux.

Il avait quand même fini par lui expliquer ce qu'il était
venu faire de si bonne heure. Comme il ne pouvait parler
d'amour — jamais Astruc ne lui parlerait d'amour ! — il lui
avait parlé d'affaires. Et là, l'organisateur de spectacles

29

qu'il était, le magicien de la scène et du music-hall, se trouvait dans son élément. Dès lors son bagout naturel de bonimenteur de foire se déchaîna :

— Depuis que je vous ai vue hier soir, je ne pense plus qu'à une chose : votre talent. Vous avez un talent hors du commun, comprenez-vous ? Alors, il faut exploiter ce talent comme on le ferait d'une mine d'or : rationnellement. A l'américaine. C'est pour cela que je suis ici ce matin.

Il avait retrouvé tous ses esprits, et la danseuse l'écoutait sans manifester vraiment de surprise.

— Ce que je vous propose, en somme, est fort simple. On vient de lancer, de l'autre côté de l'Atlantique, un nouveau mot : imprésario. Les Américains n'ont rien inventé et le mot est vieux comme le monde, mais je leur pardonne puisqu'il me permet de vous faire une proposition à l'américaine : je serai votre imprésario, et je ferai de vous une étoile.

Astruc eut un nouveau petit rire et précisa :

— Les Américains disent : une star !

Mata-Hari avait d'abord souri sans répondre. Puis, gênée, elle avait haussé les épaules :

— Je préparais du café : buvez-en une tasse avec moi et je vais essayer de comprendre ce que vous voulez dire.

Elle s'éclipsa un instant. Il y eut des bruits de casserole et de robinet qui coule et Astruc pensa que voir la fille adultérine des amours par trop naturelles de Vishnou et d'une apsara de bronze occupée à sa cuisine était tout de même une curieuse expérience.

Tout en buvant le café très fort qu'elle lui avait préparé, il s'expliquait quelques minutes après.

— J'organise des concerts, des spectacles un peu partout dans le monde. Les gens disent que j'ai du nez, et c'est mon nez qui m'a dit, hier soir, que vous pourriez ouvrir des chemins nouveaux dans l'art de la danse. Tracer une voie. Devenir une manière de symbole. Mais vous n'y parviendrez pas seule — ou vous vous perdrez. Vous avez besoin d'être épaulée, conseillée... C'est cela que je suis venu vous proposer de faire pour vous...

Il s'épongeait maintenant le front avec un grand mouchoir à carreaux parfumé à la lavande, et la regardait. En lui-même il pensait : « Je suis gros, vulgaire en ce moment, mais je suis un homme d'affaires, non ? » Alors il poursuivit sur le même ton qui n'était subitement plus le sien.

— Bien sûr, vous pouvez continuer sans moi. Une danse ici, une autre là : et après ? Ce que je vous offre, moi, c'est une carrière.

La jeune femme l'écoutait maintenant avec un sourire narquois : il lui plaisait, ce gros homme, avec sa faconde méridionale et ses airs d'ours mal léché. Aussi, lorsqu'il eut achevé son café et son discours, elle eut un nouvel haussement des épaules, amusé celui-là :

— Mais vous ne savez rien de moi ! Vous ne savez même pas qui je suis !

Astruc se leva : il reprenait déjà son chapeau.

— Mais vous me direz tout : je reviens vous chercher dans une heure.

L'air plus sûr de lui qu'il ne l'était vraiment — il y avait aussi cette émotion qui lui faisait battre le cœur —, il descendit les deux étages sonores du petit hôtel de la rue Taitbout.

— Dès cet instant, j'ai su que son destin et le mien étaient irrémédiablement liés.

Une heure plus tard, Mata-Hari habillée de soie or et jaune, le visage à peine maquillé, les yeux tout juste soulignés de minces filets violets, ouvrait de nouveau sa porte à Astruc.

— Je ne sais pas pourquoi, mais j'ai confiance en vous, lui dit-elle d'entrée de jeu.

Une voiture attendait à la porte. Astruc tint lui-même la portière à la danseuse, puis il demanda au chauffeur de les conduire à Versailles.

— Je n'ai encore pas trouvé de salon plus tranquille pour causer qu'une bonne vieille Panhard et Levassor sur une route de banlieue : là, au moins, personne ne vient vous déranger !

De l'autre côté de la vitre fumée, les passants semblaient évoluer en un monde irréel. Ils étaient vieux, sales ou

31

fatigués, et c'était leur univers à tous deux, l'imprésario et la danseuse — cette voiture confortable aux gros coussins de cuir —, qui paraissait subitement le monde clos dans lequel allait désormais s'organiser sa vie.

— Je vous écoute, dit enfin Astruc comme ils passaient place du Théâtre-Français. Racontez-moi tout.

Et Mata-Hari commença à raconter sa vie, c'est-à-dire à tresser les premiers fils de sa légende.

— Je suis née, près de Malang, dans la jungle de Java et à l'ombre de la couronne hollandaise...

Sa voix, déjà, était musique.

Des parfums, les cris de la forêt, la chaleur accablante, moite, généreuse, de cette partie du monde où la vie et la mort se confondent au rythme des moussons, de la saison des pluies sur de grandes plages de sable nu brûlées par le soleil : à mesure qu'elle parlait, le visage de Mata-Hari s'allumait de couleurs chaudes, sombres et pailletées, qui étaient déjà celles d'une histoire forgée par la mémoire des hommes.

Le père de Mata-Hari était un major anglais de l'armée des Indes qui avait quitté le service de Sa Gracieuse Majesté Victoria pour épouser une jeune esclave. Il l'avait aperçue à la cour d'un roitelet de l'île dont il était l'hôte pour une chasse au tigre et en était tombé d'un coup amoureux. La jeune femme, de trente ans sa cadette, avait été danseuse sacrée, c'est-à-dire qu'avec ses compagnes elle gardait la flamme qui brûlait jour et nuit dans un temple à l'est du royaume. Une vestale, en somme, mais une vestale enfant dont les formes graciles avaient en un instant séduit le cœur un peu rude du militaire, mieux que n'avaient su le faire en une vie toutes les filles d'Albion qu'il avait pu croiser, leur teint de pêche mouillée et la vertu de leurs pères dans la corbeille de noces.

— Vous n'imaginez pas ce qu'a pu être le mariage de mes parents..., avait murmuré Mata-Hari, le visage très grave. Un vrai mariage d'amour...

Le roitelet javanais avait d'abord refusé de se défaire de l'une de ses plus jolies esclaves, et ce n'est qu'en échange de soixante fusils qu'il avait capitulé. Soixante fusils bien neufs et bien anglais, fabriqués à Sheffield et qui allaient servir à assassiner fort proprement une petite dizaine de planteurs hollandais afin de mieux faire croire au gouvernement de La Haye que la révolte grandissait dans le pays et qu'il fallait donner au roitelet les vrais moyens d'y faire face. Le marché s'était conclu par l'intermédiaire d'un bourlingueur des mers du Sud, un nommé Pettersen, qui en avait profité pour séduire une autre vestale et l'emporter pour son compte avec le trésor du temple.

— Les prêtres ont accusé mon père d'avoir attiré sur eux la colère des dieux. Et comme ma mère est morte en me mettant au monde, mon père lui-même a bien failli le croire !

Parlant de ce père mythique, gentleman-officier imbibé de gin et de tendresse, Mata-Hari fermait les yeux. Elle le décrivait très doux et rempli des meilleurs sentiments du monde. Il montait à cheval et jouait au polo, mais pratiquait aussi avec la même élégance désinvolte le golf, le bridge et le gin-rumy.

— Le soir, sous la véranda de notre maison au bord de la forêt — car le major Henry avait décidé de vivre dans le pays où sa femme était morte et où le roitelet lui avait donné un titre ronflant de conseiller militaire du trône —, nous écoutions ensemble les bruits de la jungle. L'appel d'un chat sauvage, le cri du hibou écarlate ou, très loin, très haut, le chant du rossignol de Battambang dont le plumage est rouge comme le feu mais qui porte autour du cou une collerette d'or sombre.

La lune inondait la clairière où s'élevait la maison de bois. A la lisière de la forêt, il y avait les cases des domestiques, des hommes, des femmes, des enfants et surtout des filles de son âge qui montraient à celle qu'on avait surnommée Mata-Hari — car, en javanais, Mata-Hari signifie l'Œil du matin, c'est-à-dire le Soleil — les danses de leurs mères et celles, avant elles, des mères de leurs mères. Dans la pénombre bleutée de la véranda, elles ondoyaient sous la lune, et le major Henry tirait sur sa pipe en caressant les cheveux noirs de sa fille.

— C'était le bonheur, voyez-vous, et par moments, je me disais que c'était si beau, si doux, que jamais cela ne pourrait finir.

Il avait pourtant eu une fin, ce bonheur. Et dans le feu, dans le sang... Pettersen, l'aventurier qui avait fourni au major les fusils de la noce, s'était installé sur la côte nord de l'île où il entretenait une bande de pirates malais qui rançonnaient les voyageurs, mettaient à mal les plantations tout en s'abritant sous le drapeau et les uniformes du roitelet qui avait besoin de lui pour assurer son trône. Le père de Mata-Hari, que leur alliance ancienne avait pendant longtemps contraint à fermer les yeux sur ces agissements, avait dû finir par se décider à intervenir après quelques meurtres de trop. Pour la forme, il avait fait décapiter trois ou quatre Malais. Avec Pettersen lui-même, il avait pourtant transigé car le vieux militaire était un homme de paix. Il avait signé un armistice devant une bouteille de gin. Puis il était revenu tout droit chez lui se jeter dans un guet-apens que lui avait tendu l'aventurier. Lui-même avait été égorgé, ses principaux serviteurs empalés. Quant à Mata-Hari...

— Vous ne pouvez pas imaginer ce que j'ai vécu...

La voix de Mata-Hari était à peine un souffle à l'oreille d'Astruc.

Ils arrivaient à Versailles. La voiture roulait plus doucement et la ville qui défilait devant eux, son ordre rigoureux, le superbe alignement des façades classiques contrastaient si fort avec cette violence que la jeune femme, d'une voix haletante, décrivait maintenant, qu'Astruc se rendit mieux compte de ce qui faisait de Mata-Hari une étrangère parmi eux.

— Et même si ce qu'elle disait n'était qu'une manière à elle de rêver sa vie ?

Astruc a un petit sourire. Presque un rire.

— A plus forte raison ! Quand on peut rêver ces couleurs d'or et de sang, on est si loin de notre monde à nous, sagement policé...

Versailles et la place d'Armes, le château, brillaient dans le soleil.

— Vous ne pouvez pas savoir, répéta Mata-Hari. Si je vous racontais...

De la même voix rauque, avec cette pointe d'accent dont Astruc ne pouvait encore discerner la vraie couleur, elle avait poursuivi le récit de ce passé qui était sa légende.

Après avoir abusé d'elle, Jon Pettersen, le pirate assassin, l'avait réduite à la condition qui était celle de sa mère : il avait fait d'elle une esclave. Mais alors que la belle Suba, l'épouse du major Henry, servait un dieu païen dans un temple, c'était d'un bandit cynique et débauché dont la petite Mata-Hari devait satisfaire les monstrueuses exigences dans le bungalow au bord de la mer où celui-ci résidait, entouré d'une garde de pirates.

— Jusqu'au jour où...

D'une voix neutre, qui voulait ne montrer aucune émotion, Mata-Hari avait raconté comment elle s'était glissée une nuit près de Jon Pettersen et lui avait enfoncé un poignard dans le cœur. Le sang, qui en avait jailli, lui avait inondé le visage et la main, et ainsi maculée d'une boue rouge impure, elle avait trouvé refuge dans le temple où sa mère, avant elle, avait servi.

— C'est là que j'ai appris le culte de Siva et ses danses...

Ces longs mouvements des mains, ces pincements des doigts, ces déhanchements somptueux, le visage fixe sur les épaules mouvantes — au milieu de compagnes, prêtresses-petites filles aux cérémonies incantatoires, dans les odeurs d'encens, de myrrhe et de vanille tiède, mais aussi parmi les prêtres papelards et vicieux, les mille et une humiliations d'une vie qui n'était, elle aussi, qu'un autre esclavage.

— Mais comment, du fond de cette Inde millénaire, êtes-vous arrivée à Paris ?

Mata-Hari avait souri : cela aussi était son histoire.

— Vous êtes bien pressé, mon ami... Si je peux vous appeler mon ami. Mais rentrons, voulez-vous ? Je me sens soudain lasse.

La voiture avait fait demi-tour et repris la route de Paris, mais Mata-Hari ne disait plus rien. Astruc, enfoncé dans le coin de sa banquette, la regardait. Devant l'hôtel de la rue Taitbout, elle lui avait fait signe de ne pas la suivre.

35

— A bientôt, mon ami. Je vous remercie.
Elle avait déjà disparu.

— Je suis revenu à pied dans les rues de Paris, murmure Astruc.

En face de lui, renversé en arrière sous un gigantesque portrait de Mme Simone, toutes plumes au vent dans le rôle de la Faisane de *Chantecler,* Desvilliers ne l'écoute pas vraiment. Lui aussi a plongé dans ses images et ses souvenirs : nous en avons tous, n'est-ce pas ? Et la cigarette de tabac d'Orient qu'il fumait lentement lui apportait d'autres rêves.

— Je suis rentré chez moi, murmure Astruc. En chemin, je regardais autour de moi. Tout Paris semblait n'être plus fait que d'hommes gros et laids comme moi qui jetaient à toutes les femmes des coups d'œil obscènes. Sur le trottoir des boulevards, le long des vitrines éclairées déjà pour leur marche de nuit, dans l'encoignure plus sombre des porches ou aux portières des omnibus, ce n'était que l'éclat de regards, lèvres épaisses et humides, moustaches qui frémissaient. Et je me disais que tous, face à cette femme jeune et belle que je venais d'un coup de si profondément découvrir, montaient la même garde nauséabonde. Puis un reflet de la portière m'a renvoyé mon image, et je me suis dit que je leur ressemblais... Alors, j'ai eu honte.

Pas un instant, Astruc ne s'était demandé pourquoi cette femme, qu'il ne connaissait pas, l'avait appelé son ami ; pas un instant, il n'avait douté que le sens qu'elle donnait à ce mot fût riche de toutes les confidences, toutes les intimités du monde ; mais pas un instant non plus il n'avait pensé qu'il serait jamais autre chose pour elle — et quoi qu'il voulût — qu'un ami. Aussi était-ce bien en ami qu'il l'écouta plus tard lorsque, au fil de longs monologues, chez lui ou chez elle, au hasard des allées du parc Monceau ou dans cette triste chambre de ce triste appartement qu'elle habitait encore rue Taitbout, elle poursuivit le récit des années qu'elle avait vécues avant d'être la danseuse sacrée que tout Paris allait adorer.

— Comment j'ai quitté ce temple ? — Mata-Hari avait eu un petit rire sec, presque un sanglot. Oh ! c'est très simple. Ce qui était arrivé à ma mère m'est arrivé à moi aussi. Un homme était venu, un visiteur du roitelet que celui-ci avait convié à une fête sacrée dans la cour de son palais. Les vestales du temple dansaient et l'Anglais de passage l'avait remarquée. Il était armateur, achetait et vendait de tout : comment l'histoire pouvait-elle ne pas recommencer ? L'Anglais avait offert des mitrailleuses, on avait tué quelques Hollandais et il était parti avec Mata-Hari.

— Mais ne vous méprenez pas... C'était un homme bon et doux, âgé, qui voulait mon bonheur. Sous sa carapace de marchand de canons dur en affaires, il y avait une immense tendresse.

Et ce MacLeod l'avait arrachée, non seulement au temple où sa vie s'écoulait à ne rien faire, mais à l'Asie. Il l'avait emmenée en Europe et l'avait épousée dans une petite église de la côte ouest de l'Ecosse, au grand scandale d'une famille grise et presbytérienne qui voyait soudain débarquer en son sein une étrangère dont, pas un instant, on n'avait douté qu'elle lui arracherait un héritage que tous convoitaient depuis toujours.

— Mais ce furent quand même des moments de bonheur. Un bonheur plat, tranquille, sans histoire ni espoir. J'avais le sentiment de me retrouver avec mon père, et d'ailleurs Andrew m'aimait comme un père. Il me montrait tout, m'apprenait tout. Nous partions parfois à cheval, de bon matin, et nous faisions de grandes promenades à travers la lande. Moi qui n'avais jamais connu que le climat lourd des tropiques, les orages violents, la pluie épaisse et presque odorante qui s'abat comme une chape brûlante, vous enveloppe et vous entrave, vous entraîne avec elle jusqu'à des ruisseaux qui deviennent rivières, des rivières qui se font fleuves et des fleuves qui se perdent dans la mer — je découvrais une autre pluie, vivante et qui me fouettait le

37

visage. Et le vent, et les fougères, et les bruyères... Mon mari et moi, nous chevauchions pendant des heures dans le brouillard, le crachin, la neige — oui : la neige ! — ou le soleil, et j'étais toujours aussi calme, aussi sereine...

Lorsque Mata-Hari évoquait les mois ainsi écoulés, ses yeux étaient fixes, très sombres, et Astruc devinait cette espèce d'apaisement que la jeune femme avait connu en Ecosse.

— Mais vous l'aimiez ?

Le regard de Mata-Hari avait vacillé.

— L'aimer ? Mais qui parle d'amour ? Je vous parle de calme et de sérénité... Là-bas, à Fort William, j'étais comme sous la véranda de mon père lorsque j'écoutais les cris de la forêt : je ne me posais pas de questions.

D'ailleurs, il n'y avait pas que l'Ecosse et ses chasses au coq de bruyère, ses longues soirées au coin du feu, le *haggis* qu'on mangeait à la louche et le whisky de pur malt que MacLeod buvait par demi-pinte... Deux fois par an, l'époux de Mata-Hari, qui avait définitivement renoncé à l'Asie, traversait la Manche pour aller prendre les eaux en Allemagne. Trois femmes de chambre assistaient Mata-Hari dans la préparation de ses bagages et un soir, dans les brouillards humides mêlés de jets de vapeur, le couple si superbement désassorti s'embarquait sur le Flying Scotsman en direction de Londres. De là, un autre train les conduisait à Douvres, et c'était l'aventure.

Mata-Hari se souvenait :

— J'ai dit ma surprise devant les bourrasques de la lande écossaise, pour moi qui n'avais connu que les pluies tropicales. Mais que dire alors de la vie que nous menions, pendant le mois que nous passions sur le continent ?

C'était d'abord Paris, bien sûr, Paris et ses lumières qu'on ne faisait que traverser, le Trocadéro tout neuf et les cafés des boulevards dont MacLeod, en bon étranger, se gavait éperdument ; puis d'autres trains enchantés, d'autres wagons magiques, la Suisse, l'Allemagne...

— Et Wiesbaden.

— Ah ! Wiesbaden ! Nous dansions comme un couple de vieux amants sous des guirlandes d'ampoules électriques au milieu de femmes couvertes de diamants, et de beaux officiers plus jeunes qu'elles qui me lançaient des œillades assassines !

De beaux officiers... : le regard de Mata-Hari avait soudain brillé d'une lueur nouvelle. Valse des uniformes blancs, des épaulettes dorées et de ces moustaches qu'on frise au petit fer dans le matin froid des casernes ; le pas des chevaux sur le pavé des rues mouillées à Metz, à Coblence ou à Ratisbonne ; les salles de jeu enfumées où luit pourtant une fourragère. Froissements d'uniformes, frôlements du cœur...

— Vous ne pouvez pas imaginer ce que c'était, les bals à Wiesbaden, quand on a vécu dans une baraque de bois au bord d'une rivière puante...

Toute la poésie de la jungle, toute la magie de sa jeunesse, Mata-Hari semblait soudain les oublier. Bien sûr, il y avait eu les danses et les déesses de feu, mais le regard d'un bel officier ? Mais un uniforme blanc ?

— Et ce MacLeod, vous l'aimiez bien quand même, non ?

Astruc s'acharnait à savoir : en savoir et en savoir encore. Alors, Mata-Hari avait un regard très pur, très lointain, très perdu.

— Je vous ai dit : le calme et la sérénité...

Et puis en Ecosse, après une nuit où il avait bu son litre et demi de pur malt, le vieux MacLeod avait voulu lever à l'aube quelques grouses sur ses terres. Il était parti seul dans la lande. Il avait neigé toute la nuit et, avec le jour, le soleil avait paru.

— Je n'oublierai jamais cette lumière dorée, pâle et bleue, jaune et bleue, quand on a ramené son corps. Il était jeté en travers du cheval et, dans les yeux de tous ceux qui l'entouraient et se lamentaient bruyamment, il y avait une telle joie : ils allaient enfin pouvoir me mettre dehors...

Et c'est bien ce qui s'était passé. Le vieux MacLeod n'avait pas fait de testament et la femme qu'il avait épousée avec toute la pompe austère de l'église presbytérienne d'Ecosse n'était plus rien qu'une sang-mêlé qu'on avait fait raccompagner à la gare voisine par un cocher, sans autre bagage qu'un sac de toile.

— Avant que je m'en aille, ils ont fouillé le sac pour être bien sûrs que je n'emportais aucun bijou.

La voix de Mata-Hari était devenue plus rauque encore : voilée de quelque chose qui était un sanglot.

— C'est drôle, vous avez parlé d'amour, tout à l'heure : eh bien, peut-être que, d'une certaine façon, j'étais arrivée à l'aimer, ce vieil homme. Et j'ai longtemps porté comme une blessure de n'avoir pas été à côté de lui quand on l'a mis en terre.

D'autres fois, pourtant, évoquant le vieux gentilhomme écossais transformé en flibustier et revenu au pays, Mata-Hari disait que c'était un soudard, un ivrogne, une brute. Elle montrait à son épaule gauche une minuscule tache brune et expliquait que c'était son mari qui lui avait fait cette marque avec le bout d'un cigare allumé. Cela aussi serait la légende de Mata-Hari : ses mille et une variations sur une histoire que les autres appelaient son passé. Mais, évoquant la mort de celui qui l'avait tirée du temple et des mains des prêtres de Siva, elle avait eu un soupir :

— C'est après que les choses sont devenues plus difficiles...

Après, c'était son arrivée à Paris, ses premières rencontres — les premiers hommes qui, déjà, autour d'elle...

Mata-Hari l'avait raconté à Astruc dans l'appartement de la rue de Monceau, à deux pas de son hôtel à lui, où il l'avait installée à ses frais puisqu'elle avait accepté qu'il s'occupe de sa carrière. Un jeune décorateur mondain, protégé de Robert de Montesquiou, avait aménagé un salon oriental et Astruc lui-même avait parcouru les antiquaires et les brocanteurs pour y rassembler tout un bric-à-brac de bazar qui reconstituait malgré tout pour la jeune femme le décor de sa jeunesse.

— Parce que vous y avez cru, vous, à cette légende ?

Le lieutenant Desvilliers est sorti de la torpeur dans laquelle il semblait plongé pour interroger Astruc à brûle-pourpoint, interrompant le récit de cette rencontre qui allait décider de leurs vies à tous. Astruc a eu un petit rire.

— Vous voulez dire que vous ne croyez pas, vous, à Mata-Hari danseuse sacrée, à Mata-Hari amoureuse des rossignols de la jungle puis arrachée à son temple, à Mata-Hari épouse d'un lord écossais ?

— J'aimais cette femme, je n'avais pas besoin d'y croire.

Mais Astruc a un geste de la main.

— Qui a besoin de croire aux légendes ? Il suffit qu'elles nous soient contées...

C'était donc le décor qui aurait pu être celui des années indiennes de la danseuse qu'Astruc avait construit autour d'elle, avec un soin méticuleux, attentif. Et c'est là, entre des rouleaux tibétains et de fausses peintures Song, devant des Gandharva de bronze et des Kinnara de pacotille, que Mata-Hari avait raconté à son nouvel ami les années noires qui avaient précédé sa révélation.

— Je suis arrivée à Paris un jour de décembre.

La pluie fine qui pénètre tout, le vent, les bourrasques et les parapluies retournés. Mata-Hari qui parlait avec émotion des grandes tempêtes d'Ecosse n'avait trouvé soudain que la face la plus morne de la planète Europe, sa grisaille et ses trottoirs crottés. Mais Paris...

— Vous ne pouvez pas savoir non plus ce que représentait alors Paris pour moi ! Je vous ai dit Wiesbaden : MacLeod m'y emmenait et la tête me tournait au rythme des valses que les autres dansaient. Mais Paris que nous ne faisions que traverser ! Tout ce que je n'avais jamais vu : c'étaient les vitrines et les restaurants, les femmes belles, mieux habillées que toutes, et les messieurs pour les servir.

Tous les clichés, tous les stéréotypes d'une imagerie pour carte postale de Paris 1900, avec les calèches avenue du Bois et les soupers fins chez Maxim's où des femmes entretenues dégustaient ortolans et caviar après avoir montré la jambe et avant de montrer le reste.

— Lorsqu'on a, comme moi, vécu dans un pays qui n'existe pas, on se met soudain à rêver si fort d'autres villes qui n'existent pas davantage...

Mais Mata-Hari avait vite déchanté. Les ortolans n'étaient pour elle qu'un quignon de pain au fromage ; son Maxim's, la chambre sous les toits que lui louait une logeuse acariâtre ; et les beaux messieurs, seulement de vagues marlous en quête d'un peu de chair fraîche.

Elle avait traîné les rues, les soupentes et les ateliers d'artiste où elle posait pour quelques sous.

— C'est donc à ce moment que, pour la première fois...

Mata-Hari avait simplement baissé les yeux.

— C'est à ce moment, oui...

A ce moment, en ces années très noires, que pour la première fois, elle s'était montrée nue. Un petit rire amer, triste, qui la secoue tout entière.

— La danseuse sacrée ! La fille de la vestale, l'épouse du lord écossais qui montrait ses fesses pour vingt sous à des barbouilleurs dans la mouise !

Astruc avait pris sa main, qu'elle lui avait laissée.

— Mais il y avait pire qu'eux : il y avait les peintres huppés qui vous faisaient venir chez eux dans leur atelier haute époque et bas de plafond de l'avenue de Villiers ou du boulevard Pereire.

Ces messieurs à la mode qui vivaient dans des chapelles néo-gothiques ou des Taj Mahal de carton-pâte à verrières teintées, bains maures derrière l'escalier et un valet bien nègre et bien discret pour veiller sur leurs menus plaisirs : ils ne se contentaient pas de peindre, eux...

Mata-Hari avait soutenu le regard d'Astruc.

— Mais ils payaient bien !

Ce qui s'était passé pendant les mois qui avaient suivi, Astruc l'avait aisément deviné. De peintre en peintre, d'amant de passage en ami de fortune, d'ami de fortune en ami fortuné...

— C'est Guillaumet qui m'a présentée à Dumet, comme cela, par hasard.

Guillaumet, peintre reconnu, qui déposait délicatement sur les grandes toiles que lui préparaient ses élèves les anatomies roses et charnues de dames du moment.

— Il me trouvait trop maigre ! Je n'étais pas son type et il ne m'a même pas fait la plus innocente proposition.

Mata-Hari sourit : elle l'aimait bien, ce Guillaumet barbu qui n'aimait, lui, que les grandes filles blondes.

— Mais il était ami de Dumet, Dumet cherchait une idée pour lancer son musée et, comme cela, presque par hasard...

La première rencontre avec Emile Dumet : c'était déjà dans la salle en rotonde de ce qui allait être le musée, où l'industriel avait installé son bureau. Guillaumet, enveloppé d'une vaste cape d'astrakan, était arrivé avec Mata-Hari.

— Mon ami, j'ai ce qu'il vous faut !

Au milieu des apsaras et des déesses rouges... Dumet avait levé les yeux sur cette femme dont le profil était déjà celui de l'une de ses statues, et il avait compris.

— Si je suis bien renseigné, vous êtes modèle, n'est-ce pas ?

Mata-Hari avait secoué la tête.

— Je pose nue, si c'est cela que vous voulez savoir.

Le vieux monsieur — il était aussi sec et imberbe que Guillaumet était large et barbu — n'avait pas souri. Dumet ne souriait guère : un soyeux lyonnais qui donne dans l'orientalisme n'a plus guère de temps à passer à sourire.

— Et vous dansez, m'a dit mon ami Guillaumet.

Le visage de Mata-Hari était devenu très grave, comme il serait grave désormais chaque fois qu'elle évoquerait sa jeunesse.

— J'ai été élevée dans un temple à Java, près de Malang.

Alors, le vieil industriel que taraudait le goût du beau avait tendu à la jeune femme un tissu filé d'or, un long pagne léger, presque transparent, et quelques bracelets de gros métal jaune, un collier, une chaîne.

— Allez vous changer dans la pièce à côté, et montrez-moi ce que vous savez faire.

Mata-Hari n'avait pas hésité un instant. Elle avait disparu dans une sorte de cabinet obscur où s'entassaient des livres, des masques de bronze et des peintures roulées. Et là, pour la première fois, elle avait revêtu ce qui, perfectionné avec les semaines, allait devenir son costume de cérémonie. Sur une étagère traînaient deux coupelles d'argent reliées par un fil de soie : elle s'en était emparée et ce fut son coup de génie. D'un geste rapide, comme si elle n'avait jamais cessé de se vêtir en déesse, elle avait noué le pagne et fixé les deux coupelles sur ses seins. Il y avait un miroir, elle s'était regardée : sanglée d'or et d'argent, à ses mains les bijoux qui lui faisaient des menottes d'or, elle était redevenue l'esclave du fond de la jungle javanaise.

De retour dans la salle en rotonde, entre les colonnes trop grecques pour les apsaras qu'elles dominaient, la jeune femme n'avait eu à faire que quelques gestes — ces longs mouvements des bras, ces pincements des doigts, les hanches lentement déplacées... — et Emile Dumet, captivé, en avait laissé tomber son lorgnon.

— La soirée de Dumet a été un triomphe. Dumet a été adopté par Paris ; moi aussi je crois, et je me suis retrouvée avec ces hommes autour de moi. Le reste, vous le savez, avait achevé Mata-Hari en faisant à Astruc un très large sourire.

— Mais le reste, moi, je ne le comprends pas, remarque seulement Desvilliers.

Cette fois, il est ivre. Il se lève et titube. Par la fenêtre, on voit de grandes fusées bleues zébrer le ciel. Sur le plateau du phonographe à pavillon de cuivre, un disque tourne. La musique est lointaine, perdue dans un halo de cuivres effleurés, de peaux de cuir doucement caressées d'où émergent pourtant les cordes d'un sitar qu'on pince.

— Le reste, je n'y comprends rien..., répète Desvilliers.

Il vide encore un verre de cognac et jette la bouteille derrière lui. La musique, celle sur laquelle dansait Mata-Hari, a empli toute la pièce et couvert le bruit des pétards et des cris de joie. Oui, la guerre est finie, mais pour le lieutenant blessé et l'imprésario fatigué, Mata-Hari n'est pas morte.

2.

L A maison était blanche et basse, allongée au milieu du jardin qu'entouraient de partout la plaine et les blés. La nuit, le vent bruissait dans les bouleaux et, lorsqu'il était enfant, Vadime Ivanovitch Maznoffe s'inventait des poèmes, des chansons dont le rythme jouait avec celui des feuilles agitées contre les écorces blanches. Il se levait parfois, allumait une lampe dont la flamme tremblait et là, debout devant un écritoire qu'il tenait d'une grand-tante un peu folle — elle écrivait aussi ! —, il couvrait d'une petite écriture fine des pages et des pages de poèmes.

— Tu as encore veillé, cette nuit ! lançait la colonelle lorsque, au matin, elle découvrait les yeux rougis de son fils.

Mais celui-ci ne répondait pas et buvait une tasse de thé très fort pour ne pas s'endormir sur la leçon d'arithmétique ou de français que son précepteur, patiemment, lui répétait sans fin.

— Mais vous dormez debout, Vadime Ivanovitch ! s'exclamait enfin le vieux Jdanov lorsque la tête de son élève oscillait plus encore que de coutume.

Puis, à bout d'arguments, il fermait livres et cahiers.

— Allons, Vadime Ivanovitch, lisez-moi plutôt ce que vous avez écrit cette nuit !

Brusquement réveillé, le petit garçon courait chercher ses poèmes et lisait avec des accents théâtraux la bonne centaine de vers malhabiles où il chantait sans fin sa maison, les bouleaux et la belle inconnue qui viendrait un jour y vivre avec lui à jamais.

— Tu es amoureux, Vadime Ivanovitch !

C'était quinze ans plus tard : le petit garçon avait grandi, des galons de lieutenant lui avaient poussé aux épaules pendant le long séjour qu'il avait fait malgré lui à l'Académie militaire, mais il se levait toujours la nuit pour écrire des poèmes.

— Tu es amoureux, Vadime ! Ça se voit sur ton visage !

Sergeï Alexandrovitch, son cousin, le dominait de toute sa haute taille. Mais Vadime Ivanovitch haussait les épaules.

— C'est ça, je suis amoureux : de la fille du fermier du Long-Pré ! Je l'aime à la folie et n'ai d'autre rêve que la culbuter dans le foin puis l'épouser devant le pope de Smerdograd, au grand scandale de ma mère, de mon oncle le général et de tous les Maznoffe jusqu'à la septième génération en arrière. J'aime Tania à en mourir.

Tania avait les yeux bleus, et de bonnes joues rouges sous les grosses tresses qu'elle portait nouées sur le devant du crâne. Mais Sergeï, debout au milieu du champ doré — partout, déjà, les blés se levaient comme des cierges blonds —, regardait son cousin qui jouait avec un brin de paille.

— Tu sais bien que ce n'est pas plus Tania que tu aimes, que Nadia, la nièce de nos voisins Boulgakov. Je sais, moi, qui tu aimes...

— Et qui, si tu veux bien me le dire ?

— Tu aimes cette danseuse qui se montre nue aux Parisiens et qui s'appelle Mata-Hari.

Sergeï n'avait pas achevé sa phrase que son cousin s'était relevé d'un bond.

— Qui t'a dit cela ? Comment oses-tu répéter pareille insanité ?

Il était rouge, Vadime, le mince et blond Vadime, face à ce Sergeï solide qui souriait tranquillement.

— Ne te fâche pas, Vadime. Moi aussi, j'ai mes amoureuses dont je ne parle à personne.

Mais Vadime était déjà retombé au milieu des blés mûrs qui craquaient sous son poids.

— Tu ne peux pas savoir, Sergeï, ce que c'est qu'aimer une femme qu'on n'a jamais vue !

Et Vadime avait raison : Sergeï ne pouvait pas savoir. Comment, d'ailleurs, aurait-il pu se douter que cet amour allait décider de leur destin à tous deux ?

La chambre de Vadime Ivanovitch Maznoffe n'était pas un musée à la gloire de Mata-Hari : c'était un reposoir. Il n'était un centimètre carré de mur qui ne fût couvert de photos, d'affiches, d'articles découpés dans la presse en toutes les langues de tous les pays. Des portraits à l'huile reproduits photographiquement voisinaient avec ces planches d'instantanés que l'on montait habilement pour que, feuilletés d'une main experte, ils redonnent l'expression de la vie. Et devant les images les plus colorées, les sourires les plus ressemblants, il y avait — comme devant les icônes de sa mère — des fleurs et des petites lampes.

— Tu n'as pas honte, Vadime Ivanovitch ? s'écriait sa mère la colonelle, chaque fois qu'elle pénétrait dans cette chambre. Tu n'as pas honte de perdre ton temps à rêvasser au milieu de ces gravures obscènes ? Quand on a un père comme le tien, mort pour sa patrie, comment peut-on oser passer des journées entières toutes fenêtres fermées et vautré dans des fauteuils à écouter des musiques barbares ?

Formidable et moustachue, tout de noir vêtue depuis que le coup de sabre d'un cosaque révolté avait emporté la moitié de la tête de son colonel de mari, Maria Alexandrovna Maznoffe rêvait de transformer son fils en héros et n'avait réussi à en faire qu'un cadet désabusé qui vivait dans le souvenir d'une femme qu'il n'avait jamais vue..

— Comment j'en suis arrivé là ?

Vadime souriait et jouait avec une badine, s'amusant de l'effarement de son cousin qu'il avait introduit dans ce temple.

— Comment j'en suis arrivé là ? Je ne le sais même plus. Ou plutôt, si : je me souviens très bien du début. C'est une

47

petite photographie que mon oncle le général conservait dans son portefeuille et qu'il avait laissé tomber. Elle représentait Mata-Hari fort déshabillée et mon oncle l'avait vivement ramassée, de crainte que ma mère ne le surprît en possession de ce qu'elle aurait sûrement appelé une « horreur ». Mais j'avais eu le temps de l'apercevoir et mon brave général d'oncle n'avait pu s'empêcher de m'adresser un clin d'œil complice si bien que plus tard, dans le verger, il m'avait montré la photo. J'avais dix-sept ans et ç'avait été un coup au cœur. Ensuite...

Ensuite, ç'avait été, précisément, l'une de ces histoires d'amour impossibles comme on en connaît à dix-sept ans — ces milliers de kilomètres entre la danseuse et le cadet —, avec cette différence, pourtant, qu'elle avait duré. Et qu'avec les années — Vadime avait maintenant vingt-trois ans —, cette passion d'adolescent avait gardé la même fougue, la même violence.

— Mais j'irai à Paris, vois-tu. Maintenant, j'y suis décidé. Je la verrai et elle m'aimera.

Sergeï souriait : la naïveté, la jeunesse de son cousin l'amusaient. Et bien qu'il ne fût lui-même que de quelques mois l'aîné de Vadime, il se sentait si vieux, si loin de lui... Vadime rêvait d'une femme, lui pensait à la nouvelle Russie.

— Tu te moques de moi, hein ? Tu ne me crois pas ? protestait le fils du colonel mort pour sa patrie.

— Mais si, mon vieux, je te crois ! Enfin, je crois à ton amour. Pour le reste, le voyage à Paris, l'amour de ta Mata-Hari...

Ainsi qu'il l'avait fait une heure plus tôt dans le champ de blé devant la maison, Vadime s'était redressé, les joues en feu.

— Tu ne me crois pas, hein ? Eh bien, moi, je te dis que dans un mois, je serai à Paris et que Mata-Hari m'aimera !

Puis, devant l'air de plus en plus narquois de son cousin, c'était lui qui était parti d'un éclat de rire railleur.

— Ne t'inquiète pas, va ! Je n'ai pas dit cela au hasard. Au contraire : j'ai parfaitement réfléchi. Mon oncle le général revient demain à la maison. Cela fait des mois qu'il me rase avec ses histoires de recommandation et de piston. Il veut me pistonner, parler de moi au ministre de la Guerre, faire de moi un officier brillant, recherché, planqué, quoi. Eh bien, planqué pour planqué, je lui dirai que ma planque à moi, ce sera Paris. Il doit bien y avoir quelque part dans un bureau poussiéreux un poste de sous-attaché militaire qui traîne pour moi à l'ambassade de Russie à Paris !

C'était le 31 août 1913. Le lendemain, pour la dernière fois — pour combien d'étés ? —, on faucherait le blé dans le grand champ de la maison sous les bouleaux, Vadime Ivanovitch Maznoffe s'ouvrirait à son oncle, le général Massine ; et Mata-Hari, elle, danserait à six heures et demie chez Ferdinand de Girard, homme du monde et amateur de jolies femmes, qui organisait en son hôtel du rond-point des Champs-Elysées une petite fête tout intime où il convierait trois cents personnes.

— C'est ce jour-là que j'ai vu Mata pour la première fois, remarque Desvilliers.

— Rassurez-vous, mon vieux, vous n'êtes pas le seul à l'avoir rencontrée pour la première fois ce premier jour de septembre 1913.

Le regard d'Astruc est soudain devenu grave. Une image — une autre image, un autre visage — a soudain traversé sa mémoire. Glenn. Glenn Carter. Journaliste, aviateur, boxeur aussi, amoureux, Américain. Mais Desvilliers a compris.

— Carter ?

— Carter, oui...

Le souvenir de Glenn Carter, puisqu'il est au cœur de cette histoire d'un autre amour...

Dans la salle de rédaction du *Paris New-Yorker*, c'était la grande presse d'avant le moment fatidique où un gros Américain à cigare, plus journaliste américain qu'il n'était permis de l'être, même dans un film américain de ces années-là, lancerait le *O.K., boys ! That's it* qui marquerait le point de non-retour. La terre pourrait alors trembler, les empires s'écrouler et les présidents de toutes les républiques tomber sous les coups de revolver de tueurs fous, de fanatiques ou d'amants jaloux, plus une ligne ne serait changée dans le numéro de cette petite gazette hebdomadaire pour financiers ou bohèmes d'outre-Atlantique qui avaient choisi de s'établir en France mais voulaient quand même garder entre eux une sorte de trait d'union.

— Trait d'union : mon œil! s'exclamait Reginald A. Berkeley quand on lui parlait de son journal. Tout ce qui les intéresse, c'est de savoir qui couche avec qui, tout en baisant américain pur-sang dans un rayon de deux kilomètres, ni plus ni moins, autour de l'Opéra !

D'ailleurs, Glenn Carter, son principal reporter et chroniqueur politique — Carter était accrédité à la Chambre des députés, au Quai d'Orsay et dans tous les théâtres des boulevards —,se faisait de son métier une idée bien précise :

— Paris est une fête, autant manger à table que ramasser les miettes !

Et Glenn Carter mangeait si bien qu'il choisissait sa table et n'avait plus, chaque soir, que l'embarras du choix. C'est pour cela qu'il n'étonna personne en annonçant, sur le coup de trois heures de l'après-midi et au milieu du brouhaha général d'avant le *O.K.* de R.A. Berkeley, qu'il était obligé de s'en aller. Les petites secrétaires du *Paris New-Yorker* le regardèrent partir en se poussant du coude.

— C'est une femme qu'il va retrouver, pour sûr !

Mais Glenn Carter, son chapeau vissé sur le sommet du crâne, les saluait déjà.

— Vous ne croyez pas si bien dire, mes jolies.

Dans l'escalier admirablement modern style — nouilles en pot et lianes tressées en guise de luminaire — de l'immeuble du boulevard des Capucines, il croisa son patron.

— Je suis sur un coup..., lui lança-t-il au passage.

Puis, sortant à demi une carte chiffonnée de sa poche, il ajouta :

— Mata-Hari fera ce soir la « Danse des Sept Voiles » de

Richard Strauss et on dit que Jo Wright en personne sera dans la salle.

Quelques minutes encore, et le gros moteur de sa minuscule Bugatti BC 7 ronflait comme une chaudière bourrée jusqu'à la gueule. Cela faisait cinq ans que la jeune femme suppliait l'auteur de *Salomé* et d'*Elektra* de lui permettre de danser sur sa musique, et Jo Wright était l'un des tout premiers directeurs de Hollywood qui faisaient le voyage de Paris pour voir Mata-Hari. C'était une double occasion à ne pas manquer, la danseuse brillerait de tous ses feux, et Glenn Carter voulait s'en rendre compte.

— Tu me trouves comment ?

Elle interrogeait, avide d'un mot, un seul...

— Ravissante.

— Mais encore ?

— Admirable.

Elle le voulait, ce mot qu'il ne prononçait pas, et interrogeait encore :

— Et après ?

— Sublime.

Alors elle éclatait, déçue, amusée, rayonnante.

— Tu ne peux pas dire « belle », comme tout le monde ? Simplement belle !

Face au grand miroir doré orné de motifs de bronze — des lions et des chimères, des tigres fantastiques venus de Chine ou de Gobi — Mata-Hari jouait de la main dans sa longue chevelure et regardait dans la glace le reflet de son visiteur, assis dans un fauteuil crapaud, sa canne à manche d'ivoire sur les genoux.

— Tu ne peux pas dire « belle », tout simplement ?

Astruc — car c'était lui — répondit d'un sourire :

— Les autres te le disent à longueur de journée, mon ange ! Laisse-moi le privilège d'être le seul à ne jamais avouer le mot « beauté » devant toi.

Cinq années avaient passé, l'imprésario avait tenu sa promesse et la danseuse était bien devenue une étoile. La petite jeune femme de l'appartement de la rue Taitbout avait oublié sa chrysalide, ses ailes avaient poussé et son nom scintillait désormais au firmament d'un Tout-Paris qui était à ses pieds. Tout cela, et plus encore, elle savait que c'était à lui qu'elle le devait, et elle lui en gardait une tendresse que jamais un geste, jamais un éclat de voix, n'avait démentie.

— Tu es le seul, tu sais..., lui disait-elle parfois.

Il avait un petit rire amer.

— Le seul, oui...

Il pensait : le seul à ne pas coucher avec elle. Mais il n'en éprouvait pas un chagrin véritable. Il se disait que cela était mieux ainsi ; que les autres, les amants, les protecteurs, passaient, et que lui — et lui seul, oui — demeurait. Alors il mettait un point d'honneur à jouer les vieux amis bourrus ; les faux durs ; les tendres qui cachent leur tendresse sous une carapace d'ironie et de cynisme. Ainsi ces compliments précis — sa beauté ! — qu'il refusait de lui faire.

— Tu es grande, bien fichue, tu as du talent, d'aucuns te trouvent ravissante, d'autres admirable et d'autres encore, je te l'ai dit, sublime ; mais belle, non : je ne peux pas le dire !

La jeune femme se retourna brusquement, avec un rire amusé. On sentait que c'était là, entre elle et lui, une très ancienne plaisanterie, une manière de rituel, ces mots que l'on prononce avec un clin d'œil entendu parce qu'ils ont été une fois l'occasion d'une scène, peut-être d'une bouderie, mais que, désormais dépourvus de sens véritable, ils ne sont plus que le signe d'une entente profonde, chaleureuse.

— Tu sais que je me demande parfois s'il y a dans Paris un seul imprésario plus mufle que toi.

Mais déjà Astruc secouait la tête.

— Plus mufle ? Je ne sais pas. Plus attentif à sa clientèle, j'en doute.

Le visage de Mata-Hari devint brusquement grave.

— N'emploie pas ce mot avec moi, « clientèle », s'il te plaît...

Puis elle revint à son miroir.

Deux femmes s'agitaient autour d'elle, l'aidant à se

préparer pour cette soirée qui, déjà, faisait rêver tout Paris Il y avait Radji et Camille, la brune et la blonde.

Depuis trois ans à son service, Radji était sans âge. C'était une gamine noire et grave, qu'on avait fait venir de Pondichéry pour l'accompagner dans ses danses. Les doigts de Radji sur les cordes d'un sitar étaient un ballet éperdu, envoûtant, qui suffisaient parfois à mettre Mata-Hari dans une sorte de transe. On n'aurait pu imaginer silhouette plus menue, mais plus solide dans le même temps, que la petite Radji. Radji, cependant, ne parlait pas : rares étaient ceux qui avaient entendu le son de sa voix. Mais ceux qui avaient pu surprendre les longues conversations qu'il lui arrivait parfois d'avoir avec Mata-Hari savaient que son langage était le chant, sombre et très profond, coloré d'éclats de cuivre roux, du rossignol de Battambang, dont la danseuse disait qu'il berçait jadis ses nuits, sous la véranda de son père, à Java.

Quant à Camille, c'était le type même, l'archétype peut-être, le modèle en tout cas, de la petite femme de chambre bien parisienne, la langue pendue comme il n'était pas permis, la taille si fine que les deux mains nouées d'un officier de cavalerie en faisaient sûrement le tour, et des petits cheveux frisés qui s'échappaient de partout sous sa coiffe.

— Je suis née à Belleville, et ça vous colle à la peau, un bulletin de naissance pareil ! lançait-elle à qui voulait l'entendre.

Pour le moment, l'une et l'autre s'affairaient à parer la danseuse qui avait quitté le long miroir de cuivre pour un autre, d'or celui-là, ciselé à Pernambouc par un orfèvre aveugle qui ne travaillait qu'au toucher.

Plus grave que jamais, Radji dessinait sur le visage de sa maîtresse les premiers traits — ocre sombre, lignes mauves sur la paupière — du maquillage sacré, tandis que Camille lissait de la main la cape de velours noir et bronze, la mantille en Chantilly et les longs gants de suède doré que la jeune femme allait porter.

— Il n'ose pas dire qu'il me trouve belle ! murmura Mata-Hari sans presque remuer les lèvres, tant le travail de Radji était celui d'une miniaturiste appliquée à colorier une gravure. Moi ! Pas belle ! Les hommes sont fous, ma pauvre Camille.

— Tous ?

Le rire de Camille fusait comme un quolibet de gamin des rues.

— Tous, ma petite Camille, tous, répondait Astruc. Mais c'est l'amour de Mata-Hari qui les rend fous !

Peut-être Mata-Hari allait-elle répondre, mais la main gauche de Radji la tenait maintenant avec fermeté pour souligner sa lèvre supérieure d'un éclat de cristal. Aussi se contenta-t-elle de lever les yeux au ciel : il y avait entre elle et ses amis — car Radji, Camille et Astruc étaient ses amis les plus proches sinon, on le verra, ses parents — une manière de gaieté, d'amusement continu, même s'il était parfois traversé de longs moments de mélancolie. Cet enjouement contrastait étrangement avec l'image grave, voire austère, que la danseuse donnait d'elle au public et aux gens du monde qui constituaient sa cour.

— L'amour de Mata-Hari..., répéta Astruc pour lui-même.

— Vous ne pouvez pas imaginer quelle jeunesse pouvait rayonner en elle, remarque-t-il maintenant à mi-voix, quelle volonté de vivre, jusque dans les moments d'une existence qui n'avait pourtant, si longtemps, été que parade, costume de scène et photos généreusement décolletées.

Desvilliers, qui n'avait connu d'autre Mata-Hari que celle des banquiers, l'idole des esthètes au portefeuille rembourré et des dames empanachées qui se pressaient autour d'elle — avant de connaître la Mata-Hari de la fin, du grand trou noir de ces mois de 1917 où tout allait s'achever —, écoute avidement : c'est pour lui, c'est pour tous ceux qui se sont fait de la danseuse l'image de tout le monde, qu'Astruc se souvient.

Ces longues plages d'un badinage inutile et charmant : comme si toutes les angoisses qui étreignaient la jeune femme étaient, certains jours, abolies. Cette longue scène de maquillage devant un miroir d'or et avant une danse de plus.

— L'amour, ça sert à quoi ? Est-ce que ça se mange, ou est-ce que ça se dépense ?

Le premier masque de couleurs — bronze et ocre sombre — était posé sur le visage de Mata-Hari, et Radji était maintenant occupée à y dessiner des lignes d'or, mais la danseuse, redevenue une gamine insolente, interrogeait. Astruc grogna :

— L'amour ? Ne parle pas de ce que tu ne connais pas !

Quelle sourde tristesse, soudain, dans la voix de l'imprésario. Alors Mata-Hari prenait un air faussement pénétré.

— C'est vrai : je ne connais pas.

— Tu n'as jamais eu envie d'apprendre ?

Le visage de la jeune femme avait beau bouger, fût-ce imperceptiblement, Radji la maintenait d'un seul geste d'un seul doigt dans l'angle qu'elle lui avait donné.

— Apprendre, moi ? — le rire sonore, le rire gai de Mata-Hari. Apprendre, moi ? Mais je suis trop occupée, mon pauvre Astruc. N'est-ce pas, Radji, que je n'ai pas le temps ?

Le sourire de Radji n'était pas une réponse : tout juste l'aile du rossignol de Battambang qui effleurait cette fois son visage et le faisait s'ouvrir.

— Tu vois, reprenait Mata-Hari, Radji est de mon avis : je n'ai pas le temps !

— Et le temps, c'est de l'argent.

— Ne sois pas méchant, Astruc. Dis-lui, toi, Camille, qu'il ne faut pas être méchant avec moi.

Camille, qui n'avait plus rien à faire, n'attendait qu'un mot pour participer à la conversation.

— C'est vrai, monsieur Astruc. Madame est triste, ce matin.

— Toi, triste ? Tu n'as jamais eu plus de succès, plus d'hommes autour de toi !

La gravité alors, soudain, presque désespérée de Mata-Hari.

— Tous ces hommes, oui, tu as raison. Je dois être gaie, n'est-ce pas ?

Ne pas oublier, n'est-ce pas ? la valse des gros messieurs au portefeuille bien garni, les chaînes de montre au travers des gilets amidonnés sur trois pouces de graisse et bien plus d'estomac ; les cheveux poivre et sel de ces demi-vieillards, leurs dents jaunies, leurs mains qui traînent... Ne pas oublier cette ronde qu'ils dansent, depuis cette soirée chez Dumet et consorts où Mata-Hari est devenue Mata-Hari. Se souvenir des noms : Manessy, Scipion, vicomte de Barjac, marquis de Mergerie, baron Dupont, baron Durand, baron Duvide, baron Durien... Se souvenir de leurs comptes en banque et de leurs pavillons de chasse, des garçonnières à Auteuil et des petits hôtels dorés de Passy. Additionner le tout, multiplier par la grasse obscénité de leurs rêves étroits, diviser par ce qui reste, et se dire que Mata-Hari, depuis cette soirée, c'était cela...

— Mais pourquoi ? Pourquoi ? proteste Desvilliers qui mettra tout le temps d'un récit à comprendre.

Alors, Astruc lui donne la première clé, le début de la réponse.

— Pourquoi ? Parce qu'elle était une femme et qu'ils étaient — il corrige — : et que nous sommes tous des hommes.

Camille allait probablement lancer à sa maîtresse une de ces réponses drôles et désabusées dont elle avait le secret — moi, plus il y a d'hommes, plus je suis gaie : je ne comprends pas pourquoi ; mais eux, c'est le contraire, ce sont eux qui ne sont pas si gais d'être si nombreux ! — quand on sonna à la porte d'entrée. La jeune fille s'arrêta tout net.

— Va voir, Camille. Je n'attends personne et je ne veux voir personne.

La Mata-Hari joyeuse et ironique de l'instant d'avant était soudain devenue une femme triste.

— Et pas de journalistes ! Surtout pas de journalistes !

Astruc la regardait. Il connaissait si bien ces crises.

— Je te signale qu'il y a déjà cette miss Jones qui t'attend dans le petit salon !

Mais déjà Camille traversait le petit salon, faisait signe à une journaliste américaine arrivée depuis plus d'une heure que son heure n'était pas encore venue et, ouvrant la porte du vestibule, se trouvait face à Glenn Carter, un énorme bouquet de roses rouges à la main.

— Madame n'est pas là, affirma-t-elle d'entrée de jeu, par prudence.

Mais l'Américain posa un doigt sur ses lèvres.

— Comme vous savez mal mentir ! J'aperçois là-bas une collègue à moi qui attend. Je connais trop miss Jones pour savoir qu'elle ne se dérangerait pas pour rien.

Camille le dévisagea. Il était jeune, la trentaine solide, les épaules carrées, le menton volontaire et l'œil bleu, sous un teint hâlé de sportif. Mais ce fut sa fine moustache de séducteur de cinéma qui lui plut...

— Vous êtes journaliste ?

— Journaliste d'abord, Américain de surcroît, aviateur par folie, et peut-être amoureux pour couronner le tout.

Il brandissait son bouquet comme un étendard, et Camille ne pouvait pas ne pas rire.

— Ça fait beaucoup pour un seul homme, tout ça ! Attendez ici.

Le bouquet toujours à la main, Glenn Carter eut juste le temps de jeter un regard autour de lui : des peintures à la mode, des nus roses de Gervex et des nus blancs de Boldini. Et, surtout, un buste de terre rouge qui représentait Mata-Hari les épaules nues. Il y avait dans l'immobilité des lèvres entrouvertes une sensualité — une question aussi, un appel ? — qui troublait le visiteur. Mais Camille revenait déjà.

— C'est bien ce que je pensais. L'amoureux est de trop.

— Et le journaliste ?

Elle eut un clin d'œil en coulisse vers miss Jones.

— De ce côté-là, nous sommes déjà servis !

Camille savait obéir aux ordres qu'elle recevait. Elle

s'avançait donc, repoussant doucement l'Américain vers la porte restée ouverte et, au-delà, vers le palier. Mais Glenn s'amusait. Il continuait à s'offrir, à la manière d'un représentant en produits d'entretien dont on refuse le cirage et qui propose des brosses à reluire.

— Et l'Américain ? L'aviateur ? Vous êtes sûre qu'on n'a pas besoin de lui ?

— Repassez après Noël. Madame voyage surtout au printemps. L'Amérique, les avions, qui sait ? Vous aurez peut-être votre chance.

Elle avait presque refermé la porte sur lui, qu'il interrogeait encore :

— Et cette danse de Strauss, c'est vrai ?

— Si vous êtes invité ce soir, vous viendrez et vous verrez...

Avant de repousser tout à fait la porte d'entrée, elle avait quand même piqué une rose dans le bouquet que Carter avait renoncé à laisser derrière lui.

« C'est dommage, pensa-t-elle en revenant vers le boudoir où Mata-Hari achevait de se préparer, il était tout de même bien mignon, ce petit Américain. »

Toute son excitation tombée, Glenn Carter avait redescendu d'un pas lent les deux étages de marbre et de tapis rouge. Jusque-là, c'était seulement la curiosité du journaliste qui l'avait conduit. Mais, brusquement, dans cette antichambre où parvenaient les lourds effluves du parfum de la jeune femme, devant ce buste de terre cuite dont les lèvres lui avaient presque parlé, il avait éprouvé un sentiment qu'il ne connaissait pas. Une manière d'angoisse, aussi, un vertige : l'appel du vide.

Parvenu dans la rue, il jeta son bouquet inutile à l'arrière de sa voiture de sport et demeura immobile devant son volant.

— Ce n'est que plus tard que j'ai su d'où il venait, cet Américain fou et bien tranquille, capable d'aimer comme je ne pensais pas qu'on puisse savoir aimer...

L'histoire de Glenn Carter était pourtant à la fois très

simple et très étrange. Héritier d'une riche famille de Boston, il descendait tout droit de ces pèlerins qui avaient inventé la Nouvelle-Angleterre avant de faire l'Amérique. Son père, mort deux ans auparavant, lui avait laissé une affaire solidement cotée à Wall Street mais dont le jeune homme se désintéressait superbement. Aussi, le surlendemain de l'enterrement de Robert G. Carter, son fils avait-il quitté la maison de Beacon Hill, au cœur d'un quartier de brique rose et de jardins très verts qui dominait la ville. Sa mère avait eu beau le supplier de rester, de prendre en main l'entreprise familiale, il l'avait seulement embrassée sur le front.

— Pardonnez-moi, mère, mais je crois que, pour le moment, j'ai autre chose à faire.

A Harvard où il avait étudié le droit, Glenn Carter pratiquait déjà la boxe et le pilotage des petits aéroplanes du Massachussets First National Aero-Club. Et chaque fois que, le voyant partir pour l'une de ses équipées dans les airs ou sur un ring, son père lui demandait s'il n'oubliait pas ses livres et ses examens, Glenn répondait déjà :

— Pardonnez-moi, père, mais je crois que j'ai autre chose à faire...

Il avait empoché le même mois son doctorat en droit, un brevet de pilote et son premier K.O. sur un ring improvisé des bas quartiers de Boston.

Aussi, lorsque sa mère, une dernière fois, avait insisté :

— Et ce mariage avec la petite Cabot auquel nous avions pensé ?

Il avait seulement haussé les épaules — la seule vision de l'héritière Cabot, maigrichonne et confite en bondieuserie protestante, aurait suffi à lui faire traverser l'Atlantique — et il avait répété :

— Pardonnez-moi, mère, mais pour le moment je crois que j'ai autre chose à faire...

Deux mois après, il entrait au *Paris New-Yorker* comme chroniqueur sportif, courait d'un match de boxe à Pigalle à un dîner à Neuilly, buvait sec, plaisait à tous, en séduisait plus d'une mais vivait comme une sorte de moine au sommet d'un immeuble moderne qui dominait la Seine, la place de l'Alma et les rondeurs bulbeuses des verrières du Grand Palais.

— Une sorte de moine sportif.

Astruc secoue la tête : la question qu'il s'était toujours posée.

— Oui. Une sorte de moine. Jusqu'à sa rencontre avec Mata-Hari, personne n'avait jamais connu à Glenn Carter une seule aventure.

— Il est sûrement trop jeune ! conclut Mata-Hari quand Camille eut achevé de lui rapporter sa conversation avec l'Américain.

Elle riait de nouveau. « Cette fille est impayable ! » pensa-t-elle en regardant Camille et sa rose à la main. Elle se disait aussi qu'elle avait de la chance d'avoir pu trouver une Camille pour la débarrasser si subtilement des gêneurs, et elle lui souriait dans la glace.

— Pas bouger, chanta Radji.

« Et Radji aussi est merveilleuse », se dit encore Mata-Hari, toute sa bonne humeur revenue.

— Il est sûrement trop jeune, répéta-t-elle.

— Tu préfères les vieux renards comme moi ?

Astruc et sa bedaine, Astruc et sa barbe, Astruc et son gilet et sa chaîne de montre, comme les autres ; mais Astruc et son sourire, sa bonté.

— Toi, c'est différent : je pourrais t'aimer !

Le bon gros rire d'Astruc, alors :

— Dieu t'écoute et nous ait en sa garde !

Lentement, ainsi, au rythme d'une conversation qui n'était qu'un échange de remarques apparemment sans conséquence mais plus graves pourtant qu'elles ne le semblaient, le visage de Mata-Hari prenait, sous les doigts agiles de Radji, son masque divin.

Brusquement, elle se retourna : le maquillage était fini.

— Comment tu me trouves ?

« Belle... », faillit dire Astruc, mais il se reprit et remar·
qua seulement :

— Jamais tu n'as été si bien.

L'or et le bronze, l'alliage infini de tous les rouges du
cuivre et des larmes de perles, les lèvres modelées et
boudeuses qui riaient... Astruc en aurait pleuré.

— Tu crois que ce M. Wright, lui, me trouvera belle ?

— J'espère surtout qu'il te plaira.

Elle allait et venait dans la pièce, se retournait vers la
glace et souriait à son image. Camille jouait toujours avec la
rose qu'elle avait prise dans le bouquet de l'Américain :
Mata-Hari s'en empara et la piqua dans sa chevelure. Radji
fit la moue.

— Si j'en crois ton experte attitrée, ce dernier détail n'est
pas authentique, remarqua Astruc.

Mais Mata-Hari fixait la rose avec une épingle.

— Je la porte : maintenant, le détail devient authentique,
non ?

Mais Astruc regardait déjà sa montre :

— Maintenant, mon ange, je crois qu'il faut que tu te
dépêches... Tu vas finir par être en retard. Et puis, il y a
cette journaliste qui t'attend à côté.

Le visage de Mata-Hari se rembrunit.

— Ah ! La journaliste... c'est vrai.

Elle était devenue grave. Comme si, d'un coup, elle avait
revêtu une autre peau : celle de l'artiste qui se prépare à
entrer en scène.

— La journaliste, c'est vrai. Eh bien, allons-y. Mais je lui
parlerai après.

Il y eut un mouvement dans tout l'appartement, un
brouhaha, des portes claquèrent — un sitar, déjà deux ou
trois fois pincé — et Mata-Hari, suivie de son escorte —
Astruc, Camille, Radji à qui s'était jointe miss Jones : on lui
avait seulement fait signe de se taire lorsqu'elle avait voulu
poser sa première question —, descendait le grand escalier
de l'immeuble aux lourdes décorations de stuc et de marbre
pour s'engouffrer aussitôt dans une grosse automobile
conduite par un chauffeur en livrée gris perle qui attendait
devant la porte. « Tiens, j'aurais dû penser à faire mettre un

turban au chauffeur, la note aurait été plus insolite », se dit
Astruc en refermant la portière sur eux.

Dans la voiture, toutes vitres relevées, chacun se taisait
La journaliste, enfin, se décida :
— Est-ce que je peux vous demander, maintenant, si
M. Wright...
Mais Astruc l'arrêta aussitôt.
— Chut... Pas encore. Et surtout pas ici. Mata-Hari se
recueille toujours avant chaque cérémonie.
Lui aussi jouait le jeu du mystère sacré qu'ils avaient l'un
et l'autre, au fil des ans, si bien élaboré. Puis il s'abîma dans
la contemplation du visage de la jeune femme. Quelque
chose de remarquable se passait en effet dans cette voiture
moderne et capitonnée, où tout était synonyme de luxe, de
vieille Europe et de confort : parfaitement immobile, le
visage de Mata-Hari se tendait sous son hâle de bronze et
d'or, ses traits se durcissaient, et ce masque qu'il avait en
face de lui, dont les contours s'estompaient dans la lumière
du soir, devenait soudain celui-là même des danseuses de
pierre auquel il était emprunté, ces prêtresses agenouillées
de Bârâbudur et de Lara Jongrang, ces Târâ debout,
abîmées en une prière de l'esprit et de la chair : Mata-Hari
était une orante. Jusqu'aux lèvres un peu épaisses, presque
boudeuses, qui semblaient remuer très lentement en une
manière de prière. Et Astruc se demanda soudain si la jeune
femme croyait vraiment à ce qu'elle faisait, ces danses, ces
invocations, ces prières. Et si ce rôle de femme inspirée par
une vocation presque divine qu'elle tenait si superbement
depuis qu'il l'avait découverte, elle n'avait pas fini par s'en
imprégner au point de se laisser elle-même gagner par la foi
qu'elle soulevait chez les autres. D'ailleurs, cette impression
confuse — cette inquiétude ? —, il l'avait déjà éprouvée à
deux ou trois reprises dans le passé, mais chaque fois, un
grand éclat de rire de Mata-Hari, soudain revenue sur terre,
avait dissipé ses doutes. Ce soir-là pourtant, devant une
miss Jones inconnue qui venait l'interroger pour le compte
d'une chaîne de journaux américains, la jeune femme

semblait plus que jamais pénétrée de ce qu'elle allait accomplir moins d'une heure plus tard et devant des noceurs en extase — et Astruc en était bouleversé.

— Allons, ce n'est pas si grave que cela, murmura-t-il en avançant une main jusqu'aux genoux de Mata-Hari qu'il tapota, comme pour la rassurer.

Mais celle-ci releva brusquement la tête, perdit ce masque figé qu'elle avait emprunté à des livres d'images et fit un discret clin d'œil à Astruc.

— Je suis une danseuse sacrée, non ?

Tant de gouaille soudain ; une si belle insolence : Astruc en fut aussitôt rassuré.

L'hôtel de Ferdinand de Girard, construit à l'angle d'un terrain resté encore jardin dans le bas de l'avenue des Champs-Elysées, avait été élevé quelque trente ans plus tôt par un banquier mondain foudroyé par le démon de midi et celui de la danse, à la gloire d'une maîtresse trop aimée, ballerine à ses moments perdus et qu'il avait partagée avec une bonne centaine de ses amis. Les fils sagement vieillis et noblement ventrus de ces messieurs-là se pressaient ce soir sous la marquise en forme de triple feuille de nénuphar qui protégeait le perron, devant les six marches de marbre perle et la double rampe de cuivre poli par les gants de soie blanche des maîtres d'hôtel déjà debout au garde-à-vous.

— Le gratin..., murmurait l'un, déférent, qui venait de prendre ses fonctions.

— Tout au plus la ville et la campagne, lui répondait un autre, blasé.

Ville, campagne ou gratin : les messieurs à jaquettes, les dames aux robes de Poiret, n'avaient, en tout cas, qu'un nom sur les lèvres, celui de Mata-Hari.

Près de l'antichambre où un aboyeur annonçait les invités, Ferdinand de Girard était nerveux, et ses doigts jouaient machinalement dans les formes cambrées de ces meubles aux ventres de femmes que Rupert Carabin y avait voluptueusement dessinées pour lui.

— Mon cher, vous n'avez aucune raison de vous inquiéter : les soirées avec Mata-Hari sont les plus réussies de Paris, tentait de le rassurer un ami.

Mais Girard répondait seulement par un bref sourire : il le savait bien que ces soirées organisées par Astruc chez des gens du monde avec l'art consommé d'un imprésario à l'américaine se terminaient toutes en triomphe. Et que Richard Strauss eût accepté qu'en conclusion de ces célébrations sacrées, la danseuse effectuât ce soir-là la célèbre « Danse des Sept Voiles » de sa scandaleuse *Salomé*, en rehaussait encore l'éclat. Non, ce qui inquiétait le fringant Ferdinand de Girard, sanglé à mort dans le corset dont il espérait, bien en vain, qu'il lui donnerait une taille de jeune homme, c'était ce qui se passerait *après* la soirée. Mais là encore, l'ami prévenant fut plus que rassurant.

— Ne vous faites pas de mauvais sang, Ferdinand, Mata-Hari honore toujours ses contrats. Et le contrat stipule une soirée entière, n'est-ce pas ? Tout le monde sait qu'à Paris, les soirées durent jusqu'aux petites lueurs de l'aube, même si vos invités se retirent vers les minuit...

Ferdinand de Girard eut un coup d'œil reconnaissant pour ce connaisseur de la vie parisienne qui lui prodiguait ainsi les paroles qu'il voulait entendre, et se précipita en souriant — trop affable — vers un hôte de marque qui s'avançait vers lui.

— Mon cher baron, je suis honoré de votre présence...

Puis, dès que le baron Victor, financier sans scrupule mais boursier heureux, lui eut tourné le dos, il se pencha vers son ami.

— Celui-là, je n'aime pas le voir ici. On m'a dit qu'il avait des vues sur ma protégée.

Son interlocuteur eut un petit rire.

— Votre protégée ! Votre protégée : comme vous y allez ! Nous sommes quand même plusieurs ici à la... protéger, comme vous dites.

Cette fois, la remarque ne plut pas à son hôte, qui lui tourna le dos.

Tandis que le baron Victor, avec l'assurance d'un général en pays conquis, fendait la foule des invités.

N'eût-ce été que par sa stature, le baron Victor en aurait déjà imposé à plus coriace ou vorace que Ferdinand de Girard. Car le « baron » Victor — on gardera son titre entre guillemets — était à la fois vorace, coriace et dénué de tout scrupule. C'était une espèce de colosse de près de deux mètres de haut qui portait en collier une barbe noire, luisante et grasse, aux reflets étrangement bleutés. Son nez proéminent et les sourcils larges, qui barraient presque son front, lui donnaient une allure de géant féroce auquel les lèvres épaisses ajoutaient une touche de sensualité humide. Mais Victor, on l'a dit, était riche, il savait faire fructifier son argent en le dépensant avec une superbe savamment calculée, et les groupes des invités de Ferdinand de Girard s'ouvraient devant lui, tout remplis d'un respect teinté de crainte.

— Ce cher baron ! Ainsi vous êtes bien venu !

Un homme à l'accent étranger s'était approché de lui, qui lui serrait la main. L'homme était au moins aussi corpulent que Victor, presque aussi haut, et la poignée de main qu'ils échangèrent, l'air entendu qu'ils avaient tous deux, les mots qu'ils prononçaient à mi-voix : tout, dans leur rencontre, évoquait le pacte qu'auraient conclu deux maquignons sur un champ de foire. Pour quel bétail ?

Mais l'un était le maître et l'autre, à l'accent étranger, seulement un fournisseur. Aussi la conversation entre les deux hommes ne dura que quelques instants.

— Et je compte avant tout sur votre discrétion, Zelle..., murmura le baron en quittant son interlocuteur.

Celui-ci s'exclama presque :

— Vous savez que vous pouvez vous reposer entièrement sur moi...

Le baron avait déjà disparu dans la foule.

« Quand on paie, on peut compter sur moi », pensait, en se dirigeant vers le buffet celui que le formidable banquier avait appelé Zelle. « Et comme, pour le moment, c'est lui qui paie le mieux... »

D'un pas alourdi par les quelques cognacs coupés de verres de bière qu'il avait déjà ingurgités, Zelle s'approcha de la longue table derrière laquelle s'agitaient des maîtres d'hôtel en habit à la française.

— Une coupe, lança-t-il avec un clin d'œil au serveur qui s'était avancé.

Il détestait le champagne mais se disait, qu'après tout, il faut savoir se conduire en public. Alors, accoudé au buffet, il regarda autour de lui. Tohu-bohu las des soirées mondaines de partout en Europe, foule des bedaines, des favoris et des barbiches, montagnes de petits fours, châteaux crénelés de pains fourrés, fruits déguisés et douairières aux aguets derrière des nappes blanches. Deux messieurs, largement décorés de toutes les Légions d'honneur du monde, devisaient, une coupe de champagne à la main. Voyant le gros homme venir vers eux, ils s'interrompirent avec les égards qu'on doit à qui détient une once de pouvoir en toute bonne république. Il y avait un ministre et un sénateur millionnaire : Zelle, lui, n'était que hollandais, mais pour eux il était cette fois le maître.

— Alors, on nous promet un spectacle plus qu'exceptionnel, ce soir ?

Manessy, le ministre, avait les yeux qui brillaient. Les lèvres du sénateur Demarcy étaient gourmandes.

— On m'a dit qu'Elle se déshabillerait peut-être un peu plus que d'habitude.

Mais Zelle aimait jouer les mystérieux :

— Messieurs, je vous en laisse la surprise...

Puis il s'éloigna de sa démarche pesante. Reprenant leur conversation, les deux élus de la république continuèrent à évoquer les charmes de Mata-Hari, puisqu'Elle, c'était elle. Vieilles confidences, apartés de vieillards obscènes...

— Je ne dis pas qu'il y a quelques années, cette petite ne m'aurait pas... tenté...

— Allons, mon cher ministre, ne vous faites pas plus modeste que vous ne l'êtes ! Nous savons tous que...

Mais Manessy faisait déjà signe à son vieux complice en débauche de baisser la voix.

— Je vous en prie ! Je suis un homme marié. Et puis, il y a les fonctions qui sont les miennes...

Il regardait, de côté, un officier sanglé dans un uniforme

vert foncé dont chaque bouton portait la figure d'un aigle menaçant.

— D'ailleurs, j'aimerais mieux que nous fassions quelques pas dans la galerie. Il y a des rencontres que je préfère éviter.

Il jeta un nouveau regard vers l'officier étranger avant de prendre le bras du sénateur. Il est vrai que l'uniforme vert à boutons d'argent était celui de l'armée allemande.

Le ballet des voyeurs, la danse sinistre des hommes autour de cette femme, qui duraient depuis le premier jour...

— On dirait bien que, pour ces bons Français, l'art aussi a des frontières..., murmura en allemand Kieffert, attaché militaire en second à l'ambassade d'Allemagne à Paris, qui avait remarqué le manège de Manessy.

— Et pas pour nous ? répondit Schön, son compagnon.

— Vous savez bien que, pour des gens comme vous et moi, les frontières n'existent pas ! Tout notre art consiste, justement, à les ignorer !

Si Schön, l'adjoint de Kieffert, était, jeune encore, la caricature même de l'officier prussien au visage fendu comme il se doit d'un coup de sabre, Adolph Kieffert, la cinquantaine tout juste commencée, avait un beau visage grave et doux : celui de ces tueurs, peut-être, qui versent une larme avant de retirer la lame de la blessure de leur victime.

— Mais moi aussi, je préfère m'éloigner de ce buffet : ce pauvre Manessy a raison, il y a ici des gens qu'on préfère ne pas rencontrer.

Un peu à l'écart, coincé entre deux convives, un petit homme à lorgnon — nous dirons que son nom était Lenoir — paraissait ne pas perdre un mot de ce que disaient les deux Allemands.

— Ils étaient bien tous là ! conclut Astruc en se rappelant la foule de ceux qui l'entouraient comme il franchissait les marches du perron, le marbre gris perle et la marquise, en nénuphars de verre, suivi de Mata-Hari devant laquelle on se retournait, et de son cortège de femmes, Camille, Radji et miss Jones. Ils étaient bien tous là, les gens du monde et les rapaces, les vautours et les aventuriers de tout poil, les prostituées de luxe, leurs michés et leurs gitons. On aurait dit qu'ils se doutaient que, quelques semaines encore, et ce serait le début de la marche à la mort...

La voix de Desvilliers vient des profondeurs d'un rêve lointain, ancien...

— Mais est-ce que vous-même, vous n'en faisiez pas partie, de ces carnivores-là ?

Un bref sourire parcourt le visage d'Astruc.

— Nous nous repaissions tous de chair fraîche. Le tout est de savoir épargner à nos victimes la honte de notre appétit. Mon appétit à moi...

Il a un geste de la main : il y avait bien longtemps qu'il avait renoncé à l'assouvir, sa faim de carnivore à lui.

— D'ailleurs, parmi les fauves, on rencontrait quand même quelques visages amis.

Ainsi Glenn Carter...

L'aviateur journaliste était toujours sous le coup de l'émotion ressentie pour la première fois dans le vestibule de l'appartement de Mata-Hari, mais il ne savait pas encore que c'était là le premier signe d'une maladie dont il ne se relèverait jamais — l'amour. Aussi avait-il réussi à s'introduire dans la place en graissant la patte d'un huissier et, debout devant le bar, était-il la caricature même du reporter américain avide de tout savoir, à la fois ingénu et brutal.

— Si je vous disais, mon vieux Varlov, que je ne l'ai jamais vue, vous me traiteriez d'Iroquois, n'est-ce pas ?

Son interlocuteur était un autre étranger, russe celui-là, et secrétaire d'ambassade.

— Vous autres, Américains, êtes plus ou moins tous de bons sauvages, vous le savez bien !

Varlov lui tendait une coupe de champagne.

— Buvez toujours cela en attendant, ça vous mettra dans

l'ambiance de notre Europe décadente. Et essayez du moins de ne pas faire comme tous les autres !

— C'est-à-dire ?

— Tomber amoureux d'elle, parbleu !

Glenn haussa les épaules et vida le verre de champagne qu'il tenait à la main en regrettant que ce ne fût pas du bourbon.

— Je ne risque rien : une fois pour toutes, j'ai juré de ne pas tomber amoureux avant l'âge fatidique de trente-trois ans !

— Peut-on savoir pourquoi trente-trois ans ?

Glenn vida une seconde coupe avec une grimace : décidément, il n'aimait pas cela !

— Eh bien, vingt-deux, c'est trop jeune, et quarante-quatre quand même un peu tard pour se laisser aller pour la première fois !

— Et vous avez quel âge aujourd'hui ?

L'Américain réfléchit un instant.

— Diable ! Je ne m'en étais pas rendu compte. C'est mon anniversaire dans trois jours et j'aurai précisément trente-trois ans !

Il allait vider une troisième coupe avec la même grimace quand il se fit un remous du côté de la salle où une estrade avait été élevée.

— Ça commence ?

— Pensez donc ! Mata-Hari sait faire durer le plaisir de l'attente. Il faut être préparé à la voir pour savourer tout son art. Ce n'est que son imprésario, qui fait toujours beaucoup de bruit.

Astruc sortait en effet du petit salon transformé en loge pour la danseuse, et il jetait des regards anxieux vers la porte d'entrée. Comme il passait devant Varlov, celui-ci le salua.

— Eh bien, Astruc, vous semblez préoccupé ? C'est un grand jour, pourtant...

Astruc regardait toujours vers la porte.

— Oui, mon ami, je suis inquiet. Ce Joseph Wright qui vient tout spécialement d'Amérique pour Mata : je ne voudrais tout de même pas qu'on commence sans lui... Mais Girard s'impatiente.

Il avait parlé d'une seule haleine, en s'épongeant le front. Comme il s'arrêtait, le diplomate russe en profita pour lui présenter Carter. Malgré son air préoccupé, Astruc se mit à rire.

— Ah ! C'est vous, l'aviateur journaliste !

Les deux hommes se serrèrent la main : entre l'imprésario à la fois agité et bougon, affable et rusé, et le journaliste décidé qu'était Glenn Carter, quelque chose, un courant — l'amitié, tout simplement ? —, était passé. Et désormais, ce serait côte à côte que les deux hommes se battraient pour Mata-Hari.

— Vous permettez, poursuivit Astruc, mais je vais quand même jusqu'à l'entrée prévenir les huissiers... En ce bas monde, les larbins sont plus snobs encore que leurs maîtres ; et ils seraient capables de foutre mon Wright à la porte s'il ne montre pas un carton d'invitation en bonne et due forme !

Glenn le vit s'éloigner, lourd et pataud, vers le grand hall d'entrée.

— Décidément, pensa-t-il, ces Français sont de bien curieux mammifères...

Dans son regard amusé brillait aussi tout l'étonnement, toute la curiosité presque innocente de ce Huron de Nouvelle-Angleterre, sinon de cet Iroquois qu'il était bien au fond de l'âme.

L'attente se prolongea encore un bon quart d'heure, puis il y eut une nouvelle rumeur, un homme en veston de ville, un cigare à la main, apparut sur le seuil du salon où Astruc, rassuré — c'était Joseph Wright qui venait d'arriver, en son costume de producteur américain *made in Hollywood* —, put donner le signal : le spectacle allait commencer.

— Maintenant, mon cher Glenn, soyez prêt à tout, et retenez votre cœur si vous ne voulez pas le voir s'envoler !

Il allait vider sa sixième ou septième coupe quand le brouhaha s'amplifia du côté de la salle où les invités attendaient, puis ce fut le silence. Alors une musique lancinante de sitar pincé s'éleva, l'ombre gagna lentement les salons et les spectateurs prirent place : un projecteur inondait la scène d'une lumière dorée.

— Je l'ai vue, moi aussi, cette danse de Mata-Hari que Ferdinand de Girard donnait pour le plaisir de ses amis, et pour le plaisir aussi de pouvoir le lendemain se dire un homme comblé, remarque à son tour Desvilliers.

Parce que c'est à son tour d'entrer dans la ronde des souvenirs. Cela fait trois jours, huit jours que la guerre est finie et que les lampions du 11 novembre se sont éteints dans le parc Monceau. L'allégresse qui régnait dans les rues, les clochers qui sonnaient à toute volée, la folle gaieté de ceux qui voyaient enfin un terme à quatre années de mort qu'ils disaient quand même nobles et héroïques, s'est, elle aussi, dissipée. Maintenant, on fait les comptes. On attend le retour de ceux qui reviendront peut-être et on tremble de ne pas les voir rentrer. Dans les mairies, déjà, on établit des listes. Ce seront elles qu'on gravera demain ou l'an prochain en lettres d'or dans le marbre blanc, sous la statue du coq ou du poilu de bronze entourée de quatre obus renversés sur les places des villages. Trois jours ? Huit jours, l'armistice ? Déjà l'heure de la joie est bien passée, on entre dans la vallée des larmes. Mais ni Astruc ni le lieutenant Desvilliers n'ont vraiment bougé de ce salon au-dessus d'un parc. Pour eux, le compte a été vite fait. Une morte, qu'ils ont tous deux aimée.

— J'étais, je vous l'ai dit, dans la salle, ce jour-là...

Ce fut d'abord le rituel dont la première démonstration, jadis, au musée Dumet, n'avait été que l'ébauche, une sorte de répétition grossière et malhabile : ce que virent pour la première fois ce soir-là un Desvilliers et un Glenn Carter fut une manière d'achèvement. Une gestuelle lentement élaborée dont chaque déplacement, jusqu'au plus infime signe de

71

deux doigts rapprochés, était comme l'alchimie d'un verbe dont la grammaire unique était la beauté.

— Toute la magie incroyable et bouleversante d'un Orient réinventé..., répétait pour lui seul le vieux Dumet qui l'avait pourtant vue se construire avec les années, cette magie-là.

— Je me souviens d'un brahmane dans un temple de Sogourou, qui avait dévoilé pour moi les statues interdites, répondait — se parlant à lui-même lui aussi — un poète opiomane dont les sonnets avaient la subtilité nacrée de trois vers de Tu Fu.

— Et cette main, simplement, cette main qui s'avance, soupirait un peintre orientaliste qui découvrait des harems, ... puis, lentement, ce seul déhanchement !

Ils parlaient à voix basse, les vieux beaux en extase, les banquiers sous le charme, les barons d'industrie matelassés de traites à trois mois à jamais renouvelables. Et leurs voix se répondaient, mêlées à celles des vrais esthètes, des amoureux de la pure beauté, des fous, des artistes et des faux cyniques.

La danse dura : un moment unique pendant lequel trois cents personnes, un même souffle suspendu, regardaient... Alors Desvilliers explique :

— Pour la première fois, la beauté absolue d'une femme et d'un corps nu me frappait de plein fouet !

Il était subjugué, Desvilliers : d'un coup, il était amoureux. Comme était soudain amoureux — et à jamais — Glenn, l'Américain, qui avait pourtant juré que... Il avait pris le bras de Varlov.

— Cette femme...

Oh ! parler d'elle, la regarder, la dévorer des yeux, et puis le dire.

Glenn Carter était, lui aussi, incapable de formuler ce qu'il ressentait. Il avait commencé, pourtant : « Cette femme... » Et puis il s'était tu, tandis que la musique et les odeurs d'encens lui faisaient tourner la tête et qu'il désirait, au-delà du désir, tout de cette femme : ces seins que retenaient seulement deux coupes d'or débordantes d'une chair jeune et solide au modelé parfait ; ces jambes, ces colonnes d'un temple idéal dont tous se rêvaient subitement les servants ; et ce ventre, enfin, nœud de leurs désirs à tous, au centre duquel rutilait un rubis de Chambouz.

La danse dura, la musique... Puis il y eut tout juste le temps d'un soupir avant que Mata-Hari n'enchaînât enfin sur le grand moment de la soirée, cette musique de *Salomé* qu'elle n'a jamais dansé que dans nos rêves. Et cette fois, ce fut l'extase : lentement, revêtue de sept voiles transparents qu'elle perdit un à un, enveloppée alors de lumières dorées et de fumées bleues qui pâlissaient à mesure que le corps offert devenait plus nu, elle était une prêtresse barbare traversée des spasmes de l'amour.

Les lourdes harmonies de Richard Strauss battaient aux oreilles de ces hommes comme un pouls trop rapide, un souffle qui vous vient du cœur.

— Vous pâlissez, Glenn, murmura Varlov.

Mais ni Glenn, ni Desvilliers, ni même Astruc, blasé pourtant, n'auraient entendu la remarque d'un Varlov qui jouait les indifférents : tous retenaient leur respiration et attendaient.

— Vous pâlissez, Glenn...

Varlov avait pourtant répété sa remarque, mais la main de Carter se crispa davantage sur le bras du diplomate russe.

— Cette femme..., répéta-t-il.

Et ses lèvres tremblaient.

La musique, alors, se déchaîna, balancement syncopé, grands appels sauvages d'un orchestre réduit à quelques cordes et à une poignée de cuivres qui résonnaient comme mille instruments réunis en frémissants accords sous la voûte Napoléon III d'une salle de bal et, d'un coup, le dernier voile flotta. Pour la première fois, Mata-Hari était nue. Totalement, absolument, indiciblement nue. Le dernier voile tomba — un vieillard tomba aussi, banquier comme de raison et foudroyé de surcroît par une crise d'apoplexie : mais qui l'avait remarqué ? — et, l'espace d'un instant, Mata-Hari se dressa donc nue : à en trembler de désir. Mais la danse était finie, un rideau s'abattit et, sans pitié, les lumières revinrent dans la salle éclairer brutalement trois cents visages éperdus de plaisir. Un peu de bave, parfois, aux commissures des lèvres.

D'un geste machinal, Glenn Carter lissait sa moustache.

Ensuite, ce fut la ruée : chacun voulait courir en coulisses — les coulisses : un boudoir cramoisi — féliciter la prêtresse qui venait de les envoûter. Mais Mata-Hari, enveloppée dans des châles, n'acceptait de recevoir personne. Glenn fut le premier au nez de qui la porte se referma.

— Vingt minutes ! Qu'on lui laisse vingt minutes pour se reposer..., lança Astruc à la volée avant de la suivre dans la petite pièce.

C'est à ce moment que le colosse hollandais, dont on a dit qu'il s'appelait Zelle, bouscula Glenn. L'huissier par trop galonné qui gardait l'entrée protesta.

— On ne passe pas !

Mais Zelle se retourna, un cigare entre les dents.

— Dites donc ! Vous ne savez pas à qui vous avez affaire ?

L'huissier se reprit aussitôt.

— Je vous demande pardon, monsieur Zelle.

Et le gros homme entra. Glenn Carter se pencha vers Varlov.

— Qui est ce Zelle ? Son amant ?

Varlov haussa les épaules.

— Non, mon cher. C'est son père !

D'un coup, Glenn trembla. Il ne comprenait plus rien.

Plus tard, bien des semaines après, Glenn Carter devait avouer que la surprise qu'il avait ressentie en apprenant que ce géant vulgaire, presque malpropre et au moins débraillé, était le père de celle dont il était si subitement devenu amoureux avait été une manière d'anéantissement. Comme si, brusquement, il retombait sur terre, comme si, du royaume des déesses de Siva il se retrouvait — ce serait son mot — chez les marlous. Car n'était-ce pas précisément Adam Zelle, père de Mata-Hari, qui...

Mais l'Américain n'était pas revenu de sa surprise que Varlov lui rivait encore le clou.

— Eh oui, mon vieux : la prêtresse des cultes parfumés a été engendrée par un chapelier hollandais. Ce n'est pas le moindre des nouveaux mystères de Delhi : pourquoi pas ?

Il y avait pourtant la légende : le vieux baroudeur de l'armée des Indes, son épouse-esclave arrachée à un temple au cœur de Java ? Mais Varlov, voyant que son compagnon était ému, lui donna une bourrade amicale.

— Allons ! Vous en verrez d'autres. La vie de Mata-Hari est beaucoup plus simple qu'il n'y paraît : il suffit de savoir lire entre les lignes.

Pour le moment, nous en étions encore à ces longues plages de fatigue fiévreuse qui suivent les grands moments de beauté, mais où la violence, pourtant, rôde. Une scène de tous les jours de la vie de Mata-Hari. Elle-même apeurée, exsangue, et les hommes autour d'elle qui s'affrontent en un combat chaque jour renouvelé. Quelques instants, dès lors, de ce combat...

Très pâle et le front perlé de sueur, la jeune femme se reposait, entourée de sa cour — Astruc, Radji et Camille. Mais le volumineux Zelle s'était joint à eux, celui par qui l'orage arrive, en même temps qu'un cinquième personnage, âgé déjà, mais dont le nom reviendra souvent à la fin de ce récit d'une longue mise à mort : Bernard Clunet, son avocat.

— Il n'était vraiment que son avocat ? interroge Desvilliers avec, brusquement et après tous ces mois, après cette mort... un regain de jalousie.

Mais Astruc hausse cette fois franchement les épaules :

— A quoi voulez-vous jouer ? Nous étions tous là, autour d'elle. C'est cela qui compte.

Astruc se souvient cependant avec une manière de nausée de cette soirée.

— Mais c'était surtout Zelle qui comptait, ce jour-là. L'odieux Zelle, et ses manigances.

Figure de Zelle, massive et molle, lourd poids de chairs flasques et veules dans un costume débraillé qui pue le tabac et le genièvre, les odeurs rances des hommes laids ; Zelle qui, déjà accaparait celle qu'on avait dite sa fille, qui l'entourait de ses bras, lui parlait à l'oreille. Zelle omniprésent, encombrant, volubile et gros — et Astruc aux aguets, qui savait que cet homme pouvait, en un instant, anéantir ce qu'il avait mis des mois, des années à bâtir. Zelle commençait d'ailleurs son travail de destruction.

— Vous ne voyez pas que vous la crevez, cette gamine, avec vos Strauss à la noix ? Comme si elle n'avait que ça à faire !

Astruc, tout de suite, avait répliqué :

— J'ai, voyez-vous, la faiblesse de croire que Mata est née pour cela, oui...

Mais l'autre grognait en tirant sur son cigare.

— Et moi, mon cher monsieur, j'ai la faiblesse de me ficher pas mal de vos faiblesses !

Simples bribes, donc, de ce combat de chaque instant : il lui tournait déjà le dos. Astruc allait répondre mais Mata-Hari avait posé une main sur la sienne.

— Je t'en prie, Astruc, parle-moi plutôt de ton M. Wright. Qu'est-ce qu'il a pensé de moi ?

Zelle, Wright, Mata-Hari, les hommes et le pouvoir... Les couleurs, peu à peu, lui revenaient et elle se redressait maintenant sur la bergère où elle s'était à demi étendue. Du coup Astruc en oublia presque la présence de Zelle qui fumait rageusement dans un coin.

— Wright ? Mais il est subjugué, mon ange. Envoûté, sous le charme : c'est gagné !

Parce que c'était là, pour lui, l'objet de cette soirée : convaincre le magnat de Hollywood que Mata-Hari était faite pour le cinéma et que son nom, au générique du film et au sommet de ces temples baroques qu'on élevait déjà un peu partout à la gloire de ce qu'on commençait à appeler le septième art, était synonyme de succès, de millions de spectateurs multipliés par beaucoup plus de dollars encore.

— Tu l'as tout simplement mis dans ta poche, mon ange !

L'idée de jouer dans un film de cinématographe plaisait, bien sûr, à Mata-Hari, mais elle lui faisait aussi peur.

— Tu sais que tout cela m'inquiète.

Franchement mécontent de ces projets qui risqueraient peut-être de contrecarrer les siens, Adam Zelle, lui, continuait à bougonner.

— Du cinématographe ! Pourquoi pas une fusée dans la lune, tant que vous y êtes !

Mais Clunet renchérissait sur l'enthousiasme d'Astruc.

— Je n'ai pas encore causé avec lui, mais le moins que l'on puisse dire, c'est que, financièrement, c'est du solide. Je connais bien son avocat...

Comme s'il n'en pouvait plus, Zelle se retourna :

— Je peux dire mon mot, moi aussi ? Ou mon temps de parole est expiré avant que d'être entamé ?

Puis, se penchant vers Mata-Hari, il la secoua rudement. Depuis deux ou trois jours qu'il ruminait lui aussi un projet, il fallait bien qu'il finît par en parler. Et sur le ton de celui qui commande, qui dispose et qui surtout sait vendre :

— Toi, je veux que tu me fasses le plaisir d'être aimable ce soir avec un monsieur que je te présenterai. Le baron Victor, ça te dit quelque chose, au moins ?

Clunet hocha la tête.

— La banque Victor. Victor et fils. Succursales dans l'Europe entière et des participations un peu partout dans le monde.

— La banque Victor, oui, rien que ça ! reprit Zelle. Et c'est de Victor père qu'il s'agit : il me semble que la banque Victor, ça vaut tous les cinématographes du monde, vous ne croyez pas ?

Mata-Hari leva quand même les yeux.

— Et ce Girard chez qui tu m'as pourtant entraînée ce soir...

— Girard, c'est ce soir. Quelques comptoirs à Zurich, Bâle et Genève ; un quart de banque à Londres et c'est tout. Le brave Girard vaut la soirée, sans plus. Demain, il fera jour.

Là-dessus, Zelle fit un rond de fumée bleue avec son cigare et s'éclipsa le moins discrètement du monde.

— C'était cela, la vie de Mata-Hari ? interroge Desvilliers.
— C'était cela, oui..., répond Astruc.
Ces scènes d'un tous les jours où tous les jours tous se la déchiraient...

— Ces gens sont immondes ! grognait Glenn Carter qui avait fini par dénicher une bouteille de bourbon.

Varlov, brossant pour le journaliste un portrait édifiant d'Adam Zelle et de la manière dont le gros Hollandais concevait son double rôle de père et de souteneur, en était resté au champagne. Mais, comme Carter, il avait déjà beaucoup bu.

— Allons, mon vieux ! vous ne me ferez pas croire que la jeune Amérique est innocente au point d'ignorer le plus vieux des métiers de la plus vieille Europe !

Carter pâlit. Il y avait des mots qu'il ne pouvait pas entendre.

— Taisez-vous ! Mata-Hari est une danseuse, une artiste. Vous l'avez bien vue...

Mais Varlov haussait les épaules.

— Danseuse, artiste, tout ce que vous voudrez ! D'ailleurs vous avez raison. Je ne l'ai moi-même jamais vue que danser. Et puis, il y a un mythe, non ? Une légende ! Autant ne pas abîmer les légendes... C'est parce que la légende dorée du saint tsar de toutes les Russies en a pris un sacré coup, que nous autres Russes sommes arrivés au bord du gouffre. Vous avez raison, Carter ! Buvons aux légendes. Tout le reste n'est que la face cachée du soleil et ne nous intéresse pas !

Le regard de Carter vacillait. Un désir violent l'emplissait soudain tout entier pour cette femme dont on lui disait que... Il vida son verre d'un coup.

— A la légende !

L'interview que Mata-Hari donna à miss Jones avant de rejoindre la foule des invités a d'ailleurs été une étape de plus dans la construction de cette légende, puisque trois ou quatre millions d'Américains purent la lire le dimanche suivant dans trois cents journaux à travers l'ensemble des Etats : et elle fut bien, pour eux, l'espace d'une longue journée vide, la princesse lointaine, l'étoile d'Orient et la reine de Paris, un moment de lumière.

— Admirable Mata ! Elle a tout simplement été admirable, ce soir-là...

Revoir Mata rêveuse et vêtue de soie claire qui ne parvient pas à abandonner la peau de son rôle. Se souvenir... Les mains d'Astruc tremblent... Zelle était sorti ; Clunet, toujours discret, s'était éclipsé sur la pointe des pieds ; Camille vaquait à ses affaires et Radji, petite créature sans autre âme que celle que sa maîtresse lui avait insufflée, était assise en tailleur sur le tapis : on attendait que miss Jones posât ses questions rituelles auxquelles Mata-Hari donnerait ses non moins rituelles réponses.

— Tu es épuisée, bien sûr..., commença Astruc.

— Bien sûr.

— Tu en fais trop, tu sais.

L'immense tendresse d'Astruc.

— Je n'en fais pas trop, comme tu dis, je danse, simplement.

— Alors, tu danses trop et Zelle a raison : tu te fatigues et c'est de ma faute.

— Peut-être que je ne sais pas faire autrement.

— Je sais. Tu ne *peux* pas.

Il y eut un silence. Miss Jones entra et commença l'interview.

— Je suis née un dimanche, un dimanche à midi, murmura Mata-Hari d'une voix qui était aussi un chant. Siva et Radhomawa, Radhomawa et Rahula...

Ses yeux étaient mi-clos et elle avait allumé une de ces petites cigarettes de tabac blond légèrement opiacé que Davidoff fabriquait spécialement pour elle à Genève. La petite journaliste au profil écrasé derrière des lunettes d'écaille notait, notait éperdument.

— La première fois que j'ai vu danser ma mère, c'était dans le temple de Sranigor, à l'est de Java. Elle avait été amenée là de nuit et je l'avais vue disparaître dans une aile du temple. Soudain, des torches se sont allumées et, de partout, des prêtresses voilées sont sorties de l'ombre.

Luxuriance des mots, évocation des images, mélopée lente de cette vie qu'elle s'était inventée. Fulgurante Mata-Hari qui racontait jusqu'aux danses sacrées de sa mère morte pourtant si peu de temps après sa naissance mais dont elle inventait et la grâce et les gestes.

— Admirable Mata-Hari, oui, commente un Astruc qui après cinq ans ne peut pas oublier. Et je crois bien d'ailleurs que c'est ce soir-là, entourée de tous ces hommes qui la pressaient à l'étouffer, ou dans le faux silence de cette fausse loge occupée à se dire une fausse vie, que j'ai su que moi non plus je ne pourrais jamais garder dans ma vie la trace d'une autre femme que celle-là...

Si bien que lorsque la journaliste, de sa voix pointue en un français ébréché, avait posé la question qu'il ne fallait pas poser :

— Et ce M. Zelle, qui se dit votre père ?

c'était Astruc qui avait répondu tout de suite à sa place.

— Son tuteur, mademoiselle. Son tuteur légal, simplement.

Pour la première fois, il avait menti pour Mata-Hari, et un nuage avait traversé le visage de la jeune femme.

Le reste de la soirée n'avait été que la conclusion logique de ce qui avait précédé. Toutes les pièces étaient en place pour que le jeu se jouât selon la règle élaborée, et tous les témoins sanglés dans leurs habits faits pour cela. Un jeu rigoureux et sans espoir... Un échiquier diabolique, très simple et tout en noir et blanc, où chacun avait sa place une fois pour toutes assignée. Les simples pions, c'étaient ces deux ou trois cents vieillards, adipeux ou squelettiques, cacochymes, bilieux, ventrus, jaunes ou écarlates, qui tournèrent une bonne heure autour de celle qui avait dansé pour eux à peu près le même temps. Les Manessy, les Dumet, les Duvide et les Durien étaient les fous de la reine : ils avaient droit à leur petit mot à part, susurré à l'oreille, parce qu'ils étaient des « anciens ». Kieffert, l'Allemand, et son complice, en qui on verra peut-être les cavaliers de cet échiquier imaginaire, demeurèrent à l'écart, se disant que leur heure à eux ne saurait tarder. L'Américain Joseph Wright — la première tour — déclara son enthousiasme et parla de ce film qu'il voulait faire avec la danseuse et Astruc approuva. Puis Zelle, enfin, intervint. Avec une habileté qui était bien celle d'un vieux maquignon, le « père » de la jeune femme lui avait présenté le baron Victor précédé de tous ses millions : c'était la seconde tour, colossale celle-là, et sans pitié. Mais, avec lui, toutes les pièces étaient en place et la partie pouvait se terminer comme s'achevaient toutes celles où se pressaient des invités en frac conviés par un morceau de bristol blanc à bordure dorée, où des lettres gravées à l'ancienne annonçaient avec une sobre distinction que « Mata-Hari danserait pour vous ». Mata-Hari avait dansé...

— Et pourtant, conclut Astruc, il s'était passé quelque chose de différent ce soir-là.

Ce qui s'était passé ? Mata-Hari avait rencontré Glenn Carter. Oh ! ç'avait été très bref. Le jeune Américain avait fendu la foule des désœuvrés inutiles et des libidineux trop occupés. Puis, avec un claquement des talons, il s'était incliné devant elle.

— Mademoiselle, je crois bien que je ne pouvais pas ne pas vous rencontrer. Il se trouve en effet que...

Il détonnait au milieu de ces patriarches mal fleuris. Aussi les Ferdinand de Girard, les Victor et tous les autres regardaient avec mauvaise humeur l'intrus trop sûr de lui qui avait osé s'interposer entre Mata-Hari et eux.

Mata-Hari, languissante et trop entourée, regardait cet homme à la fine moustache noire qui ne lui avait même pas baisé la main et semblait se moquer de lui-même en se perdant dans les méandres d'une phrase sans fin. Mais il était jeune, ne ressemblait à aucun autre. Alors, elle commença à sourire.

— Puis-je savoir qui vous êtes ?

— Je m'appelle Glenn Carter, je suis journaliste.

Cette fois, elle sourit tout à fait.

— Je vois, se souvint-elle. L'Américain aviateur et peut-être amoureux ?

Elle s'amusait soudain mais le visage de Glenn s'assombrit au mot « amoureux ».

— Ne parlons pas de cela, voulez-vous ? Je voudrais, moi...

Il allait poursuivre, mais ils veillaient bien, les Girard, les Victor et tous les Zelle.

— Chère amie, si vous permettez...

On entraînait déjà Mata-Hari qui fit le geste de se retourner vers le jeune homme.

— Je voudrais..., répéta Glenn.

Mais Zelle ou Girard avait pris le bras de la jeune femme. Elle ne pouvait leur échapper, et elle dérivait déjà loin dans la foule, vers d'autres hommes du monde au même masque de cire sale.

L'instant d'après, Ferdinand de Girard proposait à Mata-Hari de lui montrer quelques tableaux anciens qu'il conservait dans ses appartements privés et, devant tous ses invités qui savaient ce qui devait maintenant se passer, il entraînait la jeune femme vers l'escalier : cette fois, la soirée était bien finie.

Glenn Carter était beau, il était jeune, mais Mata-Hari ne s'était pas retournée vers lui.

— Voilà, dit Astruc. C'est tout. Plus tard, lorsqu'un autre jeune homme entrera à son tour dans la ronde, Mata-Hari, cette fois, se retournera et ce sera la fin. Mais pourtant, chez Ferdinand de Girard, un souffle d'air plus frais était quand même passé.

Le chemin de Glenn Carter avait croisé celui de Mata-Hari et, pour l'Américain comme pour elle, ce serait le commencement d'une amitié qui allait durer jusqu'à ce que la mort, encore elle, en dénoue les fils.

— Une amitié ? interroge une seconde fois Desvilliers qui était, lui, demeuré dans l'ombre ce soir-là.

— Vous posez trop de questions, mon ami. L'amitié, l'amour, la tendresse ou un simple regard... Vous savez bien qu'un regard suffit parfois... Mais j'aime le mot « amitié » quand je me souviens de Glenn. Il y avait en lui tant de force paisible. Si Mata avait seulement voulu...

Le destin devait en décider autrement puisque, si le nom de Glenn allait s'inscrire en lettres d'or dans la vie de Mata-Hari, ce serait le nom d'un autre qui y brillerait bientôt, et en lettres de feu, cette fois.

— Celui sur qui elle se retournera enfin...

Une soirée si semblable à celle qui venait de se dérouler... Les mêmes masques, les mêmes noms — avec pourtant un coup de feu au bout et tout l'éclat déchirant d'une passion.

— Vadime Ivanovitch Maznoffe, oui : vous le savez comme moi.

Vadime Ivanovitch Maznoffe qui préparait son entrée en scène à Paris et dans la vie de Mata-Hari, et faisait encore pour cela antichambre dans le bureau du ministre de la Guerre quelque part dans un palais de Saint-Pétersbourg. Il était à la fois nerveux et sûr de lui, sans un regard pour le lieutenant de hussards qui, à l'autre bout de la pièce, attendait comme lui. Un huissier à la lourde chaîne d'argent s'avança enfin d'un pas mesuré.

— Son Excellence est prête à vous recevoir...

Vadime Ivanovitch Maznoffe se leva, le cœur serré, le sang lui battant aux tempes. Tant de choses allaient se jouer pour lui en cet instant... Mais il pénétrait déjà dans une pièce surchargée d'aigles en or, de cartes anciennes et de papiers enfermés dans des cartons couverts de maroquin.

— Lieutenant Maznoffe ?

Il se mit au garde-à-vous, superbe figure fine et blanche dans un uniforme blanc que sa mère, la redoutable colonelle, avait retaillé avec amour pour qu'il allât se battre quelque part aux frontières de l'Empire, contre de vagues Japonais ou des Autrichiens, des Prussiens, des Turcs...

— A vos ordres, Excellence...

— Je vois que vous refusez l'affectation que nous vous avons proposée à Vladivostok, et que votre oncle le général Boulgakov insiste pour que vous soyez nommé à Paris ?

Vadime Ivanovitch Maznoffe avait rougi.

— Je souhaite, en effet...

— Je n'ai que faire de vos souhaits.

La voix du ministre, petit vieillard écrasé dans son fauteuil et dont un obus nippon avait emporté le bras gauche, était sèche et dure.

— Je n'ai que faire de vos souhaits, lieutenant, mais ceux du général votre oncle m'importent davantage. Il m'a sauvé la vie en Mandchourie. Vous irez donc à Paris : essayez seulement de vous montrer digne de la mémoire de votre père !

Le colonel, oui... Cette ombre disparue qui avait plané sur toute son enfance, sa jeunesse. Est-ce que le colonel Maznoffe serait allé faire le joli cœur, lui, dans des salons parisiens ? Vadime entendait déjà les reproches de sa mère, mais le sang ne battait plus à ses tempes : il était rassuré.

— A vos ordres, Excellence...

Il salua de nouveau. L'entrevue était finie. Il fit donc une volte-face impeccable et quitta le bureau après un ultime salut.

Dans l'antichambre, le lieutenant Chousky, dont il avait pris le poste à Paris et qui partait pour Vladivostok à sa place, lui jeta un regard haineux mais il s'en moquait bien.

Vadime Ivanovitch Maznoffe était heureux, superbe dans son uniforme blanc qui ne verrait pas les champs de bataille. Il allait partir pour Paris. Et Mata-Hari, cette fois, se retournerait : d'une simple phrase, le vieux maréchal Vassiliov, ministre de la Guerre, avait mis en branle un mécanisme qui ne s'arrêterait plus qu'un matin d'octobre 1917.

3.

— Tout naturellement, l'étape suivante a donc été la rencontre de Mata et de ce Vadime.

Dans le salon sur le parc Monceau, ce sont déjà les derniers jours de l'année, de cette année 1918 qui n'est même pas l'aube d'un monde nouveau. Bien sûr, il y a encore des instants d'allégresse. Sur l'esplanade de Metz retrouvée — ô Barrès, l'essuieras-tu, ta petite larme ? —, Poincaré remet au général Pétain son bâton de maréchal puis embrasse dans la foulée son vieil ennemi Clemenceau : c'est du délire, on crie à la France réconciliée. Bien sûr, il y a et il y aura encore des *Te Deum* et des jubilations, mais les listes s'allongent, on refait les comptes et les morts, chaque jour plus nombreux, viennent s'ajouter aux morts. Et puis les haines, et puis les rivalités et puis les partis qui se lèvent les uns en face des autres et se montrent le poing.

— Mais qu'est-ce qu'on en a à foutre, hein, nous autres ?

Astruc, qui ne veut pas oublier, a proposé à Desvilliers de s'installer chez lui. Il a transformé en chambre à coucher un petit bureau sur le parc, et les deux hommes, maintenant, écrivent fiévreusement car leur projet se précise...

Au début, ils ne se rendaient pas compte du chemin sur lequel ils s'étaient engagés : ils échangeaient des souvenirs. Et puis, peu à peu, l'idée leur est venue.

— Il faut tout dire, n'est-ce pas ?

Est-ce Astruc ? Est-ce Desvilliers qui a posé la question ? Tout dire, oui : tout raconter. Témoigner. Et c'est ainsi que l'un et l'autre, tour à tour, ont pris la plume. Dans le calme retrouvé de ce salon suspendu au-dessus d'un jardin où des enfants continuent pourtant à jouer à la guerre, ils ont entrepris de raconter la vraie histoire : celle de cette femme qu'ils ont connue et qu'on leur a assassinée.

Les premiers temps, ils ont pensé interroger les survivants, poser des questions, étayer leurs souvenirs de témoignages. Mais est-ce qu'un Manessy, est-ce qu'un Bouchardot parlerait, sinon pour laisser transpirer sa crainte et cracher son venin ? Alors, ils ont décidé de demeurer seuls, face à face. Car ils savent bien qu'eux seuls, au fond, savent.

« Cette aventurière luxurieuse et pourrie à la solde des serpents qui voulaient tuer notre France », écrit le colonel X..., qui commanda un temps la place de Paris et, à ce titre, assista à « l'exécution » : que sait-il, lui, le colonel X... et que sait Y..., journaliste d'une presse à sensation qui voudra pourtant donner sa version des faits : « Elle n'était même plus jolie et son prétendu courage devant la mort n'a été que la dernière de ses forfanteries... » Que sait-il, et comment ose-t-il ?

— Je crois que c'est tout ce qu'il nous reste à faire, dit Desvilliers. Ne serait-ce que parce que, moi aussi, je veux comprendre.

Le regard du jeune lieutenant : comprendre, pour mieux savoir aimer encore.

— L'étape suivante, reprend Astruc, a donc été la rencontre avec Vadime. Mais il a quand même fallu un mois au fringant officier pour gagner son poste. Et il peut s'en passer, des choses, en un mois !

Il s'en était passé des choses, en effet, pendant ce mois-là. Glenn Carter était enfin entré dans la vie de Mata-Hari, le baron Victor s'y était établi à part entière, et le cinématographe avait bien failli la leur ravir à tous deux. Mais le destin veillait...

Ainsi Glenn, on l'a déjà deviné : sous ses allures de sportif sans peur et sans reproche, sa moustache insolente et ses costumes de tweed, Glenn Carter aurait pu être celui par qui le salut serait arrivé pour Mata-Hari. Il s'en est fallu de rien... D'un autre amour...

Après la soirée chez Ferdinand de Girard, Glenn Carter avait dérivé dans la ville. Souvenirs brumeux, dès lors, de ces heures d'après la nuit... Il était descendu jusqu'à la Seine et s'était perché sur le parapet des berges : au-dessous de lui, des amoureux s'embrassaient contre les arbres, et des fiancées inconnues se donnaient à perdre haleine à des amants de rencontre. Plus tard, dans les rues du quartier Latin, il avait encore croisé des visages et rencontré des femmes. Il aimait, oui, et toutes les autres glissaient seulement devant lui. Cet amour qu'un Varlov avait raillé lui éclatait au plus profond du cœur, lui déchirait les entrailles et lui, le sportif, le rude gaillard venu de sa rude patrie, il ne se souvenait plus de rien, sinon qu'il aimait une femme et que celle-ci s'appelait Mata-Hari : elle ne s'était pas retournée sur lui.

Il échoua dans un bar de Montparnasse où il y avait de la musique : des filles, encore, étaient là, offertes. L'une d'elles vint vers lui :

— Tu danses, l'Amerloque ? Ici, on aime les Ricains...

Il se laissa un instant aller. Les chairs de la fille étaient molles et pâles, et ses cheveux qui lui balayaient le visage avaient un goût de cendre. Puis il eut un haut-le-cœur et il se détacha d'elle.

— T'en va pas, beau brun, je t'ai dit qu'on aimait les cove-bois !

Mais il était revenu au bar et buvait, buvait encore... Alors la fille comprit. Elle savait. Comment ? Est-ce qu'il avait parlé à la putain facile pendant sa valse triste qui n'avait duré que le temps d'une fausse étreinte ? Elle se retourna soudain vers lui : sa bouche était mauvaise et l'ordure à ses lèvres.

— Va donc, hé, cocu ! Ta Mata, elle n'aime que les vioques et t'as pas assez de flouze pour lui plaire.

Il tenait un verre à la main.

— Cocu ! Cocu ! répétait la fille.

Il eut le geste de lui jeter son verre au visage, de la

frapper, de crier, mais déjà deux marlous déguisés en malabars pas beaux à voir venaient vers lui.

— Sage, hein ? Ou on t'apprendra la politesse, l'Américain.

Il se retrouva sur le trottoir et, dans l'angle d'un porche où il avait aimé jadis une petite modiste qui s'appelait Angeline — mais il avait tout oublié —, il vomit longuement.

La vie, tout simplement, continuait.

Chez elle, Mata-Hari se prépare. Elle a quitté tard dans la matinée le baron du moment, qui n'est toujours que Ferdinand de Girard. Dans la voiture, elle s'est senti le cœur vide et la tête très lourde. Soudain, et comme chaque jour à cette heure du matin où sa nuit à elle s'achève, elle a eu envie de pleurer. Un instant, des larmes ont glissé sur son visage que nul maquillage ne faisait plus masque de déesse. Elle était seulement une femme très seule.

Mais elle était déjà arrivée chez elle et elle s'est abandonnée aux mains de Camille qui l'a dévêtue, baignée, parfumée. Dans l'eau pleine d'odeurs à la mousse très claire, elle a senti son corps souillé lentement revivre. Cette danse, oui ; mais ces hommes, ces visages, ces caresses : le passé. Elle a enfilé une longue robe d'intérieur que Poiret — toujours lui — a dessinée pour elle, et elle s'est laissée couler sur les cent et un oreillers de soie blanche qui font de son lit aussi large que long l'unique champ de bataille que nul n'ait jamais troublé.

— Madame se sent mieux ?

Le sourire de Camille, le thé au jasmin qu'elle verse à Madame, les toasts tièdes, la confiture de mûres... Camille qui rassure et qui efface le temps.

— Madame se sent toujours mieux lorsque tout est fini.

Et peu à peu, les forces reviennent à Mata-Hari et, avec elles, ce sourire qui les défie tous.

— C'était comment ? interroge Camille.

— Comment veux-tu que ce soit, ma pauvre Camille : horrible, comme d'habitude.

Ne pas prononcer de nom : surtout ne plus dire de nom. Alors, les mains de Camille se posent sur la nuque de sa maîtresse et, doucement, la massent. Si bien que lorsque Astruc arrivera sur le coup de midi, à la main un bouquet de violettes pour Camille, il retrouvera la Mata-Hari qu'il a quittée : celle qui fait face, et qui raille, qui plaisante des autres et qui rit d'elle-même.

— Regarde un peu les chroniques de ces messieurs chroniqueurs, mon ange ! s'écriera Astruc en lançant sur le lit une liasse de journaux.

Sur chacun, à la page des potins mondains, de larges entrefilets sur Mata-Hari et sa danse, Mata-Hari et Strauss : « Une révélation », titre *La Presse,* et *Le Gaulois* d'affirmer : « Plus nue que nue, Mata-Hari, nouvelle Salomé, nous fait perdre la tête. »

— Ils sont gentils...

Heureuse Mata-Hari qui ne peut deviner que, trois ans plus tard, les mêmes journaux la traîneront dans la boue avec les mêmes hyperboles.

— Mais tu sais que lorsque le projet de Wright se réalisera, ce n'est plus aux chroniques mondaines qu'on verra ton nom, mais dans les pages artistiques.

Il allait ajouter : « comme autrefois ». Mais Mata-Hari s'est mordu les lèvres : elle l'a compris sans qu'il ait eu besoin d'aller jusqu'au bout de sa phrase. Jadis, au temps de Dumet et des premières danses au musée Grévin ou dans la rotonde de la Zambelli, au palais Garnier, c'étaient les critiques musicaux, les gens de théâtre ou de danse qui parlaient d'elle. On la voyait dans *Le Rêve,* de Ryan et Howden, sur une musique de George W. Bing, et tous les journaux du monde faisaient courir, parmi leurs lecteurs, un grand frisson. A l'Olympia, elle remplissait vingt fois la salle et chaque soir un journaliste était là pour en parler ; et au Kursaal de Madrid, c'était un public d'*aficionados* qui lui lançait des *holé* et des fleurs. Il y avait eu *Le Roi de Lahore* à Monte-Carlo et l'hommage de Puccini, celui de Massenet, qui lui envoyaient des corbeilles. Oui : ç'avait été la vraie gloire d'une véritable artiste, et la tête lui tournait un peu... Mais les amants de passage, les protecteurs du moment, étaient devenus plus voraces — les Victor, les Girard, les requins... — et la carrière de Mata-Hari avait lentement évolué vers les soirées mondaines : la tête froide, désormais, avec des accrocs du côté du cœur. Un bal suivi d'une exhibition, une dame patronnesse qui payait bien et son chevalier d'industrie de mari qui payait mieux encore, et puis le chroniqueur mondain à l'affût pour tout raconter. Un bal encore, une nuit dans un hôtel particulier, vertiges des marbres trop patinés d'avoir été trop caressés... Alors, à mesure qu'elle se produisait davantage dans les salons, Mata-Hari devenait plus encore et plus étroitement la proie des échotiers. On précisait le nom du généreux mécène, certes l'adresse de son hôtel faux XVIIIe mais pas toujours la musique ni la danse qu'on y avait à peine regardée.

— Tu verras, a repris Astruc. Tout redeviendra comme avant...

— Je sais..., a quand même murmuré Mata-Hari.

C'est alors qu'Astruc s'est jeté à l'eau.

— Vois-tu, mon ange, il fallait que je te parle.

Et il a parlé. Ce qu'il a jeté, en vrac, au visage de cette femme qu'il admire et qu'il aime, c'est tout ce qu'il a sur le cœur et qui bouillonne en lui depuis des mois. Qu'elle renonce une fois pour toutes à ces exhibitions, à ces soirées sur invitations, aux banquiers et à leurs complices, et qu'elle joue enfin le rôle qui est le sien, marqué de toute éternité : celui d'une danseuse qui ne ressemble à aucune autre et qui ne peut danser que dans les temples consacrés à son art.

— Sais-tu que j'ai parlé à Gheusi, l'administrateur de l'Opéra ? Il est tout à fait d'accord pour organiser un gala avec toi. Il a suggéré *Lakmé*. Emma Calvé pourrait chanter et toi, bien sûr, tu danserais.

Astruc rêvait. Il imaginait la danse rendue à la danse et Mata-Hari, offerte pour offerte, cette fois redonnée à un vrai public.

— Et puis il y a la jeunesse... Tu ne peux pas savoir : la jeunesse qui te découvrirait, au lieu de...

Il voulait dire : au lieu de ces vieux crabes, ces vieux renards, comme moi.

— Tu te rends compte ? Il suffit que ton film ait du succès, pour que l'Amérique te soit ouverte. New York, Hollywood ! On dit qu'ils n'attendent que cela : un art authentique que fixerait enfin l'image...

Radji, toujours assise aux pieds de Mata-Hari, se taisait. Mais Camille battait des mains.

— Oh oui, madame ! J'ai toujours rêvé d'aller en Amérique !

Astruc allait continuer, faire miroiter ses rêves lorsqu'on a frappé à la porte. Le visage de Camille s'est assombri.

— J'y vais, madame.

Le rêve était fini.

L'envers, dès lors, de ce rêve : la vie qui dure. L'arrivée d'Adam Zelle : entrée massive et redondante d'un grotesque en redingote gris pâle, un œillet fiché à la boutonnière et son cigare malodorant qui laisse derrière lui un nuage bleuté.

— Tiens, vous êtes déjà là, vous ?

Le grotesque, sûr de son importance, a dévisagé Astruc. Puis, avant même que celui-ci ait seulement esquissé le geste de se lever :

— Je ne vous chasse pas, au moins, que je sache ?

Mais Astruc a simplement laissé sur un coin de table le contrat de Joseph Wright.

— Tu n'as plus qu'à signer, là, en bas...

Il a donné un bref baiser à Camille, a tapoté la joue de Radji et a pensé, se voyant avec Zelle devant Mata-Hari, aux tableaux classiques — Véronèse, Rembrandt et les autres — de Suzanne et des deux vieillards.

« Au fond, je suis aussi immonde que lui », s'est-il dit.

Mais Astruc n'avait pas encore refermé la porte derrière lui que Zelle a vidé d'un trait la tasse de café que Camille était allée chercher pour lui, puis a claqué des doigts, comme un montreur de chiens savants dans un cirque miteux.

— Allons, dépêche-toi, nous allons sortir.

L'image, dès lors, devient trouble, ambiguë... Mata-Hari s'est levée, à demi nue, et elle est allée vaquer à sa toilette devant ce père au sourire d'homme qui ne cesse de la regarder.

— C'est à ces moments-là que je n'ai jamais pu penser sans une sorte de nausée, explique Astruc, la gorge brusquement serrée.

— Parce que ce Zelle...

— Zelle, oui...

Zelle qui restait assis dans son fauteuil crapaud tandis que Mata-Hari, dont la chemise tombait, allait et venait devant lui. L'émotion, dès lors, qui montait *quand même* en Zelle devant ce corps parfait, le déshabillé qui ne recouvrait rien, le corset que Camille agrafait dans le dos et les seins que ne retenait qu'un minuscule morceau de taffetas blanc.

— Son émotion à elle, aussi, peut-être...

Mata se retournait vers son père : ses cheveux dénoués coulaient de part et d'autre de son visage, sur les épaules belles et nues. Elle n'avait pas encore enfilé les bas qu'allait lui tendre Camille et, face à cet homme dont les lèvres épaisses s'entrouvraient, elle éprouvait elle aussi cette sorte de malaise qui la bouleversait.

— Aussi loin que je remonte dans mes souvenirs..., avouera-t-elle à Glenn.

Le souffle de Zelle devenait plus court. Il tendait la main.

— Viens voir un peu...

Camille, immobile, qui regardait, et Mata-Hari qui faisait trois pas vers son père. La main de ce père, alors, doucement, sur la cuisse : le temps est suspendu. Ce qui se passe, en cet instant-là, ne ressemble à rien qu'Astruc lui-même ait osé imaginer. La main de Zelle sur la cuisse de Mata, puis qui remonte, plus doucement encore, sur la hanche : le temps s'arrête. Il y a deux souffles qui emplissent la pièce, deux regards qui se noient monstrueusement l'un dans l'autre.

— L'imbécile !

Un cri furieux de Zelle : Camille, en laissant tomber un flacon de cristal, a rompu le charme. Les éclats du flacon ont volé aux angles de la pièce et Mata-Hari, revenue sur terre, a reculé. La main de Zelle, vide

— Quelle imbécile, cette fille ! Un parfum à cinquante francs !

Mais l'un et l'autre respirent soudain plus aisément, et Mata-Hari se rend brusquement compte que la sueur ruisselle sur ses tempes.

Dès ce matin-là, pourtant, Glenn Carter avait décidé de passer à l'attaque.

— Je t'emmène déjeuner ! avait annoncé Adam Zelle à sa fille.

Il avait bien ajouté : « Il faut que je te parle », mais Mata-Hari n'y avait pas pris garde tant elle était subitement heureuse — oui : ce bonheur-là ? — de se retrouver avec cet homme qui était son père.

Et c'est ainsi que la grosse limousine gris perle les avait amenés dans un restaurant à la mode. L'un de ces lieux où l'on va pour être vu plus encore que pour voir. Adam Zelle et sa fille y firent donc une entrée grandiose.

— La table de Mme Mata-Hari, maître d'hôtel !

D'une voix de stentor, Zelle avait lancé le nom magique. Trois maîtres d'hôtel et toute une cohorte de larbins s'inclinèrent puis s'empressèrent. Au loin, sur une estrade, l'orchestre qui jouait du Respighi était composé seulement de femmes : apercevant Mata-Hari, celle qui les dirigeait fit un geste et elles entamèrent la musique lentement balancée, orientalisée à souhait, que Messager avait composée pour elle : l'air du sitar de Radji. Et Mata-Hari et son père se dirigèrent vers la table retenue, en bordure du jardin d'hiver. Qui aurait remarqué que Glenn Carter — journaliste, il avait ses sources d'information... — était déjà installé à deux pas et, pour mieux les voir, leur tournait le dos ?

— Mais... nous attendons quelqu'un ?

Mata-Hari avait vu les trois couverts, les trois serviettes amidonnées et dressées comme des mitres obscènes, et il y avait eu un accent de désappointement dans sa voix. La promenade à deux, le père et la fille, était finie.

— Je t'ai préparé une surprise..., murmura Adam Zelle

sans abandonner son cigare. Nous avons été seuls un bon bout de temps, non ?

Puis comme le sommelier s'approchait déjà avec une bouteille de champagne :

— Allons ! Trois petites gouttes et beaucoup de bulles autour pour te redonner des couleurs. Tu es toute pâle !

Mata-Hari secouait la tête : elle retombait sur terre.

— Je suis déçue, voilà tout.

Cette émotion qu'elle avait ressentie, nue devant lui, et qui lui tenaillait encore le ventre.

— Que veux-tu, petite ? Les affaires sont les affaires.

— Justement, à propos d'affaires, Astruc a revu ce M. Wright ce matin.

Elle était bien revenue sur terre, oui. Alors, sur terre, de quoi parler sinon d'argent ? Mais la voix de Zelle se fait tranchante :

— Les affaires sont les affaires, mais les affaires d'Astruc sont les affaires d'Astruc, et les miennes sont les miennes. Voici justement l'affaire en question qui arrive. Et qui te concerne diablement, je te prie de le croire !

C'était la figure colossale du baron Victor qu'un maître d'hôtel accompagnait à leur table : Mata-Hari avait compris. Une fois de plus, son père — car Zelle était bien son père, est-il besoin de le préciser ? — la mettait en vente et l'adjugeait au plus offrant.

L'œil aux aguets, Glenn Carter avait reconnu le financier. Il écrasa d'un geste rageur la cigarette qu'il venait tout juste d'allumer, plus que jamais raffermi dans le projet fou qui était le sien.

Le marché fut vite conclu : on parla pourtant très peu d'argent puisque le baron pouvait payer beaucoup. Mais comme il entendait conclure un contrat de longue durée, il tenait à préciser certains détails.

— Bien entendu, elle dansera si cela lui chante, mais je tiens expressément à l'accompagner chaque fois. Il est d'autre part entendu que ces petites soirées se termineront avec le baisser du rideau.

En somme, il posait ses conditions. Zelle l'écoutait, avide, et les deux hommes tiraient à qui mieux mieux sur leur cigare : le visage de la jeune femme, entre eux, s'était refermé, ramassé comme un poing. Il était subitement devenu impénétrable. La déesse des îles sacrées...

— De toute façon, précisa le père, et hormis les engagements qu'elle a conclus, Mata est libre immédiatement.

On parlait d'elle, mais la jeune femme était ailleurs. Victor mettait les points sur les *i* :

— Et votre ami Girard ? Vous êtes déjà en affaires avec lui, il me semble ?

— Girard ? Allons donc ! Soyons sérieux ! Ce n'était qu'une tocade, ce Girard, n'est-ce pas, Mata ?

Il fallut que Zelle reprenne deux fois sa question pour que Mata-Hari sursaute et sorte de son silence.

— Girard, oui... Une tocade.

Ce cou de vieillard aux longues veines violacées, les lèvres sèches brusquement — brutalement — humides... Une tocade !

Mais Victor, sûr de son fait désormais, poursuivait :

— Je compte passer l'hiver à Nice. La ville est agréable, j'ai une villa sur les hauteurs... Et puis, il y a un casino, de la vie, des bals. Qu'en pensez-vous ?

Il s'adressait à Mata-Hari, maintenant. Et elle, propriété privée de son propriétaire futur, répondait d'une voix neutre :

— Oui, j'aime Nice... ses villas, son casino, ses bals...

L'alcool aidant, le baron Victor commençait à s'animer. Il passa un bras sur l'épaule de la jeune femme, par-dessus sa chaise.

— Je peux vous assurer que vous n'allez pas vous ennuyer !

— Je ne m'ennuie jamais.

La même voix neutre, venue de nulle part. Et Zelle d'affirmer, en se frottant les mains :

— Eh bien, c'est parfait ! Je savais que nous nous entendrions !

Glenn Carter s'était à demi retourné, et il les regardait : comme s'il avait deviné la comédie obscène qui était en train de se dérouler. Mais il se retenait encore d'intervenir — puisqu'il était venu pour cela.

La voix de Mata-Hari s'éleva pourtant : pour la première fois, elle interrogeait :

— Vous savez qu'il y a ce film que je dois tourner ?

Mais Victor avait pris ses renseignements, si bien que lorsque Zelle tenta d'interrompre sa fille : « Ce n'est rien : seulement une idée de cet olibrius d'Astruc », il eut un rire satisfait.

— Je ne vois pas pourquoi j'empêcherais Mata-Hari de s'amuser à jouer dans un film de cinématographe. Je suis ouvert aux idées nouvelles, et je veux bien m'en occuper personnellement.

Zelle étendait déjà les mains en avant pour conclure :

— Les affaires de Mata sont les affaires de Mata : je me garderai bien d'y fourrer mon gros nez.

C'est alors que Glenn Carter se leva. Il fit un signe à l'orchestre qui entama une valse et s'approcha de la table de Mata-Hari, une rose à la main :

— Vous dansez ?

— Vous pouvez dire que vous, au moins, vous ne manquez pas d'audace.

La valse était de Strauss et Glenn tenait sa cavalière serrée contre lui : pour la première fois, il en découvrait la taille, l'odeur...

— Que voulez-vous que je vous dise ? Que je vous ai kidnappée ?

Elle ne répondit pas. A la table qu'elle venait de quitter, Zelle avait dû retenir Victor.

— Je vous en prie, ne faites pas d'éclat ici.

Et, dans ce restaurant du Bois, sur la piste de danse où nul ne s'aventurait avant l'heure fatidique du thé, quand gigolos et dames sur le retour s'affrontaient au rythme des polkas et des tangos argentins, Mata-Hari tournait éperdument, tandis que Glenn lui parlait à l'oreille.

— Vous aviez l'air de tant vous ennuyer !

— Nous parlions affaires.

— Tristes affaires : n'en parlons pas.

La poigne de Glenn était vigoureuse : c'était toute la force d'un homme de trente ans qui la tenait rivée à lui. Et Mata-Hari, subitement, en éprouvait une manière de vertige.

— Vous êtes très belle...

— Le compliment n'est pas très original.

Elle se ressaisissait déjà et riait, de ce petit rire perlé qui était son rire de femme gaie lorsqu'elle voulait paraître gaie.

— Pas original peut-être, mais je le pense du fond du cœur, et non du bord du portefeuille.

Elle eut un mouvement pour se détacher de lui.

— Ça, ce n'est pas drôle.

— Pardon. Mais je ne supporte pas de vous voir gâcher votre vie, votre art, votre beauté, avec ces hommes qui vous entourent. Ils vous étouffent et ne sont là que pour vous dévorer.

Toujours le même petit rire de Mata-Hari qui reste sur ses gardes.

— Et vous ? Vous ne voulez pas me dévorer ?

Glenn la rapprocha de lui, plus solidement encore, et la valse de Vienne, Strauss et ses forêts viennoises, prenait des airs de musette.

— Moi ? Bien sûr que si ! Mais comme je suis américain, journaliste, aviateur et, surtout, que je n'ai pas un sou, vous ne risquez pas grand-chose.

Elle partit d'un éclat de rire. Mais cette fois, d'un vrai rire, et qui n'était plus un jeu.

— Ça y est ! Vous avez ri ! Je n'en demanderai pas plus pour ce matin.

— Ce matin ?

— Bien sûr, ce matin : parce qu'il y aura ce soir.

Elle rit encore : il l'amusait, ce Glenn, avec sa moustache d'acteur de cinéma, sa carrure de boxeur, toute cette assurance qu'il déployait avec tant de solide certitude, mais qu'elle devinait si facile à briser.

— Ce soir ? Vous ne doutez de rien !

Il hésita :

— Enfin, je veux dire, un soir...

— J'aime mieux cela.

Il la regarda, brusquement sérieux.

— Moi aussi, puisque vous avez accepté.

Cette fois, son rire fut plus vrai encore. Et étonné.

— Moi, j'ai accepté ?

Le même sérieux de l'Américain ; elle avait pensé : la même tranquille certitude.

— Mais oui : j'en suis témoin...

Quelques instants encore, ils dansèrent. Mata-Hari s'abandonnait cette fois complètement à l'étreinte de celui qui n'était déjà plus tout à fait un inconnu, puis la musique s'arrêta.

— Je vous ramène à ces messieurs.

Il était, maintenant, vraiment grave. Mais lorsqu'il arriva à la hauteur de la table de Zelle et de Victor et qu'il s'inclina vers eux tout en tirant la chaise de la jeune femme pour qu'elle s'asseye, il avait retrouvé son air narquois. Victor serrait les poings.

— Laissez, lança Zelle au baron ventru. Ce n'est qu'un gamin...

Il pensait en lui-même, comme pour se rassurer : « Et Mata n'aime pas les gamins. »

D'ailleurs, après un dernier salut, Glenn Carter s'était déjà retiré, Mata-Hari avait retrouvé son air absent, les choses, somme toute, étaient rentrées dans l'ordre.

Alors Victor, banquier, financier et propriétaire, posa fermement sa main sur l'avant-bras de la danseuse qui n'était, après tout, qu'un investissement de plus.

— Tout est arrangé, ma chère. Vous partirez avec moi pour Nice aussitôt que ce film de cinématographe sera terminé.

Et le lendemain soir, le baron Victor pouvait ainsi faire une entrée triomphale à l'Opéra, Mata-Hari à son bras. Sur la scène, Mme Vally faisait ses débuts dans *Les Joyaux de la Madone*, de Wolf-Ferari. Et Vanni Marcoux, le grand Vanni Marcoux, chantait à ses côtés : le baron Victor avait bel et bien pris ses quartiers d'hiver.

Trois jours après, ce fut pourtant au tour de Glenn Carter de confirmer ses positions. L'air plus désinvolte qu'il ne fallait vraiment, l'Américain avait donc sonné à la porte de Mata-Hari qui l'attendait. Et c'est elle qui raconta plus tard la soirée à Astruc.

— Tu ne peux pas imaginer, mon bon Astruc, j'avais l'impression de me trouver sur une autre planète.

— Et pourtant, tu n'as pas voulu...

Astruc voulait dire : « Tu n'as pas voulu te laisser aimer. » Mais le visage de la jeune femme s'était crispé.

— Je ne pouvais pas, tu comprends...

Comme neuf heures sonnaient, Carter était arrivé vêtu d'un costume de tweed à carreaux, avec un petit nœud papillon accroché sur un col de chemise de coton bleu : Mata-Hari portait une robe de Patou à longue traîne à fleurs, une cape traversée d'éclairs de soie, et des bijoux anciens que lui avait donnés un amant aussitôt disparu : tous deux s'étaient regardés, mais c'était Mata-Hari qui avait paru gênée.

— Je suis trop habillée, non ?

— Je pense que si je faisais mon métier de journaliste et que je décrivais votre tenue, on frémirait de bonheur dans toutes les chaumières américaines, jusqu'au fond de l'Arkansas.

— Je suis trop habillée, n'est-ce pas ?

Il lui tenait la main :

— Vous êtes belle, et c'est tout !

Derrière elle, debout dans le vestibule, il y avait Camille qui pouffait de rire entre ses mains.

— Ce qu'il est mignon, tout de même !

En deux mouvements, elle avait d'ailleurs remplacé la cape brodée par un manteau clair et plus sobre, et Mata-Hari ressemblait déjà davantage à la jeune femme que Glenn Carter allait emmener traîner toute une nuit à travers Montparnasse et Paris.

— J'étais sur une autre planète, répéta Mata-Hari.

— Il faut comprendre, explique Astruc, que le Paris de Mata-Hari se réduisait alors aux Champs-Elysées et à l'avenue du Bois, à quelques hôtels du Faubourg et aux hameaux d'Auteuil avec, les jours de nouba, des incursions dans le Montmartre fait pour cela. Il y avait encore le boulevard des Capucines, la rue Royale et la rue de la Paix — j'allais dire : la place Vendôme — pour les menus achats de tous les jours, et c'était tout.

Dès lors, se retrouver d'un coup à la Coupole ou au bal Bullier...

C'était d'abord dans un bistrot du carrefour Vavin qu'ils avaient bu leur premier verre.

— Un petit blanc sec, avec une larme de cassis de Dijon : vous connaissez cela ?

Elle secouait la tête : elle ne connaissait pas, elle voulait tout connaître. Aux tables voisines, il y avait des hommes et des femmes qui faisaient à Glenn des saluts amicaux comme si, Américain de Paris, il avait été le plus parisien de tous les Parisiens. Et dès la première gorgée de vin blanc-cassis, c'était un goût d'autre chose qui l'avait pénétrée.

— Et la légende qui veut que vous ne buviez que des pétales de roses macérés dans du champagne ?

Elle renversa la tête en arrière.

— Ne vous moquez pas de moi, s'il vous plaît. Vous confondez avec Mme Isadora Duncan ! Mais dites-moi plutôt pourquoi vous avez tant tenu à sortir avec moi ?

Il parut surpris.

— Je croyais que vous l'aviez compris.

— Je ne comprends jamais rien, moi. Je ne suis pas très intelligente...

— Eh bien, je suis amoureux de vous, c'est très simple.

— D'un seul coup, comme cela ?

— D'un coup, oui. Mais je ne vous en parle plus. Je vous en reparlerai plus tard. Racontez-moi plutôt des choses sur vous.

— Sur moi ?

Son rire se fêla.

— Sur vous, oui...

— Alors, pour la première fois peut-être, j'ai parlé..., expliquera Mata-Hari à Astruc.

Puis elle corrigera :

— A toi, je n'avais pas besoin de parler : tu savais.

Astruc, pourtant, interrogera :

— Mais pourquoi lui ?

— Parce que, d'un seul coup, j'en ai eu envie, c'est tout..

Elle avait ainsi raconté la vérité : la vraie vie de Mata-Hari, son vrai passé. Autres souvenirs, la face cachée de la légende, autres images qui défilèrent à mesure que la soirée se prolongera du bistrot de Montparnasse à une brasserie de Montparnasse, de la brasserie à un bal populaire, et de ce bal bon enfant aux rues, aux quais, à la Seine, à laquelle ils reviendraient longtemps après, dérivant dans Paris...

— Mon père, oui, mon père..., dit d'abord Mata-Hari.

Le visage de l'officier de l'armée des Indes qui s'estompe. Bien sûr, plus tard, il y aura bien un officier, mais ce sera un mari — et quel mari !

— Mon père, que vous connaissez, était chapelier à Leeuwarden, aux Pays-Bas...

— Mais l'Inde, la jungle, le temple, les danses sacrées ?

— Attendez : laissez-moi tout vous dire.

La formidable stature d'Adam Zelle, chapelier. Il avait une boutique dans Orange-Allee, au cœur même de la ville, avec une porte et un carillon qui sonnait chaque fois qu'un client entrait ou sortait. De part et d'autre de la porte, une vitrine et, dans chaque vitrine, un chapeau : un seul. La silhouette, dès lors, de ce chapelier colossal et ventru qui se tenait debout sur le seuil de sa porte, ventre en avant, les pouces retournés dans les poches de son gilet et un petit cigare éteint au milieu de la bouche, entre ses deux et uniques chapeaux — un melon doucement poilu et un huit-reflets aux éclats de miroir sombre — exposés à la convoitise d'une bourgeoisie de marchands de fromage et d'importateurs de poivre et de cannelle : cet Adam Zelle satisfait de lui et de son négoce qui lorgnait les chevilles des épouses de ses clients et, plus encore, les poitrines bourgeonnantes des jeunes filles en bouton de rose et celles des rondes épouses de ses clients plus ronds encore.

— Pourtant, je l'aimais bien, vous savez... Parce qu'il y avait ma mère...

Elle se tait un instant. Ils boivent un dernier blanc-cassis dans ce petit café avant de retrouver d'autres tables mouillées, d'autres lumières, d'autres regards aussi.

— Je ne vous parlerai pas beaucoup de ma mère...

C'était une femme longue et maigre, que les frasques de son mari avaient rendue jalouse au point d'en devenir physiquement malade. Visage jaune et pointu, dents jaunes, les doigts secs et nerveux de l'épouse malheureuse, elle haïssait sa fille.

— Elle avait surpris très tôt les regards que très tôt mon père avait pour moi...

Le souvenir des raclées que la petite Margarethe — mon vrai nom, c'est Margarethe, vous ne le saviez pas ? — recevait lorsqu'elle rentrait de classe quelques minutes plus tard que l'heure prévue. Les gifles de sa mère, bien sûr ; ou les fessées du papa...

— D'une certaine façon, je l'aimais pourtant bien, mon père.

Parce que, la fessée donnée, il la laissait courir.

— Que ta mère n'en sache rien, hein, gamine...

Une sourde tendresse en lui. Et la petite Margarethe de s'enfuir et de courir, de courir...

— Mon père voulait donner l'impression d'être riche et il avait deux chaînes de montre, mais je regardais les autres, les vrais riches, avec une telle envie ! Un souvenir entre mille, l'anniversaire d'Elsa. Je me souviens si bien d'Elsa...

Elsa était la fille des noblaillons du quartier. Elle habitait une grande maison rouge isolée au milieu d'un jardin, et on avait donné une fête pour ses douze ans. Toutes ses camarades avaient été invitées, et des camarades de Margarethe aussi, mais Margarethe ne faisait pas partie des amies d'Elsa. Alors, devant la grille du jardin, à l'ombre d'un rosier blanc, elle avait attendu et rongé son frein, revêtue de sa plus belle robe rose comme pour se donner l'impression qu'elle aussi, tout à l'heure, boirait du chocolat crémeux dans des tasses de porcelaine transparente. Elle avait entendu les rires des petites filles qu'on avait vraiment invitées, les accents d'un violon qui les faisait danser et puis la musique légère, cristalline, des mille et une clochettes d'argent d'une voiture de bois précieux tirée par une chevrette blanche qu'on avait donnée en cadeau à Elsa.

— Ces clochettes, vous ne pouvez pas savoir ! J'enfonçais mes ongles dans mes paumes pour ne pas pleurer, tant j'en avais envie, de la voiture et de la chèvre blanche...

Si bien que lorsque toutes les petites filles — volée de moineaux qui s'enfuit en piaillant — avaient été appelées à l'intérieur de la maison de brique rouge pour goûter, elle avait poussé doucement la porte du jardin : la voiture était là, au milieu de l'allée, et la petite chèvre lavée, savonnée et attachée à un grand rosier blanc, broutait l'herbe du gazon.

— Je n'ai pas hésité une seconde. Je suis montée dans la voiture, j'ai pris le fouet mignon et j'ai caressé le dos de la bête qui est partie, trottinant dans l'allée, puis dans les rues de Leeuwarden.

Elle avait sa plus belle robe : tout le monde la regardait, elle était une princesse. Des clients de son père, amusés, l'arrêtaient, et elle expliquait : oui, c'était un cadeau que son chapelier de papa venait de lui offrir. Sur l'oreille gauche, elle avait piqué une rose arrachée au rosier blanc, et elle savait qu'elle était jolie.

— Pendant une heure, deux heures peut-être, j'ai tout oublié : j'ai cru vraiment que cette voiture et la petite chèvre étaient à moi, et que ma mère était bonne et jolie comme la mère d'Elsa.

Mais c'était l'unique policier de Leeuwarden qui l'avait ramenée à la chapellerie, la faisant marcher devant lui comme n'importe quelle vulgaire petite voleuse, et la fessée de son père, cette fois...

— Il tapait, et tapait, et tapait très fort et c'est ce jour-là que j'ai compris pour la première fois que ce qu'il éprouvait alors en me frappant, c'était une manière de plaisir.

D'ailleurs, après qu'elle fut passée des mains du chapelier à celles de la chapelière qui avait tapé à son tour, puis qu'elle fut allée, sanglotante et honteuse, se réfugier dans sa chambre, son père était monté derrière elle et lui avait caressé le visage.

— Ma petite fille... Ma pauvre gamine...

Il lui avait caressé le visage, le cou, les épaules...

— Ma petiote, ma loupiote...

Elle fermait les yeux et se laissait aller : c'était un prince charmant qu'elle attendait, et d'ici là tous ceux qui la menaceraient ou la frapperaient ne feraient jamais que passer.

— Ces hommes, déjà, autour de vous..., remarque Glenn.

— Ces hommes, oui.

Ils sont arrivés à la Coupole : c'est le ballet des serveurs, la grande valse des dames vestiaire et des dames pipi, la polka des amis, la mazurka des poètes, des peintres et des crève-la-faim. Sur une banquette de cuir craquelé, Modigliani boit sa quinzième absinthe de la journée, et des écrivains qui n'ont jamais rien écrit rêvent du livre interdit qu'ils découvriront un jour. Il y a des révolutionnaires en chambre, d'autres qui ont dans leur poche un couteau, un revolver, et Mata-Hari, au bras de Glenn, a le sentiment de plonger dans un aquarium lointain. Un univers qu'elle ne connaît pas, où les hommes ont le cheveu long, un peu gris, un peu luisant, et où les femmes, trop maquillées, ressemblent toutes à des petites filles...

— C'est bien cela, dira-t-elle à Astruc : ils étaient tous jeunes. Si jeunes...

C'est cette jeunesse qui l'a d'abord frappée, qui lui a cinglé le visage : comme un remords.

— Pour la première fois, je me suis rendu compte avec une acuité redoutable qu'il existait encore un monde où les hommes pouvaient n'avoir ni fortune ni bedaine sous gilet blanc, et pas la moindre Légion d'honneur pour en rehausser la couleur.

Des amis de Glenn lui ont fait signe de les rejoindre à leur table. C'était un poète, Pierre, et son amie, Renée.

— Je suis modèle, a remarqué Renée. Modèle de peintre académique.

Et Mata-Hari s'est souvenue de ses années de traîne-la-faim dans un Paris qui était bien celui-là, mais qu'elle ne savait pas voir, car elle rêvait de l'autre, du Paris qui scintille aux cristaux des grands lustres brillants de ces hôtels particuliers qui deviendraient sa vraie patrie. Le Paris des grands couturiers, des grands restaurants, des grandes dames et des demi-mondaines.

— Moi, je n'ai pas un sou, mais à vingt ans, je me suis dit que je n'aurais jamais vraiment besoin d'argent ; j'ai trente ans aujourd'hui et je n'ai toujours pas changé d'avis...

La voix de Pierre Andrieux — poète — est grave et douce. Glenn explique que ses poèmes sont « cubistes » et Mata-Hari n'a pas très bien su ce que cela voulait dire, mais elle s'est dit qu'elle aimerait en lire, des poèmes cubistes de Pierre Andrieux. Tant d'envies qu'elle a eues d'un coup, en une soirée.

— Qu'est-ce que ça fait, de s'appeler Mata-Hari ? a interrogé le poète.

Prise au dépourvu, la jeune femme n'a pas répondu. Alors Pierre Andrieux a continué :

— Mais vous n'auriez pas envie, quelquefois, d'être vous-même ?

Ces envies, donc, qui l'assaillent de toutes parts. Le bruit de la foule et un orchestre de jazz — on dit un jazz-band — qui lui bourdonne aux oreilles.

Mais elle était là pour parler, pour tout dire. Alors, lorsque Pierre et Renée se sont éloignés pour manger, Mata-Hari a continué à raconter sa vraie vie : la face cachée de l'étoile filante.

— Ces hommes, oui... A quinze ans, on m'a mise en pension, chez un brave homme pourtant : il s'appelait Wybrandus Haanstra !

Haanstra vivait avec sa sœur, plus âgée que lui, dans une aile de la longue baraque grise qui accueillait une vingtaine de jeunes filles. Officiellement, lui-même n'était que le professeur d'humanité et sa sœur, Mlle Josépha, portait le double titre ronflant de directrice de l'institution pour demoiselles et de principale. Ce qu'on enseignait aux jeunes filles ? Pas grand-chose : un peu de latin, un peu de français, quelques notions d'arithmétique et ce qu'on appelait les usages du monde. Mais tout de suite Haanstra avait eu de tels regards pour Margarethe...

— Il ne m'a jamais rien dit, lui. Mais il me suivait. C'est

cela, il me suivait, simplement, dans les couloirs, les escaliers... Toujours de très loin, sans vraiment oser m'aborder.

En classe, Margarethe se retrouvait, sans le vouloir ni surtout le mériter, avec les meilleures notes, et ses camarades riaient sous cape. Mais Haanstra avait l'air tellement heureux de lui décerner un dix sur dix dans toutes les matières.

— Il était vieux, bien sûr, Wybrandus Haanstra.

Mata-Hari baisse la tête :

— Il était vieux, oui...

Et gros, et lourd, et bêta, empêtré dans les fils de son amour caché.

— Imaginez, ajoute alors Mata-Hari, que c'est sa sœur elle-même qui est venue me demander...

Glenn a un haut-le-corps.

— Elle ne voulait tout de même pas que...

Mais Mata-Hari secoue la tête :

— Non. Mais il voulait m'épouser et n'osait pas me le proposer lui-même. Aussi, lorsque j'ai refusé, trop interloquée pour me poser la moindre question, la grosse Mlle Josépha s'est mise à m'insulter. Elle m'a dit que j'étais une petite aguicheuse, une allumeuse, une garce qui avait fait des sourires à son frère, que sais-je encore...

Et la grosse Mlle Josépha — dont on imagine volontiers qu'elle consolait les chagrins de son non moins volumineux grand frère sous la couette rouge d'un grand lit carré et fraternel aux lourds relents de transpiration —, la sœur, donc, du prétendant éconduit, avait frappé à son tour.

— Petite salope ! Petite ordure ! Moins que rien !

Des mots que la Margarethe de quinze ans n'avait jamais entendus.

Lorsque la jeune fille avait quitté la pension Haanstra, le pauvre M. Wybrandus, derrière une fenêtre aux petits carreaux anciens, pleurait...

— Après cela, murmure Mata-Hari, je suis allée chez mon oncle Taconis, à La Haye, et ce fut la même chose...

Pierre et Renée étaient revenus. Ils ont mangé du cervelas rémoulade ou du fromage de tête, des tripes ou des pieds paquets ; il y avait une odeur de bière et de parfum si bon marché que Mata-Hari en était émue. Comme elle était émue maintenant de l'attention que lui portait cet étranger, ce Glenn qui, si fort et si vite, était devenu un ami.

— Je ne sais pas pourquoi je vous raconte tout cela, s'excusa-t-elle : je ne vous connais pas.

— Oh si, vous me connaissez ! Vous me voyez et vous me connaissez. Je suis au-dedans comme je suis au-dehors : bon type à première vue, bon type ensuite, bon type toujours...

« Bon type », Glenn Carter avait un « bon » sourire et c'était une chaleur nouvelle qui emplissait désormais Mata-Hari.

— Mata, maintenant je voudrais vous dire..., commença-t-il alors.

Mais elle lui posa un doigt sur les lèvres.

— Chut ! Plus tard.

C'est au bal Bullier, en haut du boulevard Saint-Michel et tout à côté de la Closerie des Lilas, qu'ils allèrent ensuite danser. Et là, cette fois, les valses étaient vraiment des valses et les polkas de vraies polkas. Mata-Hari a eu un petit rire :

— Je me sens si bien avec vous ! Quand je pense au Strauss de l'autre jour...

Mais Gleen Carter était redevenu grave :

— Mais si vous êtes bien avec moi, Mata, si vous vous sentez heureuse, ici, maintenant, avec mes amis, pourquoi ces hommes ? Pourquoi cette vie ?

Elle lui a posé de nouveau un doigt sur les lèvres.

— Ne parlons pas de cela, voulez-vous ?

Et tandis que Renée et Pierre dansaient au milieu de mille autres Pierre et autant de Renée qui s'aimaient, simplement, ou en avaient l'apparence, elle a continué.

— Il faut que vous sachiez tout, comprenez-vous ? Savez-vous, par exemple, que c'est par une petite annonce que je me suis retrouvée aux Indes ?

Insidieusement, la vie allait enfin la rapprocher de sa légende. Le rire, pourtant, de Glenn, qui ne peut y croire :

— Vous vous moquez de moi ?

— Pas du tout.

La vie à La Haye ou à Leeuwarden était devenue étouffante, l'atmosphère irrespirable. Sa mère — qui la haïssait — avait fini par mourir et les voisins avaient rapporté — avec une sorte de joie méchante — que la jeune fille avait joué du piano, fenêtres ouvertes toute la journée de cette mort. Son père, dès lors, tournait en rond dans la maison et lançait à la jeune fille des regards de plus en plus lourds. C'est alors que j'ai vu qu'un certain capitaine MacLeod...

— Ah ! MacLeod, le vieux brave qui vous a arrachée à l'esclavage : nous y arrivons enfin.

Mais Mata-Hari allume une cigarette. Elle l'a choisie cette fois de tabac opiacé car la plongée est profonde et sombre dans les souvenirs. Et elle remue la tête.

— Oui, dans le récit complet de la vie exemplaire de la vraie Mara-Hari, telle que la presse la colporte, j'ai gardé le nom de MacLeod. Mais c'est bien tout ce que j'ai gardé de vrai.

Car le Rudolph MacLeod qui avait fait passer une annonce dans *Les Nouvelles du jour* — « Officier en permission servant aux Indes néerlandaises, désirerait rencontrer jeune fille au caractère agréable en vue mariage » — n'était ni le brave lord écossais de la légende ni un fringant lieutenant, moustache au vent et tueur de cipayes. En dépit de son nom à la consonance toute britannique, c'était bel et bien un Hollandais, la cinquantaine passée et le teint ravagé par l'alcool et trente années de vie coloniale.

— Nous nous sommes rencontrés au Bar américain d'Amsterdam. Pendant quelques jours, j'ai même cru qu'il était beau...

Et sur un coup de tête, sans rien dire à personne — elle avait tout juste prévenu son père pour obtenir l'autorisation légale —, Margarethe Zelle s'était mariée.

— Dès la première nuit, ce fut horrible.

Le visage de la jeune femme se crispe. Elle pose ses mains à plat sur la table : les doigts tremblent légèrement et l'envie saisit brusquement Glenn de prendre ces mains et de les serrer, oh! de les serrer... Il regarde le profil de Mata-Hari. Elle est redevenue la déesse sombre aux pommettes cuivrées, qui danse sur les bas-reliefs des temples, à Mathura et à Patna : Mara-Hari, dont nulle larme ne vient mouiller les yeux, pleure au-dedans d'elle-même.

— Ce fut horrible... Je ne peux pas vous dire.

Elle était vierge, Margarethe, malgré tous ces hommes qui lui tournaient autour ; elle était vierge lorsqu'elle s'était étendue dans le lit étroit d'un hôtel du port où son époux, qui ne voulait plus ni parents ni amis, l'avait emmenée après une brève cérémonie religieuse et une cuite magistrale dans un estaminet au-dessous d'un bordel. Autour d'eux, les filles étaient passées et repassées, elles portaient des corsages ouverts et des corsets délacés : les yeux du capitaine MacLeod traînaient sur elle — et ses mains, parfois — tandis qu'il faisait à sa toute jeune épouse le récit enchanté du paradis javanais vers lequel ils vogueraient très vite, sur les flots bleus.

— Tu verras, j'habite un gigantesque bungalow construit en bordure de la plage. Douze servantes pour s'occuper de toi et, la nuit, tant d'oiseaux chanteront au-dessus de toi, dans les grands arbres bruissant au moindre souffle, que tu te surprendras à ne pas vouloir dormir pour les mieux écouter.

L'alcool, le genièvre et le rhum mêlés le rendaient presque poète, MacLeod au visage tavelé de toutes les véroles du monde. Mais il avait fallu le pousser, le traîner à l'étage, car il avait tant bu que ses jambes ne le portaient plus, et il s'était endormi tout d'une pièce, couché en travers du corps de sa femme.

— C'est au milieu de la nuit qu'il s'est réveillé, et alors...

Mais l'alcool est traître à l'amour, et le capitaine avait eu beau jurer et transpirer, il s'était de nouveau effondré sur le lit. Giflée à toute volée — après tout, c'était peut-être de sa faute : les filles, en bas, dans le bordel rouge, lui faisaient bien envie ! — Margarethe s'était levée, vierge encore. Mais battue, humiliée, souillée.

— L'odeur qui régnait dans la pièce...

Elle ferme les yeux.

— Venez, dansons.

Et sur la piste où l'on a jeté de la sciure, dans les relents âcres et sucrés des femmes qui ont chaud entre les bras de leurs amants — amoureux, étudiants et maquereaux confondus —, Mata-Hari s'est laissé porter par le rythme d'une nouvelle valse. Contre elle, le corps de cet homme qui la rassure. A deux pas du couple, Pierre et Renée passent, qui sourient — et le bras de Glenn est dur et solide autour de sa taille : ce serait si facile, soudain, d'oublier.

— D'oublier les années de tristesse, de maladie, d'humiliations qui ont suivi...

Oublier le bungalow au bord de la plage qui n'était qu'une cahute le long d'un marigot ; et les cent et une servantes, qui étaient trois pouffiasses dont MacLeod — qui l'avait finalement possédée sur le bateau sale et gras qui voguait vers ce paradis ! — avait une ribambelle de bâtards pleurnichards et déguenillés qui traînaient dans la boue, devant la maison, comme des poules ou des porcs. Oublier que MacLeod buvait et la battait ; oublier qu'il la trompait avec toutes celles dont la peau était un peu plus brune que la sienne. Oublier les cuites qui succédaient aux cuites, et l'odeur de vomi qui traînait dans la maison à chaque petit matin. Oublier ces filles qu'elle retrouvait, affalées dans un lit ou sur un canapé ; oublier le regard de défi narquois qu'avait MacLeod quand elle le surprenait.

— J'ai appris, bien plus tard, que ce n'était même pas lui qui avait fait passer la petite annonce, mais un camarade qui voulait se moquer de lui. C'était une farce idiote qui avait fait long feu, une plaisanterie de gamin, un jeu auquel lui-même avait fini par jouer. Il m'avait épousée, comme cela, par désœuvrement et parce qu'il était en permission... Revenu chez lui, dans ses îles, il ne me l'a pas pardonné.

Mais ce que MacLeod, au fond de lui, n'avait surtout jamais pardonné à Margarethe, c'était d'abord l'humiliation de la première nuit, cette atteinte à sa virilité de soudard, le fiasco lamentable et triste que pendant trois années il allait lui faire payer.

Ils sont revenus s'asseoir à leur table au bord de la piste de danse. Devant eux, Renée et Pierre s'embrassent. Mais le récit de la jeune femme est devenue un aveu terrible et qui la déchire, une chape de chagrin qui, d'un coup, s'est abattue sur elle. Sa voix, même, n'est plus qu'un souffle.

— Trois ans comme cela. Et puis — elle baisse encore la voix — un petit garçon qui est mort parce que son père était trop ivre pour aller chercher un médecin la nuit où une méningite l'a enlevé. Trois ans de larmes, de souffrances et de honte.

Le petit cadavre qu'on avait porté en terre un jour de mousson ; l'eau qui ruisselait du ciel et emportait la terre au fur et à mesure que les fossoyeurs malais la pelletaient sur la tombe. Le mari, sobre pour une fois, et le visage tendu par la haine parce qu'il savait que tout ce qui se passait arrivait par sa faute et que, cela non plus, il ne pouvait pas le pardonner à Margarethe.

Mata-Hari se tait : elle est arrivée au point où elle ne peut en dire plus. Alors, doucement, Glenn l'interroge :

— Mais la danse, dans tout cela ? Ces rites, ces gestes que vous avez appris ?

Il a compris qu'il fallait la faire sortir de cette rêverie brusquement morbide, de ces relents de mémoire lourde qui lui reviennent à la tête comme des nausées. Alors elle hoche simplement la tête :

— Oh ! c'est très simple ! Un jour, je suis entrée, par hasard, dans un temple. J'ai vu les danses sacrées de quelques vieilles prêtresses laides et bouffies et, revenue chez moi, j'en ai parlé à une servante qui avait été, elle aussi, la maîtresse de mon mari. Elle jouait un peu de sitar, et voilà comment j'ai appris à danser.

Rêver : Mata-Hari rêve et danse. Son corps ondule comme une liane et ses mains jouent sur le vide des airs aux mélodies perdues. D'une carte postale sépia aux contours estompés, la bayadère surgit à nos mémoires : un regard d'elle, et les hommes tombent ; un geste encore, et ils paient. Tandis que les rites sacrés de danses immémoriales durent infiniment aux flancs de temples que la jungle envahit.

111

Dumet, Manessy, Guillaumet, Messager, tous ceux qui ont fait de cette femme un rêve, ont dévoré des yeux chaque danse, chaque geste : un opium en somme, un vin lourd et généreux dont ils se saoulaient.

— Mes danses ? répète Mata-Hari qui cette fois dit tout. Mes danses ? Trois grosses bonnes femmes laides à en pleurer m'ont montré comment remuer les hanches au son d'un sitar. Et voilà tout !

Il pleut doucement sur Paris. C'est une pluie très douce et légère, à peine une rosée, et les gouttes ne mouillent pas. Comme après la soirée où il a vu pour la première fois Mata-Hari, Gleen Carter dérive de nouveau dans la ville mais, cette fois, avec Mata-Hari à son bras et c'est ensemble qu'ils marchent dans ces rues de la nuit. Ils ont laissé derrière eux la foule bigarrée de Montparnasse et ont rejoint les quartiers plus calmes autour de Saint-Sulpice, de Saint-Germain-des-Prés. Place de Furstenberg, un aveugle venu de nulle part joue de l'accordéon à quatre heures du matin sur la place aux réverbères allumés.

— A vot' bon cœur, messieurs-dames...

Un regard brille derrière les lunettes aux verres fumés et Mata-Hari baisse les yeux tandis que l'accordéoniste entame la mélodie faussement orientale de Messager.

— Pouvoir leur échapper, quelquefois...

Car ils sont là, à deux pas, dans les maisons nobles du Faubourg, qui dorment près de leurs lourdes épouses, ceux qui, de nouveau, l'assailliront demain.

— Voyez-vous, Glenn, lorsque j'étais toute petite, je rêvais d'un chevalier en armure blanche.

Elle rit, mais son rire est triste.

— Je porte un costume à carreaux, mais ça peut s'arranger...

Le rire de Glenn Carter n'est guère plus gai. Alors, il se penche vers elle : ils sont arrivés au bord de la Seine et, accoudés au parapet du quai, ils regardent l'eau qui charrie au-dessous d'eux des couleurs qui n'existent pas.

— Si vous vouliez, Mata...

Elle pose la main sur son bras pour l'arrêter :

— Je vous en prie...

Cette fois, Glenn insiste pourtant :

— C'est moi qui vous en prie... Il faut que vous compreniez.

— Je ne veux pas comprendre... Je ne peux pas... Je ne dois pas.

Elle demeure appuyée contre lui sur ce parapet de pierre mais elle veut, elle veut si fort qu'il se taise.

— Nous sommes si bien ainsi. Pourquoi gâcher les choses ?

Mais il se retourne vers elle, et la regarde maintenant gravement :

— Est-ce gâcher les choses que vous dire que je vous aime ?

Le même regard, aussi grave :

— Ce serait les gâcher que le répéter.

Puis, lorsqu'ils auront repris leur marche dans Paris — j'ai dit : cette dérive —, ce sera Mata-Hari qui, de nouveau, parlera, en s'accrochant désormais de tout son poids à ce bras d'homme — cette force solide.

— Comment vous dire, Glenn, ce soir, j'ai été heureuse comme je ne l'avais pas été depuis tant de mois, tant d'années, peut-être. Ce soir, j'étais bien. C'est cela : j'étais bien. Je vous ai parlé et j'ai eu l'impression qu'à mesure que je vous parlais, des voiles un à un tombaient. Je me suis vue, je me suis vraiment vue telle que je suis réellement, telle que j'ai toujours eu peur de me voir et, pour une fois, je n'ai pas eu trop peur. Vous m'avez aidée, Glenn, et cela, jamais je ne l'oublierai. J'ai été heureuse, Glenn. Heureuse...

Comme un sanglot dans sa voix. Mais ils étaient arrivés place du Théâtre-Français. La statue de Musset veillait sur eux comme sur le couple d'amoureux qui s'embrassait éperdument dans son ombre, et Mata-Hari a fait signe à une voiture :

— Raccompagnez-moi chez moi, maintenant.

Astruc, alors, de conclure :

— Glenn Carter a raccompagné Mata. Mais s'il l'a laissée

113

à sa porte, comme elle le lui demandait, il était quand même, d'une certaine manière, entré. Par l'escalier de service, peut-être, sinon celui du cœur, mais il était dans la place et allait y rester, lui.

Le tapis rouge et l'arrivée en fanfare, c'était pour un autre : Vadime, l'officier blanc enfin parvenu jusqu'à Paris. Et c'est le film de cinéma dans lequel Mata-Hari avait joué qui fut le prétexte de son entrée en scène.

— Jusqu'à quel point était-elle vraiment intéressée par cette affaire de cinéma... ?

Desvilliers, qui a vu le film, sait quel était le visage, quel était le sourire ambigu de Mata-Hari lorsqu'elle interprétait ce rôle d'une aventurière aux prises avec l'amour. Mais Astruc élude sa question.

— Si elle avait fait d'autres films, peut-être que tout aurait été différent. Mais on ne lui en a pas laissé le temps...

« On », c'étaient les autres, les hommes, de Zelle et Victor à cet Adolph Kieffert, l'Allemand qu'on a déjà vu rôder autour d'elle, et à Vadime, bien sûr, qui allait tout balayer sur son passage.

Pourtant, les détails du tournage de ce film qui allait rester unique avaient été très vite réglés. Le baron Victor avait pris en main l'aspect financier de l'affaire ; Joseph Wright avait apporté toute l'autorité de l'industriel hollywoodien qu'il était, quant à la bonne volonté de Mata-Hari, elle avait été immense. D'ailleurs, en ces temps encore héroïques de l'histoire du cinéma, un tournage était une opération très simple : un monsieur derrière une boîte qui tourne une manivelle ; un autre à côté de lui — visière sur le front et porte-voix à la main — qui crie ses ordres ; trois ou quatre mécanos en salopette qui déplacent un projecteur et un jeune premier qui embrasse une blonde platinée devant tout ce beau monde.

— Encore fallait-il savoir embrasser..., remarque Desvilliers.

Mata-Hari savait, c'était tout.

114

— Mais Victor se comportait déjà en seigneur et maître, ce qui ne rendait pas les choses faciles.

Astruc a un geste de la main vers la bouteille de cognac posée à côté de lui. Pour la première fois, sa main tremble.

— Dès le début, le baron aux millions avait été odieux...

Il arrivait à l'improviste sur le plateau du tournage, avait son mot à dire sur chaque chose, critiquait le plus petit détail, et jetait des regards assassins au malheureux Gabriel Vergy — le comédien qui jouait le rôle de l'amant conventionnel de l'aventurière. Quant à Glenn, il le traitait férocement.

— Et puis, je trouve que vous voyez bien trop souvent cet Américain ! lança-t-il un matin en entrant sans avoir été annoncé dans le petit réduit qui servait de loge à la jeune femme et où elle se faisait maquiller.

La veille au soir, Mata-Hari était allée boire un verre — un blanc-cassis ! — en compagnie de Glenn dans ce même café de Montparnasse où ils avaient rencontré Pierre et Renée. Les relations entre la jeune femme et le journaliste américain s'étaient désormais établies sur la base d'une amitié chaleureuse. Glenn, bien sûr, aimait Mata-Hari, mais il se gardait bien d'en rien dire et Mata-Hari, qui ne l'ignorait pas, ne jouait pas pour autant à celle qui ne veut pas savoir : ils se rencontraient souvent, elle était tendre et chaleureuse, lui-même jouait les camarades désinvoltes et tous deux se trouvaient bien ensemble.

A l'arrivée de son protecteur, Mata-Hari ne quitta pas des yeux son propre reflet dans la glace.

— Vous savez bien, mon cher, puisque vous me faites suivre, que je n'ai quitté ce café que pour rentrer chez moi.

C'était la première fois que la jeune femme élevait la voix : comme si la présence de Glenn dans sa vie lui donnait une manière de courage. Mais le financier se fit menaçant :

— Et vous savez, vous, que je ne supporterai pas la moindre entorse à nos engagements !

Il allait continuer sur le même ton lorsque Gabriel Vergy entra à son tour. Il s'arrêta sur le seuil :

— Je vous demande pardon... Je vous dérange.

Sur le point de ressortir, l'acteur hésitait. D'ailleurs,

Victor usait à son endroit du même ton qu'à l'égard de Mata-Hari.

— Effectivement, monsieur, vous dérangez.

Mais Mata-Hari se leva.

— Pas du tout. Vous avez raison, au contraire, mon cher Gabriel, de venir me chercher : j'allais oublier l'heure !

Et sans un regard pour le banquier, elle quitta la petite pièce.

— Tout cela n'a l'air de rien, mais ce sont des petites scènes significatives : pour la première fois, Mata-Hari s'aventurait sur d'autres voies que celle de la soumission, conclut Astruc.

Les yeux de Desvilliers s'attardent dans l'ombre de la pièce : des portraits de la jeune femme... Ces images d'elle, plus nue que nue — ces silhouettes àà la grâce langoureuse, farouche, enfantine. Des portraits à l'huile, au crayon, au pastel. Puis les photos, par dizaines, posées les unes à côté des autres : Mata-Hari qui écarte de la main la masse lourde de ses cheveux... Mata-Hari, dans le film de Joseph Wright — son unique film ! — qui regarde sans le voir un officier en uniforme cintré à la taille. Ce pourrait — déjà — être Vadime, mais il n'a que le visage de Gabriel Vergy, comédien français mort en 1916 sur la Marne.

— Tout s'est donc passé très vite...

On avait déjà mis en boîte quatre bobines d'une aventure rocambolesque à souhait, où une princesse bulgare cherchait en vain l'amour d'un poète polonais entre les bras d'officiers de toutes les armes et de toutes les nationalités — lorsque le baron décida que, pour le moment, c'en était assez.

— Ce sera un premier épisode, expliqua-t-il à Joseph Wright. Je vous assure le financement des trois autres, mais je veux déjà pouvoir montrer le résultat.

Sous ses allures de financier coriace, Ernest Victor était certes un vautour — et de la pire espèce ! — mais il avait aussi un goût de nouveau riche pour l'épate, le tape-à-l'œil et le clinquant. Et il n'était pas peu fier, au fond, d'être un des premiers hommes d'affaires français à s'intéresser à cette industrie, toute neuve encore, qui s'appelait le cinématographe. D'où l'envie qui le tenaillait, depuis le début, de faire éclater au cinéma devant le Tout-Paris la bombe Mata-Hari.

— Si un seul, au moins, un seul, l'avait aimée pour ce qu'elle était..., interrompt Desvilliers.

Astruc, alors, hausse les épaules.

— N'enfoncez pas de portes ouvertes, mon pauvre ami. Personne n'a su aimer Mata-Hari.

— Personne ?

Le regard du gros homme encore ivre qui vacillait se fixe soudain, avec une précision aiguë, sur celui de son interlocuteur : on dirait qu'il a hésité un instant avant d'avouer :

— Personne, non. Sauf Carter, bien sûr...

Un Carter qui, dans sa chambre d'hôtel rue de Rivoli, ou dans l'un de ces clubs qu'il fréquentait en compagnie d'autres Américains à peine plus désœuvrés que lui, buvait parfois jusqu'à l'aube pour oublier qu'il aimait.

— Le plus dur, vois-tu, avait-il avoué un soir à une amie anglaise qui tentait de le sauver, le plus dur, c'est de savoir qu'elle m'aime *si bien. She likes me so much !*

L'Anglaise, qui s'appelait Sheila, montait à cheval comme un homme et possédait deux mille acres de forêt aux frontières du pays de Galles et du Gloucestershire, le regardait tristement.

— Et toi, tu es sûr que tu ne pourras jamais m'aimer ?

Riche, elle était aussi très belle, et elle proclamait très haut qu'elle était vierge et le resterait jusqu'au jour où Glenn la prendrait dans ses bras.

— J'en suis sûr, mon ange. Ce n'est pas que je ne veuille pas : je ne *peux* pas.

Les mêmes mots que Mata-Hari avait eus pour lui au bord de la Seine. Si bien que lorsque Desvilliers répète sa question :

— Parce que, selon vous, l'amour de Carter était vraiment le seul qui aurait pu... ?

Astruc lui coupe la parole :

— Le seul, oui, qui aurait pu l'arracher à son destin.
Son destin qui n'était, pour le moment, que d'achever un
film. Elle le termina un vendredi et dès le mardi suivant, il
était prêt à être montré à qui voulait se donner la peine de le
voir.

C'est donc la veille de cette présentation au Tout-Paris
que Vadime Ivanovitch Maznoffe arriva dans la capitale. Sa
première démarche fut de se rendre à son ambassade ; la
seconde, d'envoyer à la danseuse pour qui il avait fait le
voyage une gigantesque gerbe de treize fois treize roses. Il y
avait ajouté sa carte avec une seule phrase : « J'arrive tout
droit de Saint-Pétersbourg dans l'unique espoir de vous
rencontrer. »

— Mais... vous la connaissez ? avait interrogé Varlov, le
premier secrétaire de l'ambassade, étonné de cette assurance.

La réponse de Vadime reflétait sa totale innocence.

— Je me suis donné quarante-huit heures pour faire sa
connaissance.

Comme Varlov n'était tout de même pas son cousin
Sergeï, Vadime n'osa ajouter : « Et pour me faire aimer
d'elle. »

Mais Varlov sourit : tant d'assurance avait quelque chose
de désarmant.

Mata-Hari sourit aussi en recevant les fleurs. Camille
était près d'elle, occupée à rédiger les cartons d'invitation
pour la soirée du lendemain. Ernest Victor aurait bien
voulu en charger ses secrétaires, mais Mata-Hari avait
insisté :

— Je vous en prie, mon ami, cela m'amuse...

Elle avait insisté aussi pour que ce fût elle qui invitât au
nom du banquier. Alors celui-ci faisait des allées et venues
entre ses bureaux de la rue Laffitte et l'hôtel particulier de
l'avenue Hoche où il l'avait installée pour s'assurer que tout

se déroulait bien comme il l'entendait. Il était dans un état de nervosité extrême : c'était, au fond, son brevet de véritable homme du monde autant que de financier avisé qu'il entendait gagner en une soirée.

— Il n'y a que les Russes pour être aussi fous ! s'exclama Mata-Hari devant les cent soixante-neuf roses.

Elle venait de confier au bristol les noms calligraphiés de tout le Quai d'Orsay, d'Arbanville à Zwimmermann, et commençait à se fatiguer.

— Peut-être qu'il est mignon, ce Russe, répondit Camille, rêveuse.

Profitant d'un moment où Ernest Victor n'était pas dans la pièce, elle jeta un coup d'œil à sa maîtresse.

— Et si on l'invitait ?

Mata-Hari eut un petit rire complice :

— Pourquoi pas ? Après tout, nous avons bien d'autres Russes !

Elle avait, en effet, déjà convié Varlov à la soirée. Et c'est de sa main à elle qu'elle rédigea le carton dont toute sa vie allait dépendre :

Mata-Hari
a le plaisir d'inviter
Monsieur Vadime Ivanovitch Maznoffe
attaché militaire adjoint près l'ambassade de Russie
à assister
chez le baron Ernest Victor
à la présentation d'un film de cinématographe
intitulé :
« L'Aventurière d'Orient »

Puis, du bout de la langue, elle cacheta l'enveloppe : les dés étaient jetés.

— Jamais je n'oublierai cette soirée, commente alors Astruc qui semble avoir tout à fait renoncé à boire, tant il est désormais possédé par son récit... Et pourtant, tout a commencé le plus normalement du monde.

Les invités étaient au rendez-vous : les habitués, les fidèles, la vieille garde. Il y avait les Manessy, les Malvy et les Mergerie, Adam Zelle — déjà passablement ivre et accroché au bras de Dumet qui ne parvenait pas à s'en défaire —, le cher Clunet, Guillaumet le peintre, et Messager, qui avait écrit sa musique, et la grande Emma Calvé, la chanteuse qui l'admirait à l'égal des plus grandes voix du temps. Et puis tout ce que la danseuse comptait de fidèles et d'idolâtres : on a dit le Quai d'Orsay et le corps diplomatique — les Varlov... — mais aussi une bonne partie de l'état-major des armées, plusieurs membres du gouvernement et des personnages plus interlopes encore, plus inquiétants : l'inspecteur Lenoir, toujours aux aguets, et enfin Kieffert, le noir Adolph Kieffert suivi de son adjoint Schön : Kieffert qui, à sa façon, viendra tout dénouer.

Ce fut lui qui se manifesta d'ailleurs le premier. Manessy présentait un diplomate bulgare à la jeune femme lorsque l'Allemand vint près de lui et, comme le ministre semblait l'ignorer, il toussa bruyamment. Bien à contrecœur, Manessy ne put alors que le nommer à son tour à Mata-Hari.

— Le commandant Kieffert, de l'ambassade d'Allemagne.

Le Prussien claqua les talons.

— Il y a des années, madame, que j'attendais ce jour.

Puis il se pencha pour un baisemain plus que courtois, et c'est alors qu'Astruc, qui se trouvait à côté de lui, remarqua qu'il y avait brusquement, dans le visage de l'Allemand, un éclat de grande pitié. Comme s'il avait deviné ce qui était en train de se jouer...

— Je me suis rendu compte que cet homme était un homme... Mais il y avait tant de monde autour d'elle que je ne me suis pas attardé.

Jusqu'à Carter qui était là, lui aussi. Assis à côté de Varlov au dernier rang de la salle décorée de roses rouges, il observait. Et ce nouveau ballet de vieillards autour de la femme qu'il aimait lui donnait une sorte de nausée.

— Et vous ? interroge Desvilliers à brûle-pourpoint.

Mais le visage d'Astruc est las.

— Il y avait longtemps que je n'analysais plus mes sentiments.

Tous, donc, se trouvaient au rendez-vous : seul Vadime était en retard lorsque la séance a commencé — et cela, encore, a son importance.

Comme la première fois au musée Dumet, comme le soir de la rencontre chez Ferdinand de Girard, lentement, l'obscurité a gagné la salle. Il y eut des murmures, puis le silence. Astruc s'est alors avancé devant l'écran blanc qu'un rideau levé venait de dévoiler, et il a adressé quelques mots à l'assistance pour présenter le spectacle :

— ... Et maintenant, était-il en train d'achever, l'écran magique va pour la première fois s'illuminer du visage de tous nos rêves : celui de Mata-Hari.

Il venait d'achever quand un brouhaha a retenti dans le fond de la salle. On a entendu des murmures, des éclats de voix :

— Silence !

— Vous ne pouvez pas attendre la fin ?

Subitement interrompu, Astruc regarda dans la direction d'où venait le bruit : une grande silhouette blanche s'avançait à travers les rangées de fauteuils pour gagner au premier rang celui de Mata-Hari. Et, à mesure que l'homme approchait, le vacarme s'amplifiait.

— C'est incroyable ! glapit une voix de fausset, il me marche sur les pieds.

Mata-Hari, enfin, se retourna et c'est alors qu'elle se trouva face à Vadime. Celui-ci, qui ne se rendait pas compte du désordre qu'il causait, debout au milieu de l'écran sur lequel s'imprimaient déjà les premières images, était presque au garde-à-vous devant la danseuse.

— Madame, je suis le lieutenant Vadime Maznoffe, et j'arrive tout droit de...

Il était en train de reprendre, mot pour mot, la phrase même qu'il avait écrite la veille sur sa carte de visite, mais une poigne s'abattait déjà sur son épaule. C'était celle d'Ernest Victor.

— Monsieur, vous raconterez votre vie tout à l'heure.

Vadime Ivanovitch Maznoffe aurait sûrement continué si d'autres voix — d'autres poignes — ne s'étaient jointes à celle du banquier pour le faire taire. Mata-Hari avait pourtant eu le temps de surprendre son regard d'adolescent amoureux et sa longue silhouette d'officier blanc aux épaulettes d'or. Le chevalier en armure blanche que la petite Margarethe Zelle attendait à quatorze ans, elle en frissonna. Mais déjà le Russe en uniforme d'opérette rebroussait chemin. Il regagna le fond de la salle, écrasant presque autant de pieds au retour qu'à l'aller. Puis le silence revint et le film se déroula, accompagné au piano par M. Messager qui improvisait sur les images muettes...

— La magie..., murmure Astruc.

Le visage de Desvilliers se fige.

Au dernier rang, près de la porte de sortie, Vadime avait rejoint son compatriote Varlov qui lui avait présenté Glenn.

— Je vois, remarqua à mi-voix l'Américain, que vous êtes aussi fou que moi.

Vadime ne perdait pas une image de ce qui se passait sur l'écran. Il répondit sans détourner les yeux :

— Plus fou encore, certainement, monsieur...

Ce fut tout. Ni Vadime ni Glenn n'ajoutèrent un seul mot. Mais le plus extraordinaire dans cette rencontre, c'est que Glenn Carter et Vadime Maznoffe, amoureux de la même femme et qui n'avaient échangé qu'une phrase au commencement du film, se sont retrouvés les meilleurs amis du monde lorsque le mot « Fin » s'est inscrit sur l'écran !

C'est tandis que la lumière revenait après un bout de film d'ailleurs sans importance, que Vadime, qui n'était décidément qu'un enfant, est revenu à la charge. Autour de Mata-Hari, le cercle habituel des vieux masques et de leurs compliments poisseux montait pourtant déjà sa garde nauséabonde.

— Madame, ce que nous avons vu ce soir tenait du

prodige..., expliquait un ministre plénipotentiaire turc à Mata-Hari en lui glissant sa carte avec un murmure plein de sous-entendus.

Et Zelle, qui s'était éclipsé pendant la projection et revenait tout juste du buffet où il avait vidé une demi-bouteille de cognac, s'épongeait le front en s'exclamant d'une voix puissante :

— N'est-ce pas qu'elle est chouette, ma fifille ! Et puis on peut pas dire, on la voit bien : au cinéma, ça paraît plus vrai encore que dans la réalité !

On s'éloignait de lui, pudiquement. Mais surtout, à côté de la danseuse et ne la quittant pas du regard, Ernest Victor jouait à ce qu'il voulait être : le maître. Il écartait les plus encombrants et se faisait, au contraire, tout sourire, devant un ministre ou un conseiller d'Etat.

— Mon cher Manessy, qu'est-ce que vous pensez de l'idée que j'ai eue là ? Le cinématographe, voilà l'avenir !

Il plastronnait, Victor, pansu, formidable, redoutable et tout de noir vêtu, quand Vadime s'est approché de nouveau.

— Je vous prie, madame, de me pardonner mon attitude de tout à l'heure. Je ne me rendais pas compte que le spectacle allait commencer. Permettez-moi de me présenter à nouveau : Vadime Ivanovitch Maznoffe, lieutenant de l'armée impériale russe.

Il était jeune et blond, il était vêtu de blanc... Que s'est-il passé dans la tête de Mata-Hari ? Le rêve de toutes ses enfances. L'impression fugitive qu'elle avait ressentie au début de la projection lui revenait au cœur comme le souvenir de très anciennes amours. Elle dévisagea un instant le jeune homme, puis son regard devint brusquement lointain. Il y eut un silence.

— J'ai cru, commente Astruc, que le temps s'arrêtait. D'ailleurs, l'attitude de Mata était si étrange que nous avons tous eu le sentiment que quelque chose de grave était en train de se passer.

Mais avec un haussement d'épaules, la jeune femme avait voulu rompre l'espèce d'envoûtement qui pesait sur elle et elle avait ri :

— Ah ! L'homme au bouquet de roses...

Peut-être aurait-elle aimé faire comme si rien n'était arrivé. Peut-être qu'elle devinait, Mata-Hari, ce qui soudain se préparait, et qu'elle avait peur, qu'elle voulait arrêter, refuser. Mais Vadime, imperturbable, continuait :

— Ainsi que j'ai pu déjà vous l'écrire, puis vous le dire bien mal tout à l'heure, je suis venu tout exprès du fond de la Russie pour...

Il s'était arrêté net : une seconde fois, la poigne d'Ernest Victor s'abattait sur son épaule et le drame, cette fois, éclatait.

— Si vous permettez, monsieur, et comme vous le dites vous-même, je crois que vous vous répétez.

Vadime s'est dégagé brusquement :

— Je ne permets rien, monsieur. Et je n'ai pas fini.

La foule — les vieux masques, les vieux crabes, les vieillards fatigués que nous étions tous — s'est approchée.

— Oh si, monsieur, vous avez fini ! Et bien fini !

Mais Vadime, qui ne saisissait rien, a secoué la tête en regardant Mata-Hari. Il riait presque.

— Décidément, ce monsieur se conduit bien mal.

— C'est vous, monsieur, qui vous conduisez mal !

Et la gifle est partie, coupant net ce rire.

— D'abord, dit Astruc, je n'ai rien compris. Vadime n'a pas bronché. Il n'a rien dit. Il n'a rien fait. Il est resté figé sur place.

On attendait une réplique, une demande d'explication, mais le bel officier russe insulté dans son bel uniforme blanc semblait pétrifié. Autour de lui, tous attendaient : il n'allait tout de même pas ne pas répondre ! Ernest Victor lui-même, peut-être effrayé du geste qu'il avait eu, retenait son souffle. Mais Vadime, livide maintenant, se taisait toujours.

Le silence a duré. Enfin la voix du jeune homme s'est élevée, pâle, blanche :

— Je suis désolé...

C'est à Mata-Hari qu'il parlait, on l'entendait à peine et c'est tout ce qu'il parvenait à dire. Puis, sans ajouter un mot, il s'est retourné, les épaules basses, et il est reparti vers la porte, fendant la foule qui s'écartait devant lui.

— C'était un lâche, n'est-ce pas ? interroge Desvilliers.

Mais Astruc secoue la tête.

— Un lâche ? Peut-être... Mais pas seulement un lâche. Ou alors, ç'aurait quand même été trop facile...

Cependant, Vadime Ivanovitch avait gagné le fond de la salle d'où Glenn et Varlov avaient été les témoins stupéfaits de la scène. Comme, presque sans les voir, il allait les dépasser, la voix de Glenn s'est élevée :

— Vous n'allez tout de même pas laisser ce butor...

Glenn, indigné, soudain prêt à tous les combats. Et puis cette haine qui bouillait en lui contre les Victor et consorts... Mais Varlov, diplomate russe brusquement conscient de l'honneur de son pays et de sa carrière, avait retenu l'Américain.

— Laissez. Cette affaire me concerne.

Il avait saisi son compatriote par le bras et le secouait, lui parlant comme à un enfant.

— Vadime, tu dois répondre à cet homme.

Maznoffe a seulement balancé la tête de gauche à droite : il n'entendait pas, il ne pouvait pas. Alors Varlov est allé jusqu'à Ernest Victor : il était maintenant aussi pâle que Vadime.

— Monsieur, a-t-il lancé au banquier, le lieutenant Maznoffe est attaché à l'ambassade de Russie où je suis moi-même secrétaire : vous recevrez mes témoins dès ce soir.

Puis il a tourné les talons : on savait, désormais, qu'il y aurait mort d'homme.

Ce qu'a fait alors Mata-Hari, nul ne se souvenait le lui avoir vu faire auparavant. Elle a couru. Elle a couru dans les salons, dans les couloirs, dans les vestibules : elle a couru après un homme. Ernest Victor a bien tenté de la retenir : « Ma chère, je vous préviens que si vous partez... » mais elle ne l'entendait pas. Et lorsqu'elle a rejoint Vadime Ivanovitch dans le hall d'entrée au moment où il reprenait son vestiaire, elle a crié :

— Lieutenant ! Attendez ! Je vous demande de m'attendre.

Il était debout, plus pâle encore dans son uniforme blanc, sa capote grise à demi rejetée sur les épaules ; et la jeune femme était debout devant lui, haletante.

— Pourquoi ? Pourquoi ?

Elle ne savait même pas ce qu'elle faisait : ce qui s'était passé en elle, elle ne devait le comprendre que plus tard, dans la nuit, lorsqu'elle réfléchirait aux événements de la soirée. Pour le moment, hors d'haleine, elle interrogeait seulement un grand officier blanc qui tremblait comme une jeune fille.

— Pourquoi ?

Lui l'a regardée, les lèvres bleues.

— Je ne peux pas... Vous ne comprenez pas ? Je ne peux pas.

Puis, d'une voix plus sourde :

— J'ai peur...

Ils sont restés encore un moment face à face : ils se regardaient, mais ne pouvaient rien se dire. Puis Varlov est arrivé, les dents serrées, le regard dur.

— Viens ! a-t-il simplement lancé à son compagnon. Rentrons.

Il voulait l'entraîner mais c'est Mata-Hari qui les a encore retenus.

— Laissez, monsieur. Je voulais seulement savoir.

Alors, d'une voix un peu raffermie, Vadime Ivanovitch a répondu à la jeune femme.

— Je ne sais, moi, qu'une chose : je suis vraiment venu pour vous de l'autre bout du monde.

Un silence, puis, avec un pauvre rire triste, il a achevé :

— Pour cela !

Cette fois, la main de Varlov s'est faite plus énergique sur son épaule.

— Lieutenant Maznoffe, il faut rentrer.

Mata-Hari a eu un petit cri de douleur.

— Attendez ! Je vous reverrai ?

Mais c'est Varlov qui a répondu, avec un déchirement amer dans la voix.

126

— N'ayez pas peur. Ce n'est pas lui qui se bat désormais.

Les deux hommes ont tourné les talons et Mata-Hari est restée debout, seule au milieu de ce hall de marbre noir et blanc où la statue d'un Cupidon de porphyre défiait une Diane déjà abandonnée.

Un homme, pourtant, la regardait. Dissimulé dans l'entrebâillement d'une porte, il avait tout vu, et il savait que son heure allait bientôt sonner. C'était Adolph Kieffert, attaché à l'ambassade d'Allemagne à Paris, certes, mais surtout chef des services du contre-espionnage allemand en Europe.

Plus à l'écart, un autre encore veillait : le triste et gris inspecteur Lenoir.

— Et c'est ce qui s'est passé ce soir-là dans les salons de l'hôtel du baron Victor qui a changé notre vie à tous, murmure Astruc.

Du coup, il a repris la bouteille de cognac et s'en est versé deux verres qu'il a vidés coup sur coup. Mais la voix d'Astruc est cinglante.

— Je crois bien que, dès la première seconde, j'ai commencé à redouter ce Maznoffe.

Le regard de Desvilliers est presque aussi dur que celui de son compagnon.

— Mais comment Glenn Carter a-t-il pu ne pas le haïr aussi ?

Il y avait une sorte de découragement dans le geste qu'a eu Astruc pour battre l'air de ses deux mains.

— Glenn ne ressemblait à personne. Peut-être simplement parce qu'il savait aussi aimer comme personne.

Puis, avec une manière de colère dans la voix :

— Dès la première seconde, oui... Moi, j'ai haï Vadime Ivanovitch Maznoffe.

Desvilliers est allé à la fenêtre. Les rires des enfants. Une femme très jeune poussait un landau haut sur roues : elle avait des bandeaux blonds et sages de chaque côté du visage.

— Peut-être que tout n'était pas si simple...

— Tout n'était pas si simple, en effet..., a seulement répété Astruc.

Tout n'était pas si simple, certes, mais tout s'est pourtant déroulé selon un scénario implacable.

Tandis que Mata-Hari regagnait son hôtel dans sa grande voiture où elle avait permis aux seules Camille et Radji de monter avec elle, Vadime Ivanovitch Maznoffe s'enfermait dans sa chambre, et le secrétaire Varlov se préparait à son duel : chacun d'eux se hâtait vers un destin qui leur échappait à tous.

— C'est fou, n'est-ce pas, Camille ? répétait Mata-Hari.

Elle était amoureuse, éperdument, follement amoureuse d'un lâche.

— C'est fou, oui... Mais c'est peut-être justement pour cela...

Vadime, lui, marchait de long en large. Le comte Deni-zoff, son ambassadeur, qu'on avait prévenu du drame, lui avait demandé de ne pas quitter son appartement. Alors, dans son bel uniforme blanc, le rouge aux joues maintenant, il pleurait. Seul.

Quant à Varlov, il prenait ses dernières dispositions pour ce qu'il avait deviné être la fin : il appelait ses témoins, rédigeait des lettres... A cinq heures et demie du matin, Alexeï Andreovitcj Pouchkov et le prince Podgorni se présentaient au domicile du baron Victor. Deux voitures attendaient dans la rue qu'éclairait seulement la lumière pâle et verte des becs de gaz.

A six heures, comme si c'était là la répétition générale d'un autre matin de mort, les deux voitures s'ébranlaient en direction d'une clairière — le bois de Vincennes — et, à six heures quarante-cinq, le secrétaire Varlov tombait, tué à la place de Vadime, d'une balle en plein cœur.

Pour Mata-Hari qui ne le connaissait pas.

Trois heures plus tard, le comte Denizoff veillait personnellement au départ de Vadime Ivanovitch Maznoffe par le premier train pour Moscou.

Le premier à frapper à la porte de Mata-Hari fut Glenn Carter. La jeune femme était déjà levée, habillée, très pâle.

— Alors ?

D'une voix que l'émotion faisait trembler, Glenn lui a fait le récit des événements de la nuit et du petit matin. Mata-Hari n'a pas bronché.

— Je le savais..., a-t-elle seulement remarqué lorsqu'elle apprit la mort de Varlov et le départ de Vadime. Je le savais, parce qu'il ne pouvait en être autrement.

Puis, presque rageusement :

— Oh ! comme je les hais tous, avec leurs règles du jeu, leur code de l'honneur et leur lâcheté.

Glenn fumait nerveusement et Camille, pour une fois silencieuse, remplissait sans fin une tasse de café que l'Américain vidait chaque fois d'un trait. Puis, après un moment, il a tiré une enveloppe de sa poche.

— Avant de prendre son train, Vadime Ivanovitch Maznoffe a fait remettre cette lettre pour vous.

Sans hâte — encore une fois comme si elle *savait* tout — Mata-Hari a lu la lettre, puis elle l'a repliée, l'a remise dans son enveloppe et l'a glissée dans le tiroir d'un secrétaire.

— Eh bien ? a interrogé Glenn.

— Il dit qu'il m'aime.

La voix de la jeune femme était tout à fait assurée.

— Et vous, Mata ? Je ne vous ai jamais vue comme cela.

Elle s'était assise sur une chaise longue et Glenn la dominait de toute sa taille. « On dirait une petite fille », pensait-il.

— Je ne sais pas... Je sais seulement que maintenant, pour moi, tout est changé. Et il ne se passera pas un jour où je ne tremble pour lui.

Glenn s'est laissé tomber dans un fauteuil, face à elle.

— Oh ! Mata... Quel gâchis, tout cela...

Il a soupiré, puis :

— Qu'est-ce que vous allez faire ?

Elle demeurait à demi étendue, mais Glenn devinait qu'elle réfléchissait. Alors, avec un regain d'assurance dans la voix, elle a retrouvé cet accent de haine qu'elle avait eu avant même de lire la lettre de Vadime :

— Ce que je vais faire ? Je ne sais pas. Je sais seulement que je les déteste tous, avec leurs bedaines et leurs chaînes de montre, leurs rosettes sur canapé et leur cruauté qu'ils appellent l'honneur.

Ils... ils... ils : tous. Nous. Tous ceux qui l'entouraient et la faisaient danser pour mieux la posséder. L'écraser.

— Oh ! comme je les hais bien...

Et Glenn, en face d'elle, comprenait. Il comprenait que ce qui se passait en cette femme, en cet instant, était irrévocable. Avec une stupéfiante lucidité, elle se rendait compte de tout ce qu'avait été jusque-là sa vie et, cette vie-là, elle la haïssait.

C'est probablement le coup de sonnette retentissant très loin dans la maison qui a précipité les choses. Camille est partie ouvrir, puis elle est revenue...

— Votre père, madame...

La jeune femme a eu un froncement des sourcils.

— Et les voilà qui arrivent pour la curée ! a remarqué Glenn.

D'un seul mouvement de tout le corps, Mata-Hari s'est alors retournée vers lui. Et elle a crié :

— Je ne veux pas les voir !

C'était un appel, le hurlement de la bête blessée.

La scène, ensuite, violente, hallucinée :

— Je ne veux pas les voir !

Adam Zelle était pourtant là, son cigare entre les dents.

— Mais si, ma jolie ! Mais si, tu me verras ! On a toujours besoin de son vieux papa dans les moments difficiles. Un baron de perdu, dix de retrouvés. Je t'ai dégoté un petit duc qui n'est pas piqué des vers !

Toute l'horrible vulgarité de son père, de sa vie, de ce qu'elle-même avait été, revenait au cœur de Mata-Hari ; elle avait envie de vomir.

— Mais vas-tu me laisser, à la fin ?

Glenn regardait, impassible : il devinait que cette rage qui montait en elle était son unique salut. Et elle criait toujours :

— Je n'en peux plus ! Vous ne comprenez pas, tous, que je n'en peux plus ? Que je ne veux plus vous voir ? Que jamais, jamais plus je ne recommencerai.

Radji s'était réfugiée sur le lit de sa maîtresse, terrorisée comme une petite bête qui ne savait pas ce qui se passait. Zelle, son cigare à la main, demeurait interdit : seul Glenn avait déjà compris. La pièce tournoyait autour de lui, les gravures galantes et les fausses boiseries chinoises, les paravents, les stucs trop neufs, toute cette soie, ces ors, ces parfums.

— Je ne veux plus jamais, jamais vous voir ! répétait Mata-Hari.

L'arrivée d'Astruc, qui venait enfin aux nouvelles, ne changea rien :

— Même toi, mon bon Astruc... Même toi : je ne peux plus. Je ne veux plus voir personne, tu comprends ?

La colère de Mata-Hari était pourtant retombée : elle était désormais calme, mais tout aussi résolue ; sa décision était prise et elle savait ce qu'elle faisait.

— Même toi, mon vieil Astruc : je ne peux plus...

Si bien que lorsque, sans même s'être fait annoncer, Adolph Kieffert pénétra à son tour dans la pièce, Mata-Hari était prête à toutes les extrémités.

— Je vous demande pardon, expliqua presque timidement l'Allemand. J'ai frappé, mais personne n'a répondu.

Les autres le regardaient, ahuris. La violence de Mata-Hari était bien calmée : d'un coup elle était sereine. Sûre d'elle, peut-être, comme de ce qui allait se passer.

— Je pense que vous êtes venu pour me proposer quelque chose, monsieur, je vous écoute...

Kieffert eut un regard gêné pour ceux qui l'entouraient.

— Je ne sais pas si je peux, devant ces messieurs...

Mata-Hari lui répondit d'un rire douloureux :

— Oh si, vous pouvez, monsieur ! Ne vous gênez surtout pas : parlez. Ces messieurs, comme vous dites, sont de la famille.

L'Allemand hésita encore un instant, mais Mata-Hari l'encourageait du regard.

— Eh bien, madame, j'ai l'honneur de vous demander de

me suivre à Berlin. Je vous propose un engagement de toute une saison à l'Apollo de la Kaiserstrasse. Vous fixerez vous-même votre cachet.

Le plus grand music-hall de Berlin : une légende, aussi. Il y eut un silence. Mais la voix de Mata-Hari le rompit vite, cinglante.

— L'Apollo ? Pourquoi pas ? C'est une bonne idée, non ?

Elle se tournait vers les autres et les défiait. Mais Astruc, Zelle, Glenn lui-même, se taisaient.

— Je n'ai plus aucune raison de rester dans ce pays, continua Mata-Hari. Mais je vous préviens que je coûte très cher.

Kieffert s'inclina.

— Nous savons parfois être très riches...

Alors Zelle éclata :

— Mais vous ne pouvez pas. Mais vous n'avez pas le droit...

Il écumait de rage... Ce fut sa fille, encore une fois, qui répondit :

— Et pourquoi Monsieur ne pourrait-il pas ? Jusqu'ici ils ont bien tous « pu », comme tu dis si bien !

— Vous n'avez pas le droit... Pas le droit. Je suis son père, et je défends ses intérêts.

Zelle bégayait, maintenant. Kieffert se retourna vers lui.

— Vous avez entendu votre fille, monsieur. Mais puisqu'il s'agit d'une affaire d'intérêt, nous la traiterons comme telle. Mon secrétaire passera dans l'après-midi en régler les détails avec vous. Est-ce que trois cent mille francs vous semble une somme suffisante ? Je l'espère en tout cas, car je n'ai pas l'intention de vous offrir un sou de plus.

Trois cent mille francs : Zelle n'avait entendu que ce chiffre. Et sa colère s'était éteinte d'un coup. Kieffert s'adressait maintenant à Astruc.

— Quant à vous, monsieur, qui êtes son imprésario...

Mais Astruc l'arrêta :

— Il ne s'agit pas d'argent. Mata-Hari est libre d'aller où bon lui semble.

Seul Glenn n'avait rien dit. Quand Kieffert puis les autres

se furent retirés, il s'approcha simplement de la jeune femme. Son visage était las ; il se sentait accablé.

— Je crois que j'ai tout compris, Mata...

Elle était assise, face à son miroir : son visage à elle avait retrouvé la fixité du bronze comme lorsqu'elle dansait.

— Merci, Glenn, vous êtes mon ami...

Puis, plus bas :

— Vous comprenez, n'est-ce pas, que je ne pouvais pas rester.

L'Américain remarqua seulement :

— Cet Allemand, pourtant...

Mais elle l'interrompit.

— Qu'est-ce que ça peut faire ? Une page a été tournée, cette nuit, et je ne reviendrai jamais en arrière.

Longtemps, debout derrière elle, Glenn la regarda parfaire son maquillage. On a dit le masque : d'un crayon de bronze, elle en soulignait tous les traits. Il fallait désormais qu'elle devînt totalement étrangère et rejoignît sa légende. C'était à la fois une cérémonie et un départ. Sans rien dire, Glenn observait les gestes lents, presque rituels. Une immense douleur lui broyait le cœur, mais dans le même temps il savait qu'il ne pourrait pas ne pas la retrouver. Lorsqu'elle eut achevé, elle se retourna vers lui : deux larmes coulaient sur son visage mais c'étaient comme deux gouttes de pluie sur un bronze poli par des milliers d'années de douleur. Glenn la salua et sortit.

C'est seulement à Camille qu'elle avait le soir même dit la vérité :

— Vois-tu, ce qui vient de m'arriver est si neuf, si différent de tout ce que j'ai jamais pu imaginer, qu'il m'a fallu quelques heures pour m'y habituer. Mais maintenant, ça y est, je vois clair...

Elle s'était laissée tomber sur une méridienne, face au miroir de Venise légèrement incliné sur la coiffeuse qui lui renvoyait son visage.

— Vois-tu, je me rends brusquement compte que je ne savais pas ce que c'était que l'amour. Pour la première fois de ma vie, je suis amoureuse, cela me fait très mal, je suis horriblement malheureuse, mais aussi superbement heureuse.

Son regard, dans la glace, n'était plus celui de la femme inquiète, agitée, soumise aussi — soumise surtout ! — qu'elle avait été depuis tant d'années, ce n'était pas non plus le masque du matin même qui avait signifié à Carter son congé : c'était le regard lucide, d'une femme qui avait pris la décision de ne plus se retourner sur ses pas.

— Pour la première fois de ma vie, j'ai rencontré quelqu'un qui a besoin de moi. Vraiment besoin de moi... Tous les autres croyaient me séduire avec leurs millions, leurs titres ou leurs décorations : ce petit Russe n'a rien, qu'une mignonne petite figure et un trop bel uniforme. Mais il a peur ; il est blessé, humilié : je ne pense plus qu'à lui.

Elle eut un dernier regard dans la glace : c'était plus à elle-même qu'à Camille qu'elle parlait, et ce qu'elle allait dire était grave.

— On m'a arrachée à cet amour : plus rien n'existe désormais. Alors, je tire le rideau. Rien ne compte, ni personne... Surtout pas le passé. Je ne veux plus entendre un seul nom ni revoir un visage qui me rappelle ce qui a été. Je suis heureuse, mais totalement désespérée. Un jour, peut-être, je reverrai mon amour. D'ici là, je vais me contenter de partir.

Camille avait compris : elle baissa la tête. Trois jours plus tard, en effet, Mata-Hari quittait Paris pour Berlin.

Et Astruc de conclure avec un geste impuissant des deux mains :

— Ce n'était pas un suicide, puisqu'elle espérait encore ; mais c'était pourtant, déjà, la première mort de Mata-Hari.

La fin de la danseuse-courtisane qui faisait chavirer les cœurs et couler les millions sur un seul caprice.

4.

Deux mois se sont écoulés depuis ce 11 novembre où la guerre est morte. A Paris, la vie « comme avant » a déjà repris tous ses droits. Les embusqués relèvent la tête, on continue à fêter la victoire et ils cocoricotent plus que jamais, les coqs qu'on continue à dresser au sommet des quarante mille monuments héroïques élevés dans quarante mille communes de France et de Navarre. Bien sûr, il y a encore les corps qui reviennent, les cercueils remplis de terre qu'on retourne à la terre, et puis les éclopés, les manchots, les aveugles et les gazés, mais il y a surtout la vie comme avant qui, lentement, s'organise. On rentre un à un les drapeaux, on rouvre les boutiques et on essaie d'oublier. Alors, pour tous ces braves gens qui respirent enfin, comme pour ces gros messieurs qui font leurs comptes et, tout compte fait, ne s'en tirent pas trop mal, Mata-Hari est tout juste un mauvais souvenir !

Mais tandis qu'à Versailles on redessine à la hâte l'Europe sur de nouvelles cartes et qu'à Sèvres et à Trianon, on paraphera bientôt les ultimes traités, l'Europe, elle, frémit. A Berlin, la révolte gronde ; Rosa Luxemburg rédige ses derniers appels mais les bouchers affûtent déjà leurs couteaux.

— Tous ces morts, cette haine, ces déchirures pour en arriver là ! remarque seulement Astruc face au désordre de papiers, de notes, de coupures de journaux éparpillés devant lui.

Les noms de tous ceux que Mata-Hari a quittés pour

partir avec un étranger qui s'appelait Kieffert figurent maintenant sur un gros cahier bleu.

— Allez les voir tous, les retrouver, leur poser des questions ? suggère à nouveau Desvilliers.

Astruc secoue les épaules : à quoi bon ? Qui oserait tenter de se souvenir alors qu'on tire partout le voile de l'oubli ? Une manière de découragement s'est abattu sur lui ; ou, plus précisément, le sentiment que cette quête qu'ils ont entreprise ensemble ne peut conduire à rien d'autre qu'à remuer des souvenirs morts.

— La guerre est finie, maintenant.

Ils sont toujours enfermés dans ce salon-bibliothèque suspendu au-dessus du parc, mais les dossiers et les piles de magazines, les revues, les archives qui ont envahi la table et le bureau lui semblent subitement inutiles. Alors la voix de Desvilliers s'élève, comme une mémoire vivante :

— Vous savez bien que vous n'avez pas le droit, vous aussi, d'oublier.

Une sorte de brûlure. Mais Astruc se redresse. Il paraît subitement à la fois gigantesque et blessé. Un vieux lion fatigué qui voudrait encore rugir.

— Tu as raison, gamin. Il faut continuer.

Il va alors jusqu'à sa bibliothèque et en tire un dossier de grosse toile jaune fermé d'un ruban. Et tout de suite, il enchaîne :

— La déclaration de la guerre a surpris Mata-Hari à Berlin. Et cela aussi, c'était le hasard.

Les images deviennent furtives, glissantes, mouvantes, à peine esquissées.

Ainsi cette grande maison en bordure d'un parc pas très loin du Hofjäger et du jardin zoologique, mais dont on ne sait plus ni le nom de la rue ni celui du véritable propriétaire : Mata-Hari y vivait déjà en prisonnière.

Des rideaux fermés, des barreaux aux fenêtres et les allées nues du parc devenues blanches et sèches avec la chaleur de cet été qui ne devait ressembler à aucun autre...

Dans l'appartement qu'on lui avait réservé, aux lourdes

tentures grenat et devant des portraits de vieilles femmes, de soldats aux uniformes sombres, la jeune femme marchait de long en large.

— Ma pauvre Camille, j'ai bien peur que tu ne t'ennuies autant que moi !

Mais Camille, qui avait suivi sa maîtresse lors de son départ précipité de Paris sans que la jeune femme ait seulement eu à le lui demander, faisait comme si tout ce qui se déroulait autour d'elle n'avait rien que de parfaitement normal.

— Mais non, madame ! Et puis, on se repose, non ? Ça fait du bien, quelquefois...

Mata-Hari ne se rendait pas compte que tout, pourtant, n'était pas tout à fait normal.

Il n'y avait pas que les rideaux fermés et les barreaux aux fenêtres : que dire de ces allées et venues silencieuses dans la grande maison où les épais tapis sombres étouffaient tous les bruits ? Et de ce Hans, le domestique de Kieffert ? Il entrouvrait parfois la porte d'entrée à des visiteurs toujours pressés qui disparaissaient très vite dans le salon-bureau du rez-de-chaussée. Que penser de ce salon lui-même, aux verrous toujours poussés et où ni Mata-Hari ni Camille n'avaient jamais le droit d'entrer ? Et qui était cette gouvernante de Kieffert, dont la robe de faille noire qui lui montait jusqu'au cou avait des allures d'uniforme et qui avait dû oublier de sourire depuis l'âge de vingt ans ? Quant à Kieffert lui-même, son visage fermé, sa démarche nonchalante mais son regard aux aguets, sa bouche traversée par un pli douloureux ? Mata-Hari ne remarquait donc rien ?

Camille secouait la tête : sa maîtresse ne voyait rien, mais elle-même écoutait, regardait.

— Non, madame, je ne m'ennuie pas, répétait-elle. Je me repose. C'est bon, parfois, de ne rien faire !

Camille se reposait, peut-être, mais elle observait aussi...

Les premières semaines de la vie de Mata-Hari à Berlin avaient pourtant été une sorte de cauchemar à demi éveillé : elle savait qu'elle aimait désormais à la folie un homme qui avait disparu, et elle en avait suivi un autre qui la comblait de prévenances et d'attentions, mais qu'elle ne remarquait qu'à peine. Alors, somnambule, elle se laissait ballotter au gré des événements. Certes, ses apparitions à l'Apollo avaient été un triomphe, on avait parlé d'elle à Berlin comme jadis on parlait d'elle à Paris, et elle en avait été touchée. Il y avait eu les tonnerres d'applaudissements après ses danses, et la ville tout entière était venue s'incliner devant elle. Un grand-duc avait demandé sa main, un petit musicien avait dit se suicider pour elle et le Kronprinz, déguisé en vieil étudiant, lui avait proposé une villa à Sans-Souci. La presse, elle-même, avait retrouvé les superlatifs et autres hyperboles des années les plus anciennes de sa gloire : on la disait magicienne, déesse, mais d'abord artiste, professionnelle, danseuse, ce qui, en d'autres temps, l'eût remplie de joie. Mais il y avait déjà, derrière chaque article publié sur elle, toujours présente entre les lignes, la satisfaction non dissimulée d'avoir ravi Mata-Hari aux Français.

— Vous ne regrettez rien ? demandait parfois Kieffert.

— Rien, répondait Mata-Hari, le visage fermé. Vous m'avez apporté ce que je voulais, non ?

Elle se laissait aller en arrière sur le canapé couleur de feu de sa loge et attendait la cohorte des admirateurs, avant d'aller souper au Belvédère ou au Café de l'Europe.

Puis la saison s'était achevée, le Kronprinz avait eu des rêves plus guerriers, le grand-duc qui avait demandé sa main avait épousé une héritière Krupp et le petit musicien ne s'était pas suicidé ; Mata-Hari était rentrée dans l'ombre mais restée à Berlin, et on l'avait oubliée. Alors, une à une, les portes de la grande maison grise qui donnait sur un parc s'étaient refermées sur elle, et elle-même s'était renfermée dans son silence. Sa seule compagnie demeurait le souvenir lancinant de cet homme qu'elle aimait et qui était parti, avec en contrepoint la silhouette aiguë, inquiétante, prévenante pourtant, de cet autre qu'elle n'aimait pas et qu'elle avait suivi jusque-là.

De Vadime, elle était sans nouvelles depuis une unique lettre que le jeune homme lui avait adressée dès son retour à

Saint-Pétersbourg. C'était une lettre folle et débridée, où il lui jurait une passion éternelle, s'accusait de toute la faiblesse du monde et lui demandait de l'oublier : comment, dès lors, aurait-elle pu lui obéir ?

Elle lui écrivait donc chaque jour, inventant des mots, des poèmes pour lui dire son amour, et elle s'offrait à lui telle qu'elle était désormais : humble, attentive, pleine de tous les espoirs. « Je sais que vous reviendrez, et cela seulement compte : tout le reste ne fait que glisser mais rien ne saurait m'effleurer. » Puis elle rangeait ses lettres dans un coffret de bois précieux en attendant le jour où elle pourrait elle-même les lui lire : Vadime était loin, elle ne savait plus rien de lui et ne l'en aimait que davantage.

Kieffert, en revanche, vivait à ses côtés mais de lui non plus elle ne savait guère davantage que lors du premier soir, lorsqu'elle s'était retrouvée dans le compartiment du train de Berlin et que l'Allemand, qui occupait le compartiment voisin, s'était simplement penché sur elle pour l'embrasser sur le front.

— Bonsoir, ma chère. J'espère que vous ne regretterez pas la décision que nous avons prise, lui avait-il simplement murmuré.

Il avait dit : nous. Et si, après ce jour, il était devenu son amant, il n'avait pas pour autant cessé de faire preuve à son égard de mille délicatesses et d'une affection profonde qui la touchait parfois.

— Peut-être jugerez-vous ma remarque déplacée, lui avait-il d'ailleurs avoué au bout de quelques semaines, mais vous m'êtes devenue très chère et votre présence, sous ce toit, a profondément bouleversé mon existence.

Il n'avait rien ajouté, mais Mata-Hari savait qu'il était sincère. Si bien qu'elle ne se posait aucune autre question et continuait, simplement, à vivre pour survivre.

Celle qui s'en posait, en revanche, des questions, c'était la petite Camille. On a dit qu'elle observait : il n'était pas de jour où elle n'épiât les allées et venues dans la maison. A mesure que la perspective de guerre se faisait plus précise, les visites furtives de personnages sombres et pressés devenaient en effet de plus en plus fréquentes. Et, chaque fois, c'était le même cérémonial. On sonnait deux coups à la porte — deux coups rapprochés, précis : un signal — et Hans, le maître d'hôtel, allait ouvrir lui-même, ne déléguant cette tâche à nul autre serviteur. Un bref conciliabule dans l'entrebâillement de la porte, puis le visiteur était introduit dans la vaste bibliothèque-salon du rez-de-chaussée dont la lourde porte matelassée se refermait sans qu'aucun bruit n'en échappât.

Tapie au sommet de la large cage d'escalier néo-gothique, à demi penchée sur la rampe de bois, Camille observait donc chaque visite tout en prenant bien garde de ne se faire remarquer de personne. Et lorsqu'elle rentrait dans sa chambre ou dans les appartements de sa maîtresse, elle paraissait soucieuse.

— Il se passe quand même de drôles de choses dans cette maison ! remarquait-elle parfois.

Mais Mata-Hari était trop occupée à ressasser sa douleur pour prêter attention aux inquiétudes de la petite femme de chambre qui jouait aux curieuses dans la vaste demeure. D'ailleurs, un jour, Kieffert lui en avait fait la remarque.

— Je n'aime pas beaucoup les façons qu'a votre Camille de fourrer son nez partout. Nous sommes en Allemagne, elle est française : certains de mes amis risqueraient d'en prendre ombrage.

Mais à cela non plus la jeune femme n'avait pas vraiment prêté garde. Elle vivait ailleurs, n'est-ce pas ? Dans un monde clos qui était celui de ses rêves, de ses regrets, de son indifférence. Tout au plus manifestait-elle une certaine irritation lorsque Kieffert lui faisait dire par sa gouvernante que « Monsieur serait occupé tard dans la nuit, et que mieux vaudrait que Madame ne descendît pas pour le dîner et se fît servir dans sa chambre ».

Vêtue d'une robe noire, un ruban de velours autour du cou avec, en médaillon, un portrait du Kaiser et une mèche de cheveux blancs, cette Fraülein Hildegarde était d'ailleurs d'allure suffisamment rébarbative pour que Mata-Hari n'envisageât d'aucune manière l'idée de dîner seule en tête à tête avec elle dans la grande salle à manger, froide et humide jusqu'au milieu de l'été, qui donnait directement sur une partie du parc où la végétation, laissée à l'état sauvage, envahissait presque la maison.

— Mais comment pouvait-elle supporter cette vie ? s'exclame soudain Desvilliers. Ce Kieffert la traitait en véritable prisonnière ?

Un vague, très vague sourire traverse le visage d'Astruc.

— Oh ! ce n'était pas si simple... Je vous ai dit que Kieffert était dans le même temps rempli d'attentions pour elle et, après ce qu'elle avait vécu, après la muflerie, la goujaterie de tous ces hommes qui payaient à Paris pour coucher avec elle, c'était au fond une forme de repos. Peut-être même que, d'une certaine façon, Mata a été plus heureuse en compagnie de Kieffert qu'avec tous les hommes qui l'avaient précédé.

La voix de Desvilliers s'élève alors, tranchante, douloureuse aussi :

— Mais enfin ! Lui aussi a profité d'elle ! C'est lui qui, le premier, l'a lancée dans cette aventure dont...

Il se tait, les mots lui manquent, mais il voit un journal devant lui, en date du 16 octobre 1917. Alors il achève :

— ... Dans cette aventure dont elle n'est pas revenue.

Mais Astruc se borne à regarder le verre vide qu'il tient entre les mains.

— Est-ce que quelqu'un peut dire à quel moment précis a commencé l'aventure de Mata-Hari ? Et qui l'y a véritablement poussée ?

C'est pourtant le 3 août 1914 seulement que tout a vraiment commencé. La veille, au café du Croissant, on avait assassiné Jaurès et, avec lui, s'était éteinte la voix du dernier homme qui osait vouloir la paix. Plus tard, à sept heures du soir exactement, ce 3 août 1914, l'ambassadeur von Schoen apportait au président du Conseil français Viviani la déclaration de guerre de l'Empire allemand :

quatre années de sang, de larmes et de douleur commençaient. Mais à Berlin comme à Paris, on la voulait fraîche et joyeuse, la guerre qui sonnait aux clochers des églises.

— Pour Mata-Hari, dans sa totale indifférence, ce n'était pourtant qu'un jour comme les autres. Elle était assise devant son bureau en train d'écrire une nouvelle lettre à Vadime lorsque la clameur lui était arrivée : c'était un unique cri de joie qui montait de la ville, presque un cri de soulagement, déjà un chant de victoire. Tout Berlin était sorti dans la rue et hurlait à la fois son bonheur et sa haine. Bonheur fou de se battre enfin, haine tout aussi féroce de ceux que l'on allait trouver en face, dans la boue des tranchées, un petit matin. « Je sais, je sens, je pressens, écrivait pourtant la jeune femme, que maintenant nous nous reverrons vite. » Mais les cris qui venaient du dehors lui firent quand même lever la tête.

— Qu'est-ce qui se passe, Camille ? Ce n'est tout de même pas le Carnaval en plein été ?

La réponse arriva, nette et précise comme une grande réplique de théâtre.

— Non, madame. C'est la guerre.

— Ah ! la guerre...

La main de la jeune femme flotta au-dessus de la page à demi écrite en un geste indéfinissable. La guerre, oui : cela ne pouvait pas ne pas arriver. Mais elle se replongea tout aussitôt dans sa lettre. « Je sais aussi que, d'une manière ou d'une autre, nous trouverons tous deux cette chose si rare qui s'appelle le bonheur. » Jusque dans la tourmente qui venait, Mata-Hari ne pensait qu'à son amour. Et le reste, finalement — la guerre et les morts : la vie ! —, n'était que de peu d'importance...

Si bien qu'un peu plus tard, lorsque Kieffert frappa à sa porte pour l'interroger sur ses intentions face à la situation nouvelle qui venait de se créer, elle lui répondit avec une bien étrange désinvolture :

— La guerre, oui, et alors ?

— Vous savez que vous pouvez encore regagner Paris si vous le souhaitez, lui avait fait remarquer l'Allemand.

Mais le regard de Mata-Hari demeura impassible.

— Je vous ai dit que je ne voulais plus revoir ces gens ni cette ville ; et surtout pas ces mannequins empesés qui vivent selon un code d'honneur que je méprise.

Est-ce qu'Adolph Kieffert était désireux que Mata-Hari se rendît bien compte qu'elle prenait elle-même la décision de rester ? Ou, plus obscurément encore, aurait-il voulu qu'elle résolût de quitter Berlin ? Une manière de pressentiment ? Un excès de scrupule ? Espion payé par un gouvernement qui était le sien, Adolph Kieffert n'était pas moins un homme sensible et son affection pour Mata-Hari était réelle. Aussi sa voix devint-elle subitement grave.

— Quoi qu'il arrive, Mata, vous vous souviendrez que c'est vous, et vous seule, qui avez fait aujourd'hui ce choix.

Elle leva les yeux et soutint son regard.

— Je ne l'oublierai pas, Adolph. Soyez-en convaincu.

La rumeur s'enflait dans la rue, des cris de joie, des chants martiaux. Mata-Hari eut un petit frisson et elle secoua les épaules comme pour écarter un mauvais présage : elle revenait sur terre.

— Et maintenant, mon ami, vous savez ce que vous feriez si vous vouliez me faire plaisir ? Vous m'emmèneriez me promener. Il fait doux et chaud, j'ai envie de bouger un peu.

Kieffert hésita un instant : sortir précisément ce soir où l'Allemagne tout entière criait sa fureur et sa haine ?

— Ne pensez-vous pas qu'il vaudrait peut-être remettre cela à un autre jour ? Dimanche, par exemple, nous pourrions aller à Potsdam. L'Orangerie sera ouverte, on y donnera un concert.

Mais Mata-Hari se levait déjà :

— Je vous l'ai dit : j'ai envie de voir à quoi ressemble un pays qui s'en va-t-en guerre.

— Je ne vous imaginais pas semblable curiosité... Dans ce cas, concéda Kieffert, je vais faire préparer la voiture. Nous pourrons faire quelques pas le long de Unter den Linden.

— Et dès cette première promenade, le premier jour de la guerre, le hasard, une première fois, a joué contre elle, soupire Astruc. Il a fallu qu'on la remarque dans cette foule. Il y avait des dizaines de milliers, des centaines de milliers de Berlinois dans la rue, et déjà le sort frappait : un journaliste américain qui séjournait à Berlin l'a reconnue...

C'était précisément devant la porte de Brandebourg, à l'angle de la Luisenstrasse. Partout, on avait élevé des guinguettes. Sur des planches supportées par des tréteaux on avait posé des barils et la bière fusait, mousseuse, aigre, dans les grands pots de grès maniés par des Prussiennes musclées au tablier de grosse toile blanche sur la jupe de laine verte à volants. D'autres femmes, également vêtues de vert, de noir et de blanc, décoraient les passants de cocardes, et des vieillards, qui avaient combattu en 70 contre la France, mais aussi parfois contre l'Autriche à Sadowa, arboraient des rangées de décorations. Sur des estrades improvisées, on jouait du clairon comme de l'accordéon, et l'assistance reprenait en chœur les airs du folklore allemand ou les marches militaires que lançaient à plein gosier des goualeuses de bastringue à qui le patriotisme en fleur donnait une nouvelle virginité. Au milieu de cette foule bigarrée, Kieffert ouvrit un passage à Mata-Hari jusqu'à l'une des guinguettes.

— Eh bien, puisque vous avez voulu voir, voyez ! remarqua-t-il sourdement comme ils arrivaient aux tréteaux et à la bière.

— Je vois, oui...

Un jeune homme qui, le lendemain, allait partir se faire tuer en Belgique, sourit à la jeune femme en lui laissant sa place sur un banc de bois. Il s'appelait Wilhelm et aurait été poète, n'eût été cette balle, à l'aube, qui étoila son front : Mata-Hari fut son dernier souvenir heureux.

— C'est ce qu'on appelle la joie, poursuivit Kieffert. On va se battre, combien d'entre eux vont mourir ? Et on fête cela comme on danse chez vous le 14 juillet !

Mata-Hari eut un regard presque tendre pour ces hommes autour d'elle, ce garçon qui s'était écarté pour lui faire place et qui la dévorait des yeux, éperdument : peut-être qu'en cet instant précis, elle était de cœur avec eux, les soudards, les gueulards, mais aussi le poète bientôt assassiné et peut-être

144

qu'elle haïssait vraiment la France et ces hommes en habit qui la gouvernaient du haut de leurs salons et avaient renvoyé loin d'elle le seul être qu'elle aimait.

— Je ne comprends pas votre ironie, mon cher, rétorqua-t-elle. Cette guerre, vous la vouliez aussi, non ?

— Oui, nous la voulions... — Kieffert était songeur. Mais cela ne m'empêche pas de penser à ceux qui ne reviendront pas.

Il s'était fait une place à côté d'elle sur le banc, mais se taisait maintenant. C'est alors que l'incident se produisit. Un gros homme, bardé de décorations et qui tenait une chope à la main, voulut trinquer avec Mata-Hari : après tout, c'était une jolie femme et l'atmosphère était à l'allégresse. Mais Kieffert le repoussa.

— Non, mon vieux. Vous êtes ivre !

— Je suis peut-être ivre, mais cela ne m'empêche pas de boire à l'Allemagne ! Et avec qui je veux...

Kieffert se levait déjà pour le repousser, mais Mata-Hari l'arrêta :

— Laissez-le. Vous l'avez dit : c'est le 14 juillet.

Et elle tendit elle-même vers l'ivrogne le verre qu'elle tenait à la main : c'est cet instant que saisit le photographe américain. Mata-Hari s'immobilisa, trinquant avec le Prussien aux décorations chamarrées, et le journaliste appuya sur le déclencheur de son appareil photographique. Trois jours plus tard, la photographie un peu floue faisait le tour de l'Europe : Mata-Hari, à Berlin, buvait avec l'ennemi à la défaite de la France !

Kieffert, pourtant, avait de nouveau voulu intervenir dès qu'il avait compris ce qui venait de se passer — le journaliste, la photo... — mais Mata-Hari, cette fois encore, l'avait arrêté.

— Je vous en prie ! Pour une fois que quelqu'un s'occupe de moi à Berlin.

Son image dans la boîte, l'Américain s'était d'ailleurs approché.

— Vous permettez ? Je ne comprends pas très bien... Vous êtes ici, en Allemagne. Et cependant vous êtes française, n'est-ce pas ?

Mais elle avait eu son petit rire, triste et amer.

— D'abord, j'ai un passeport néerlandais. Et ensuite, l'art n'a pas de frontière. Vous ne savez pas cela ?

Ce cliché noir et blanc, légèrement bougé, grisé aussi, au cadrage malhabile où l'on voit une femme jeune et belle, coiffée d'une vaste capeline claire, trinquer — à quel espoir ? — avec un caporal prussien en retraite, invalide et décoré, sur fond de drapeaux allemands...

— Je vous l'ai dit, explique Astruc, il y a des jours où je me demande si, de bout en bout, elle n'a pas été d'une totale inconscience !

C'est en rentrant ce soir-là dans la maison près du Hofjäger que Mata-Hari a remarqué pour la première fois l'inquiétude de Camille. Mais elle était encore trop distraite et préoccupée pour y accorder une attention véritable. Et ce n'est que plus tard qu'elle se souviendra du petit visage anxieux de sa femme de chambre appliquée à coudre un ruban de dentelle au bas d'un jupon de soie tandis que sa maîtresse attendait l'heure d'un souper où elle devait accompagner Kieffert dans une ambassade latino-américaine.

— Lorsque je suis sortie, tout à l'heure, ces gens m'ont fait peur. Ils criaient, ils chantaient... Ce sont de vrais sauvages, murmurait Camille, le visage tendu.

Mata-Hari a souri : tristement, certes, mais elle a souri.

— Quand tu seras grande, ma petite Camille, tu sauras que les hommes vont à la guerre comme ils vont à la noce : en chantant. Et tant pis si, à l'aube, le voile de la mariée est rouge...

Mais Camille était sombre.

— Eh bien, s'ils vont à la noce, la mariée qu'on leur réserve, en France, elle ne sera jamais trop belle ! Une grande giroflée rouge à la boutonnière, juste au-dessus du cœur.

— Pourquoi dis-tu des choses comme ça, Camille ?

La jeune fille frissonna.

146

— Je ne sais pas. Ces Allemands, avec leur raffut, m'ont fichu les nerfs en pelote !

Mata-Hari avait surpris dans la glace le visage de sa seule amie : il y avait une attente, presque une crainte dans ce regard.

— Je voudrais vous dire, madame..., commença la petite femme de chambre.

Sa voix, maintenant, était pressante. Mais Mata-Hari, qui était à cent lieues de se douter de ce que Camille voulait lui avouer, continuait d'arranger ses cheveux dans le miroir.

— Oui, Camille..., répondit-elle seulement, distraitement.

— Avec ces gens-là, on ne sait jamais ce qui peut arriver. Mais s'il m'arrivait quelque chose, à moi...

Cette fois, le rire de Mata-Hari a fusé : amusé, clair.

— Mais que veux-tu qu'il t'arrive, ma Camille ? Ou plutôt, si : jolie comme tu es, je sais trop bien ce qui peut t'arriver !

Camille, elle, n'avait aucune envie de rire.

— Ce n'est pas cela qui pourrait me faire peur. Vous le savez bien, madame. Non. Je pense à autre chose, sait-on jamais... S'il m'arrivait quelque chose, madame, il faudrait tout de suite rentrer à Paris. Et aller voir de ma part le capitaine Ladoux, 221, boulevard Saint-Germain. Et lui dire...

Elle avait encore baissé la voix, et cette fois, Mata-Hari l'écoutait : laquelle des deux aurait pu entendre entrer Hans, le maître d'hôtel-majordome qui se tenait debout sur le seuil de la porte ?

— Madame...

Le majordome s'est avancé et Camille, toute rouge, s'est brusquement redressée.

— Et je lui dirai, moi, à ce coiffeur du boulevard Saint-Germain, que vraiment, non ! Ses teintures sont bonnes à jeter aux ordures ! D'ailleurs, rien ne vaut le henné !

Elle donnait admirablement le change, Camille ; et le visage du majordome demeurait impassible.

— Madame... Monsieur fait dire à Madame qu'il montera

147

la voir dans quelques instants, si cela ne dérange pas Madame.

Tandis que le visage sombre et blafard de Hans s'évanouissait dans l'angle de la pièce, Mata-Hari interrogeait enfin Camille.

— Qu'est-ce que tu as voulu dire, tout à l'heure, avec ton histoire de Ladoux, et de coiffeur ?

Mais Camille secouait les épaules : elle ne voulait plus parler. Peut-être qu'il était déjà trop tard...

— Rien. Rien du tout : je bavardais, comme d'habitude.

D'ailleurs, Kieffert faisait déjà irruption à son tour dans la pièce. Il semblait préoccupé.

— Je suis désolé, ma chère. Mais après l'incident de tout à l'heure, avec ce photographe, je pense qu'il vaut mieux qu'on ne nous voie pas ensemble pendant quelques jours. Les gens jaseraient... Je sortirai donc seul, ce soir. Fraülein Hildegarde vous apportera à dîner ici et je vous demanderai de ne pas descendre. A mon retour, je recevrai peut-être quelques amis qui viendront boire un porto en fin de soirée. Vous savez ce que c'est : conversations d'hommes, n'est-ce pas ?

Le regard de Camille se figea brusquement et croisa celui de Kieffert : comme si deux ennemis se dévisageaient soudain.

Cette nuit du 3 août 1914 devait ainsi devenir la seconde de ces quelques longues nuits qui marquèrent à jamais le destin de Mata-Hari.

Ainsi que le lui avait demandé Kieffert, elle avait pris son repas dans sa chambre, servie par cette Fraülein Hildegarde au regard impassible qui veillait au bon ordre de la maison. Elle avait ensuite un peu lu un roman anglais de George Eliot, puis elle s'était déshabillée et avait demandé à Camille de la peigner.

C'était toujours un délassement, ces longues minutes que la jeune fille passait à faire glisser dans ses cheveux une brosse épaisse en poil de sanglier. Mata-Hari fermait les yeux et rêvait, tandis que les doigts de Camille passaient et repassaient sur sa nuque et sur son front. Mais l'inquiétude de la jeune fille était cette fois si apparente que, du bout de la main, Mata-Hari interrompit son geste.

— Tu ne dis plus rien, Camille. Qu'est-ce qu'il t'arrive ?

— Rien, madame. Je suis fatiguée, c'est tout... Cette journée m'a épuisée...

Le va-et-vient de la brosse avait repris dans les cheveux de la danseuse. Mais celle-ci l'arrêta de nouveau :

— Tu sais que tu m'as troublée, tout à l'heure, avec tes histoires ? C'est moi qui ne me sens pas tranquille, maintenant.

— Mais non ! Vous êtes déçue de ne pas être allée à cette soirée et vous vous faites des idées noires, voilà tout ! Mais vous allez dormir bien vite, et demain, tout ira bien.

Le rire, la gaieté de Camille : tout sonnait faux.

— Mais toi, Camille : ce Ladoux ?

La petite femme de chambre l'interrompit tout net. Presque autoritaire, cette fois :

— C'est un ami à moi, mais c'est sans importance. Je vous ai dit que cette journée a été épuisante, et je me suis inquiétée pour rien.

— Tu es sûre ?

— Tout à fait sûre.

Pourtant, au moment où elle allait se retirer, Mata-Hari la rappela :

— Camille !

— Madame ?

Il y avait à nouveau une attente dans sa voix : espérait-elle que, cette fois peut-être, elle pourrait tout lui dire ?

— Madame ?

Mais Mata-Hari avait oublié leur conversation, et c'est de Vadime qu'elle voulait encore une fois parler.

— Peut-être que demain j'aurai une lettre de lui ?

— Peut-être, oui...

Camille soupira, déçue... Et Mata-Hari lut encore quelques minutes avant d'éteindre.

Elle devait dormir depuis deux heures, trois au plus, lorsqu'elle se réveilla en sursaut. On entendait des voix dans la maison, comme une course dans le corridor, des cris. Et, pour la première fois, la jeune femme eut peur : ce fut la première de ces immenses angoisses, de ces gigantesques coups au cœur qui allaient si souvent, par la suite, la terrasser. Elle ralluma à la hâte : à ce moment précis, un poids venait de s'abattre contre sa porte, et la poignée de porcelaine bougeait dans la serrure. Un pressentiment ? Elle cria à son tour :

— Camille !

Mais un coup de feu coupa net son cri, la porte s'ouvrit et Camille bascula à l'intérieur de la chambre. Morte.

Derrière elle se tenait Hans, un revolver à la main. Un peu en retrait, Fraülein Hildegarde tenait elle aussi une arme. Kieffert, enfin, en veston d'intérieur, était très pâle.

Il fit enfin un pas vers le lit où Mata-Hari s'était pelotonnée sur elle-même.

— Cette fille nous espionnait tous, mon amie. Vous autant que moi. Mais Hans s'est douté de quelque chose...

Le majordome et Fraülein Hildegarde, qui étaient demeurés dans le corridor, encadraient tous deux Kieffert et ils formaient à eux trois un groupe soudain redoutable, sombre et dangereux.

— Vous n'avez rien à craindre, ma chère. Mais nous ne pouvons plus rester ici. Nous quitterons Berlin demain.

A la même heure, les troupes allemandes franchissaient la frontière belge : la neutralité d'un petit Etat n'était qu'un chiffon de papier.

5.

Les mois qui suivirent durèrent si longtemps qu'ils
parurent à Mata-Hari des années, et que des années
finirent ainsi par passer sans qu'elle s'en rendît vraiment
compte : la guerre, qui devait s'achever en quelques semaines durait toujours. 1915 et l'espoir ; 1916, l'enlisement...
Mata-Hari voyagea beaucoup — à travers l'Allemagne,
l'Autriche et la Hongrie. Elle voulait oublier et elle se
saoulait de valses, d'uniformes clairs et de beaux officiers,
de concerts et de soirées à l'Opéra où Margareth Siems et
Maria Jeritza chantaient dans des drames de Wagner ou de
Strauss des héroïnes brisées comme elle, et qui la faisaient
pleurer. Bien sûr, Vadime n'écrivait pas, mais elle avait, de
loin en loin, des nouvelles de lui qu'un Adolph Kieffert, plus
attentif que jamais à ne pas lui déplaire, s'attachait à lui
faire parvenir avec une irrégularité savamment entretenue.
Car elle vivait toujours aux côtés de l'espion allemand, dans
l'impossibilité où elle se trouvait de tout retour ; et Kieffert
veillait sur elle, en attendant le jour où le temps serait venu
qu'elle accomplît son destin.

La mort de Camille avait été la dernière rupture, l'ultime
brisure. Pendant quelques jours, elle avait pleuré et, la nuit,
le visage sévère de Fraülein Hildegarde se penchait souvent
sur elle pour lui administrer des piqûres, des calmants. Puis
elle s'était murée dans son oubli, comme elle s'était enfermée dans cette solitude où Kieffert la gardait — en réserve ?
— au milieu de la foule des soirées mondaines, des dîners,
des galas.

Pendant ce temps, la guerre faisait rage. Combien de millions de morts il y avait déjà eus ? Mais Mata-Hari, devenue comtesse von Hagen — il lui fallait bien jouer encore au jeu des masques et Kieffert lui avait inventé ce pseudonyme —, continuait à danser jusqu'à l'aube avec des officiers raides comme des fantômes, ou à perdre des milliers de marks pour en gagner autant le lendemain aux roulettes de tous les casinos. On l'entourait, on l'adulait. Kieffert surveillait la scène mais Mata-Hari, elle, ne sentait rien.

— Jamais elle n'a été plus seule qu'en ces années-là, soupire Astruc. Et cependant, tandis que les derniers feux de la monarchie prussienne ou de l'Empire austro-hongrois éclairaient de leurs reflets agonisants un monde qui dansait à en perdre la raison sur des barils de poudre, elle ne ratait pas un bal, un souper. Elle vivait la nuit, dormait le jour et, de capitale en ville d'eaux, Carlsbad et Wiesbaden, Marienbad, Baden-Baden, elle écrivait toujours à Vadime de longues lettres où elle ne parlait que de lui.

— Et lui ? interroge Desvilliers.

— Oh ! lui...

Le geste d'Astruc qui veut dire : Vadime était Vadime, et resterait Vadime jusqu'au bout — enfin : presque jusqu'au bout.

— Oh ! lui... Il se disait toujours aussi amoureux d'elle, mais comme un petit garçon : sans savoir pourquoi, ni se poser de questions. Et puis, sa mère avait repris tout son ascendant sur lui. Alors Vadime, écarté de Paris mais toujours protégé par son oncle le général, végétait à Saint-Pétersbourg où il assurait le secrétariat d'un état-major fantôme ; hantait, comme Mata-Hari, les salles de jeu ; fuyait les femmes et n'écrivait plus de vers. Il était devenu une ombre et jetait seulement sur le papier des cris de désespoir dont on a retrouvé la trace, sur un cahier découvert bien plus tard à Paris. Il se disait marqué par le doigt du destin, accusait sa mère de tous ses maux mais revenait se réfugier dans son giron chaque fois qu'un désespoir plus profond le terrassait et que le souvenir de Mata-Hari l'obsédait davantage.

— Mais l'aimait-il encore vraiment ? Et l'avait-il jamais vraiment aimée ?

Le regard d'Astruc cherche celui de Desvilliers pour répondre à la question posée.

— Je sais, maintenant, qu'il l'aimait. Elle était son unique chance de devenir un autre, et c'est bien cela qui les a tous deux perdus... Car, d'une certaine manière, et sans lettres de lui, sans signe de vie, sans rien qui le lui assurât, Mata-Hari le pressentait.

Alors, elle survivait.

C'est ainsi qu'elle s'est retrouvée un matin de la fin du printemps 1916 à Wiesbaden. La veille, elle avait encore dansé jusqu'à l'aube au Kursaal puis avait erré dans les bosquets du jardin avec des inconnus qui lui parlaient de leurs victoires et qu'elle n'écoutait pas. A l'ombre d'une Psyché de marbre aux seins glacés, peut-être s'était-elle laissé embrasser par un capitaine à la moustache d'étudiant et, à l'aube, de grands cernes de fatigue bleus marquaient son visage.

— L'âge qui vient ! avait-elle lancé à son image dans le miroir où elle se regardait.

Mais Kieffert, qui assistait — comme Zelle jadis — à sa toilette, avait protesté :

— Ne dites pas de folies, Mata : vous êtes toujours la plus belle. Le mythe de Mata-Hari survit à toutes les guerres !

Le rire, alors, amer, de Mata-Hari :

— Qui se souvient de moi ?

Kieffert était devenu grave.

— Beaucoup plus de gens que vous ne l'imaginez, ma chère.

Il y avait, bien sûr, ces hommes en noir qui glissaient dans l'ombre, ces regards de côté, et puis les fiches, déjà, les rapports, que des inconnus faisaient sur elle et qui, joints aux dossiers plus anciens des Lenoir et autres flics, espions, mouchards, s'accumulaient sur elle dans des officines poussiéreuses. Mais ce n'était pas de cela que Kieffert voulait parler.

— Tenez, si je vous disais que vous aurez bientôt une bonne surprise.

— Une bonne surprise !

Le même rire, triste...

Si bien que, lorsque le soir même l'Allemand était entré dans la chambre de la jeune femme et qu'il l'avait trouvée encore en peignoir et à demi étendue sur son lit, il avait presque souri.

— Comment, mon amie ? Vous n'êtes pas encore prête ? Et notre bonne surprise ?

— La bonne surprise, c'est vrai, j'oubliais...

Mata-Hari s'était levée sans hâte. Comme autrefois devant son père, sans gêne aucune, mais aussi sans impudeur, elle avait laissé tomber son peignoir pour apparaître un instant nue devant lui, avant de se diriger vers la salle de bains dans laquelle la femme de chambre de l'hôtel Haller avait fait couler un bain bouillant qui avait lentement refroidi.

— Je suis à vous dans une minute.

Kieffert avait regardé sa montre :

— Prenez votre temps ! Nous n'avons pas rendez-vous avant huit heures et demie.

Tandis qu'elle se glissait paresseusement dans l'eau tiède, Kieffert avait allumé un minuscule petit cigare suisse : les seuls qu'il se permettait de fumer dans la chambre de Mata-Hari. Sur le secrétaire, il y avait une lettre écrite qu'elle n'avait pas envoyée.

— Encore une lettre pour votre Russe...

La voix de Mata-Hari s'est élevée, de l'autre côté de la cloison :

— Je ne vous entends pas, mon ami.

Kieffert était allé jusqu'à la porte de la salle de bains : quel sentiment trouble l'envahissait, à savourer ainsi cette intimité qui, bien plus qu'une étreinte, le liait à elle ? La regarder, nue dans une baignoire de porcelaine blanche avec sa somptueuse robinetterie à col de cygne doré, la tête

154

renversée en arrière et les cheveux protégés par une serviette de tissu éponge...

— Vous me disiez, mon ami ?

Il s'était assis sur le bord de la baignoire : soudain, tous ses plans, toutes ses machinations lui paraissaient inutiles. Alors, il avait souri :

— Rien du tout... Je trouve seulement fou et magnifique que chaque jour vous écriviez une lettre à cet homme que vous aimez.

— Vous n'êtes pas jaloux, n'est-ce pas ? C'est Mata-Hari qui écrit, et ici je suis la comtesse von Hagen, non ?

Le sourire amusé de Kieffert :

— Comme vous savez bien tout expliquer !

Et lorsqu'elle s'était levée dans sa baignoire, nue et ruisselante d'eau et de vapeur, Kieffert s'était dit que le jeu qu'il jouait était bien vain : après tout, il aurait peut-être suffi qu'il demeurât seul auprès de cette femme, sans autre ambition que vivre à ses côtés, et tout aurait été tellement plus simple !

— Depuis un moment, on dirait que vous parlez de cet Allemand avec quelque chose qui ressemble à de la sympathie ! interrompt Desvilliers.

Un nuage clair passe sur le visage d'Astruc.

— Peut-être qu'il était malgré tout sympathique ?

La voix de Desvilliers tremble alors d'indignation :

— C'est tout de même lui qui l'a lancée dans cette aventure !

Il répète, presque mot pour mot, la phrase qu'il a dite quelques jours auparavant. Mais Astruc balaie sa remarque d'un haussement d'épaules :

— Peut-être que, comme chacun de nous, il ne pouvait faire autrement que la tuer...

— La tuer ? Chacun d'entre nous ?

— Oui, Desvilliers, chacun d'entre nous ; même vous, à trop l'aimer.

Le regard interrogateur de Desvilliers s'est longuement attardé sur Astruc : même lui, oui.

Le jardin d'hiver de l'hôtel Haller à Wiesbaden était tout bruissant des flonflons de la valse, des palmes mouvantes des arbres de serre et des soies parfumées que portaient les femmes. Dans la Trinkhalle, cette longue galerie de fer qui conduisait au Kochbrunnen où jouait une eau très chaude qui montait de la terre, des femmes en robes de toutes les couleurs marchaient au bras d'hommes en frac ou en uniforme : c'était à qui rivaliserait d'étoiles, d'insolence et de décorations. Les feux d'un empire qui s'éteignait, oui... Un vent très doux venait du jardin et, dans la grande salle, un orchestre jouait les *Murmures de la Forêt viennoise :* tous les musiciens étaient des femmes.

— Strauss ! Toujours Strauss et encore Strauss, remarqua Mata-Hari en entrant dans la salle.

— Il faut bien oublier, ma chère ! En temps de guerre, toutes les villes d'eaux se ressemblent : ce sont des oublioirs. Et Strauss en est ici la musique de fond, tout comme Offenbach fait chanter et danser la France au bord des larmes.

Un maître d'hôtel s'approchait d'eux, cassé en deux, et la femme qui dirigeait l'orchestre — elle était rousse et jeune — se retourna sur le couple qui s'asseyait maintenant à une table où étaient disposés trois couverts.

— J'ai l'impression d'avoir déjà vécu cette scène, murmura Mata-Hari.

C'est comme elle s'asseyait que la valse s'arrêta et que retentirent les premiers accents de la musique de Messager, cette petite phrase ancienne remplie de toutes les nostalgies du monde — les danses sacrées, la beauté... — et ponctuée de clochettes tout orientales, qui était devenue pour l'Europe entière le thème de Mata-Hari au temps de sa plus grande gloire.

— Le masque de la comtesse von Hagen est tombé, ce me semble, remarqua Kieffert.

Mais Mata-Hari sourit. Elle se souvenait. Un autre orchestre de femmes, jadis, dans un autre restaurant qui ressemblait lui aussi à une volière... L'image de Glenn qui passait son bras autour de sa taille : une immense tendresse nostalgique l'envahissait. Elle regarda la jeune femme rousse à la chemise amidonnée sous le frac noir qui se retournait parfois vers elle tout en dirigeant d'une baguette impérieuse son escadron d'une douzaine de filles : elle avait les lèvres minces mais elle aussi souriait. Et lorsque la musique s'acheva enfin, l'inconnue vint vers la table de Mata-Hari. Elle tenait une rose à la main.

— Avec les compliments de l'orchestre du Rêve-Bleu, dit-elle seulement en déposant la fleur devant Mata-Hari.

Glenn Carter lui avait aussi offert une rose, lors de cette première valse. Un instant, son regard vacilla — une larme ? — mais elle se ressaisit. La femme à la fleur la dévisageait avec un sourire amusé. Elle sourit à son tour.

— Vous êtes française ? Ici !

La jeune femme eut un rire de gorge.

— L'art n'a pas de frontières, voyons !

Une phrase, encore, qu'on avait déjà entendue.

— Je m'appelle Martha, ajouta la musicienne.

Elle allait se retirer lorsque l'invité qu'attendait Kieffert arriva, précédé du même maître d'hôtel onctueux. Mais ce qui se passa alors entre Martha et le nouveau venu fut si rapide que Mata-Hari n'aurait pas dû le remarquer. Elle le vit pourtant : un bref échange de regards entre deux amis ou deux complices qui jouent à ne pas se reconnaître. Puis, tout de suite, la musicienne s'éclipsa, suivie des yeux par les deux hommes.

— Je vous présente mon ami Van Damm, dit enfin Kieffert.

Et Van Damm, lourd et très pâle, une chaîne de montre barrant son gilet, s'assit à la droite de Mata-Hari.

La conversation débuta sur un malentendu. L'orchestre de femmes et la rose rouge, le jardin d'hiver, cette musique : Mata-Hari s'était reprise à rêver. Il y avait des odeurs, aussi, très anciennes et qu'elle croyait reconnaître. L'arrivée du pachyderme Van Damm avait brutalement interrompu tout cela. Et, tout de suite, il y avait eu dans le ton de Kieffert un accent qui l'avait gênée...

— Je voulais beaucoup que vous rencontriez mon ami Van Damm.

Quelque chose qui ressemblait à la voix d'Adam Zelle quand celui-ci lui présentait des protecteurs...

Si bien que lorsque Van Damm, après quelques préliminaires, entra dans le vif du sujet, elle réagit violemment.

— Je sais que mon ami Kieffert, avait commencé Van Damm, se demande parfois si, au fond, vous ne regrettez pas Paris, et la vie que vous y meniez. Aussi, voulais-je vous poser une question très simple : n'aimeriez-vous pas rentrer en France avec moi ?

— Je croyais que vous aviez compris depuis longtemps — Mata-Hari s'était retournée vers Kieffert : elle était devenue très pâle — que s'il y avait une chose à laquelle j'avais à jamais renoncé, c'était précisément ce que votre ami appelle la vie que je menais à Paris...

Il y eut un éclat amusé dans le regard de Kieffert, et il posa tout de suite sa main sur celle de la jeune femme.

— Je crains que vous ne vous mépreniez, Mata. Il ne s'agit pas du tout de cela. Vous me connaissez assez maintenant pour savoir, vous aussi, que je ne vous aurais jamais entraînée dans un pareil guet-apens.

L'orchestre entonnait une chanson ancienne, une chanson du temps de Paris, mais d'un Paris qui n'était ni celui de Mata-Hari ni celui de ses souvenirs. *Le Temps des cerises*, peut-être, ou un air de Bruant qui chantait la Butte et les filles. Et d'autres souvenirs affluaient, parmi lesquels se profilait à nouveau le visage de Glenn, ou celui des amis de Montparnasse, des danseurs évanouis du Bullier. Lentement, des couleurs revenaient au visage de la jeune femme. Le passage de Vadime dans sa vie avait balayé tant de choses que leur souvenir même en était douleur.

— Non, poursuivit Kieffert. Andrew Van Damm va tout simplement s'installer à Paris et je me demandais, en effet, si vous n'aimeriez pas l'y suivre, en tout bien tout honneur, pour travailler avec lui.

Van Damm, à son tour, expliqua :

— Je suis néerlandais, voyez-vous : comme vous. Et nous sommes quelques-uns, aux Pays-Bas, à suivre la guerre de très près. Mais aussi ce qui se passe à l'arrière. A Paris notamment.

Mata-Hari eut un nouveau geste pour protester — elle commençait peut-être à comprendre ce que signifiait cette conversation et les menaces qu'elle recouvrait — mais Kieffert, une fois encore, l'arrêta.

— Laissez notre ami aller jusqu'au bout, voulez-vous, Mata ? Il ne s'agit pas de contrevenir en quoi que ce soit aux intérêts d'un pays quel qu'il soit.

Il était affable, bon enfant...

— Je suis à la tête d'un groupe d'industriels qui fabriquent, avouons-le, de l'armement, enchaînait déjà Van Damm. Toutes sortes d'armement que nous voulons vendre, très cher et au plus offrant. Si vous acceptez, par vos relations, de connaître les besoins éventuels de nos... éventuels clients, nous serions prêts à payer très cher les renseignements que vous pourriez nous donner.

— Tout ce que nous vous demandons, poursuivit Kieffert, c'est de sortir, de voir du monde et de vous faire voir, de rencontrer des amis et d'écouter tout. De temps en temps vous retrouverez Van Damm pour échanger — comment dire ? — vos impressions...

Mata-Hari était abasourdie. Déçue aussi : à force de parler d'une surprise, Kieffert avait fini par lui faire croire qu'autre chose pouvait arriver. Et ce qu'elle devinait maintenant — si peu de chose ! — la désolait.

— Et c'est pour cela que vous m'avez fait venir jusqu'ici !

La voix de Kieffert s'éleva alors, brusquement rauque, presque méchante.

— Qui donc a dit que l'argent n'avait pas d'odeur ? Et celle de la poudre vaut bien vos délicats parfums de la rue de la Paix, lorsqu'elle est payée comptant.

Pour la première fois, Mata-Hari pensa : c'est bien un Boche.

— Cette fois, c'est vous qui ne m'avez pas comprise, répliqua-t-elle. Je vous répète que je ne veux pas rentrer à Paris.

159

— Et ma surprise, Mata ? Vous semblez oublier la surprise que je vous ai promise.

— Je la vois bien, votre surprise !

Alors très douce, presque tendre cette fois, la voix
d'Adolph Kieffert, grand maître du contre-espionnage allemand, pourtant tombé amoureux de l'agent qu'il allait
envoyer à la mort, s'éleva encore :

— Si je vous disais que votre ami, le lieutenant Vadime
Ivanovitch Maznoffe, est de retour à Paris ?

— Trois jours après, Mata-Hari était elle aussi de retour à
Paris et je lui parlais pour la première fois, remarque
maintenant Desvilliers.

Il entre à son tour dans le chant, ce récit à deux voix qu'ils
déroulent au rythme de leurs deux vies qui s'écoulent
désormais sans autre lendemain que ces journées vides si
pleines de souvenirs, dans cette semi-obscurité d'un salon
aux rideaux baissés.

— Elle était donc revenue à Paris, par Zurich. Elle se
tenait debout sur le quai de la gare de Lyon, entourée d'une
douzaine de sacs et de portemanteaux, belle à vous tirer les
larmes, au milieu d'une foule qui ne la regardait pourtant
pas.

Le regard du lieutenant Desvilliers brille... Des larmes ? Il
se souvient si bien. Cette femme qu'il avait vue danser une
seule fois, au sommet de sa gloire, et qu'un matin de 1916 il
rencontrait par hasard à Paris sur un quai de gare, attirée
comme un papillon de nuit aux grandes ailes fragiles par la
seule lumière crépusculaire d'un nom, celui du seul homme
qu'elle ait jamais aimé.

— Elle était revenue sans prévenir personne, ou presque,
et elle était seule.

Sa décision, elle l'avait prise en un instant : adieu à
Wiesbaden et à ses eaux, ses palmiers en serre et ses vertes
tables de jeu. Adieu l'oubli : il avait suffi d'un nom, d'un
espoir, et elle avait fait le saut. « Ça y est... », voulait dire le
regard que Van Damm et Kieffert avaient échangé lors-

qu'elle avait dit oui. Et ça y était, en effet : Mata-Hari était prise, Mata-Hari plongeait.

— Quant à moi, reprend Desvilliers, je revenais en permission. Une jeune fille que je croyais aimer m'attendait, j'avais quarante-huit heures à passer hors du monde, mais je l'ai vue et tout a été changé.

Il était venu vers elle, qui ne voyait rien dans le tohu-bohu de ce grand carrefour de la mort encore une fois vaincue qu'était une gare où les blessés refluaient de toutes parts, les manchots serrant dans leurs bras fantômes les fantômes de leurs amours, et les aveugles les yeux grands ouverts sur ce qui n'existait plus. Et il s'était arrêté devant elle, subjugué :

— Est-ce que je peux vous aider ?

Le regard de Mata-Hari s'était posé sur lui.

— Si je peux me permettre, avait-il poursuivi, je me présente : lieutenant Desvilliers, en permission et à votre service.

Elle avait hésité un instant.

— Monsieur... enfin, lieutenant... je vous remercie. J'arrive de Suisse. Un parent devait venir m'attendre et je ne le vois pas. Je suis un peu perdue...

Il s'était de nouveau incliné, puis avait fait signe à un porteur de prendre les sacs, les portemanteaux.

— Où allons-nous ?

— J'ai fait retenir une chambre à l'Hôtel du Louvre. Je m'appelle lady MacLeod.

Ils partaient déjà en direction de la sortie, de la rue, des voitures, mais un homme, déjà, vêtu de sombre, les regardait. Et les suivait.

— C'est tout ce qui s'est passé, continue Desvilliers. Nous sommes arrivés à l'Hôtel du Louvre, le portier l'a reconnue, d'autres hommes l'ont entourée : soudain, je me sentais relégué, mis à l'écart. Alors, elle s'est approchée de moi ; elle m'a pris la main et m'a remercié en quelques phrases très simples, très banales, mais que j'ai reçues comme le plus émouvant des messages. Et je l'ai quittée là, devant le guichet du concierge qui lui donnait les clés de son appartement. Le soir même, j'ai retrouvé la jeune femme que je croyais aimer et qui était pour moi d'une tendresse infinie : j'ai haï sa tendresse avec une telle violence !

Cependant, sitôt Desvilliers parti, Mata-Hari s'était retournée vers le concierge.

— Il n'y a pas de message pour moi ? M. Astruc devait m'attendre à la gare et je ne l'ai pas vu.

Le visage de Hulot, le concierge du Louvre, avait eu l'un de ces sourires indéfinissables qui étaient synonymes de sa discrétion.

— Pas de message, non. Mais un monsieur vous attend dans votre appartement.

L'émotion qui traversa le cœur de Mata-Hari : et si c'était lui ? Dans une grande envolée de soie froissée — cette robe de chez Hans Zuber, Kurfürstendamm, copie très exacte d'un modèle de Poiret de l'année dernière —, elle alla vers la somptueuse cage de fer ouvragé de l'ascenseur, et le petit liftier au visage de gamin de Paris la regarda avec des yeux béats d'admiration : il savait bien ce que c'est qu'une femme amoureuse !

L'ascenseur lent et superbe monta deux étages en douceur, la porte palière qui coulisse, et le couloir à la moquette rouge profonde : elle espérait, Mata-Hari ! Elle croyait. Vadime bien sûr... Vadime retrouvé. Son cœur battait la chamade, le couloir encore, la porte de son appartement, sa chambre...

— Ah ! c'est toi...

Elle s'était arrêtée net sur le seuil de son salon. Enfoncé dans un fauteuil dont il ne s'extirpait même pas à son arrivée, Adam Zelle fumait un cigare long de vingt-cinq centimètres. Dès lors, la scène qui suivit ressembla bien à un mauvais rêve. Images, dialogue : Mata-Hari, qui avait espéré trouver Vadime dans cette pièce, allait de nouveau dire non.

— Ah ! c'est toi...

Le déchirement. Mais le gros homme souriait, admirablement vulgaire.

— Eh oui, fifille, c'est papa... Papa qui est venu dare-dare embrasser sa fifille.

Il y avait plus qu'un doigt de provocation dans l'attitude de Zelle qui tira encore une bouffée de son cigare avant de se lever quand même et d'embrasser sa fille en la serrant un peu trop longtemps contre lui. Mais Mata-Hari s'était dégagée.

— Comment as-tu su que j'étais à Paris ?

Le rire, presque hilare, de ce père qui ne ressemblait à aucun autre père.

— Crois-tu qu'on puisse longtemps cacher quelque chose à papa Zelle ?

Mais Mata-Hari, soudain revenue sur terre — sa promenade au domaine des rêves — fit un geste de la main pour dissiper la fumée. Puis, traversant le salon aux tentures bleu pâle, elle alla vers sa chambre où son père l'a quand même suivie.

Une femme de chambre s'affairait déjà à ouvrir ses deux grosses malles qui l'avaient précédée de quelques heures à l'hôtel. Mais Mata-Hari a eu un petit sourire qui ne souriait pas pour la femme de chambre, et elle s'est retournée vers son père.

— Si tu permets, je voudrais me rafraîchir un peu.

C'était un cauchemar, soudain, qui commençait. Mata-Hari était debout, appuyée à un fauteuil. Elle secouait la tête et répétait :

— Si tu permets...

Mais Zelle, qui ne bougeait pas autrefois lorsque Mata-Hari se « rafraîchissait », tirait encore une bouffée de son cigare, et la tête tournait à Mata-Hari.

— Je t'en prie, ne te gêne pas pour moi...

Il s'installait déjà dans un fauteuil et lorgnait la femme de chambre. Alors Mata-Hari s'est ressaisie.

— J'aimerais mieux que tu m'attendes à côté.

Le même rire gras, graveleux...

— Tiens ! On a des petites pudeurs devant son vieux papa, maintenant ?

Avec un haussement d'épaules il était quand même retourné dans le petit salon, mais il avait laissé la porte ouverte et lui parlait — pérorait — tandis qu'elle se changeait.

— Tu sais que je me suis occupé de toi... J'ai tout ce qu'il te faut !... Un général, ma petite ! Un général quatre étoiles. Veuf, l'heureux homme, et qui veut — discrètement ! — organiser des soirées artistiques au bénéfice d'une œuvre de poilus qu'il patronne. Bel homme... La soixantaine avantageuse et un teint de petit garçon... Il t'attend... Je lui ai dit que tu revenais de Suisse... J'ai parlé d'une maladie qui t'avait éloignée de la danse et de tes amis... Ce sera une excellente occasion de renouer avec eux et le reste.

Mais Mata-Hari n'avait rien écouté. Ou, plus exactement, elle avait trop bien entendu. Et elle ressortait de sa chambre encore tout habillée.

— Je crois que tu ne m'as pas comprise. Il y a une chose que tu dois te mettre bien dans la tête, c'est que tout ça, comme tu dis — et le reste ! — c'est fini.

La voix était nette, presque assurée, et c'est Zelle qui s'est soudain indigné, qui a joué les vertueux offensés.

— Tu plaisantes, j'espère... C'est ta manière à toi de faire face aux événements douloureux que traverse ce pays : avec le sourire ?

Debout en face de lui, belle et douloureuse, la jeune femme secouait la tête.

— Je ne plaisante pas du tout, et tu l'as compris. Je danserai encore parce que danser c'est ma vie. Mais « le reste », je ne veux plus en entendre parler !

L'image de Vadime, qui lui permettait aujourd'hui de tout refuser.

— Est-ce que tu as un peu réfléchi à la situation dans laquelle tu me mets tout d'un coup ?

Adam Zelle éclatait : la fureur le rendait écarlate.

— Est-ce que tu as un peu réfléchi à la situation dans laquelle tu m'as mise, moi, pendant toutes ces années ?...

La voix de Mata-Hari avait la sérénité de ceux qui, désormais, savent. Alors Zelle a tenté d'implorer.

— Mais je suis ton père, ma chérie.

— Et tu en es fier !

Cette fois, Zelle est devenu tout à fait ignoble.

— Toi-même, il fut un temps où tu ne faisais pas la dégoûtée...

Mata-Hari a eu un frisson : quel souvenir ne fallait-il pas réveiller ? Alors elle a crié :

— Tais-toi. Ne me parle plus jamais de cela !

Elle lui a tourné le dos pour venir se placer face à une fenêtre. En bas, devant elle, la place du Théâtre-Français et la statue de Musset : des amoureux jouaient à se perdre pour mieux se retrouver. Mais Zelle était revenu vers elle et il posait — tendrement — une main sur son épaule.

— Ma petite fille...

Au bord des larmes, Mata-Hari s'est dégagée.

— Laisse-moi.

Peut-être que Zelle aurait encore poursuivi son horrible chantage aux souvenirs si, soudainement, la porte ne s'était ouverte. Il y eut alors un brusque remue-ménage et la scène s'est accélérée pour devenir une sorte de cauchemar précipité. Des journalistes arrivaient, un photographe, des curieux...

— Mata-Hari ! On vous a vue par hasard dans le hall. Il faut que vous nous expliquiez pourquoi vous êtes revenue.

— Est-ce que c'est le début d'une nouvelle carrière ?

On l'entourait, on la harcelait, on la secouait et Mata-Hari, soudain exaspérée par le bruit, l'agitation, ces hommes qu'elle ne reconnaissait que trop, s'est mise à crier.

— Mais laissez-moi... Laissez-moi tous... Père ! Fais quelque chose !

Ignoble, Zelle a eu pour elle un regard ironique.

— Et ta publicité, ma chérie ?

Mais les autres continuaient à interroger, à vouloir, à demander, à arracher — et Mata-Hari, écroulée sur son lit, sanglotait. Jusqu'à ce qu'une voix retentît, qui les fit tous reculer.

— Allons ! Allez-vous-en ! Vous reviendrez un autre jour ! Vous voyez bien que pour le moment Mata-Hari est épuisée.

Une fois de plus, c'était Astruc qui venait de faire irruption dans l'appartement. Il brandissait une canne à pommeau d'ivoire, et les intrus reculèrent.

— Mata-Hari vous parlera plus tard. Elle vous dira tout. Maintenant, allez-vous-en.

Zelle ne bougeait pas, mais Mata-Hari s'était redressée :

— Toi aussi, père... Nous nous verrons plus tard.

L'accent plus indigné encore que précédemment d'Adam Zelle :

— Je n'ai pas vu ma fille depuis des mois, et elle me met à la porte !

Il allait s'avancer, tenter de parlementer, mais Astruc s'est interposé.

— Mata vous rappellera aussitôt qu'elle sera reposée.

Une dernière fois, Zelle a fulminé.

— C'est à ma fille que je parle, monsieur ! Pas à un montreur de clowns !

Mais Astruc le repoussait doucement et le père noble n'eut plus qu'à se retirer avec une noblesse parfaitement imitée.

— Adieu, mon enfant ! Je sais que tu regretteras vite les mots injustes que la fatigue te dicte...

— A partir de là, tout allait commencer !

Et Astruc, qui vient de raconter la scène à Desvilliers, comme s'il s'agissait d'un acte entier d'une pièce de boulevard héroïco-comique, s'éponge le front :

— Je suis resté seul avec Mata-Hari, explique-t-il, et j'ai tenté de la calmer.

Elle était au bord de l'hystérie et, d'une voix entrecoupée de sanglots, répétait des mots sans suite. Elle disait qu'elle était revenue mais n'aurait pas dû revenir ; que depuis trois ans, le nom de Vadime était inscrit en lettres de feu dans son cœur mais que, soudain, elle avait peur ; que Paris même, tous ses amis lui faisaient peur aussi.

— Quant à son père, à l'infâme Zelle, elle l'avait tout simplement pris en horreur. Une sorte de nausée : sa seule vue suffisait à la rendre malade et, beaucoup plus que l'arrivée des journalistes indiscrets, c'était la vision de son père installé comme chez lui, un cigare à la bouche, qui l'avait bouleversée.

166

Astruc se tait. Il se souvient : les hoquets de Mata-Hari, son visage brusquement chaviré, les grandes lignes des larmes et ces lèvres humides, si délicieusement, si merveilleusement, si horriblement humides et qui bégayaient des mots sans fin où le nom de Vadime venait et revenait sans cesse...

Lorsque, après deux ou trois tasses de café très fort, la jeune femme eut enfin retrouvé son calme, Astruc la fit s'installer confortablement dans un fauteuil. Il s'épongea alors le front, affectant de faire comme si rien ne s'était passé.

— Ma pauvre Mata ! Je ne me suis pas réveillé, ce matin, et j'ai oublié l'heure de ton train ! Pardon.

Mais Mata-Hari, de nouveau en pleine possession de tous ses esprits, n'avait qu'une hâte, lui poser la question : Vadime ?

— Alors ? Tu sais quelque chose...

Astruc eut un bon sourire.

— Bien sûr, que je sais quelque chose... Tu peux le joindre en téléphonant à Etoile 36.13. Il est à Paris depuis six mois.

— Mais pourquoi ne me l'as-tu pas dit tout de suite ? Pourquoi ne me l'ont-ils pas dit tout de suite ?

Elle riait, pleurait de nouveau et n'attendait pas la suite, se précipitant vers le téléphone.

— Allô ? Mademoiselle ? Je voudrais que vous me demandiez Etoile 36.13, M. Vadime Maznoffe. Le lieutenant Maznoffe. Je vous remercie. J'attends...

Ses mains tremblaient et elle écoutait le silence dans l'appareil téléphonique comme si, de lui, devait venir l'unique réponse à toutes ses angoisses. Astruc, lui, continuait à parler mais Mata-Hari ne semblait plus guère intéressée.

— Glenn aussi est à Paris. Je l'ai vu souvent Il parle souvent de toi.

— Ah ! oui...

Elle entendait à peine ce qu'il disait. Tout son esprit, tout

167

son cœur étaient suspendus à ce silence qui durait dans l'appareil de cuivre doré. Mais, à un mot de la demoiselle du téléphone, son visage s'anima.

— Ah ! c'est occupé ? C'est cela... Vous essayez encore... Vous n'arrêtez pas d'appeler.

Elle raccrocha et se retourna vers Astruc. Sa voix était vraiment un chant d'amour...

— Si tu savais... Mais tu le sais... C'est comme si tout avait basculé pour moi. Je ne pense plus qu'à lui... Là-bas, à Berlin, à Wiesbaden, partout, j'étais comme endormie. Pendant tous ces mois, les mots des autres, leurs regards, leurs gestes... Tout glissait sur moi... C'était moi, et ce n'était pas moi puisque, toujours, c'était lui...

Elle parla encore longtemps. Elle évoquait tout le temps qu'avait duré son exil, et ne voyait d'autre fin à celui-ci que son retour. Tout, maintenant, allait recommencer ; mais autrement. Et c'est seulement la sonnerie du téléphone, stridente, douce pourtant, qui l'a interrompue. Elle est devenue de nouveau très pâle et a marché vers l'appareil accroché au mur à côté du grand lit.

— Oui, mademoiselle... Etoile 36.13, oui... Oui, j'attends... Non, ne coupez pas, mademoiselle... J'attends, oui... Oh ! Vadime... C'est toi...

Voilà : c'était enfin arrivé, ils s'étaient retrouvés. Et le visage de Mata-Hari était celui de toutes les femmes heureuses du monde.

Deux heures après, dans la chambre aux rideaux tirés, le grand lit défait, les draps de soie blanche délicieusement froissés — et cette odeur d'héliotrope des plaines de Russie qui accompagnait Vadime partout où il se trouvait, fût-ce au cœur de Paris, dans le plus parisien des hôtels parisiens —, Margarethe Zelle, dite Mata-Hari, et Vadime Ivanovitch Maznoffe, lieutenant de l'armée impériale russe, s'aimaient pour la première fois. A midi, on frappa à la porte, pour une collation, et ils ne répondirent pas ; à deux heures pour le déjeuner, ils ne répondirent pas non plus ; pas davantage à cinq heures pour le thé, ou plus tard encore, lorsque l'heure vint d'un dîner, d'un souper : ils continuèrent à s'aimer et à parler.

Bribes, dès lors, recréées, inventées, si vraies pourtant, de ce qu'ils pouvaient se dire. Les mots d'amour et les aveux. Les aveux les plus vrais et les plus difficiles, au milieu des baisers.

Vadime parle de la fameuse nuit, de leur unique rencontre et le visage de Mata-Hari caresse celui de Vadime : Mata-Hari presque maternelle s'attendrit sur Vadime, et le berce comme un enfant.

— Ce qui s'est passé ce soir-là, jamais, tu sais, jamais je ne l'oublierai. Mais je n'y pouvais rien. J'étais pétrifié.

Le visage de Mata-Hari, la voix de Mata-Hari :

— Moi non plus, je n'oublierai jamais. D'un coup, d'un seul regard, j'ai su que je t'aimais. Je t'ai senti si seul, si perdu, si désemparé...

Le jeune homme se redresse soudain et la regarde, intensément.

— Je suis un lâche, n'est-ce pas ?

— Et après ? Les autres sont forts, sûrs d'eux : j'en arrive à les haïr tous, de toutes leurs certitudes ; ce que j'aime en toi, c'est ta faiblesse...

Elle lui a dit, et il a compris. Il a pourtant un petit rire amer.

— Si ma mère t'entendait ! Elle qui ne rêve que de retrouver en moi mon colonel de père, avec toutes ses médailles et sa jambe arrachée par un boulet de canon japonais. Ma mère et ses rêves de gloire avec, en toile de fond, la Sainte Russie... Que je perde un bras ou un pied mais que je gagne une demi-douzaine de décorations, voilà tout ce qu'elle désire !

Mata-Hari l'écoute et sourit :

— Je t'aime mieux sans médaille, mais tout entier, tu sais.

Plus tard, c'est elle qui parlera à son tour. Assise devant sa glace, elle racontera. A ses pieds, Vadime posera la tête sur ses genoux.

— Et moi !... Tu n'imagines même pas qui je suis... Une danseuse sacrée...? Penses-tu! Mon père était chapelier à Leeuwarden, aux Pays-Bas, et à seize ans, j'ai épousé par petite annonce un officier hollandais de l'armée des Indes. Je suis partie avec lui là-bas... Il me battait...

L'afflux des souvenirs, mais les souvenirs qui libèrent. A Glenn déjà — à Glenn seulement — elle avait dit la vérité. Et Vadime, qui ne comprenait pas vraiment, la serra quand même plus fort dans ses bras.

— Ma pauvre chérie, mon pauvre amour...

Les souvenirs du rêve qui font place nette à la vérité, à la vie : les cœurs de Vadime Ivanovitch et de Margarethe Zelle, désormais mis à nu, sont ceux de deux enfants qui se découvrent et qui, se découvrant, inventent aussi l'amour.

— Il me battait, continue Mata-Hari. Et je n'en pouvais plus, tu sais. Je l'ai quitté, mon butor de mari; et je suis partie n'importe où... Je me suis retrouvée à Paris et là, j'ai fait tous les métiers... Si tu savais... Ta mère ne serait pas non plus bien fière de moi, va!

Vadime a un frisson.

— Ne me parle pas d'elle.

Il entoure ses genoux de ses bras; et il remarque, avec soudain une merveilleuse quiétude :

— Je suis si bien avec toi... Si loin de tout... Si loin d'elle...

Comme si cette mère devenait maintenant l'objet de toutes ses angoisses, de toutes ses haines... Le dialogue des mots vrais, dès lors, se poursuit.

— J'ai posé pour de vieux peintres vicieux, j'ai levé la jambe dans des music-halls... La danse, *ma* danse, c'est le hasard. Un jour, on a eu besoin d'une fille un peu jolie pour mimer des danses indiennes. Et puis j'ai rencontré Dumet, Astruc, et je me suis retrouvée Mata-Hari. Tu sais ce que ça veut dire, Mata-Hari? Ça veut dire : Œil du Matin : le Soleil.

— Mon petit soleil...

Il a serré plus fort encore son visage contre ses genoux : en elle, il retrouve tout ce qu'il a toujours cherché et Mata-Hari lui caresse la tête, comme un enfant.

170

— Oh ! Toi, je t'aime, tu sais... Moi qui croyais que je ne pourrais jamais aimer personne... Tu te rends compte de ce que tu as fait de moi...

Et leurs baisers reprennent, leurs étreintes, leurs caresses.

Ce moment, maintenant, de bonheur suspendu qui va durer si peu de temps et qu'ils dévorent de toute la force, de toute la jeunesse, de toute la voracité de leur amour. Ils vivront à Paris côte à côte un jour et une nuit ! C'est vingt-quatre heures seulement qu'on va leur laisser, puisque ceux qui tirent les fils de leurs destins s'affairent déjà à les séparer. Les hommes en noir dans les officines de l'un ou l'autre camp, les dossiers, les fiches, les cartes, les agents qui, sans relâche, épient ces deux grands enfants qui, désespérément — on dit bien : désespérément, non ? —, s'aiment et veulent encore et encore s'aimer.

Valses, ainsi, des rencontres et des retrouvailles. Dans la brasserie de Montparnasse où Glenn l'avait jadis emmenée, Mata-Hari revient au bras de son amant. Glenn est là, de nouveau, et Renée aussi, le petit modèle — mais ni Pierre Andrieux ni aucun des hommes qui s'y trouvaient jadis, artistes et poètes, bohèmes dans la dèche, longs gigolos fragiles : la guerre les a tous emportés dans sa tourmente et seules leurs femmes veillent encore devant une tasse de thé ou un verre d'absinthe. Si Glenn est parmi elles — gigantesque brasserie peuplée de femmes et de quelques uniformes, bras en écharpe, jambe raide d'un blessé — c'est qu'il est américain et que l'Amérique, pour quelque temps encore, est neutre.

— C'est fou, quand même, de se retrouver ainsi tous les quatre ! dit Mata-Hari à Renée, à Glenn.

Vadime, qui se sent comme chez lui à Montparnasse, donne à Glenn un coup de poing affectueux.

— Tu sais que Glenn et moi, nous ne nous quittons plus ! Glenn lui rend sa bourrade.

— Je suis même arrivé à lui faire aimer la boxe !

— Parce que vous boxez aussi ?

Glenn la regarde fixement.

171

— Bien sûr : Américain, journaliste, aviateur et boxeur. Vous ne le saviez pas ?

— C'est tout ?

— Non ! Par-dessus le marché, je suis neutre. La neutralité américaine ! Vous n'imaginez pas les portes que cela vous ouvre ! Tous les salons de Paris, toutes les salles de rédaction... Pour ne pas parler des chambres des jolies filles !

Les yeux de Vadime deviennent subitement très graves :

— Et les portes que cela vous ferme ! Une belle neutralité bien américaine et bien tranquille ! Fermées à jamais, grâce à elle, les portes des tranchées, par exemple, de la merde et de la mort.

Mais il a remarqué l'air triste de Renée.

— Oh ! Pardon, Renée. Je suis d'une horrible maladresse.

Mata-Hari se penche vers la jeune femme. Elle sent pour elle une très grande tendresse, parce qu'elle aussi, elle aime.

— Vous avez des nouvelles de votre ami Pierre ?

Il y a un silence : la guerre est là, oui, si proche... Renée ne répond pas tout de suite, et c'est Vadime qui parle pour elle. Une sorte de déclaration de haine, comme il est des déclarations d'amour.

— Je hais la guerre, Renée ; je hais le métier qu'on me fait faire. Je hais cette violence, cette haine... Je hais la haine.

La main de Mata-Hari s'est posée sur celle de Vadime et Renée parle enfin, d'une voix neutre qui répète presque mot pour mot les premières paroles de Vadime.

— Il est sur la Marne. De la boue jusqu'au ventre. La boue, la merde, et les morts.

— Je suis si heureuse, Renée, s'excuse Mata-Hari, que j'en oublie la peine des autres. Mais je n'oublie pas Pierre.

La jeune femme a un petit frisson triste. Et Mata-Hari la voit si bien, posant nue et glacée dans l'atelier de l'un de ces vieux peintres au souffle un peu rauque qui, jadis, la déshabillaient elle aussi. La peau de Renée doit être très pâle, et ses os faire saillie aux épaules, au bassin. Les petits seins plats et tristes de Renée.

— Il m'a envoyé un poème, l'autre jour, murmure-t-elle. Un poème d'un ami, sur la guerre :

Mon Lou, ma très chérie,
Faisons donc la féerie
De vivre en nous aimant
Etrangement
Et chastement...

Glenn les regarde alors tous les trois et secoue la tête.

— Si cela peut vous faire plaisir : la belle et glorieuse neutralité américaine n'aura qu'un temps, elle aussi.

Mais Mata-Hari l'arrête :

— Ne dites pas de bêtises, Glenn. Ce n'est pas cela qui nous rassure, vous le savez bien.

Et la conversation continue, elle dure, s'anime ou retombe, au rythme d'une même nostalgie. Comme si plus rien d'autre n'existait que ces deux hommes et ces deux femmes attablés autour de leurs souvenirs : le rêve.

Mais le monde existe pourtant encore autour d'eux. Celui des guignols et des assassins. Des ventrus et des pansus. La vraie vie. Ainsi Mata-Hari a-t-elle fini par remarquer Van Damm assis à une table voisine, Van Damm qui surveille et qui épie. Et Van Damm n'est pas seul : il est en compagnie d'une femme qui n'est autre que Martha, le chef d'orchestre du casino de Wiesbaden. La vraie vie, oui : tous, ainsi, se retrouvent... Le regard de Mata-Hari tremble et Glenn a deviné son geste de surprise.

— Qui est-ce ? Vous le connaissez ? Ce type a une sale gueule.

— Je l'ai connu en Suisse... C'est un industriel hollandais.

Mata-Hari a baissé la voix. Elle est revenue sur terre. Mais Vadime rive le clou.

— Il a une tête de marchand de canons. Ceux qui s'engraissent des morts, vous savez bien...

Le rire aigre, dur, de Mata-Hari.

— Tu ne crois pas si bien dire.

Mais Van Damm s'est maintenant levé et, de très loin, il se dirige vers leur table.

— Partons, remarque Vadime, je n'ai pas envie de lui parler.

Il s'est redressé à la hâte, imité de Glenn et de Renée.

— Où allons-nous ?

— N'importe où. Danser...

Les deux hommes et Renée se sont éclipsés, mais Mata-Hari ne peut faire autrement que parler à Van Damm. Elle a pourtant pensé : « Vadime m'a laissée seule : pourquoi ? » Déjà le gros homme était penché sur elle.

— Vos amis ont l'air de me fuir...

— Vous ne devriez pas être ici.

Van Damm lui a fait un clin d'œil : il est devenu l'ombre, le double, le reflet de Zelle.

— J'avais envie de voir comment vous vous débrouilliez à Paris.

— Eh bien, vous avez vu : je suis avec des amis.

Van Damm s'est penché encore davantage. Son haleine est lourde.

— Votre ami Maznoffe doit avoir ses entrées à l'état-major. Cela peut être intéressant...

Mais Mata-Hari a relevé la tête :

— Laissez-moi les rejoindre, maintenant... On pourrait trouver curieuse notre rencontre...

L'a-t-elle vu, cet autre homme qui lisait un journal et les observait par-dessus sa feuille de chou déployée ? Un Lenoir ou un de ses sbires... Mais près de la porte à tambour, Vadime, Glenn et Renée attendaient.

— Qu'est-ce qu'il te voulait, ce gros type ?

Un haussement d'épaules.

— Oh rien ! C'est un ancien admirateur... Mais je sais les remettre à leur place, maintenant...

Plus tard, les quatre amis se sont retrouvés dans ce même petit bal où Glenn avait emmené jadis la jeune femme. Vadime et Mata-Hari ont dansé. Et Glenn et Renée les ont regardés.

Comme autrefois, dans les bras de Glenn qui l'aimait mais qu'elle n'aimait pas, Mata-Hari a tourné au son d'une valse musette, mais elle est cette fois dans les bras d'un homme qu'elle aime et qui lui parle à voix basse, tendrement.

— Tu verras... Je t'emmènerai dans ma grande maison, au milieu des champs de blé. La maison des bouleaux... Il y a le vent qui les balaie... Les paysans qui m'adorent... Mon cousin Sergeï... La vie, là-bas... Oh ! Tu verras...

Mata-Hari tourne, la tête lui tourne, les mots, les images. Pour la première fois, Vadime a parlé de la maison au milieu des bouleaux...

— Tu verras, la plaine russe en hiver ; la neige, le givre et les arbres glacés. Il est des matins où je m'éveille pour trouver chaque branche, la plus petite brindille, parfaitement gainée d'une couche de cristal. C'est le miracle de la nuit qui dure jusqu'à ce que le soleil bas et jaune de l'hiver fasse lentement fondre cette carapace inutile. Tu verras...

Et Vadime répète, avec toute la nostalgie du monde :
— La maison des bouleaux...

Le visage de Mata-Hari qui se profile sur un horizon de plaine sans limite, le visage aimé devant la maison aimée...

Tandis que Glenn et Renée, à l'écart, regardent toujours.

— La première fois que je suis venu ici, c'était moi qui dansais avec elle, remarque l'Américain avec un rire un peu triste. Ainsi va le monde, mon ange ! Et ce n'est pas ma faute !

— Tu l'aimes, hein ?

Renée a tout compris depuis longtemps. Et Glenn avoue.

— Comme un fou. Comme une bête. Comme un homme. Mais Vadime est mon ami.

Il sourit lui-même de son emphase. Alors Renée pose une main sur la sienne.

— Tu n'as pas fini de m'étonner, tu sais.

Glenn sourit toujours :

— Le jour où j'aurai fini, moi, de m'étonner...

Il a fait le geste de se tirer une balle dans la tempe : peut-être qu'il est après tout le vrai héros de cette histoire vraie, aux côtés de la jeune femme qu'il n'a jamais cessé d'aimer ?

— Ne dis pas cela.

— Tu as raison. Dansons.

Mais Renée secoue la tête.

— Je ne peux pas. Depuis que Pierre est parti, vois-tu, je n'ai pas dansé.

Glenn a vidé d'un coup un verre, puis encore un autre : le serveur a laissé la bouteille de vin rouge sur la table.

— Heureux Pierre ! Heureux Vadime ! Ils peuvent tout : ils sont aimés ! Mais moi, je n'y peux rien, je ne suis qu'un neutre !

Tant de tristesse, soudain : Renée allait lui répondre mais Vadime et Mata-Hari sont revenus vers eux, radieux.

— Vous ne dansez pas ?

Mata-Hari, hors d'haleine, qui s'appuie à la table.

— Renée a fait un vœu.

— Même avec moi ? Ça ne compte pas, avec moi !

Mata-Hari a tendu la main à Renée, qui a regardé Glenn avec un petit sourire contrit puis a suivi Mata-Hari sur la piste de danse.

Et pendant un moment, les deux femmes, l'une blonde, l'autre brune, ont dansé ensemble, belles, émues, frissonnantes. Deux femmes dans ce monde de femmes où les hommes mouraient si bien. Deux visages soudain étrangement semblables : deux victimes aussi. Et Glenn et Vadime les regardaient.

— Elles sont belles, a remarqué Vadime.

— Elle est belle, a corrigé Glenn.

Vadime, alors, lui a posé une main sur le bras.

— Tu es un frère, tu sais !

— Je suis un imbécile ! Un neutre et un imbécile.

Devant eux, *Le Temps des cerises* à nouveau, et les deux femmes qui dansaient toujours.

— La fin de cette soirée, donc, de cet unique moment qu'on leur avait laissé..., interrompt Astruc.

Desvilliers le regarde : des larmes mouillent ses yeux. Qui donc a dit : « Il pleure, donc c'est un homme ! »

— Tout devait être si court...

Les deux amants d'un jour étaient rentrés ensemble à l'hôtel de Mata-Hari. Ils riaient, ils étaient heureux. En

arrivant dans sa chambre, Mata-Hari a aperçu une gigantesque gerbe de fleurs. Et elle a encore ri :

— Décidément, ils m'ont retrouvée !

Elle a lu la carte : le vieux Manessy...

— Le ministre de la Guerre ? a demandé Vadime.

— Soi-même !

Elle allait déchirer la carte et a regardé son amant : il
avait les yeux pâles, presque las. Elle s'est arrêtée dans son
geste et a gardé la carte, avec l'air de dire : « Ça peut
toujours servir. » Elle l'a mise dans une poche. Vadime a eu
un petit sourire crispé : il leur restait cinq minutes de
bonheur.

— Je suis jaloux de tous, tu sais.

La réponse rauque, amoureuse, de la jeune femme. C'est
elle qui s'est penchée sur lui, ils se sont embrassés et ont
basculé en riant dans la gerbe de fleurs : c'est alors que le
téléphone a sonné. Il a sonné longtemps. Enfin, Mata-Hari
s'est dégagée de Vadime et a décroché l'appareil. Un souffle.

— Oui, il est ici. Je vous le passe.

Elle lui a tendu l'écouteur que Vadime a pris à son tour. Il
a prononcé quelques mots en russe, mais sa voix était pâle,
éteinte : c'était fini. En français, enfin, il a achevé :

— Oui... Très bien... J'y serai.

Il a raccroché et s'est retourné vers Mata-Hari. Sa voix est
sourde, maintenant, ironique, douloureuse.

— Mon affectation à Paris est terminée. Je repars demain
pour le front. Officier de liaison détaché auprès de l'état-
major français. Je retombe sur terre. Et de haut.

— Terminée, comme cela, d'un coup ?

— D'un coup, oui...

Le geste qu'a eu soudain Mata-Hari pour se jeter contre
lui en murmurant sans fin : :

— Mon amour, mon amour, mon amour...

Se doutait-elle de qui émanait l'ordre qui intimait à
Vadime Ivanovitch Maznoffe de quitter brusquement
Paris ?

L'un des messieurs ventrus, pansus et décorés, ministres
ou ministrables, avait décidé pour eux.

Derniers moments, ultimes instants ; qu'ils se hâtent !
Qu'ils se dépêchent ! Mata-Hari et Vadime sont couchés côte
à côte. Vadime est étendu, les yeux grands ouverts —
angoissé — et Mata-Hari le regarde.

— Ils nous auront laissé tout juste un jour et une nuit.
Comme un enfant, Vadime répond :

— Je ne veux pas... Je ne veux pas...
Mata-Hari réfléchit. Elle réfléchit profondément puis,
lentement, se retourne vers lui.

— Je vais te demander quelque chose. Quelque chose de
grave. Mais tu ne répondras pas tout de suite... Et si tu
désertais ?
La même voix d'enfant. D'enfant enfermé dans son
malheur.

— Je ne peux pas... Je ne peux pas...

— Penses-y... Penses-y seulement.
Mais subitement, Vadime éclate en sanglots.

— Tu ne comprends pas : je ne *peux* pas... Parce qu'il faut
du courage pour déserter. Et moi, je suis un lâche !
Alors, Mata-Hari s'est tue. Elle a seulement caressé le
front du jeune homme.

— Mon enfant... Mon petit garçon...

La nuit dure. Et la fin qui ne vient pas encore, et qu'on
espère presque. Vadime ne dort toujours pas, Mata-Hari
somnole seulement. Brusquement, elle ouvre les yeux et se
serre contre lui.

— Tu ne dors pas ?

— Je ne peux pas...
Alors, la jeune femme se penche sur lui. Et cette fois, c'est
pour elle et pour elle seule qu'elle implore.

— Je vais te demander autre chose. S'il te plaît... Je sens
que je m'endors... Quand tu partiras, demain, au matin, ne
me réveille pas. S'il te plaît... Je me serai endormie dans tes
bras... Tu le feras, n'est-ce pas ? Tu me le promets ?
Vadime réfléchit un instant, puis :

— Je te le jure... Dors...

C'est maintenant le matin. Tôt le matin. Vadime achève de se préparer. Il est sur le point de partir. Il va partir mais se ravise. La scène est lente, cruelle et trop vraie. Lâche, jusqu'au bout, Vadime. Lâche : il va vers Mata-Hari endormie et la réveille doucement.

— Mata, mon amour... Pardonne-moi, mais je ne peux pas partir comme cela. Ce n'est pas ma faute. Pardon.

Mata-Hari s'est redressée. Elle a compris ce qui vient de se passer. Mais elle ne peut pas se fâcher, ni même regretter : elle aime. Sa voix est un souffle, une caresse.

— Ça ne fait rien... Je suis là... Je t'aime.

Lui, cherche encore à s'expliquer, à s'excuser.

— Il fallait que je te parle encore une fois, tu comprends.

Un souffle encore, le dernier :

— Je comprends... Va-t'en vite, maintenant.

— Je reviendrai... Je te promets... Pardon...

Vadime s'est penché sur elle, ses lèvres ont effleuré une dernière fois les siennes, puis la longue silhouette blanche s'est éclipsée dans la pénombre. D'un coup, Mata-Hari s'est retrouvée seule. Alors, d'un coup, elle a éclaté en sanglots et a poussé un grand cri.

— Non !

Les premières lumières du jour commençaient à pénétrer la pièce et ce n'est que très tard, au plein matin, que la jeune femme s'est endormie. Elle était seule, oui, et le piège se refermait sur elle. A midi, un coup de téléphone l'a fait sursauter. La voix de Van Damm, dans l'appareil.

— Pardon de vous déranger de si bonne heure. Mais comme je sais que vous avez maintenant du temps devant vous, je suggère que vous remerciiez votre ami Manessy de ce splendide bouquet de roses envoyé hier soir... Eh oui... Je sais tout, vous voyez ! Vous pourriez déjeuner avec lui d'ici la fin de la semaine ?

C'était fini : la vie folle qui allait devenir celle de Mata-Hari reprenait tous ses droits. Et elle a eu beau crier :

179

« Taisez-vous ! Laissez-moi ! », elle savait qu'elle ne pourrait plus lutter : ni Van Damm ni les autres ne se tairaient plus jamais, ni ne la laisseraient.

D'ailleurs, à l'autre bout de Paris, dans un bureau encombré de cartons, de dossiers, de paperasses, celui qui ne l'avait pas quittée d'une semelle depuis son arrivée à Paris achevait son rapport.

— Je me résume. La femme MacLeod, dite Mata-Hari, est rentrée de Berlin, via la Suisse, le 7 au matin. Dès le 9, elle a rencontré le sieur Van Damm, industriel à Rotterdam, qui a repris contact avec elle dans la matinée du 10.

Lenoir, ou un autre, a fermé son petit calepin noir. Son chef, que nous appellerons Rémy, parce qu'il n'a pas besoin de nom, jouait avec un crayon :

— Et qu'est-ce que cela prouve ? Ce Van Damm n'est pas allemand, que je sache ?

Lenoir a rangé le petit calepin dans la poche intérieure gauche de son pardessus : tout y est inscrit, il ne manque que la fin.

— Je sais. Mais je ne veux rien prouver. Cette femme a un passé tumultueux, elle a séjourné en Allemagne, je la surveille : c'est pour le moment une mesure de contrôle élémentaire.

Le mécanisme est en place, le filet tout grand ouvert attend sa proie.

— Et pourtant, remarque Astruc, je ne me rendais encore compte de rien. Lorsque j'ai rendu visite à Mata-Hari, tard dans la matinée, c'est seulement une femme éplorée que j'ai trouvée dans sa chambre d'hôtel ; une femme qui ne pensait qu'à son amour perdu et ne parlait que de lui mais qui semblait dans le même temps avoir trouvé une certaine sérénité : comment aurais-je pu me douter que ces hommes étaient déjà là, qui la harcelaient...

La jeune femme était à demi étendue sur un lit de repos. Elle avait les yeux rougis, et serrait entre ses doigts un petit morceau de mouchoir mouillé qu'elle tripotait tout en reniflant comme une petite fille. Son père venait de sortir et, cette fois, elle l'avait à proprement parler mis à la porte, après lui avoir presque jeté au visage cinq billets de cent francs.

— C'est tout ce qu'il me reste.

— C'est tout ? C'est plutôt maigre...

— Dès que j'aurai plus, je t'en enverrai. Maintenant, laisse-moi...

Le gros homme — dont Van Damm n'était, en somme, que le double à peine moins rustre mais tout aussi oppressant — s'était retiré en bougonnant.

— Toi, je suis contente de te voir, avait-elle pourtant dit à Astruc.

Puis elle s'était laissée retomber en arrière sur son lit, et subitement, s'était mise à rêver.

— Vois-tu, tout à l'heure, ce matin, quand il est parti, j'ai eu peur. C'était une nouvelle déchirure, ce mal dans les entrailles que je connais si bien depuis le jour où... Et puis, j'ai réfléchi. Je me suis dit que la guerre ne va pas durer toujours. Qu'un jour, très vite peut-être, il reviendra. Je sais qu'il m'aime : cette fois, il me l'a trop dit pour que je puisse en douter. Alors je vais l'attendre. Tu m'imagines un peu, dans mon nouveau rôle ? La femme qui attend. Je crois que je serais parfaite. Une femme parfaite. Une épouse parfaite.

Elle avait vu Astruc lever les sourcils et n'en poursuivait que de plus belle.

— Eh oui, épouse : pourquoi pas ? Bien sûr, il ne m'a rien demandé, mais tant d'autres l'ont voulu, que j'ai refusés : puisque lui je ne le refuserai pas, pourquoi ne voudrait-il pas m'épouser ?

Astruc écoutait toujours, subjugué par ce discours : la confiance de Mata-Hari était si absolue qu'il ne se sentait pas le droit d'insuffler la plus infime parcelle de doute en son esprit : elle vivait désormais de cette confiance. Et lorsqu'elle se tut enfin, lui qui n'en avait pas eu le loisir la veille tant avait été hâtive et tendue leur rencontre, la regarda longuement : elle avait changé. Ces quelques années avaient laissé leur marque sur son visage ; le cou, le menton lui semblaient plus lourds, mais il y avait en même temps une telle sérénité sur ses traits que ceux-ci, moins aigus, y gagnaient en douceur. Mata-Hari surprit son regard.

— L'âge qui vient, n'est-ce pas ?

Astruc haussa les épaules.

— C'est ça ! Et mon tour de ventre à moi, tu l'as regardé ? C'est moi qu'il n'a pas épargné, l'âge qui vient, comme tu dis.

— Tu me trouves... belle ?

Il allait répondre lorsqu'il surprit son sourire. Ce vieux jeu qu'il jouait avec elle depuis le premier jour à être le seul à ne jamais lui dire qu'elle était jolie : elle jouait donc de nouveau avec lui, comme avant.

— Tu n'es... pas mal !

Cette fois, elle rit franchement, et comme elle parlait de nouveau de Vadime, Astruc pensa que, décidément, son inconscience était sans limite. Ce fut lui qui revint à des réalités plus terre à terre.

— Et comment vas-tu vivre, maintenant ? Je me demandais si tu accepterais que je t'organise quelques soirées, quelques galas : Paris est mûr pour le retour de Mata-Hari, tu sais ?

Elle eut un brusque mouvement de rejet.

— Des soirées ?

— Des soirées, oui... Et puis des récitals dans des théâtres : je sais que cela attirera du monde.

— Des récitals, des galas, s'il le faut... Mais des soirées comme avant, jamais !

Tout ce à quoi elle avait désormais, et pour toujours, renoncé.

Mais Astruc avait compris. Il évoqua seulement le théâtre où elle pourrait se produire, le pianiste célèbre qui accepterait de l'accompagner : ainsi la vie reprenait, Paris restait Paris et Mata-Hari se disait déjà qu'elle pourrait s'habituer à y vivre de nouveau.

— Et puis, tu verras : la guerre pèse si lourd sur tout le monde, qu'on s'essouffle à courir après le plaisir. Il suffira de voir ton nom au sommet d'une affiche, et les journalistes, les critiques vont affluer.

— Pour voir de vraies danses, oui, comme autrefois.

Ils parlèrent encore longtemps et, lentement, Mata-Hari s'éveillait à cette nouvelle carrière qu'elle voyait s'ouvrir devant elle. Mieux encore : l'excitation du retour, la perspective d'une scène et d'un public lui faisaient peu à peu oublier son chagrin. Certes, elle avait perdu Vadime, mais elle l'avait déjà retrouvé une fois, et elle le retrouverait encore. Dès lors la vie revenait à elle sous des couleurs presque gaies. Quant à Astruc, s'il savait que tout ne serait pas aussi simple qu'il l'affichait avec une belle désinvolture, il avait tout de même bon espoir : grâce à lui, Mata-Hari retrouverait son public.

C'est au moment où il allait s'en aller que se produisit l'événement qui aurait pourtant dû l'alerter. Un groom de l'hôtel frappa à la porte et entra, un paquet à la main.

— On m'a remis cela pour vous, madame...

Mata-Hari hésita une seconde.

— Attends, petit...

Puis, sans même prendre la peine de se cacher, elle ouvrit le paquet qui ne contenait rien d'autre qu'une liasse épaisse de billets de cent francs. Alors, elle eut un petit rire.

— Tu vois, mon bon Astruc : pour le moment, je n'aurai même pas besoin de les faire, nos galas ! Sinon pour le plaisir !

Puis elle retira un paquet de billets de la liasse et plaça ceux-ci dans une enveloppe sur laquelle elle inscrivit le nom et l'adresse de son père.

— J'ai même de quoi entretenir mon cher vieux papa ! Au moins, il me fichera la paix.

Elle tendit l'enveloppe au petit garçon en uniforme gris perle qui attendait devant la porte, autant fasciné par la vue des billets que par la silhouette de cette femme qui lui souriait.

— Et puis, voilà pour toi, dit-elle en ajoutant un billet à l'enveloppe. Et dépêche-toi !

Le gosse remercia d'un grand sourire et disparut.

Dans le hall de l'hôtel, un homme corpulent, chaîne de montre au gilet et qui n'était autre que Van Damm, l'arrêta.

— Elle n'en a pas voulu ?

Puis, ayant lu l'adresse sur le paquet, il se mit à rire : tout allait bien. Mieux encore qu'il n'avait osé l'espérer.

— Allez, file !

Mais au passage, il avait repris au gamin le billet de cent francs que celui-ci avait, bien imprudemment, laissé dépasser de sa poche...

Tandis que Mata-Hari, maintenant tout à fait gaie et rassurée, embrassait Astruc sur les deux joues :

— Ne t'inquiète pas, mon vieil Astruc. Je tiendrai le coup, maintenant. Et puis, ce soir, je vais sortir avec Glenn. Ça me changera les idées !

Pendant les jours qui ont suivi, Mata-Hari a donc continué à vivre dans la plus parfaite inconscience. Le matin, elle se réveillait très tard, traînait encore une partie de la matinée dans son lit avant de se lever : elle écrivait à Vadime ou lisait les lettres qu'elle recevait, désormais nombreuses, de lui. A l'heure du déjeuner, elle faisait ce que Kieffert et Van Damm attendaient d'elle, avec une remarquable conscience professionnelle. Le plus souvent, elle retrouvait d'ailleurs d'anciens amis à elle : Manessy, Malvy, Dumet, Clunet — son avocat — mais aussi parfois des militaires, des officiers de tous grades et de toutes les armées alliées qui demandaient à lui être présentés. Elle était brillante pendant ces déjeuners-là, elle posait des questions, s'intéressait à tout, mais refusait toutes les invitations, toutes les propositions qu'on pouvait lui faire. On aurait dit qu'elle n'avait d'autre but que de se saouler des discours de ces gens importants et décorés qu'au fond d'elle-même elle méprisait si bellement. Et le soir, presque tous les soirs, elle rejoignait Glenn dans un café, avenue de l'Opéra, ou au bureau de son journal.

C'étaient alors de longues soirées d'une amitié pleine, heureuse, et qui allait se fortifiant avec les semaines qui passaient. Présence de Glenn, chaleureuse... Moments de cette amitié-là...

— Eh bien ? On se sent mieux ?

Mata-Hari sourit.

— En forme. Presque heureuse !

Alors, Glenn lui montre ses bureaux, l'atelier de composition, ceux qui s'affairent autour de lui.

— Vous voyez, c'est mon royaume.

— Et les autres ?

Elle regarde les Américains qui travaillent, écrivent, décryptent des dépêches. Ces hommes jeunes et rudes, des jeunes femmes en tailleur, à peine maquillées.

— L'Amérique est une démocratie : nous sommes autant de rois que d'Américains !

Et Glenn entraîne Mata-Hari sous les sifflets admiratifs de ses camarades.

— Ce soir, je vous ai réservé une surprise : un combat de boxe !

Choquée mais amusée, Mata-Hari proteste :

— La boxe ! Quelle horreur !

Le match de boxe, alors, à l'Elysée-Montmartre. Pigalle et sa faune exotique de maquereaux, de souteneurs et de putains. Dans la salle, cinq cents personnes sous la lumière jaune d'ampoules nues de deux cents bougies pendues aux poutres de fer sous des réflecteurs blancs. Cinq cents hommes en casquette ou en chapeau mou échappés de la boue des tranchées pour une semaine, un soir, qui hurlent leur joie et leur violence. Cinq cents hommes et une femme, Mata-Hari, qui hurle avec eux.

— Vous aimez ?

Glenn a crié pour se faire entendre.

— Si j'aime ? J'adore !

La main de Glenn trouve celle de Mata-Hari et la serre violemment.

Et plus tard, lorsqu'ils se retrouvent aux Halles pour une soupe à l'oignon, au milieu des forts à moustache et des dames du monde emperlousées :

— Vous ne pouvez pas savoir, Glenn, combien j'ai besoin de vous en ce moment.

Le rire de Glenn se fige :

— En ce moment ?

Amer, Glenn... Mais Mata-Hari lui prend la main.

— En ce moment, oui. Mais avant et après aussi... Je sais que vous êtes là, et j'ai oublié mes angoisses.

— Le grand frère, quoi ! Le bon copain !

Il rit de nouveau, à peine un peu moins triste.

— Bon copain, je ne sais pas... Je n'ai jamais eu de copain... Mais le grand frère, oui... Que je n'ai jamais eu...

— Votre père, pourtant...

Le visage de Mata-Hari s'est subitement rembruni.

— Ne me parlez pas de mon père. Il y a des jours où je le hais... Mais je ne peux pas lui en vouloir longtemps.

Glenn a compris. Il baisse la voix. Autour d'eux, des gens parlent fort. Une femme rit très haut.

— Je vous demande pardon. Mais moi aussi, à ma façon, je suis jaloux de tous ces hommes qui vous entourent. Votre père, Astruc, Manessy, ce Hollandais l'autre jour, ces vieillards...

— Pas de Vadime ?

Glenn la regarde. Et très calmement, il répond :

— Non. Vadime, c'est autre chose...

— Oui. Vadime, c'est autre chose.

Alors Mata-Hari lui serre longuement la main.

— Oh ! Glenn, que je suis bien avec vous.

Ce n'est que tout à la fin de cette longue soirée que Glenn parlera. Il a raccompagné Mata-Hari jusqu'à son hôtel et tous deux sont debout, face à la statue de Musset et aux amoureux qui encore et toujours s'embrassent éperdument dans son ombre...

— Vous vous rappelez, la première fois ? Je vous ai raccompagnée, comme ce soir...

— Oui...

— Et vous m'avez dit que jamais...

Elle lui serrera la main, plus fort encore. Plus durement.

— Jamais, oui... Et maintenant, il y a Vadime... Vous êtes son ami, n'est-ce pas ?

Glenn sait bien qu'il n'a plus qu'à secouer la tête. Un

moment encore, un très bref moment, il la tiendra contre lui puis, très vite, il la quittera.

— A demain, Mata...

Ce n'était qu'une soirée comme toutes les autres...

Le lendemain, c'est aussi un matin comme les autres. Mata-Hari est au jardin des Plantes, il est onze heures et demie et les cages des fauves sentent la paille fraîche. C'est là que Van Damm lui a donné rendez-vous, comme la semaine précédente au Moulin-Rouge et la suivante au pied de la tour Eiffel. Mata-Hari, seule, attend. Soudain, sorti de nulle part, Van Damm apparaît et la saisit par le bras. Il affecte de sourire mais il y a dans sa voix quelque chose de grinçant.

— Si je ne vous courais pas après comme un gamin amoureux, je n'aurais guère de chances de vous rencontrer.

Mata-Hari se dégage et fait un pas de côté. Le tigre, dans la cage près d'elle, pousse une espèce de miaulement rauque puis donne un coup de patte dans sa botte de paille.

— Vous m'avez donné un rendez-vous, je suis venue, non ?

Mais Van Damm montre le tigre à Mata-Hari.

— Regardez ce charmant animal, il se battrait pour un reste de bifteck puant ! Vous ne nous en avez même pas apporté autant ! Tout juste des ragots ; ou alors des nouvelles ultra-secrètes qui font la première page des journaux ! Ce n'est pas pour cela que nous vous avons fait venir à Paris, tout de même !

— Vous savez comme moi les difficultés que j'ai rencontrées.

Le rire de Van Damm est, cette fois, cruel.

— Mais la difficulté en question — et c'est un euphémisme ! — a quitté Paris, que je sache ! Alors, qu'est-ce que vous attendez ? Vous avez des amis influents, c'est à vous de jouer. D'ailleurs, si Paris ne vous paraît pas sûr, nous pouvons toujours vous envoyer en Belgique. Là-bas aussi, il se passe des choses importantes.

— Je n'ai aucune envie d'aller en Belgique, merci !

D'ailleurs, j'ai déjà rencontré un certain nombre de personnes... influentes, comme vous dites. Et je vous ai rapporté ce que j'avais pu apprendre d'elles.

Le rire, de nouveau, de Van Damm.

— C'est ce que j'appelais tout à l'heure un fétu de paille. Des cacahuètes ! Non, Mata-Hari, il faut faire mieux : nous vous payons bien ; nous aussi pouvons faire encore mieux !

— Ce n'est pas l'argent, vous l'avez bien compris.

Cette fois, Van Damm la regarde avec une ironie amusée : il s'amuse de ce qu'il va lui apprendre.

— Oh ! l'argent ! Ne crachez pas dessus. D'abord, votre ami Vadime est ruiné.

Mata-Hari n'a pas compris tout de suite.

— Ruiné ?

Mais l'autre enfonce, rive le clou.

— Vous ne le saviez pas ? Sa vieille folle de mère a cru utile de traficoter avec des bourgeois enrichis qui profitent de la situation instable en Russie. Elle s'est fait escroquer et elle a vendu leur maison de famille.

Quelque chose est soudain passé dans le regard de Mata-Hari : un voile de nostalgie, mais d'une nostalgie qui serait celle d'un temps qu'elle n'a pas connu.

— La maison des bouleaux ?

La porte de la cage du tigre s'est ouverte et on lui a jeté enfin l'énorme carré de viande sanguinolente qui est sa pitance de midi : il se précipite et la lacère. Van Damm, lui, savoure son effet.

— Oui, la maison des bouleaux, comme vous dites. Il n'a plus un sou, votre beau lieutenant. Fauché, tondu, ratiboisé !

Un silence, puis :

— Mais il ne tient qu'à vous de l'aider, et vous le savez bien...

Le tigre achève de déchirer ce qui lui restait de viande et le sang, des lambeaux de chair lui maculent les babines.

— Je comprends, murmure Mata-Hari. Je comprends...

— A partir de là — une matinée somme toute très ordinaire ! — tout a de nouveau basculé pour Mata-Hari, poursuit Astruc. Les déjeuners avec des militaires, des gradés, des officiers supérieurs sont devenus plus nombreux, les rencontres avec Manessy ou Malvy, l'autre ministre, avec tous ceux dont elle pouvait, le lendemain, dire deux mots à Van Damm ou à un de ses agents... Tenez : regardez !

Astruc a tendu à Desvilliers un vieux carnet de rendez-vous qui porte une date : 1916. Et Desvilliers ouvre le carnet au hasard.

— « Lundi 17 : lunch avec le major Kirby. Semble préoccupé : la Flandre ; mardi 18 : Manessy évoque l'éventualité d'un changement de ministre de la Santé publique ; mercredi 20 : le général de Clauzel... »

Il s'arrête :

— C'est dérisoire, n'est-ce pas ?

— Dérisoire, oui. Et pourtant, encore heureux qu'on n'ait pas retrouvé ce carnet.

Il y a un silence. Desvilliers lit toujours, mais pour lui seul : des noms, des dates, quelques indications — des renseignements ? — rudimentaires.

— Van Damm la tenait à la gorge, bien sûr, en lui faisant miroiter des millions ; mais au fond, il s'amusait avec elle. Il jouait au chat et à la souris...

Pendant ce temps, Mata-Hari continuait à déjeuner en ville avec des hommes qu'elle apprenait à haïr chaque jour davantage. Elle se grisait de mots, croyait à l'impossible, préparait, sur la scène du Casino de Paris une rentrée qu'elle espérait foudroyante et la présence de Glenn à ses côtés était son seul soutien : c'était en revenant de l'une des longues promenades qu'ils faisaient ensemble dans Paris qu'elle trouva le télégramme.

Une fois de plus, Glenn l'avait raccompagnée jusque chez elle. Ils étaient assis côte à côte dans la petite voiture de sport de l'Américain et Mata-Hari ne se décidait pas à le quitter.

— Je n'en peux plus, Glenn, je suis épuisée... Tous ces hommes...

Pour une fois, elle avouait.

— Mais pourquoi, Mata ? Pourquoi accepter tout cela ?

Elle avait eu un geste pour se rejeter plus près de lui.

— Vadime n'est pas là... Disons que j'ai besoin d'oublier.

Le bras de Glenn autour de ses épaules : si frêles désormais, comme si ces mois, ces années, l'avaient déchirée dans sa chair.

— Mais je suis là, Mata. Toujours là...

— Je sais. Et sans vous, cette vie ne serait pas supportable.

Elle a laissé aller un instant sa tête sur l'épaule de l'Américain.

— Oh ! Mata... Je voudrais tant pouvoir faire plus pour vous.

Elle s'est redressée : elle ne le savait pas, mais le télégramme était là-haut, qui l'attendait.

— Allons, Glenn... Sans vous, je ne serais qu'une bien petite chose.

Glenn a eu un sourire triste.

— Vous savez, j'ai beau être américain, boxeur, aviateur et journaliste, moi non plus, je ne suis pas très fort !

Il avait fait le tour de la voiture et lui ouvrait déjà la portière.

— Je suis avec vous, Mata... Vous le savez.

Un long regard.

— Merci, Glenn. Je me sens mieux.

Sur sa table de nuit, le télégramme disait seulement : « Lieutenant Vadime Ivanovitch Maznoffe blessé à Vesoul et hospitalisé à Vittel. Stop. Lettre suit. »

— C'est alors qu'elle a commencé ses démarches absurdes...

A peine avait-elle lu le télégramme que Mata-Hari s'était écroulée sur son lit. Pendant deux heures, trois peut-être, elle était demeurée totalement prostrée, incapable d'une idée, d'un geste. Ou plutôt, habitée seulement d'une seule

190

pensée : aller retrouver Vadime. Elle l'imaginait blessé, une jambe arrachée peut-être, le visage couvert de pansements, l'une de ces horribles momies immobiles dans un fauteuil roulant dont l'imagerie naïve et sottement patriotique d'alors répandait les clichés. Et elle se disait : « Il faut que je sois là ! »

— L'amour d'une femme, voyez-vous, Desvilliers, l'amour d'une femme qui aime vraiment, est une passion qui ne ressemble à aucune de celles que nous pouvons nous-mêmes éprouver, dans nos sales habits d'hommes. D'une manière ou d'une autre, nous mégotons toujours, nous calculons, nous faisons nos petits comptes. Mata-Hari, elle, aimait, et c'était tout.

Longtemps, Mata-Hari avait erré dans Paris. De bureau en officine, d'antichambre en salon aux lambris dorés : nul ne pouvait rien pour elle. Et puis, rejoindre un lieutenant russe blessé : lequel de ses soupirants maintenant éconduits l'y aurait vraiment aidée ?

Manessy, Malvy, Dumet — d'autres, plus influents encore — : tous s'étaient dérobés. Ou bien, comme Manessy, ils avaient mis des conditions ignobles à leur appui. Un voyage à Vittel, oui : pourquoi pas ? Mais d'abord une petite promenade au fond d'une garçonnière d'Auteuil ou de Passy. Pour la première fois, les admirateurs des premiers jours, les ventrus, les pansus, les vieux boucs à la bedaine tendue sous le gilet trop raide, s'éclipsaient sur la pointe des pieds. Et Mata-Hari, épuisée, aux abois, ne savait plus vers qui se retourner.

C'est ainsi qu'elle s'était retrouvée, après trois jours de rencontres vaines et d'humiliations inutiles, devant le clocher de l'église Saint-Germain-des-Prés. C'était un jeudi après-midi et un soleil clair brillait. Autour d'elle, des femmes et des femmes encore flânaient dans le début d'un après-midi qu'on aurait dit de printemps. Çà et là un uniforme, et c'était tout. Paris, la cité des hommes — les autres, les gros, les gras, les ventrus, les pansus et les vieux, les planqués, les ministres et leurs généraux —. était bien devenu la ville des femmes seules. Toutes les cloches, au clocher de l'église, sonnaient : c'était pour un mariage et Mata-Hari ressentit un petit serrement du côté du cœur.

Sans savoir pourquoi, elle entra dans l'église. La nef était à peine éclairée et la fumée des cierges, l'odeur de l'encens lui montèrent à la tête, comme une drogue.

— Oh! Mon Dieu! Mon Dieu!

Elle qui n'avait jamais prié... Mais elle ne priait pourtant pas. Assise sur une chaise de paille, à droite de la nef, tout à côté du troisième pilier, elle écoutait les mots en latin qui venaient de très loin, au bout du chœur, où la forme blanche d'une robe de mariée se détachait à peine dans la pénombre dorée des bougies allumées.

— Oh! Mon Dieu...

Elle se disait que c'était fini. Ses grands rêves fous de midinette, ses espoirs insensés de femme perdue que l'amour avait quand même sauvée : tout cela s'évanouissait à la fumée des cierges. Il ne lui restait plus rien. Des souvenirs lui revenaient à la mémoire : Vadime et son bel uniforme, la scène chez le baron Girard, Kieffert qui, au fond, avait ressemblé à tous les autres. Et puis Camille.

Camille : l'image de la petite femme de chambre délurée, aguichante — à laquelle se superposait le sourire déchiré de Camille morte, tuée d'une balle de revolver dans une maison de Berlin.

— Oh! Camille...

Et, d'un coup, elle se redressa. Les quelques phrases qu'avait prononcées Camille la veille de sa mort. S'il lui arrivait quelque chose... Un certain capitaine Ladoux, boulevard Saint-Germain... Elle se leva. L'odeur de l'encens, maintenant, âcre et insidieuse. Et puis les paroles de Camille, ce nom : capitaine Ladoux. L'adresse : elle se souvenait de tout. Sa décision était prise, elle irait voir ce Ladoux. Peut-être que lui...

C'était le dernier piège qui se refermait sur elle.

L'entrevue avec le capitaine Ladoux dura très exactement quarante-cinq minutes. A peine sortie de l'église, Mata-Hari avait regagné le boulevard Saint-Germain qu'elle avait parcouru à grands pas, sans un regard pour les passants que cette jeune femme, à l'allure décidée et au visage qui, malgré tout, leur rappelait quelque chose, pouvait surprendre. Arrivée au 221, elle s'engouffra sous le porche.

A l'entrée un planton l'arrêta tout de suite. C'était un gosse de vingt ans, presque un enfant dans son uniforme trop grand.

— Je cherche le capitaine Ladoux.

La réponse arriva, immédiate : elle ne s'était pas trompée.

— Deuxième étage à gauche. Le couloir en face de vous, troisième porte à gauche.

Elle eut un sourire rapide pour le jeune soldat et monta l'escalier, longea un couloir : tout était gris, vétuste, poussiéreux. L'administration française dans sa plus sordide caricature. Mais Mata-Hari n'en était plus à remarquer ces détails. Arrivée à la troisième porte à gauche, elle frappa.

Un autre planton — un autre enfant — se tenait assis à une table de bois blanc. Devant lui, rien : pas un dossier, pas un papier, pas même un journal.

— Le capitaine Ladoux, s'il vous plaît ?

Le garçon se leva : il était presque au garde-à-vous.

— De la part de qui ?

— Mata-Hari. Mais dites-lui que c'est Camille qui m'envoie à lui.

Le garçon rompit son garde-à-vous et lui montra une chaise.

— Asseyez-vous.

Puis il passa dans la pièce à côté. Brusquement, Mata-Hari eut un doute : qu'était-elle venue faire ici ? Elle eut presque le geste de se lever et de partir, mais déjà le planton revenait et lui faisait signe de le suivre. En civil, le regard fermé, le capitaine Ladoux était assis derrière un bureau. Il se leva d'un mouvement de tout le corps et Mata-Hari le sentit sec, presque hostile.

— Que puis-je pour vous, madame ?

C'était un homme d'une quarantaine d'années, au visage

193

parfaitement lisse, comme patiné par son total anonymat. Aujourd'hui Ladoux, demain...

— Est-ce que le nom de Camille vous dit quelque chose ?

— Camille a été assassinée à Berlin alors qu'elle se trouvait à votre service. Nous la regrettons tous, car elle était d'abord au nôtre.

Camille, un agent secret du gouvernement français : comment Mata-Hari avait-elle pu ne pas y croire ? Elle regarda son interlocuteur. Celui-ci ne lui avait même pas dit de s'asseoir : ce fut elle qui tira une chaise.

— J'aimais beaucoup Camille. La veille de sa mort, elle m'a dit d'aller vous voir. C'est pour cela que je suis ici.

Tout de suite pourtant, Ladoux attaqua :

— J'espère que vous vous rendez compte que le seul fait que Camille soit morte chez vous...

— Ce n'était pas chez moi.

Ladoux le sentit : elle était sur la défensive. Mais il lui fallait continuer.

— Enfin, le seul fait qu'elle ait été tuée chez votre ami, corrigea Ladoux, vous rend suspecte à nos yeux.

— Je ne pouvais rien faire. Et avant de mourir, Camille a cherché refuge dans ma chambre. Elle avait confiance en moi.

L'homme eut un geste de dénégation.

— Nous n'en sommes plus à ergoter sur les détails malheureux de la mort d'un de nos agents. Je vous répète ma question : que puis-je faire pour vous ?

Alors Mata-Hari prit son souffle et se jeta à l'eau :

— Eh bien, voilà... J'aurais besoin d'un sauf-conduit pour me rendre à Vittel retrouver un ami qui est blessé.

Elle avait tout dit, puisqu'elle était prête à tout oser. Il y eut, sur les lèvres minces de l'officier français, l'ombre d'un sourire.

— Rien que cela ! En pleine zone militaire !

— Je sais que c'est difficile. C'est pour cela que je suis venue vous trouver.

Il la regarda, toujours avec ce sourire qui n'en était pas un :

— Et... qu'est-ce que vous m'offrez en échange ?

— Je ne sais pas... Je pensais que je pouvais écouter ce qui se dit... J'ai des relations, vous savez.

Mata-Hari n'avait pas hésité : d'autres lui avaient enseigné la marche à suivre. Ladoux émit un petit sifflement et il eut un geste qui voulait dire qu'il savait que Mata-Hari avait des relations — ô combien ! Mais la jeune femme poursuivit :

— Il y a un petit groupe d'officiers russes attachés au commandement français près de Vittel. Avec les événements qui se déroulent en ce moment en Russie, je pourrais aussi les faire un peu parler...

Le dernier piège en place... Ladoux hocha une ou deux fois la tête, puis il se leva.

— Je vois... Je vois... Attendez un instant.

Il sortit de son bureau, laissant Mata-Hari de nouveau seule. Mais la porte qui donnait sur l'antichambre du planton était ouverte, et le gamin en uniforme ne la perdait pas des yeux. Mata-Hari soupira, s'attendant soudain au pire. Ladoux revint pourtant presque aussitôt.

— Très bien. Vous aurez votre sauf-conduit.

Ce n'était que cela : si simple ! Elle eut un mouvement pour se lever, peut-être pour lui serrer la main, mais elle se retint.

— Oh ! Monsieur... Enfin, capitaine. Je ne sais comment vous remercier.

Il ne sourit pas : le visage réfléchi et grave de celui qui vient de conclure un marché qui les engage tous deux.

— Je croyais que vous m'aviez vous-même proposé de le faire en écoutant ce qui se dirait autour de vous quand vous serez là-bas ?

Il en avait terminé et l'entretien était achevé. Mais, sur le point de partir, Mata-Hari interrogea encore :

— Je voulais vous demander... Etre espionne, c'est payé, non ?

La folle, l'absurde naïveté de la jeune femme ! Prise au jeu des hommes, elle tentait encore l'impossible !... Après tout, il y avait la maison des bouleaux que Vadime avait perdue et qu'elle voulait lui retrouver.

La réponse de Ladoux arriva. Equivoque à souhait.

— Ça se paie toujours, comme vous dites. D'une manière ou d'une autre. Mais si c'est d'argent que vous voulez parler, attendons votre retour et nous verrons. Disons que je vous prends... à l'essai...

Mata-Hari voulut revenir vers lui pour le remercier de nouveau, mais il avait déjà refermé la porte sur elle et le planton enfant la regardait avec des yeux d'homme. Elle eut un frisson et redescendit à la hâte l'escalier poussiéreux.

Resté seul, Ladoux avait pris son téléphone.

— Passez-moi Rémy, à la Sécurité militaire.

— Ce voyage à Vittel a encore été dans la vie de Mata-Hari un moment suspendu, hors du temps. Le dernier... L'ultime parenthèse entre l'excitation un peu vague de ses journées à Paris et la folle équipée dans laquelle, dès son retour, elle allait se lancer.

Astruc a versé un verre, un verre encore de ce cognac de 1879 qu'un viticulteur charentais de ses amis lui envoie chaque année par caisses entières, précieuses pourtant, et rares... Il a un rire :

— Regardez, ma main ne tremble plus...

Desvilliers, lui, compulse des notes qu'il a prises sur le gros cahier à couverture de moleskine noire qui se remplit, lentement : c'est maintenant, maintenant surtout, qu'il importe de se souvenir des dates, de préciser les lieux, les noms, les visages.

— Je sais qu'en partant pour Vittel, poursuit Astruc, Mata-Hari n'avait pas d'autre intention que de retrouver Vadime. Le reste, ce qu'elle avait proposé à Ladoux — ou ce que Ladoux lui avait suggéré — n'était qu'un alibi, une façade.

— Mais c'est elle, pourtant, qui avait demandé si le métier d'espionne était payé ?

Au point où il en était arrivé, Desvilliers veut encore savoir cela : tout savoir.

— Et alors ? Je vous l'ai dit : Mata ne calculait pas. Elle allait droit devant elle, poussée par...

Il hésite un instant, puis achève :

— Par cet amour que j'en suis arrivé, moi, à détester...

Pendant tout le voyage, qui a duré un jour et une nuit, la jeune femme était demeurée enveloppée dans des voiles épais qui lui donnaient l'air étrangement lointain d'une très jeune veuve. Aux hommes qui lui adressaient la parole, aux officiers qui l'abordaient, le plus civilement du monde, elle répondait d'un simple sourire et se renfonçait dans son coin, s'enveloppait davantage dans ses voiles.

A Troyes, le train s'arrêta longtemps : l'artillerie ennemie pilonnait les lignes et les factionnaires de la Compagnie avaient invité les voyageurs à descendre pour se réfugier sous le remblai, en contrebas, mais la jeune femme avait refusé.

— Vous rendez-vous compte que vous risquez votre peau ? avait lancé l'employé qui se hâtait lui-même de se cacher.

— Je ne veux pas risquer ma robe..., avait-elle répondu sans sourire.

Et seule dans le train abandonné, elle avait entendu les obus tomber à quelques centaines de mètres d'elle, la mitraille aussi — et parfois un cri d'homme blessé. Elle se disait :

— C'est tout cela que Vadime a vécu : je veux le vivre aussi.

Plus tard, en gare de Mâcon, le convoi s'est arrêté, et là il lui a bien fallu descendre, car on changeait de locomotive et on remplaçait les voitures de première classe par des wagons de marchandises. Au buffet de la gare, elle commanda un bol de bouillon et regarda les soldats autour d'elle. Car il n'y avait désormais que des soldats : permissionnaires qui remontaient au front, le visage grave ou qui regagnaient leurs foyers pour quelques jours, plus graves encore. C'était bien, cette fois, la vraie cité des hommes : non plus pourtant celle des cossus, des pansus, des gras et des planqués qui, toutes ces années, l'avaient écrasée de leur pouvoir, mais la ville fermée de ceux qui, demain, à

197

l'aube, vont peut-être mourir. Et là encore, Mata-Hari se disait :

— Vadime pourrait être là.

Ah ! Elle était loin, la guerre fraîche et joyeuse pour laquelle dans les premiers jours d'août 1914, à Berlin ou à Paris, on s'embarquait avec des chansons ; et celle que les commères en costumes tricolores des théâtres de boulevard illustraient de couplets cocoricotants : ici, c'était l'angoisse qui tavelait les visages, et si l'on riait ou chantait encore, c'était pour se cacher qu'on avait peur.

Au cours de la dernière étape avant de franchir les lignes, des officiers montèrent dans son wagon et s'installèrent à côté sur des bancs de bois. Ils parlaient à mi-voix de ce qu'ils allaient retrouver. Il y avait des Anglais, des Russes, détachés comme Vadime sur le théâtre français des opérations et, mentalement, Mata-Hari nota leurs propos. L'un d'eux, un major écossais, évoquait des mouvements de troupes britanniques sur la Somme, mais il baissa la voix lorsqu'il remarqua que la jeune femme l'écoutait. Mata-Hari eut envie de rire : ainsi, ce n'était que cela, espionner ! Ecouter ce qu'on disait dans un train ou autour d'une table de restaurant, et ensuite le raconter... Lorsque l'un des officiers se leva enfin pour lui demander très poliment ce qu'elle faisait parmi eux, elle lui répondit d'un très large sourire en tendant le sauf-conduit que lui avait donné Ladoux :

— Je vais voir mon fiancé, à Vittel.

Elle avait mis dans le mot « fiancé » toute la tendresse du monde. L'officier la salua et il allait revenir s'asseoir avec ses camarades lorsqu'il hésita un instant.

— Est-ce que, par hasard, vous ne seriez pas...

Il ne prononça pas de nom, mais Mata-Hari sourit de nouveau :

— Non, monsieur, vous devez vous tromper...

L'hôpital militaire allié de Vittel avait été installé dans la villa du propriétaire de la plus grande source thermale de la ville, et dans ses dépendances. C'était une ville en marge de la ville, avec ses pavillons, ses dortoirs et surtout son très grand jardin où des dizaines de blessés des armées alliées — des Italiens, des Anglais, des Roumains, des Russes — profitaient de la tiédeur de cette fin d'après-midi, en compagnie d'infirmières pour la plupart bénévoles qui aidaient les mutilés à boire, à manger, à se raser. Et c'était un spectacle bien irréel que ce jardin aux chemins qui bifurquaient vers des uniformes divers mais sur lesquels revenait toujours, à côté des brochettes de décorations, la tache blanc bleuâtre d'un pansement, le masque ou le harnais d'un bandage. Certains, les yeux barrés d'un morceau de tissu, semblaient plus que les autres entendre les musiques de l'air, le chant des oiseaux, les appels de leurs camarades et les flonflons qui s'échappaient du kiosque du casino où des fanfares se relayaient tout le jour pour jouer *Les Bateliers de la Volga* ou *Roses de Picardie*.

Un moment, Mata-Hari marcha seule dans les allées sablonneuses. A l'entrée, un gardien lui avait indiqué un pavillon où elle n'avait trouvé personne. Vadime était en promenade. Elle erra parmi les blessés, s'attardant auprès des plus touchés et redoutant, chaque fois, le pire. Ce n'est que tout au bout de la dernière allée qu'elle reconnut celui qu'elle était venue chercher. Assis sur un banc de pierre, face au paysage des Vosges et au lac, Vadime était seul et fumait une cigarette. Il n'avait que le bras gauche en écharpe : elle faillit s'évanouir de bonheur.

Ce bonheur dura cette fois trois jours. Trois jours à se parler et se parler encore ; trois jours à s'aimer et à s'aimer encore. Elle avait retenu une chambre à l'hôtel du Parc et avait obtenu du médecin chef de l'hôpital que son amant pût venir s'y établir avec elle pendant son séjour. A lui seul — ce colonel, bien belge et bien bourru —, elle avait révélé qui elle était, et le brave homme avait accepté sans discuter l'entorse formidable qu'elle lui demandait de faire ainsi au règlement.

— Tu vois, tout peut arriver..., murmura-t-elle à l'oreille

de Vadime lorsqu'ils se retrouvèrent enfin dans la chambre au grand lit de cuivre poli.

Mais Vadime était sombre.

— J'ai pensé à toi tous les jours, avoua-t-il.

Le cœur de Mata-Hari battait à lui faire mal.

— Et moi, donc ? Et moi !

Elle l'embrassait éperdument, mais le regard du jeune homme demeurait grave.

C'est que Vadime était tombé dans un état d'apathie extrême : la séparation d'avec Mata-Hari, puis la ruine de sa mère, sa blessure enfin l'avaient profondément atteint. Il se sentait désormais totalement seul, absolument démuni et ce qu'il appelait sa lâcheté — sa faiblesse — lui apparaissait maintenant avec une évidence cruelle.

— Je ne serai jamais rien : ni l'amant que tu désires, ni l'officier que souhaite ma mère, ni même l'homme que j'aimerais être...

Il montrait son bras raide. Alors Mata-Hari l'enlaçait et l'embrassait éperdument et, peu à peu, le sourire lui revint.

— Mon petit, mon tout petit garçon..., murmurait Mata-Hari.

Vadime fermait les yeux : il lui suffisait de si peu pour oublier !

— Quant à moi, remarque Astruc, je n'ai pas oublié. Et je ne vous raconterai pas ces trois jours de bonheur. A quoi cela vous servirait-il, sinon à vous blesser davantage...

Et pourtant, le médecin chef Dupré, qu'Astruc avait rencontré quelques jours avant la fin de la guerre, lui avait parlé. Il lui avait dit quelle entrée spectaculaire avait faite au casino de Vittel la jeune femme au bras de son blessé.

— Ils étaient jeunes, ils étaient beaux, ils étaient rayonnants.

Comme jadis à Wiesbaden, le chef du petit orchestre qui jouait des valses avait reconnu Mata-Hari et il avait attaqué les premières mesures de la musique de Messager : partout, dans la salle, ç'avaient été des saluts, des hourras. Puis Mata-Hari avait dansé avec Vadime. Et elle en oubliait tout : et le temps passé, et le sort qui s'acharnait sur elle, et ces hommes — Van Damm, Ladoux désormais — qui la harcelaient de toutes parts.

— Lorsqu'ils dansaient, tous deux vêtus de blanc, on aurait dit deux fiancés sortis tout droit d'une carte postale pour amoureux...

Vadime, en grand uniforme ; Mata-Hari dans une robe de soie claire qui lui moulait les hanches, et ce rideau de perles sur sa poitrine. Dans ses cheveux ramenés en arrière, elle portait un mince diadème fait de tout petits brillants, et son sourire était bien celui d'une amoureuse enlacée à celui qu'elle a cherché à travers l'Europe entière.

Plus tard, toujours au casino, ils ont soupé avec des camarades de Vadime, de jeunes officiers russes comme lui qui ont parlé de leur jeunesse, de ces grandes maisons de bois blanchi au bord des lacs, et des mouettes qui viennent s'ébattre à l'aube sur les pelouses givrées.

— Tu verras que nous la regagnerons, la maison des bouleaux..., a dit un moment Mata-Hari à Vadime, que la nostalgie, la vodka et une ballade à l'accordéon avaient rendu plus sentimental encore.

Et Vadime, qui était un enfant, a pensé qu'elle ne pouvait pas le tromper : elle la lui regagnerait, sa maison au milieu des bouleaux ! Mata-Hari s'en rendit compte : elle fut bouleversée. Si bien que, lorsque vers la fin de la soirée, sans avoir l'air de rien, elle posa quelques questions un peu précises aux deux capitaines et au petit lieutenant russes qui vidaient avec eux verre de vodka après verre de vodka, et que ceux-ci lui répondirent plus précisément encore, elle pensa qu'elle ne faisait rien de vraiment très mal. C'était la maison au milieu des bouleaux qu'elle était en train de regagner en notant à leur insu et sur un petit carnet rose la division que l'un allait rejoindre sur le Niémen, l'escadrille que l'autre avait quittée.

Plus tard encore, ils se sont retrouvés dans les salles de baccara que Mata-Hari a traversées sans s'arrêter : elle préférait la roulette, et le croupier de la table trois avait de beaux yeux de Gitan fatigué.

— Cent francs sur le rouge, dit-elle. Pour nous porter bonheur : c'est la couleur de l'amour.

Elle n'avait pas eu un regard pour le croupier, et le rouge sortit.

— Deux cents francs, sur trois chiffres, avec le 7 : ça aussi, ça me porte bonheur.

Son regard, cette fois, effleura le croupier : le 8 sortit, elle avait encore gagné. Alors, elle fouilla dans le fond de son sac, sortit un gros billet qu'un joueur lui changea pour un paquet de plaques.

— Le 21, murmura-t-elle, les yeux dans les yeux du beau Gitan.

Lorsque la boule s'arrêta sur la case noire du chiffre 21, sa main se crispa sur le bras de Vadime.

— Tu verras que ce n'est pas trop mal parti, la maison dans les bouleaux...

Elle fit glisser dans son sac de perles les plaques accumulées devant elle et quitta la salle. Le Gitan aux mains de croupier s'épongeait le front. Vadime et Mata-Hari — presque riches — s'aimèrent toute la nuit.

Le lendemain, le surlendemain, ce fut la même fête : ils se promenèrent dans les allées d'un bois qui ressemblait à un jardin, déjeunèrent dans des guinguettes faites pour qu'on ne s'y quitte pas, et dînèrent avec des officiers que Mata-Hari faisait un peu parler avant de danser des valses viennoises qui étaient les mêmes qu'à Wiesbaden. A la table numéro trois de la grande salle de jeu, Mata-Hari gagnait toujours.

Le lendemain, le surlendemain, donc. Et c'est comme ce surlendemain touchait à sa fin, qu'après avoir gagné avec le 7, le 17 et le 23, Mata-Hari joua, comme le premier soir le 21.

La boule tourna, longtemps. Sur le tapis, devant elle, Mata-Hari avait déposé tout ce qu'elle avait gagné jusque-là, puisqu'elle ne pouvait que gagner encore. Les lèvres du beau Gitan remuaient doucement : une prière à quel ange ou à quel démon ? Et le 21 sortit.

— Madame, si vous voulez bien me suivre...

La main d'un inspecteur des jeux qui ressemblait à n'importe lequel de ces gros hommes pansus qui l'avaient, jusqu'à l'arrivée de Vadime, faite ce qu'elle se haïssait tant d'avoir été, se posa sur son épaule.

— Et, je vous en prie, pas de scandale.

C'était fini. Le rêve et ces trois jours : son bonheur.

Dans le bureau du directeur du casino, face au croupier gitan qui avait prié si fort, Mata-Hari ne baissa pas les yeux.

— Je ne connais pas ce monsieur, se contenta-t-elle de dire lorsqu'on lui montra celui par qui elle avait tout gagné.

Et c'était vrai. Vadime, lui, se taisait : il était blessé.

Parce qu'il savait qui elle était, et qu'elle avait dans son sac de perles un nombre suffisamment éloquent de cartes de visite aux titres eux-mêmes plus éloquents encore, le directeur du casino voulut bien fermer les yeux sur l'incident. Elle dut pourtant laisser en partant tout ce qu'elle avait gagné : le prix, très exactement, de la maison au milieu des bouleaux. Mais au moment où elle allait repasser la double porte matelassée du bureau, le Gitan vint à elle et lui baisa la main : il devait se suicider à l'aube.

Quant à Mata-Hari, à l'aube également, accompagnée d'un inspecteur de la Sécurité militaire et suivie de loin par un agent de Ladoux — et peut-être un agent de Van Damm pour faire bonne mesure ! —, elle quittait Vittel avec l'interdiction absolue d'y revenir, fût-ce après la fin des hostilités.

Seul dans la chambre d'hôtel, au milieu du lit dévasté, Vadime pleurait comme un enfant.

6.

À son retour de Vittel, Mata-Hari n'a passé que quarante-huit heures à Paris : on aurait dit que le temps,
désormais, lui courait après. Elle ne se rendait plus compte
de rien et allait de l'avant, simplement, sans réfléchir.

— L'amour ! vous pensez...

Astruc a cette fois un geste presque exaspéré de la main.
L'amour ? Comme s'il ne savait pas, lui, ce que c'est que
désirer passionnément un visage, un corps... Comme s'il ne
savait pas ce que c'est que d'en être à jamais séparé sans
l'avoir possédé. L'amour ! Pour un peu, ce matin, il haïrait
l'amour. Il se contient pourtant et continue :

— Je l'ai revue une seule fois, et c'était précisément le
soir de son départ. Nous nous étions donné rendez-vous
chez Maxim's — rien que cela ! — comme pour fêter quelque
chose ! Et les yeux de Mata-Hari brillaient... Elle était gaie,
presque heureuse : elle nageait en pleine insouciance.

Autour d'eux, c'était l'éternel ballet toujours renouvelé
des regards de côté et des sourires, des petits saluts discrets
mais empressés : pour la dernière fois, on osait reconnaître
Mata-Hari. Et les vieillards ventrus, les gros messieurs à la
grasse rosette sur canapé du sang des autres, s'en donnaient
à cœur joie. On venait à elle, on lui baisait la main : l'éclat
des cristaux, la blancheur des porcelaines reflétaient les
lustres du plafond qui étincelaient de tous leurs feux dans
les yeux de la jeune femme. On aurait dit qu'elle s'était
habillée pour l'occasion : lorsque Astruc était passé la
chercher à son hôtel, c'était une gravure de mode décorée

pour un bal mondain qui lui était apparue, entourée des grooms et des chasseurs qui portaient ses malles. Sur sa robe rouge sombre décolletée elle portait un collier de gros rubis, don d'un Girard ou d'un Victor qu'elle avait malgré tout gardé. Chaque pierre, taillée en forme de poire, évoquait pourtant des larmes de sang. Et dans cette robe de scène, Mata-Hari riait et s'amusait comme une petite fille.

— Tu vois que j'ai toujours eu de la chance ! Cette fois encore, j'ai eu de la chance...

Du bout de sa cuiller d'argent, elle jouait maintenant dans les perles grises du caviar rapporté des Dardanelles avec un cargo entier de blessés morts-vivants.

Mais Astruc, lui, ne mangeait guère. Pour la première fois, le sang-froid de la jeune femme l'effrayait : désormais, il savait. Il devinait au moins que quelque chose de terrible se préparait, mais il se sentait totalement impuissant à prévenir le danger.

— Ta chance ! Si tu t'expliquais un peu plus, je pourrais mieux en juger, de cette chance !

La jeune femme sourit et elle prit l'air très mystérieux d'une gamine qui joue à cache-cache avec le feu.

— Chut ! C'est un secret ! Mais je vais devenir très riche, et épouser l'homme que j'aime.

— Tout cela par la grâce du Saint-Esprit, et en partant pour l'Angleterre.

Puisque c'était en Angleterre qu'elle avait dit aller, et que c'était à la gare du Nord qu'Astruc devait la conduire un peu plus tard, au départ du train de Dunkerque. Mais elle se pencha vers lui.

— Je vais en Angleterre, oui... Mais je n'y vais pas vraiment. Enfin, je passe bien par l'Angleterre, mais de là, je vais ailleurs. Et c'est cela qu'il faut ne dire à personne.

Astruc tripotait maintenant sans conviction les cailles rôties que le maître d'hôtel, vieux complice des années de gloire de Mata-Hari, avait déposées devant eux en remarquant à l'intention de la danseuse :

— Flambées comme vous les aimez : deux doigts d'armagnac, une mesure de curaçao.

C'était bien la peur qui tenaillait le cœur d'Astruc :

confusément, il savait que ce départ serait le dernier. Mais il affectait de ne rien montrer.

— Tu me fais des cachotteries, mon ange... Je n'aime pas cela !

Elle souriait si bien !

— Tu n'as pourtant pas l'air triste !

Il sursauta :

— Triste ? Non, puisque je suis avec toi. Mais inquiet, oui...

— Inquiet ? Mais de quoi, Seigneur ? De me voir heureuse et utile à quelqu'un, sinon à quelque chose ?

Cette seule remarque suffit à glacer le sang d'Astruc : utile, oui, mais à quel prix ?

— Utile à quelque chose ? Tu ne vas pas faire de bêtise, au moins ?

L'orchestre, doucement, jouait la musique de Messager : ils étaient bien là, dans un cadre familier, entourés de regards terriblement amicaux, ils étaient à Paris, et Astruc devinait cependant qu'ils étaient déjà ailleurs. Que Mata-Hari, depuis quelques heures, les avait tous quittés. Elle était calme, si terriblement grave et calme, lorsqu'elle lui répondit :

— Ne t'inquiète pas. Je sais parfaitement où je vais.

La musique enfla, se déchaîna, et les accents mêmes de la petite phrase si familière, si souvent entendue, semblèrent funèbres à Astruc : ce pressentiment qui montait en lui... Le maître d'hôtel avait emporté les cailles flambées qu'il n'avait pas touchées.

— Il me semble que j'aurais tant de choses à dire.

Mais il ne pouvait rien dire. Ce fut alors Mata-Hari qui parla. Elle lui montra les visages de ceux qui l'entouraient :

— Tu les vois, tous ces vieux, tous ces gros, tous ces laids : je les ai déjà quittés une fois, mais ils me traînaient encore aux basques. C'est avec eux que je romps ce soir, et à jamais. L'arrivée de Vadime dans la vie de Mata-Hari a créé une nouvelle Mata-Hari ; le séjour de Mata-Hari à Vittel avec lui en a fait encore une autre. Je suis si sûre de moi, si tu savais, et je les hais si bien tous...

Une excitation croissante montait en elle. Le château

mission haut-brion 1899, dont le sommelier remplissait son verre chaque fois qu'elle le vidait, ajoutait encore à cette sorte d'euphorie — mais à cette rage aussi — qu'elle avait à parler.

— Ils se sont tous servis de moi, vois-tu, les Manessy, les Malvy, les Victor et tous les autres : maintenant, je me moque d'eux, je n'ai plus besoin d'eux, ni plus besoin de rien. Leur argent ? Mais j'en aurai tant que je voudrai ! Je serai riche, tu entends ? Riche et malgré eux. Riche contre eux.

Elle avait raison ! C'était bien une nouvelle Mata-Hari qui s'exprimait comme jamais la jeune femme ne l'avait fait auparavant. Ce n'était plus seulement l'amoureuse qui se battait pour son amour, la bête blessée à Paris dans un salon un soir de 1913 et qui avait cherché refuge n'importe où, dans une tournée à Berlin : c'était une femme qui croyait qu'un destin nouveau l'appelait.

Elle baissa la voix.

— J'ai vu mon père ce matin... Il est venu me relancer à mon hôtel. Il était plus vieux que jamais, plus horrible... Mal tenu, aussi. Le col de sa chemise, ses manchettes grises : j'ai eu pitié, mais aussi la nausée. Je lui ai encore donné de l'argent, qu'il va boire avec des filles. Mais son visage, son regard, ses mains un moment : tout m'a fait honte. Quand je pense que j'ai pu, un jour...

Elle se tut : elle tremblait. La tête lui tournait. Le vin, la fumée, cette musique, ses pensées. Elle regarda la mignonne montre de platine qu'elle portait en sautoir à sa ceinture.

— Allons ! Il va falloir se dépêcher ! Je ne voudrais pas le manquer, ce train-là...

Dans la voiture qui les conduisait à la gare du Nord, la tête de Mata-Hari est demeurée un moment sur l'épaule d'Astruc, et Astruc, une dernière fois, s'est dit qu'il était bien avec elle. Qu'elle était vraiment la seule femme — lui : un gros, un gras, un ventru comme les autres... — qu'il aurait pu jamais aimer. Mais cette femme s'en allait et il avait le sentiment que c'était, cette fois, à jamais. Alors, il savoura sans rien dire ce trajet, ces instants, l'odeur de cette femme et les mains qu'il retenait prisonnières dans les siennes. Pour si peu de temps...

Si peu de temps : sitôt que la voiture les eut déposés devant la gare, ils retrouvèrent l'atmosphère désormais si monstrueusement habituelle des gares et de la guerre, le va-et-vient des blessés, les contrôles militaires et les permissionnaires. Mais Mata-Hari semblait ne rien remarquer. Elle était bien ailleurs : manteau rouge, capeline rouge assortie à sa robe, elle était déjà partie.

Ses bagages l'attendaient, apportés par un chasseur de l'hôtel : elle en vérifia le nombre, s'occupa elle-même de les faire enregistrer et garda seulement avec elle un gros sac de voyage et un carton à chapeaux.

— Un carton à chapeaux ?

Elle sourit, vaguement mystérieuse :

— Oui. Pourquoi pas ?

Ils se dirigèrent vers le quai. Elle avait laissé retomber sa voilette — écarlate — et tenait à la main une grosse gerbe de roses qu'Astruc lui avait fait porter chez Maxim's : le même rouge des roses, la robe, la capeline, et ces gouttes de sang qui étaient des rubis à son cou. Droite, la tête haute, les épaules presque carrées, Mata-Hari, voilée, ressemblait subitement — et avec une hallucinante vérité — à l'une de ces déesses d'Orient dont elle avait si souvent imité les danses. Elle était la prêtresse d'un culte nouveau, terrible peut-être, mais dont Astruc ignorait tous les rites.

Sur son passage, on se retournait : des civils anonymes, des officiers... Le seul qui ne se retourna pas fut cet homme vêtu de gris ou de noir, le bord du chapeau baissé sur le visage, qui la suivait depuis des semaines et ressemblait si parfaitement à n'importe qui, qu'il aurait aussi bien pu être un autre. Le nez plongé dans un numéro du *Gaulois* ou du *Temps*, il regardait ailleurs, il ne voyait qu'elle. Mais Mata-Hari ne voyait personne.

Arrivée devant sa voiture, elle s'arrêta. Il y avait des sifflets, des jets de vapeur, les minutes dernières lui étaient comptées, Astruc ne pouvait rien dire. Il la tenait contre lui.

— Ne t'inquiète pas, petit père Astruc, murmura-t-elle à son oreille, je sais où je vais...

Des sifflets encore, des cris, des « En voiture ». On fermait déjà les portières : le cœur d'Astruc battait si fort qu'un instant il se dit que c'était peut-être cela, un coup au cœur. Il la serra plus étroitement sur sa poitrine.

— Je sais où je vais, répéta-t-elle. Et j'y vais tout droit... Je suis heureuse, tu sais...

Une portière claqua : c'était fini.

Ce n'est que des mois après, et encore de manière bien incomplète, tronquée, truquée, qu'Astruc apprit ce qui était arrivé pendant les quarante-huit heures que Mata-Hari avait passées à Paris jusqu'à cette folle soirée à la gare du Nord, cette incroyable assurance, ce départ qui ressemblait encore une fois à une entrée en scène.

D'abord bouleversée par la fin de son séjour à Vittel et par son départ hâtif dans la nuit, elle avait fait un voyage de retour à Paris horriblement solitaire dans un wagon rempli de blessés qui geignaient tout haut ou mouraient doucement en silence. La guerre, c'était cela, oui, cette horreur...

Mais en chemin, elle avait pris sa décision et elle était revenue boulevard Saint-Germain. Elle avait revu Ladoux. Celui-ci avait tout de suite accepté de la recevoir.

— Avec une froideur extrême, fera-t-il remarquer lorsqu'il donnera sa propre version des événements.

Froideur ? Prudence et circonspection ? Mata-Hari ne s'était aperçue de rien. Elle avait rendu compte de son voyage à Vittel sans faire allusion aux événements qui l'avaient brutalement interrompu mais que Ladoux connaissait, bien sûr, puisqu'il était de ceux qui tiraient toutes les ficelles. Qui avait donc dénoncé le croupier gitan à l'inspecteur des jeux ? Elle avait ainsi rapporté les propos des officiers russes, le premier soir — même les Alliés ont leurs secrets, n'est-ce pas ? — et d'autres encore, qu'elle avait surpris ou suscité pendant ces trois jours et ces trois nuits. Et Ladoux, l'air intéressé, l'avait écoutée. Il avait pris des notes. Puis elle avait franchi une étape de plus et elle avait, le plus froidement du monde, expliqué qu'elle attendait ses ordres.

— J'ai des amis en Belgique et en Hollande à qui je pourrais rendre visite, sans avoir l'air de rien. Je suis certaine que j'aurais l'occasion de leur faire dire des choses intéressantes.

Avait-elle prononcé le nom de Van Damm, voire celui de Kieffert ? Dans sa hâte de s'enrôler enfin sous la bannière presque officielle de l'espionnage français — c'était si facile, et cela pouvait rapporter tant d'argent : de quoi racheter la maison des bouleaux, n'est-ce pas ? — elle était prête à toutes les confidences. Et là encore, Ladoux avait paru intéressé.

— Mais on ne se rend pas comme cela en Belgique, avait-il pourtant opposé. Il faut traversé les lignes ennemies !

Mata-Hari avait pris un air entendu :

— Je le sais bien. Aussi passerai-je par l'Angleterre. Rien de plus facile. Ensuite, de Plymouth ou de Portsmouth — et avec un peu de chance et pas trop de mines sur le trajet — on peut gagner Anvers à bord d'un navire neutre...

Cette fois, Ladoux semblait vraiment intéressé. C'est ce qu'il dira, plus tard, lorsqu'il remarquera :

— Cette femme savait tant de choses... Elle ne pouvait pas être innocente !

Mais innocente, Mata-Hari l'était pourtant, ô combien ! qui se confiait à un homme dont elle ne savait rien et dont le destin était pourtant de la perdre. Si bien qu'elle avait fini par poser la question. Franchement, cette fois :

— Ce que je peux vous rapporter vaut bien un million, non ?

Un million : un beau chiffre rond, venu du fond de ses rêves les plus fous, mais qui ressemblait tant à ce dont Vadime avait besoin... Pour la première fois, Mata-Hari calculait. Mais comme elle n'était pas très forte en arithmétique, un million, c'était simple et facile à retenir. Presque plus facile encore à demander.

Ladoux n'avait pourtant pas répondu directement : il avait seulement hoché la tête.

— Un million ?

Un mince sourire — encore — sur ses lèvres minces ; mais pour Mata-Hari, le marché était conclu. En vingt-quatre heures, elle avait arrangé tous les détails de son voyage. D'autres, d'ailleurs, et sans qu'elle en sût rien — les hommes en gris, les hommes en noir, les anonymes au feutre baissé sur les yeux —, l'avaient aidée en coulisse ; et c'est ainsi que, lorsque Astruc était passé la prendre à trois heures de son départ pour l'emmener chez Maxim's, elle se sentait si forte, si sûre d'elle. Heureuse...

Les étapes de ce voyage fou furent autant de moments invraisemblables, qu'on aurait cru arrachés à l'un de ces films policiers à épisodes que l'on commençait alors à tourner dans les studios de cinéma à Hollywood ou chez Pathé et qui s'appelaient *Les Mystères de New York* ou *Fantômas* : comme dans ces bandes de celluloïd courtes et si dangereusement inflammables, l'héroïne masquée semblait à la fin de chaque épisode sur le point de perdre la vie pour mieux renaître de ses cendres au début du film suivant : Mae West, Musidora... autant de rythmes, de légendes, avec lesquels Mata-Hari, sans qu'elle s'en rendît compte le moins du monde, allait à son tour renouer.

De Paris à Dunkerque d'abord : le trajet, qui durait en ce temps-là six heures, en prit cette fois huit ou dix. Comme lors du voyage à Vittel, le train de luxe s'arrêtait à chaque gare, voire s'immobilisait en rase campagne, tandis que grondait l'artillerie et que, au loin, des obus éclataient. Mais à mesure qu'elle se rapprochait des lignes, Mata-Hari n'en gardait pas moins son assurance.

— Elle était si sûre d'elle, soupire Astruc, qu'aujourd'hui encore, j'en suis terrifié : comment peut-on, avec une si superbe ingénuité, jouer ainsi sa vie sur un coup de poker avec un officier roublard dans un bureau poussiéreux où rien n'est promis ni assuré, mais où l'on croit avoir gagné avant même que la donne ait été faite ?

Parce qu'elles étaient savamment biseautées, terriblement truquées, finement maquillées mais aussi salement

211

maquignonnées, les cartes du capitaine Ladoux. Et encore en avait-il gardé beaucoup dans sa manche...

— Alors ? avait interrogé Van Damm. Tout s'est passé comme prévu ?

L'homme en gris — l'homme en noir — avait répondu sans l'ombre d'une hésitation :

— Tout à fait bien. Le train est tout juste parti avec dix minutes de retard.

— Personne ne donnait trop l'impression de la suivre ?

— Personne d'autre que nos clients habituels...

Les autres : ceux qui lui ressemblaient... Van Damm avait allumé longuement, méticuleusement son cigare.

— Bon. Espérons que tout se déroulera maintenant comme nous l'avons prévu... Je me demande quand même si j'ai bien fait de la laisser partir.

Une grosse bouffée de cigare envahissait la pièce : truquées, elles aussi, biseautées plus ignoblement encore, les cartes de Van Damm. Jusqu'à l'itinéraire de ce voyage au bout de la vie qui était faussé.

Un colonel anglais partageait le compartiment de la jeune femme, mais Mata-Hari n'eut pas un regard pour lui. A deux ou trois reprises, il tenta bien de lui adresser la parole : ce fut chaque fois peine perdue. On aurait dit que Mata-Hari répétait dans sa tête ce qu'il lui faudrait faire ; l'arrivée à Dunkerque, la rencontre à Plymouth du passeur clandestin qui lui fournirait ses papiers pour Anvers : espionne enrôlée sous pavillon français, Mata-Hari prenait désormais son rôle au sérieux...

Elle ne remarqua donc pas le petit monsieur vêtu d'un paletot mastic qui, monté à Amiens, demeura un long moment en faction dans le corridor devant la porte de son compartiment. Il portait un pince-nez et tenait très ostensiblement à la main un numéro presque ancien du *Journal de Genève*.

Un peu avant d'arriver à Dunkerque, la jeune femme se

leva enfin. Elle s'empara de son sac de voyage et de son carton à chapeau et passa en s'excusant devant l'officier anglais. Celui-ci se redressa et faillit se mettre au garde-à-vous. Elle passa également devant le petit monsieur au pince-nez qui tenait toujours son journal trop largement déployé et, longeant le corridor, traversa une voiture, puis deux. Se retournant alors pour s'assurer qu'elle n'avait pas été suivie, elle s'engouffra dans les toilettes au bout du wagon.

Là, en toute hâte, elle changea sa robe écarlate, son manteau et sa capeline rouge, pour une tenue plus austère et moins voyante : robe grise évasée à la taille, longue houppelande de voyage de la même couleur et chapeau noir à voilette baissée. Lorsqu'elle eut achevé sa métamorphose, elle eut un coup d'œil satisfait pour son reflet dans la glace : décidément, elle avait bien pensé à tout ! Puis elle sortit de la petite cabine aussi discrètement qu'elle y était entrée et reprit sa marche le long des couloirs du train jusqu'au wagon de tête. Là, elle attendit que le convoi s'immobilisât en gare de Dunkerque.

Il faisait presque jour. Sur le quai, des soldats désœuvrés étaient assis sur des sacs de jute. Les rares voyageurs à destination de l'Angleterre sortirent un à un des wagons et se dirigèrent, encombrés de leurs bagages à main, vers le poste de contrôle installé dans le buffet de la gare. Tout était calme et lent — normal, donc. Un détail pourtant : comme elle posait le pied à terre, Mata-Hari se heurta à l'officier anglais qui avait partagé son compartiment, mais celui-ci ne sembla pas la reconnaître. Elle en sourit de satisfaction derrière sa voilette. Vêtue de sombre, le visage à peu près invisible, elle était désormais sans âge.

Lentement, elle avança vers le buffet, et le premier incident se produisit presque aussitôt : le petit monsieur au pince-nez qui paraissait trottiner derrière elle depuis un moment, se pencha brusquement, ramassa quelque chose sur le sol puis fit quelques pas plus rapides pour dépasser Mata-Hari avant de se retourner enfin sur elle.

— Excusez-moi : vous avez perdu ceci...

Il bégayait avec un extraordinaire accent suisse en tendant à la jeune femme un mouchoir.

— Vraiment ? Merci...

Mata-Hari était trop occupée à ne pas vouloir se faire remarquer pour penser à discuter avec le petit homme. Elle enfonça donc le mouchoir inconnu dans la manche gauche de son manteau et boitilla encore un moment sur les pavés inégaux du quai.

Derrière elle, l'officier anglais avait allumé une cigarette. Le cargo, à deux pas de là, se balançait avec la marée.

Avant de franchir l'échelle de coupée, la jeune femme se retourna pourtant : derrière elle, il ne restait déjà rien, ni de la ville ni du port, qu'un halo de brume grise et matinale. Derrière ces vapeurs épaisses, c'était la France... Et au-delà, très loin, Vadime. Elle poussa un soupir et, sans hésiter davantage, monta à bord.

— Lady MacLeod ? Vous êtes, je crois, dans la cabine 32.

Le commissaire du bord avait l'accent écossais et des taches de rousseur. Il jeta à la voyageuse un regard indifférent et attribua à l'officier anglais qui venait derrière elle la cabine 31, de l'autre côté du corridor. Une trompe de brume hurla.

Arrivée dans sa cabine, Mata-Hari commença par défaire ses bagages : elle savait qu'on attendrait la nuit pour appareiller, et elle avait toute une longue journée devant elle. Elle s'installa ensuite devant l'étroite planche d'acajou verni qui tenait lieu de table, et elle se mit à écrire.

« Vadime, mon amour... »

Jusqu'à l'heure du déjeuner, elle écrivit et rêva. Et dans son esprit, les millions de francs français s'ajoutaient à des millions de francs belges, les maisons des bouleaux succédaient aux maisons des bouleaux, mais sur tout cela régnait le sourire de Vadime.

« C'est ce vieux Van Damm qui en fera une tête, lorsqu'il se rendra compte que je l'ai doublé ! » pensa-t-elle.

A midi, on vint l'inviter à la table du commandant. Le

commandant Langlen était un fort bel homme, qui avait reconnu lady MacLeod. Il lui fit mille civilités et lui donna tout un cours de navigation en zone minée que Mata-Hari nota mentalement : les plans de navigation de la marine anglaise, cela pouvait toujours servir ! Pour être sûre d'avoir bien compris, elle accompagna le commandant jusqu'au poste d'équipage et étudia avec lui les cartes nautiques, les passages possibles de jour et de nuit.

A deux tables de celle du commandant, le petit monsieur au pince-nez relisait pour la douzième fois le même numéro du *Journal de Genève* et, un peu plus loin, l'officier anglais qui avait voyagé de Paris à Dunkerque avec Mata-Hari faisait des mots croisés. La mer était d'huile et les collines de Dunkerque apparaissaient toujours à travers les hublots.

— Et si nous allions maintenant prendre un verre dans ma cambuse ? suggéra le commandant comme ils quittaient le poste d'équipage.

Mais Mata-Hari, le plus poliment du monde, refusa. Quelques instants après, rentrée dans sa cabine, elle recopia soigneusement sur son petit carnet à couverture de moleskine souple tout ce qu'elle avait entendu, puis elle en fit un double qu'elle glissa dans une enveloppe à l'adresse du capitaine Ladoux : les méthodes d'espionnage de Mata-Hari étaient dérisoires dans leur simplicité !

— Notez bien, remarque sourdement Astruc, que, dès le début de son équipée, elle se montrera d'une naïveté absolue. Pas un instant, elle ne songera ni à prendre la moindre précaution pour dissimuler ses actions, ni à se couvrir — comme on dit dans le langage du métier —, ni à assurer ses arrières ou à conserver la preuve que ce qu'elle faisait, elle le faisait pour le dernier à l'avoir recrutée, ce Ladoux dont elle n'avait même pas obtenu la moindre assurance réelle.

— Il faut quand même que je vous pose une question...

Desvilliers, demeuré un instant songeur, a interrompu Astruc, son crayon en suspens au-dessus du carnet.

— Je vais quand même vous poser une question, Astruc,

parce que je ne peux pas ne pas vous la poser même si, d'une certaine façon, elle me déchire : est-ce que Mata-Hari était intelligente ?

Le rire d'Astruc éclate soudain, si subit, si violent, que Desvilliers lui-même en est gêné.

— Intelligente, Mata-Hari ? Mais qu'est-ce que l'intelligence vient faire là-dedans ? Je vous parle, moi, d'une femme amoureuse qui voulait, au sens le plus précis du mot, gagner son amour comme on gagne sa vie.

Mata-Hari, femme au pays des hommes, qui ne savait pas qu'à gagner son amour chez ces fauves-là, on y perd la vie...

Le soir, Mata-Hari a de nouveau dîné à la table du commandant et celui-ci s'est montré plus galant que jamais. Il y avait bien sûr quelque chose de piquant pour un vieux bourlingueur de la flotte de Sa Majesté à accueillir à son bord celle dont la renommée internationale avait fait une courtisane dont la splendeur était encore à son zénith — qu'on regarde Mata-Hari, qu'on n'oublie pas ces yeux, ce visage, cette taille... Aussi, le fringant quinquagénaire s'en donnait-il à cœur joie, en dépit du refus qu'il avait essuyé l'après-midi.

— J'écris mes mémoires, lança-t-il dans la conversation. J'ai vu Singapour et le cap Horn, Bonne-Espérance et Tampico ; j'ai décrit des terres brûlées ou luxuriantes : j'aimerais y parler de vous...

Mata-Hari souriait :

— Alors, vous pourrez dire que vous avez voyagé en compagnie d'une femme pour qui le monde que vous évoquez se résume désormais au nom et au visage d'un seul homme...

On l'a dit : cette sublime innocence !

Lorsque le cargo appareilla enfin, tous feux éteints, vers onze heures du soir, Mata-Hari s'était endormie dans sa cabine sur la lettre qu'elle n'en finissait pas d'achever à Vadime. Le bruit des moteurs au ralenti, doucement, la berçait.

Ce fut le silence qui la réveilla. Un silence total, absolu, presque insoutenable. On parle de brouillard à couper au couteau : c'était un silence à trancher au rasoir. Mata-Hari voulut allumer une lampe à son chevet, mais elle se rendit compte que la petite ampoule jaune demeurait éteinte. Alors, brusquement et pour la première fois depuis le début de son équipée, une angoisse — l'angoisse vraie : la crampe au cœur — la saisit. Elle eut peur, sans savoir pourquoi. Les machines s'étaient arrêtées, le bateau était parfaitement immobile et toutes les lumières dans les postes, les coursives, les couloirs intérieurs étaient éteintes. Elle gratta une allumette et regarda sa montre : il était trois heures du matin. La flamme vacilla et s'éteignit, en même temps qu'un long craquement — le premier bruit — traversait la cabine. Puis, tout de suite et venant de très loin, il y eut une explosion sourde.

Dans le noir, la jeune femme s'habilla. Elle ne pouvait plus supporter ce silence ni cette obscurité, cette angoisse : il fallait qu'elle sorte. Mais dans les couloirs déserts — elle se guidait à tâtons —, ce fut le même silence. On aurait dit que le bateau tout entier s'était vidé de ce qui était sa vie : matelots, officiers, passagers, tous avaient été engloutis et c'est à bord d'un vaisseau fantôme immobilisé sur une mer d'huile qu'elle se trouvait désormais. Elle avança encore et trébucha sur une marche : c'est vrai, un escalier, là... De la main, elle suivit la rampe et se heurta à une porte qu'elle poussa. En vain. Elle chercha une serrure, un loquet, mais ne trouva rien. Alors, cette fois, elle s'affola. Elle se sentait prisonnière d'une boîte close au milieu du vide. Des doigts, des ongles, elle labourait le métal un peu gluant — qui bascula subitement en avant et l'air du large lui frappa le visage : elle était sur un pont.

Son souffle se calma. Elle respirait à pleine bouche — à plein cœur — le vent léger, la nuit. Mais là aussi, c'était le même silence — à peine le sifflement du vent dans un cordage — et la même obscurité. Nuit sans lune, nuit opaque et sans étoiles, chape d'obscurité sur la mer avec, très loin, du côté de ce qui serait peut-être l'aube, une vague pâleur. Et puis, plus loin encore, ces bruits très sourds qui étaient des explosions. Alors elle comprit : le bateau s'était immobilisé dans la nuit, de crainte d'une attaque — sous-marin ? un autre bateau ? des avions ? Elle respira mieux : ce n'était que cela... Elle fit quelques pas vers le bastingage qu'elle distinguait davantage, ses yeux s'habituant peu à peu à l'obscurité. Et, arrivée à la rambarde de fer rouillé et de bois déverni, elle eut d'un coup l'envie irrésistible de fumer. Elle fouilla dans son sac. Les minces cigarettes, très plates, le briquet d'or aux armes d'un grand-duc qui, jadis...

— Vous êtes folle ? Eteignez ça tout de suite ! Vous voulez nous faire repérer ?

Elle sursauta. Un homme qu'elle ne voyait pas tant la nuit était noire avait posé une main sur son épaule et la secouait rudement. Elle s'y était reprise à trois fois pour allumer sa cigarette et, à trois reprises, la petite flamme jaune, visible à des milles de là...

— Vous êtes folle !

Sa cigarette allumée décrivit encore dans le noir une petite courbe très vite achevée dans la mer, mais l'officier qui l'invectivait continuait à jurer en anglais.

— Et puis, vous devez rentrer dans votre cabine. Un sous-marin ennemi... Vous ne pouvez pas rester là.

Mata-Hari haussa les épaules.

— Je ne fume plus, je ne bouge plus. Mais je ne peux pas rester en bas.

L'officier jura encore.

— Comme vous voulez. Mais c'est à vos risques et périls.

La voix de l'Anglais s'éteignit, et son pas s'éloigna sans qu'elle eût seulement aperçu son visage. Le temps, alors, s'immobilisa. Doucement, Mata-Hari se calmait. L'aventure qu'elle avait choisie, c'était aussi cela : elle devait l'accepter.

Le temps dura ainsi. Et ce n'est probablement que plusieurs minutes après qu'elle eut conscience d'une présence à ses côtés. Elle n'eut pourtant pas peur cette fois, et se retourna pour voir qui la frôlait ainsi dans la nuit.

— Vous en avez mis, du temps, dit une voix.

L'accent suisse allemand du petit homme au pince-nez : il

reculait brusquement, comme effrayé par son audace. Comme elle ne comprenait pas ce qu'il voulait dire, elle eut seulement envie de rire. Nerveusement.

— Vous aussi !

Mais il l'entraînait déjà.

— Venez par ici. Ce n'est pas la peine, même dans cette obscurité, que nous restions comme cela au milieu du pont.

Elle voulut se dégager.

— Mais, monsieur, je ne vous connais pas !

L'homme insista. La lune, se dévoilant un peu, découvrit subitement son visage. Il avait l'air timide et paraissait l'implorer.

— Mais moi non plus, je ne vous connais pas. Il était seulement prévu que nous nous rencontrions aujourd'hui. Aussi, je vous en prie, venez.

Elle finit par le suivre dans un renfoncement du pont, à côté d'une pile de cordages. Et le dialogue se poursuivit entre eux, totalement incongru, l'un ne comprenait ni les raisons ni les réticences de l'autre.

— Le mouchoir sur le quai, c'était vous ?

Il avait un visage de chien battu.

— Cela vous étonne...

Mata-Hari se mit de nouveau à rire.

— Non, cela m'amuse plutôt... Mais on l'avait trouvé avant vous, le coup du mouchoir ! Dix fois par jour, des messieurs à Légion d'honneur le font à des grisettes, sur les boulevards. Je regrette que vous m'ayez prise pour l'une d'elles.

L'autre soupira, pitoyable : un espion qui fait son sale métier d'espion, et qui le fait tristement.

— C'est vrai que vous avez l'air de vous amuser... Vous avez de la chance. Vous savez où vous allez, après Plymouth ?

— Je crois que oui...

Il poursuivit pourtant, donnant des instructions.

— Eh bien, tout est changé : inutile de débarquer en Angleterre : vous continuez sur l'Espagne. Vous gagnerez Madrid par Saint-Sébastien. Nos amis vous attendent à l'hôtel Ritz.

Cette fois, Mata-Hari ne comprenait plus.
— Mais la Belgique ?
— Comment cela, la Belgique ?
Pour la première fois, l'idée d'un malentendu la traversa. Elle allait continuer, demander cette fois des explications, tenter de comprendre, quand, brutalement, toutes les lumières revinrent et le navire s'ébranla. En une seconde, c'était une ville flottante qui retrouvait la vie et elle en fut presque éblouie. Le temps de se réhabituer au bruit des machines, aux éclairages pourtant discrets des ponts, et son interlocuteur avait déjà disparu. Un autre homme venait vers elle. L'officier anglais du train.
— Vous étiez ici pendant l'alerte ? C'est de la folie. Regagnez immédiatement votre cabine.
C'était un ordre, elle ne le discuta pas : sept minutes après, très exactement, le drame éclatait.

Mata-Hari était de nouveau allongée, tout habillée, sur sa couchette et elle essayait de comprendre ce qui lui était arrivé, quand elle entendit des bruits de pas dans le corridor. Une course, des appels, et un bruit sourd, soudain, contre sa porte. Pourquoi pensa-t-elle à Camille ? La même course, les mêmes cris. On tambourinait à la porte et, cette fois, elle ouvrit.
— Nous sommes fichus. Ils nous ont vus !
D'une seule haleine, l'homme au pince-nez s'était abattu dans l'étroite cellule.
— Fermez la porte, pour l'amour de Dieu.
Elle repoussa le verrou et, tandis que la course continuait dans le corridor — bientôt, d'autres coups à sa porte — le petit homme haletait.
— Ils nous ont vus. C'est fini. Il ne faut pas qu'ils nous prennent. Surtout pas vous.
Il tenait à la main deux dragées qu'il avait sorties d'une poche.
— Prenez cela.
— Mais ?
Mata-Hari ne comprenait pas.

220

— Prenez cela, je vous en supplie. Ce sont les instructions de Fraülein Hildegarde.

Fraülein Hildegarde... Elle ne comprenait toujours pas, mais le visage du petit homme suait de peur et il voulait de force lui mettre la petite pastille blanche dans la main. Les coups cependant redoublaient à la porte.

— Ouvrez, lady MacLeod, nous savons que cet homme est avec vous.

Subitement, la lumière se fit. Cette dragée, oui... Elle cria :

— Non !

L'autre cria aussi :

— Il faut le faire.

Les coups encore à la porte : le bruit déjà d'un passe-partout dans la serrure.

— Vite, supplia le petit homme.

Son visage était en larmes, et la seule chose à laquelle pensa alors la jeune femme fut qu'elle avait une immense pitié pour lui. Mais il portait déjà lui-même la capsule de poison à ses lèvres. Il la regardait intensément, la pastille était dans sa bouche.

— Je vous en prie !

Il referma les dents sur la capsule qui craqua. Une seconde, son visage ne bougea plus. Puis il fit une monstrueuse grimace et tomba d'une seule pièce. La porte s'ouvrait. Le capitaine Langlen, l'officier anglais du train, des marins entraient dans la pièce.

— Emmenez cette femme, lança l'officier anglais.

Toute sa vie, Mata-Hari avait été en prison : dans la maison de Leeuwardeen chez son père chapelier, et dans l'horrible bungalow pourri de Java avec le faux mari MacLeod, comme à Paris dans ces ateliers d'artiste où elle posait nue ou dans les salons dorés où elle se retrouvait et n'avait plus qu'à danser pour eux ou à se laisser perdre : les Victor, les Dumet, les Girard, Zelle, Astruc lui-même... Prison des hommes, cage de leurs désirs, barreaux épais de leur bon vouloir, leurs générosités ou leur ladrerie, de leurs angoisses... Baisser la tête. Si bien que, lorsqu'elle se retrouva pour la première fois dans une vraie cellule, fût-elle minuscule et dans le ventre d'un bateau, elle n'eut pas vraiment peur.

— Ce n'est que cela..., pensa-t-elle d'abord.

Puis elle se dit :

— Ce ne peut être qu'une méprise.

Elle avait une confiance si absolue en elle ! D'ailleurs, c'était vrai qu'elle ne le connaissait pas, cet homme qui était venu se tuer devant elle, et qu'en aucune manière il n'était prévu qu'elle le rencontrât. Et pourtant, il avait prononcé le nom de Fraülein Hildegarde : la « gouvernante » de Kieffert. Qu'est-ce que cette femme au visage de marbre, fermé comme un masque mortuaire, venait faire dans cette histoire ?

Lorsque Langlen, accompagné de l'officier anglais, se présenta dans la cellule, elle ne se posait cependant aucune question.

— Je suis désolé, commença le commandant, que les choses aient pris cette tournure...

Il bafouillait un peu mais Mata-Hari, elle, le prit de haut.

— Commandant, cette attitude est inqualifiable. Vous m'avez reçue à votre table, vous m'avez honorée de votre confiance, vous m'avez même...

Elle allait faire allusion aux propositions que le vieux beau trop parfaitement déguisé en gentleman bourlingueur lui avait faites à demi-mot, mais il l'arrêta.

— Je vous en prie !

Il ne s'excusait plus, il était sec et cassant. D'ailleurs l'officier du train volait au secours de son compatriote.

— Madame, il ne s'agit pas de cela. Je vous surveille depuis votre départ de Paris ; nous avions de bonnes raisons de soupçonner la présence dans ce train puis dans ce bateau de votre complice.

— Mon complice ! Mais vous...

L'officier lui coupa la parole :

— Cela suffit, maintenant. Vous avez été surprise sur le pont en conversation avec lui pendant l'alerte et cet homme, avant de mourir, est venu vous avertir du danger.

Vous resterez enfermée jusqu'à notre arrivée à Plymouth. Là-bas, vous vous expliquerez avec les services britanniques du contre-espionnage.

Le reste du voyage, Mata-Hari le passa donc à fond de cale — ou presque — dans une cabine aux murs nus dont le seul mobilier était une couchette fixée au sol. Lorsqu'à deux reprises, elle demanda du papier et de quoi écrire — écrire à Vadime ! — l'officier anglais, qui semblait donner des ordres au commandant du bord, les lui refusa.

— Et puis quoi encore ? Vous voudriez peut-être qu'on poste votre courrier avec un timbre de deux pence et demi pour l'Allemagne ?

La jeune femme ne se donna même pas la peine de lui expliquer que c'était à l'homme qu'elle aimait qu'elle voulait écrire — puisque la pensée de Vadime continuait à l'occuper tout entière.

— Il faut dire, remarque Astruc, qu'elle avait joué de malchance, car ce qui lui était arrivé était bel et bien le résultat de la plus absurde des méprises !

Le malentendu se poursuivit pourtant encore lorsque le bateau arriva enfin à Plymouth. Sous bonne escorte, on accompagna Mata-Hari jusqu'au bureau du colonel Basil Thomson, qui dirigeait les services du contre-espionnage sur la côte sud de l'Angleterre.

— Vous ne me mettez pas les menottes ? avait interrogé Mata-Hari avec une ironie amusée lorsque les deux marins chargés de l'accompagner l'avaient fait sortir de sa cellule.

Elle tendait les poignets. L'un de ses gardiens, qui était gallois et n'avait pas vingt ans, sourit en s'excusant.

— Si ça ne tenait qu'à moi, vous seriez déjà libre et dans le train de Londres !

Sa fiancée était morte sous les bombes allemandes à Whitechapel, et la seule pensée d'une femme en prison le faisait souffrir : on en reverra plus tard, de ces petits soldats sentimentaux qui écrasent une larme sur le destin d'une femme mais qui, le moment venu et une balle dans le canon de leur fusil, appuieront quand même sur la détente en se disant, pour se donner du courage, que c'est peut-être leur arme à eux qui est chargée à blanc !

— Allons-y, madame, murmura pourtant le petit marin. Je suis sûr qu'ils comprendront qu'ils se sont trompés.

Figure de Basil Thomson, qui deviendra sir Basil Thomson, haute image de la justice et de l'espionnage britanniques, long personnage maigre et tourmenté, déchiré par les vérités qu'il devine et qu'il doit révéler, écrivain peut-être raté qui ne se consolera pas de jouer, une vie durant, les conspirateurs.

— Il est inutile de nier, madame, nous savons tout de vous.

— Vous permettez que je fume ?

Thomson, qui n'aimait pas qu'on l'interrompe, balaya la demande d'un geste très vague.

— Je n'ai pas de cigarettes. Je vous disais...

— J'ai mes cigarettes, merci... Si vous voulez bien me rendre le sac à main que vos amis m'ont retiré...

La douce odeur un peu âcre, le goût sucré-amer des minces cigarettes plates de tabac d'Orient... Un nuage d'oubli. Mata-Hari aspira une longue bouffée de fumée : elle respirait plus aisément.

— Je vous disais, madame, que nous avons été prévenus de votre arrivée, comme de votre rendez-vous avec ce Wiener ; et que le capitaine Jones, que vous avez rencontré dans le train de Paris, était chargé de vous surveiller. Dans la mesure où tout s'est déroulé comme prévu, je ne vois pas où peuvent vous conduire vos dénégations. J'attends donc vos explications.

Les quelques bouffées de cigarette qu'elle avait maintenant tirées avaient tout à fait renforcé la confiance que Mata-Hari avait en son destin. Elle prit alors le ton de la femme du monde outragée qu'elle sentait bouillir en elle.

— Monsieur l'officier, tout cela est ridicule ! Un homme que je ne connais pas m'accoste sur un bateau en pleine nuit, il vient se tuer dans ma cabine, et moi, on me met aux fers ! C'est moi qui vous demande des explications ! Et des excuses aussi, pour la conduite inqualifiable du capitaine. Un homme à la table de qui j'ai dîné !

Cette fois, Thomson sortit une petite fiche de carton du dossier qu'il avait devant lui.

— Madame, tout est très simple. Vous avez été identifiée comme étant une certaine Clara Benedikt, dite Fraülein X..., travaillant pour les services secrets allemands sous les ordres de Fraülein Hildegarde, dite encore Fraülein Doktor, qui nous inonde de belles dames comme vous. Vous êtes arrivée de Munich le 19 et vous deviez recevoir des instructions à bord du *Quenn Ann* de la part d'un agent double nommé Wiener. C'est cet homme qu'on a vu en votre compagnie et qui s'est réfugié chez vous.

Mata-Hari écrasa sa cigarette dans le couvercle d'une boîte en fer-blanc qui servait de cendrier. Elle n'avait plus envie de rire.

— Monsieur l'officier, nous sommes en pleine comédie. C'est une farce, un vaudeville ! Savez-vous bien qui je suis ?

— Bien entendu. Vous êtes la célèbre Mata-Hari. Mais rien n'empêche que Fraülein X..., Clara Benedikt et Mata-Hari soient une seule et même personne. Après tout, Mata-Hari et lady MacLeod n'en sont bien déjà qu'une !

Le ton de Mata-Hari devint, cette fois, tranchant.

— Je n'apprécie guère votre ironie. Et je crois que vous n'allez pas tarder vous-même à vous mordre les doigts. Je suis en effet Mata-Hari *et* lady MacLeod, mais je suis *d'abord* agent des services français d'espionnage. Autant que je vous dise la vérité : je travaille pour le commandant Ladoux.

Dans sa totale innocence, la révélation de Mata-Hari — se déclare-t-on d'entrée de jeu espion à un espion qu'on a en face de soi ? — ébranla quand même la belle conviction de Thomson qui la regardait maintenant avec surprise.

— Pour Ladoux ? Qu'est-ce que c'est que cette histoire ?

Il ne savait plus que dire, le grand Basil Thomson. Il ne lui restait plus qu'à appeler un de ses adjoints.

— Howard, télégraphiez en vitesse à Ladoux, boulevard Saint-Germain.

Il avait fait quelques pas hors de son bureau. Par la fenêtre, le cri des mouettes... Mata-Hari pensa : la liberté. Mais Thomson revenait déjà. Ebranlé pourtant.

— En attendant la réponse de Ladoux, je vais vous faire préparer une chambre.

Mata-Hari n'avait pas le triomphe modeste.

— Tiens, tiens ! Vous changez de ton...

Presque civil, cette fois, l'Anglais ouvrait la porte devant elle : l'interrogatoire était terminé.

— Madame, je travaille pour mon pays, comme vous me dites travailler pour le vôtre : nous sommes alliés et vous comprendrez que je prenne quelques précautions.

Il conduisit lui-même Mata-Hari dans une petite pièce en retrait derrière son bureau : un divan, une toilette, deux fauteuils, et la jeune femme pensa que ce devait être là qu'il se reposait lui-même entre deux dossiers. Deux interrogatoires.

— J'espère que vous ne serez pas trop inconfortablement installée.

Mais Mata-Hari continuait à le prendre de très haut : elle jouait un rôle et entendait le jouer jusqu'au bout.

— Rien de tout cela ne saurait excuser votre attitude à l'égard d'une femme du monde. J'espère que vous aurez au moins l'obligeance d'envoyer quelqu'un au bureau de poste pour voir s'il n'est pas arrivé de correspondance à mon nom. Et par la même occasion, vous me permettrez d'écrire une lettre. Vous pouvez tout ouvrir et tout lire : je n'ai rien à cacher, moi !

Les lettres à Vadime, bien sûr : son opium. Thomson la salua et se retira. Et quelques instants après, Mata-Hari était déjà en train d'écrire : « Vadime, mon amour. Pas de nouvelles de toi. Ni à Paris ni sur le bateau. J'attends maintenant à Plymouth un coursier que j'ai envoyé à la poste. Si je te disais que je ne vis que dans l'attente de tes lettres... »

Devant la fenêtre, les mouettes continuaient à tournoyer et Mata-Hari rêvait de ces grands oiseaux blancs au bord de lacs gelés de la grande Russie qui s'abattaient, disait Vadime, quand les chenapans du village les tuaient, comme de grands anges blessés. Elle pensa : « Je suis une mouette, on m'a tirée, mais c'est Vadime qui tenait le fusil et je me suis abattue heureuse. »

A Paris, le télégramme de Plymouth fit pourtant l'effet d'une bombe. Ladoux savait bien qu'il n'avait rien promis à Mata-Hari, mais il attendait quand même de voir ce dont elle était capable. D'ailleurs, un agent en Belgique pouvait lui être utile ; mais il avait besoin d'un agent discret, non pas d'un agent brûlé, fût-ce auprès des services alliés. Sa réaction fut donc immédiate : pour lui, Mata-Hari, espionne à son service, c'était une page tournée avant même d'avoir été explorée jusqu'au bout. Face à Lenoir, l'agent sombre et gris, le discret suiveur de la jeune femme depuis le tout premier jour, il éclata :

— Ce n'est pas possible ! Elle a trouvé le moyen de se faire arrêter par nos collègues anglais ! Ils l'ont prise pour cette Clara Benedikt que Wiener devait contacter. Et elle n'a pas trouvé de meilleure excuse que leur dire qu'elle travaillait pour moi !

Lenoir s'amusait : il connaissait trop bien la jeune femme, désormais.

— Vous vous réjouissiez un peu vite d'en être débarrassé !

— Ne parlez pas de malheur ! Qu'est-ce que vous voulez que je fasse d'elle, maintenant ?

— Vous allez la lâcher ?

Ladoux haussa les épaules.

— Bah... Je vais la faire libérer. Il n'y a aucune raison pour qu'elle croupisse là-bas. Mais je ne veux plus entendre parler de cette femme !

Il y eut un accent de triomphe dans la voix de Lenoir.

— Vous voyez que toutes ces années que j'ai passées à la surveiller n'étaient pas inutiles.

Mais Ladoux le balaya d'un geste sec.

— Au contraire. Tout cela ne sert à rien. Et nous ne tirerons jamais rien d'elle.

Oui, pour lui, Mata-Hari, c'était bien fini. Le malheur voulut qu'il ne prît jamais la peine de le dire à la jeune femme !

Si bien que lorsque celle-ci se retrouva face à face avec Basil Thomson, elle ne comprit pas ce qui se passait.

— Madame, j'ai reçu les informations que j'attendais de Paris. Cette affaire est très curieuse, mais vous êtes libre.

Curieuse, l'affaire l'était bien, en effet : les informateurs de Thomson avaient raison : une femme voyageant sous le nom de Clara Benedikt devait bel et bien arriver de Munich via la Suisse, sur le *Queen Ann,* et un agent suisse nommé Wiener devait bel et bien l'attendre sur le quai de Dieppe. Seulement, pour des raisons inconnues, Clara Benedikt n'avait pas pris le train de Paris et, tout naturellement, Mata-Hari avait été victime de la confusion, tant dans l'esprit de Wiener que dans celui de l'officier anglais chargé de la cueillir sur le bateau. Pour ahurissante qu'elle fût, telle était bien la vérité : vérité qui avait brûlé Mata-Hari dès sa première étape.

Cependant, ne soupçonnant rien, la jeune femme triomphait :

— Qu'est-ce que je vous disais ? Vous m'avez fait perdre quarante-huit heures. Alors que j'ai des rencontres très importantes à faire à Bruxelles.

Thomson n'expliqua rien. Il se borna à transmettre les ordres de Ladoux.

— Je suis désolé, mais les indications que j'ai reçues sont précises : ce n'est plus la peine que vous vous rendiez en Belgique. On me demande donc de vous refouler et de vous réembarquer sur le *Queen Ann.*

— Le *Queen Ann !* Mais où va-t-il, votre *Queen Ann ?*

La réponse arriva. Comique, en somme.

— En Espagne. A Saint-Sébastien.

C'était précisément en Espagne que la jeune femme devait se rendre selon les explications de Wiener. Elle en eut un rire soudain :

— Tiens ! En Espagne.

228

Elle sourit encore, puis haussa les épaules :

— L'Espagne... Pourquoi pas l'Espagne ?

Tout était maintenant mis en place pour que le jeu qui devait la perdre la broyât. D'ailleurs, dans un autre bureau, à Berlin ou à Paris, Van Damm et Kieffert s'étaient retrouvés.

— L'idiote ! fulminait Van Damm. Se faire coffrer comme cela...

On se souvient de cette ancienne tendresse qu'avait Kieffert pour elle.

— Ce n'est pas sa faute si ce Wiener l'a prise pour une autre. Et puis, les Anglais l'ont relâchée.

Il voulait l'excuser... Mais Van Damm ne l'entendait pas ainsi.

— Elle revient à Paris ? Je n'ai rien à faire d'elle.

— Pensez-vous ! On l'a réembarquée d'autorité sur le bateau d'où elle était descendue. Qu'est-ce que je vous parie que nous la retrouverons à Madrid ?

Le regard de Van Damm se figea. Comme s'il comprenait soudain beaucoup de choses.

— On dirait que tout cela est un jeu pour vous !

— D'une certaine manière, oui..., murmura Kieffert. C'est un jeu. Un drôle de jeu...

Le jeu du chat et de la souris. Seulement, la souris était belle, mais elle était seule. A l'affût, les chats, eux, étaient partout.

7.

MADRID, en ces années de guerre, c'était un peu la ruche agitée, la fourmilière effervescente et fiévreuse de tout ce qui vivait en marge, dans l'ombre ou sous la pleine lumière de l'espionnage international, avec toutes les splendeurs mais aussi les misères de ses courtisanes de la nuit. Neutre, l'Espagne était un havre de repos, un port d'attache, une plaque tournante et une caserne. On s'y croisait, on s'y rencontrait, on pouvait y vivre aussi longtemps, à demeure — ou y mourir très vite, disparaître sans laisser d'autre trace qu'une valise abandonnée avec quelques vieux vêtements dans une chambre d'hôtel : comme Zurich, en somme, ou comme Berne, Madrid était à sa manière l'une des dernières capitales européennes où l'Europe tout entière pouvait se rencontrer. Mais à Madrid — capitale ! — tout se passait au grand jour. Les agents alliés ou ennemis étaient fonctionnaires d'ambassade, ils déjeunaient à des tables voisines dans les mêmes hôtels et les mêmes clubs, et c'est tout juste si quelques immeubles plus discrets, des appartements en ville, des villas aux environs abritaient ceux de ces messieurs — ou de ces dames — qui voulaient quand même ne pas trop se faire remarquer.

Le Ritz n'était pas de ces lieux-là : c'était, au vu et au su de tout le monde, le quartier général de l'espionnage allemand, truffé comme il se doit d'agents de toutes les autres puissances. Comme chacun savait à quoi s'en tenir et savait que les autres savaient, tout ce monde y vivait en parfaite harmonie. Fabrique de renseignements au cœur de la ville, c'était un ghetto ouvert à tous — hormis aux Madrilènes qui, dans ces sortes d'affaires, ne jouaient même pas le rôle de témoins tant leur importait peu ce qui se tramait là. Tandis que les hôtes du Ritz — comme ceux du Métropole qui logeait les Italiens, ou ceux du Savoy où les Américains se préparaient à entrer à leur tour dans la danse — buvaient des cocktails anonymes dans des bars internationaux et se tuaient parfois entre eux, histoire de laisser leurs chefs à Berlin, Berne ou Washington, dans l'illusion cosmique qu'ils travaillaient quand même — et très dur ! — pour la patrie.

— Dans cinquante ans, le mot « patrie » sera rayé du vocabulaire de l'Europe, proclamait partout très haut une femme aux cheveux roux, aux yeux verts et aux lèvres peintes d'un étrange écarlate, presque phosphorescent.

Elle était entourée d'un groupe d'officiers allemands déguisés en diplomates, pour ne pas dire touristes ou sérieux hommes d'affaires qui, sans broncher, l'écoutaient énoncer des paradoxes qui auraient dû les faire bondir — raides Prussiens qu'ils étaient ou Bavarois roublards mais élevés dans le culte du Reich. Mais c'est que tous, d'une façon ou d'une autre, étaient amoureux d'elle. Si tous l'admiraient et la respectaient, elle n'appartenait officiellement pourtant qu'à un seul, le très beau Carl von Hirshenberg, attaché militaire en second près de l'ambassade d'Allemagne à Madrid.

Rousse et les yeux verts, les lèvres écarlates : on l'aura reconnue, c'était la femme chef d'orchestre de Wiesbaden, la Française pour qui l'art n'avait pas de frontières, celle qui avait apporté une rose à Mata-Hari et qui avait dit s'appeler Martha.

— Et qu'est-ce que vous mettrez, à la place de la patrie ? interrogea un homme qui, lui, ne riait pas, et que les propos de la jeune femme semblaient exaspérer.

— Voilà la bonne question, Herr Lissner. Mais vous devriez la poser à ces hommes et à ces femmes qui travaillent comme vous dans l'ombre, à Berlin ou à Zurich, mais pour une autre sorte de lumière que la vôtre. Vous savez bien : vos amis Liebknecht ou Rosa Luxemburg.

— Ces anarchistes ?

Les autres, autour d'eux, s'étaient tus. Carl von Hirshenberg, qui aimait Martha à la folie, se disait en lui-même que sa maîtresse était passée maître dans l'art de la provocation. Mais comme il méprisait ce Lissner, il s'en amusait.

— Je les appelle des socialistes, moi. Ou des socialistes révolutionnaires. Vous devriez étudier un peu plus attentivement les rapports de vos chefs...

Lissner allait protester, mais Martha lui tournait déjà le dos.

— Partons, Carl. Votre ami m'ennuie, tout d'un coup.

D'autorité, elle se levait. Von Hirshenberg la suivit et les diplomates-officiers-touristes de tout crin qui l'entouraient la saluèrent. Seul Lissner était demeuré assis. Il pensait : « Tu as beau te moquer de moi, la Française, je finirai bien par t'avoir... » Au sein de ce nid d'espions, Gustav Lissner constituait un peu la police de la police, celui qui faisait les sales besognes et surveillait son monde. En dépit de l'antipathie que tous avaient pour lui — le mépris surtout —, tous le redoutaient parce qu'ils savaient bien qu'ils devaient en passer par lui. Mais Lissner, parfaitement pourri, les méprisait plus encore ; et face à ces fils de famille élevés à la dure mais vivant dans le luxe, il se croyait sans faiblesse. Il en avait pourtant une : laid, il aimait les femmes et ne savait désirer que les plus belles : Martha Martin — pouvait-elle choisir un nom plus anonyme ? — étant la plus belle, il ne l'en haïssait que davantage.

Au moment où elle disparaissait au bras de son bel officier, il lui lança pourtant :

— Revenez quand même me voir avant ce soir. J'ai quelque chose d'important à vous dire.

Rentrée dans l'appartement qu'elle partageait avec von Hirshenberg, au cinquième étage de l'hôtel, Martha alluma un de ces petits cigares noirs et puants qui donnaient à son amant une nausée qu'il n'osait pourtant pas montrer.

— Ce type me fait horreur. Comment pouvez-vous le supporter ?

Von Hirshenberg sourit.

— Vous savez que ce sont les hommes les plus odieux qui sont les plus indispensables. Sinon, que feraient-ils de leur vie ?

— Je ne vous trouve pas assez courageux avec lui : vous le supportez.

Le même sourire de von Hirshenberg :

— Nous autres, officiers prussiens, savons être d'une lâcheté exemplaire pour peu qu'on nous l'ordonne — et à condition que nous ne portions pas l'uniforme...

Comme son amant ne sortait à Madrid qu'en civil, sa remarque fit rire Martha, cette fois.

— Vous devriez écrire, mon ami. Vous n'êtes probablement pas romancier : vous n'avez pas d'imagination ; mais vous seriez remarquable dans le rôle du philosophe cynique.

Le Prussien continuait pourtant :

— D'ailleurs, pour en finir avec Lissner — si tant est qu'il soit jamais possible d'en finir avec lui ! — il me semble que vous avez vous-même des contacts avec lui.

Le rire de Martha se figea.

— Professionnels, mon ami. Et croyez bien que je le regrette. Mais vous connaissez ma situation à Madrid...

Puis, sans transition, elle enchaîna :

— Et ce nouveau patron que vous attendez, on le rencontre quand ?

— Vous avez l'air bien excitée, mon amie. Est-ce que l'intérêt que vous portez aux hommes croît avec le nombre de leurs galons ?

Von Kappel, attaché militaire en chef désigné pour le poste de Madrid, devait arriver d'un jour à l'autre et tous, au Ritz, l'attendaient.

— Ne soyez pas stupide, Carl. Vous savez bien que je suis une femme vénale. Et dans ce domaine, ce n'est pas le nombre de galons qui compte...

— J'admire au moins votre franchise !

La jeune femme répéta :

— *Au moins ?*

Von Hirshenberg se pencha vers elle.

— Je vous demande pardon...

Il lui baisa la main et allait s'incliner davantage lorsqu'on frappa à la porte. Sans attendre de réponse, Lissner entrait déjà et faisait un signe à Martha.

— Je vous rappelle que je vous attends, mademoiselle Martin.

Comme si elle ne pouvait pas ne pas lui obéir, Martha se redressa et indiqua à Lissner qu'elle le suivait.

— C'est moi qui vous demande pardon, murmura-t-elle à von Hirshenberg. Mais je crois que notre ami Lissner a décidément besoin de me parler.

— Je n'aime pas vous savoir en compagnie de cet homme.

— Je vous le répète, c'est pourtant un de vos collègues, il me semble ?

Von Hirshenberg affecta de sourire à nouveau.

— On choisit ses maîtresses, pas ses collaborateurs.

Martha avait rejoint Lissner sur le palier. Il était debout près de l'escalier et consultait un carnet.

— Alors ? Qu'est-ce que vous avez de si important à me dire ?

— C'est important, en effet, et même urgent ; strictement confidentiel et strictement de votre ressort aussi ; Van Damm nous confirme l'arrivée d'un nouvel agent.

La conversation entre la Française et l'espion allemand prenait bien, en effet, un tour très professionnel.

— Un de plus ? Mais ils vont finir par nous gâcher le travail !

Lissner se préparait à savourer l'effet qu'il allait faire.

— Attendez un peu de savoir de qui il s'agit ! Ce n'est ni plus ni moins que votre amie Mata-Hari.

Martha n'avait plus aucune envie de sourire.

— Vous plaisantez ?

Mais Lissner avait décidé de se venger des humiliations passées : il se moquait d'elle. Le chat, encore, et la souris.

— Allons, mademoiselle Martha, m'avez-vous jamais vu plaisanter ? Mata-Hari a fait du zèle et elle débarque à Madrid de sa propre initiative. Son nom de code est désormais H 21.

— La pauvre gosse ! J'espère que vous lui ficherez la paix.

Lissner la regardait : il jouissait du sentiment qu'il avait subitement de la dominer.

— Je fiche la paix à ceux qui font leur boulot.

Mais quand il eut un geste pour poser sa main sur la nuque de Martha, celle-ci réagit violemment.

— Bas les pattes, Lissner. Le boulot, comme vous dites : d'accord. Pour le reste, je choisis.

L'autre eut un rire mauvais.

— On ne mélange pas les torchons boches et les serviettes galonnées allemandes, hein ? C'est vrai que vous ne travaillez pas avec von Hirshenberg...

Martha ne répondit pas et laissa Lissner à ses ricanements graveleux : c'était pourtant lui qui allait désormais prendre en main la destinée de Mata-Hari.

« La pauvre fille, pensa l'espionne française en regagnant l'appartement de son amant. Elle ne sait pas dans quel guêpier elle s'est fourrée ! »

Non, Mata-Hari ne savait pas... S'en serait-elle doutée qu'elle n'aurait pas pour autant rebroussé chemin, tant le bref séjour qu'elle avait fait dans une geôle anglaise l'avait convaincue de l'importance de sa mission. Qu'elle ait été libérée parce qu'elle en avait appelé à Ladoux n'en était d'ailleurs pour elle qu'une preuve de plus : contre toute réalité, elle avait désormais la certitude que l'état-major de l'espionnage français tenait à elle, qu'elle faisait partie de ses agents les plus actifs et que, ce que le hasard l'avait empêchée d'effectuer à Bruxelles, elle le réaliserait à Madrid puisque c'était là que le sort l'entraînait. Bien plus : elle en était arrivée à se persuader que c'était Ladoux lui-même qui avait expressément donné à Basil Thomson la consigne de la diriger vers l'Espagne. En fonctionnaire obéissant d'une organisation dont elle avait donc désormais le sentiment aussi intime qu'absurde d'être membre à part entière, Mata-Hari était convaincue qu'elle ne faisait ainsi qu'exécuter des ordres. Et elle en éprouvait une manière de jubilation...

— Peut-être était-ce aussi l'impression d'être utile à quelque chose...

Astruc semble vouloir déchiffrer une réponse à la question qu'il s'est lui-même posée à haute voix sur le visage de Desvilliers. Et soudain, les yeux fixés sur le jeune homme qui prend toujours des notes, Astruc se dit que ce garçon est beau, mince, doux et si jeune... Au travers de son gilet à lui, fatigué, vieilli, sa chaîne de montre décore une bedaine semblable à celle de tous les autres. La bedaine serait ainsi le signe sans équivoque de la bonne conscience de ceux qui ont envoyé Mata-Hari à la mort sans l'ombre d'un scrupule. Pour l'exemple. Et il a honte de sa propre laideur.

— Et puis, il y avait Vadime, se hâte-t-il d'ajouter. Tout cet argent qu'elle espérait pour lui.

— Tout cet argent, oui...

L'aventure, sa mission et un million tout rond : c'était pour tout cela à la fois — et quoi, encore ? — que Mata-Hari avait donc débarqué à Madrid et que, se souvenant des paroles du petit homme au pince-nez du bateau, elle s'était rendue tout droit au Ritz.

La jeune femme n'était pas arrivée depuis une heure à son hôtel qu'on frappa à sa porte.

Une femme de chambre qui ressemblait à Camille — française elle aussi, un petit visage piqué de taches de rousseur mais une moue boudeuse, presque maussade — était en train de l'aider à ouvrir ses malles.

— Allez ouvrir, Paulette. Mais je n'attends personne.

La petite femme de chambre laissa tomber la robe qu'elle allait suspendre dans un placard, et ce fut Mata-Hari qui se baissa pour la ramasser.

— Faites un peu attention, voyons ! C'est fragile.

Mais la gamine haussait les épaules, l'air plus

236

désagréable encore. Et lorsqu'elle vit à qui elle ouvrait la porte, son visage se renfrogna un peu plus.

— Est-ce que lady MacLeod est arrivée ?

C'était Martha, vêtue d'une robe bleu pâle, une ombrelle à la main.

— J'ai appris que vous étiez de passage à Madrid : je ne pouvais pas ne pas être la première à vous saluer ! Vous me reconnaissez ? Martha... Nous nous sommes rencontrées à Wiesbaden...

Elle souriait et tendait la main à Mata-Hari qui, surprise, la faisait entrer.

— Mon arrivée est déjà connue ?

Martha partit d'un éclat de rire.

— Tout se sait, ici, ma chère ! Le Madrid international est un grand village. Vous permettez ?

Sans attendre la réponse, elle s'asseyait dans un fauteuil crapaud et allumait un de ses petits cigares noirs : deux minutes plus tard, les deux femmes étaient les meilleures amies du monde.

— Vous savez que je n'ai toujours pas compris qui vous êtes ? finit par avouer Mata-Hari. Je vous ai rencontrée à Paris, à Wiesbaden, un jour vous étiez chef d'orchestre, ici je vous retrouve maîtresse d'un officier allemand...

Elles étaient maintenant assises dans l'un des grands salons du Ritz à l'heure du thé. Va-et-vient des serveurs, des jolies femmes aux aguets, des espions d'espions en service et hors service, et des femmes de chambre ou serveuses toujours prêtes à travailler pour qui paye le mieux. Mais les gâteaux dégoulinaient de sucre et le chocolat qu'on leur servait était crémeux et battu comme à Vienne.

— Et vous ? rétorqua la maîtresse de von Hirshenberg. Croyez-vous que j'en sache davantage sur vous ? Mais l'essentiel, c'est que nous soyons amies, non ? Et moi, je crois que je vous aime bien !

Elle se pencha vers elle et l'embrassa sur la joue. On leur apportait d'autres gâteaux et Martha attendit que la jeune fille qui les servait — ah ! ces éclairs aux amandes ! — se fût éloignée pour continuer :

— Et c'est parce que je vous aime bien que j'ai envie de vous donner un conseil. Un conseil tout à fait désintéressé, croyez-moi !

— Oui ?

Mata-Hari s'était arrêtée dans le geste de porter à sa bouche une minuscule brioche. Mais la voix de Martha était subitement grave.

— Ne restez pas ici. Rentrez tout de suite en France. Vous n'avez rien à faire à Madrid.

Mata-Hari ne pouvait pas comprendre. Elle sourit d'un air mystérieux : elle parlait à demi-mot et en éprouvait une manière de délectation.

— Je n'ai rien à faire non plus en France. En revanche. j'ai peut-être du travail ici.

Alors, brusquement, Martha jeta bas le masque.

— Du travail ! Ma pauvre petite... Avez-vous rencontré Lissner ?

— C'est lui qui m'a accueillie à l'hôtel, oui. Mais vous le connaissez ? Ne me dites pas que vous aussi, vous travaillez avec lui !

— Oui, je travaille avec lui, comme vous dites... Mais si vous l'avez rencontré, mon conseil vient un peu tard. Soyez quand même prudente. Je ne voudrais pas qu'il vous arrive quelque chose.

Elle allait continuer mais deux silhouettes s'immobilisèrent derrière elles. C'était von Hirshenberg, accompagné d'un autre Allemand : précisément ce von Kappel, l'attaché militaire qu'on attendait.

Von Kappel pouvait avoir cinquante ans. Il était grand et droit — sans bedaine, lui ! —, la tête haute, les cheveux blonds et les yeux très pâles. Von Hirshenberg s'inclina vers elles :

— Ma chère Martha, pardonnez-moi de vous déranger, mais je voulais vous présenter le colonel von Kappel, qui vient d'arriver de Barcelone.

Martha se leva, très dame du monde.

— Nous attendions votre venue avec impatience, colonel.

238

— Madame...

Von Kappel lui avait baisé la main puis s'était retourné vers Mata-Hari. La jeune femme pensa qu'il était beau et qu'il ne ressemblait pas aux autres.

— Chère Mata, enchaîna Martha, je vous présente le colonel von Kappel, attaché militaire à l'ambassade d'Allemagne, et le commandant von Hirshenberg, également attaché à l'ambassade. Messieurs, voici lady MacLeod, *alias* Mata-Hari, qui nous fait la joie de passer quelque temps à Madrid.

Le colonel regarda Mata-Hari : elle sentit qu'elle allait baisser les yeux. Ce fut très rapide : une sorte de tension violente aussitôt éclatée. S'il n'y avait pas eu Vadime... Mais non, il y avait Vadime. Elle soutint donc le regard de l'Allemand.

— Permettez-moi de vous souhaiter, moi aussi, une bonne arrivée à Madrid, puisque je dois être ici depuis deux heures de plus que vous.

Immobile et tendu comme celui de Mata-Hari, le visage de von Kappel un instant sans expression — il pensait : « Cette femme... » — s'ouvrit d'un large sourire.

— J'espère que vous nous ferez l'honneur de dîner avec nous ce soir. Nous serons quatre et je devine que nous saurons nous comprendre.

Il se retirait déjà, entraînant von Hirshenberg.

— Mon cher, je pense que vous avez beaucoup de choses à me dire. Nous retrouverons ces dames tout à l'heure...

Alors, Martha se renversa en arrière sur son fauteuil de rotin blanc.

— J'ai bien peur qu'il ne soit trop tard pour reculer, Mata. Dieu merci, ce von Kappel me semble presque aussi bien que mon von Hirshenberg. A nous de savoir nous défendre, maintenant.

Remontée dans son appartement — la petite Paulette la suivit du regard de la porte de l'ascenseur à celle de sa chambre —, Mata-Hari se dit que, décidément, l'espionnage était une aventure bien passionnante, qu'on y rencontrait des hommes fort beaux et que, même si elle travaillait pour

239

les Allemands, Martha Martin pourrait être pour elle la meilleure amie du monde.

Mais Mata-Hari, elle, travaillait pour la France. Ou le croyait... Aussi — en toute innocence — sa première visite à Madrid fut-elle pour l'attaché militaire français. Elle avait noté qu'il s'appelait Desvignes, qu'il était commandant et célibataire.

— A la guerre comme à la guerre! murmura-t-elle en descendant de la voiture qui l'avait amenée à l'ambassade.

Elle avait revêtu une robe très stricte au vieux mauve passé, son maquillage était d'une discrétion inhabituelle et une voilette épaisse dissimulait une fois de plus son regard.

Arrivée devant la porte de l'ambassade, qui était un chef-d'œuvre d'art gothique réinventé au tournant du siècle — le comble de l'art moderne, en somme —, elle hésita un instant. Et si ce Desvignes n'avait pas été informé par Ladoux de son arrivée? Mais l'amusement — oui, c'était bien de l'amusement — que provoquait en elle cette situation balaya son doute, et c'est d'un pas ferme qu'elle pénétra dans la chancellerie.

— Le commandant Desvignes, je vous prie...

Il était quatre heures de l'après-midi, tout dormait encore dans l'ambassade. Somnolent, un huissier à la chaîne posée de travers sur un col douteux — on a de ces négligences, Français en pays chaud, et Madrid est torride en été — lui montra une chaise.

— Si vous voulez attendre un moment...

Sur la table basse, devant elle, traînaient de vieux numéros de *L'Illustration* dans lesquels la jeune femme se plongea pour découvrir, à son amusement, une photographie d'elle-même dansant à Deauville pour un maharadjah de passage en France et dans sa vie. Elle sourit : que de temps passé... La vie de luxe et de plaisirs — ce qu'ils appellent le plaisir! — qui avait alors été la sienne lui paraissait soudain bien vaine.

A demi étendu sur une sorte de canapé-sofa qui occupait tout un angle de son bureau, le commandant Desvignes faisait la sieste. C'est-à-dire qu'il rêvait — rêvassait ! — aux mille et une bonnes fortunes qu'il s'imaginait. Officier de cavalerie sorti bon dernier de Saumur car déjà — ses chefs l'avaient dit bien haut — il courait la gueuse, Desvignes faisait partie de ces militaires de métier qui mettent un point d'honneur à faire toute leur carrière aussi loin que possible de l'armée. Il avait rejoint les rangs du contre-espionnage par prudence — la mortalité y était quand même moindre, surtout en août 14, que sur la Somme —, puis était devenu attaché d'ambassade par goût du luxe facile : la vie était plus agréable en poste à Bruxelles ou à Madrid qu'en garnison à Mont-de-Marsan. Aussi, lorsque l'huissier mal enchaîné vint annoncer qu'on demandait à le voir, Desvignes émit un grognement et referma les yeux.

— A cette heure-ci, je travaille...

L'huissier se pencha sur lui. Son haleine sentait l'oignon.

— La dame est fort jolie, commandant.

D'un bond, l'officier fut debout et, l'instant d'après, il rectifiait le pli de son uniforme et lissait sa moustache devant le miroir qui lui renvoyait l'image d'un militaire entre deux âges — plus éloigné de la jeunesse que du jour de la retraite —, à la mine écarlate et à la panse rebondie. Il rentra le ventre, se cambra — ces corsets de chez Vacherin, rue Drouot, étaient bien commodes — et se retourna vers l'huissier.

— Mais qu'est-ce que vous attendez pour faire entrer, Balzac ?

L'huissier désargenté portait le nom du père de Vautrin et de Rubempré et la comédie humaine n'avait guère de secrets pour lui : toutes les femmes y étaient corrompues et tous les hommes n'y aimaient que cela. Il s'en alla donc en traînant les pieds et revint chercher Mata-Hari.

— Le commandant Desvignes est prêt à vous recevoir, madame.

Mais déjà Desvignes venait à sa rencontre.

— Chère petite madame, on vous a fait attendre et je vous présente mes excuses...

Le soir même, Mata-Hari dînait en compagnie de l'officier dans un restaurant spécialisé dans le tourisme international — mais bon marché — et dans l'exotisme résolument de pacotille. Les lumières y étaient tamisées et de vraies fausses Gitanes nées dans les banlieues ouvrières de Madrid y jouaient les cigarières en dansant le fandango sous les « Olé ! » fatigués de serveurs déguisés en toreros.

— Voilà, murmura Desvignes en se penchant vers elle — lui aussi sentait l'ail et l'oignon, mais mêlé d'anisette : avant de la retrouver, il avait mangé une bonne demi-douzaine d'amuse-gueules épicés pour se mettre en appétit —, ici nous serons plus tranquilles pour l'écouter, ce gros secret que vous avez à me dire.

Il savait qu'elle était Mata-Hari et en était tout de même ému.

Mata-Hari sourit. Elle avait voulu ménager ses effets, aussi avait-elle refusé de s'expliquer tout de suite. Elle alluma une cigarette et lança, avec la plus parfaite innocence :

— C'est très simple, commandant. Je travaille pour le capitaine Ladoux des services secrets, et je suis venue me mettre à votre disposition.

Desvignes était prêt à toutes les confidences ; il espérait avoir à secourir une veuve en détresse ou, moyennant compensation, aider une jolie dame à retrouver son fiancé. Mais cette fois, il manqua en perdre son monocle, puisqu'il portait monocle sur fond de couperose.

— Expliquons-nous, chère petite madame... Expliquons-nous..., balbutia-t-il.

Et Mata-Hari s'expliqua. Avec cette même franchise dont elle avait fait preuve auprès de Basil Thomson, elle raconta tout : la mission à Vittel, le projet belge, le détour par Plymouth et son arrivée à Madrid. Lorsqu'elle eut achevé, Desvignes était médusé. Mais un homme comme lui faisait feu de tout bois. Aussi rapprocha-t-il sa chaise de celle de la jeune femme : tenter sa chance, pourquoi pas ?

— Ces gens sont tout de même extraordinaires ! A moi, on

ne dit rien ! murmura-t-il, l'air le plus professionnel du monde. Comment voulez-vous qu'on puisse travailler sérieusement avec de pareilles méthodes ?

— C'est pour cela que j'ai pensé que le mieux à faire était d'entrer en contact avec vous.

— Et vous avez bien fait. Et vous avez bien fait... Une jolie femme comme vous mêlée à nos sombres conspirations ! Savez-vous que je vous admire depuis longtemps ?

D'un geste machinal — il voulait avoir l'air pensif ! —, il commençait déjà à lui caresser le genou. Mais Mata-Hari réagit tout de suite.

— Commandant ! Commandant ! Je suis ici pour travailler...

Desvignes, à la hâte et avec une parfaite mauvaise foi, retira sa main.

— Mais nous travaillons ! Pourquoi croyez-vous que j'ai retenu un cabinet particulier ?

Plus tard, il devait se dire : « Il ne fait aucun doute qu'elle s'est moquée de moi dès le premier instant. » Car Mata-Hari s'était redressée sur son siège : pour un peu, elle se serait mise au garde-à-vous.

— Dans ce cas, j'attends vos ordres !

Mais Desvignes pensait à bien autre chose qu'à lui confier une mission. Sa main joua, indécise, sur sa moustache.

— Des ordres... Oui... Mes ordres...

Mata-Hari, cependant, faisait du zèle et enchaînait :

— Hier soir, j'ai rencontré von Kappel, le nouvel attaché militaire allemand. Peut-être que je pourrais...

Mais comme Desvignes jouait de nouveau de sa main sur son genou, la jeune femme s'interrompit :

— Commandant !

Avant de poursuivre :

— Je vous disais que j'ai rencontré von Kappel : je pourrais peut-être... Commandant ! Vous êtes un gentilhomme, voyons ! Je pourrais peut-être le faire parler.

Brusquement, Desvignes crut qu'il avait trouvé un moyen détourné d'attaquer : il prit un air qui se voulait ironique.

— Chère petite madame, si vous espérez faire parler von Kappel, ou l'un quelconque de ces butors germaniques, sans leur accorder quelques petites faveurs, j'ai bien peur que vos services ne me soient pas d'un grand secours !

Ce qui se passa alors chez Mata-Hari... Un doute monstrueux l'assaillit. Et si... Mais il y avait aussi la pensée de Vadime. Elle leva haut le menton avant de regarder son interlocuteur dans les yeux.

— Jusqu'à présent, commandant, j'ai toujours su éviter ce genre de situation.

L'autre continuait pourtant à croire qu'il avait repris l'avantage. Il se fit à la fois goguenard et paternel :

— Mais jusqu'à présent, comme vous dites, qu'avez-vous fait, madame ? Non... Il faut accepter de jouer le jeu. Sinon, pourquoi croyez-vous que, dans certains cas, bien précis, nous soyons obligés d'avoir recours à des dames ?

Sa main, de nouveau, sur le genou de Mata-Hari : c'était un vaudeville. Une farce grotesque. Mais la jeune femme avait retrouvé toute sa lucidité :

— Je vous en prie, commandant, ce n'est pas avec vous que je dois le jouer, le jeu dont vous parlez : vous n'êtes pas von Kappel.

Desvignes en était médusé. Vexé, aussi, au fond de lui :

— Pour une danseuse nue, vous savez rester sur votre quant-à-soi.

Mais c'était elle qui, maintenant, lui donnait des leçons :

— Nous travaillons, commandant, vous l'avez dit vous-même. Je vais donc m'efforcer d'obtenir des renseignements de von Kappel et je vous les ferai parvenir. Je pense que le mieux sera que vous les transmettiez vous-même au capitaine Ladoux, et surtout, que vous lui demandiez ses instructions.

Le fringant officier avait compris qu'il n'obtiendrait rien de cette femme. Il en était profondément mortifié et ce fut ce ressentiment qui, dès lors, dicta toute sa conduite. Il prit un ton badin que Mata-Hari ne releva même pas.

— C'est cela, je transmettrai...

Alors, comme si elle venait de mûrement réfléchir avant de prendre une grave décision, Mata-Hari baissa la voix.

— Je dînerai ce soir avec le colonel von Kappel.

Elle revint à pied dans les rues de Madrid. Le commandant avait bien proposé de la raccompagner jusqu'à son hôtel, mais le Ritz était tout de même peu recommandé à un officier français en uniforme, aussi n'avait-il guère insisté. Il avait bien suggéré de la faire reconduire en voiture, mais elle avait également refusé.

— La nuit, Madrid est une ville dangereuse, vous savez...

Elle s'était retournée vers lui : presque une manière de défi.

— Mais c'est ma vie, commandant, qui est dangereuse.

Elle voulait marcher. Respirer à pleins poumons l'air d'une ville vraie, et non plus celui, vicié, corrompu, d'un restaurant pour étrangers où les senteurs nauséabondes du vieux beau se mêlaient à celles de la poudre de riz plaquée sur les joues livides de touristes allemandes ou italiennes en quête d'un hidalgo bon marché. La sueur, la crasse savamment mises en place : elle voulait de vraies odeurs, des Espagnols véritables et non plus cette mascarade. Et puis, elle avait besoin de réfléchir. Les paroles de Desvignes — « Si vous croyez faire parler ces butors... » — hantaient sa mémoire, traversée par l'image trop belle, trop blanche — brusquement si lointaine ; elle faillit en pleurer, puis se ressaisit — de Vadime. Ternir cette vision du souvenir ? Tromper Vadime parce que c'était là son devoir et qu'en fin de compte, elle travaillait pour leur bonheur ? L'idée que se faisait désormais la jeune femme de sa mission était si totale, si absolue, qu'elle se rendait compte, à mesure que ce Madrid de la nuit défilait sous ses yeux, qu'elle était prête à tout pour la mener à bien.

Des formes, à ses côtés, passaient, des silhouettes, des ombres, des visages... Des hommes qui la désiraient lui disaient leur désir avec des mots crus : elle devinait leurs gestes, leurs paroles, car tous n'étaient que des hommes, des hommes vrais et brutaux, mais sans arrière-pensée, nul calcul, aucune machination et pas la moindre chaîne de montre épaisse au travers d'un gilet trop gonflé : elle les regardait presque avec tendresse, ces hommes dont le plaisir soudain, immédiat, était de lui souffler à l'oreille une phrase obscène.

Loin dans la rue, du côté d'un quartier inconnu, elle entendit sonner des guitares. La foule indifférente passait : elle avança vers la direction d'où venait la musique. C'était une chanson vive et allègre, dont la gaieté sonnait trop gaie dans cette nuit maintenant grouillante d'ombres.

— Tu ne reconnais pas la musique ? lança une femme appuyée au rebord de fer de sa fenêtre.

Non, elle ne reconnaissait pas. C'était une sérénade, une séguedille, un flamenco.

— Tu ne reconnais vraiment pas ?

L'homme qui l'interrogeait riait sous son vaste chapeau noir : on aurait dit que tous ces inconnus voulaient l'appeler, la tenter, lui tendre un piège. Mais Mata-Hari marchait toujours. Ceux qui hantaient sa course étaient désormais des silhouettes sombres, chaleureuses. Il y avait une femme qui peignait les cheveux d'une autre, aux seins nus ; plus loin, un homme au catogan sombre et aux longs favoris battait une fille avec un bâton et, plus loin encore, une fille soutenait contre un mur un amant qui mourait entre ses bras. Des femmes en mantille se promenaient, d'autres arboraient un parasol, et un *majo* regardait un gentilhomme s'incliner devant une *maja*. La musique s'enflait, grattée sur dix, sur vingt guitares, c'était un grondement sourd qui emplissait toute cette partie de la ville et les visages devenaient plus grotesques, plus grimaçants, hommes-singes qui bavaient, vomissaient, se parlaient à l'oreille ou s'égorgeaient.

— Tu ne reconnais toujours pas ?

Le sang lui battait aux tempes, une gigantesque chape de lassitude s'abattait sur elle. Et cette musique, et ces masques... Elle était arrivée au fond d'une impasse. Cette fois, les monstres de Goya se déchaînaient et la musique la frappa au côté comme une blessure : bien sûr ! C'était sa musique à elle, l'air de Mata-Hari subitement déchaîné et qui se dégageait maintenant de tous les flamencos et autres séguedilles, rythmé, syncopé, halluciné, sous les doigts des joueurs fous. Elle s'arrêta, pétrifiée. Il y eut alors comme

246

une salve et les fusillés du *Dos de Mayo,* crucifiés les bras en croix, s'abattirent devant elle. Le souffle lui manqua, elle dut s'appuyer à un mur et un voile noir lui passa devant le visage.

Lorsqu'elle revint à elle, elle était seule dans une ruelle déserte. Plus un visage, pas un pas, la nuit était sereine. Elle dut marcher longtemps avant de se retrouver dans des rues, des avenues qu'elle connaissait. Elle avait traversé un cauchemar mais pris sa décision. Son pas se ralentit, devint aussi plus assuré. Elle respirait profondément. Une voiture passait, qu'elle héla et, rentrée dans sa chambre, elle s'endormit comme une masse.

Le surlendemain matin, à l'aube, Mata-Hari se réveillait dans le lit de von Kappel. Ce qui s'était passé la veille, elle n'en gardait qu'un souvenir confus. L'officier allemand avait été gentil pour elle, oui ; il n'avait rien brusqué ni précipité : c'était elle — et elle seule — qui avait décidé de tout. Mais comment ? Après quelle conversation ? Elle n'en savait plus rien. Au fond d'elle-même, elle voulait seulement se dire que ce qui s'était passé là, et ce qui se passerait plus tard, n'avait aucune importance et ne comptait guère plus que tous les hommes ventrus, pansus, cossus de jadis...

— Vous ne dormez pas ?

De minces rayons de lumière passaient déjà à travers les persiennes. Et les bruits de la rue, la voiture des éboueurs et le pas d'un cheval épuisé sur le pavé sonore... L'homme, à côté d'elle, s'était retourné.

— Je me repose...

Il se redressa sur un coude et la regarda.

— Vous êtes si belle, Mata... Pourquoi ?

Son profil, nettement dessiné, la douceur charnue des lèvres, la courbe des épaules, d'un sein. Elle répéta sa question :

— Pourquoi ?

— Oui, pourquoi... Pourquoi êtes-vous ici, avec moi... Pourquoi faites-vous ce métier ?

La gorge de Mata-Hari se noua : que savait-il, von

Kappel ? Elle affecta pourtant de sourire en renvoyant ses cheveux en arrière. Il fallait qu'elle bluffe ; ou du moins, qu'elle ne dise qu'une partie de la vérité. Il fallait, sinon...

— Pourquoi je fais ce métier ? Parce que votre ami Lissner m'a embauchée...

Elle retenait son souffle. Mais la main du Prussien se posa sur son épaule.

— Lissner n'est pas mon ami, Mata. Et je le méprise...

La main de von Kappel était longue et fine. A l'annulaire il portait une mince bague d'or ornée d'un diamant. Il soupira :

— Je regrette seulement que nous nous soyons rencontrés ainsi. Mais, si vous le voulez bien, il ne sera plus jamais question de cela entre nous.

Les rayons de lumière étaient devenus plus larges et faisaient sur le mur de la chambre des marques presque régulières : traits bien noirs sur le crépi blanc, c'étaient les barreaux d'une prison.

Dès lors, la vie de Mata-Hari s'organisa entre ces deux pôles que devinrent la chambre de von Kappel et le bureau de Desvignes ou ses cabinets particuliers. Elle allait de l'un à l'autre avec la même déchirure au cœur, mais avec aussi le même sang-froid. Elle savait pourtant qu'elle méprisait le gros petit commandant français qui l'assaillait de ses galanteries éculées, alors qu'elle avait pour l'Allemand, très froid, raidi dans le corset de fer d'un protestantisme rigoureux et austère, une sympathie véritable.

— Ce serait ailleurs, vois-tu..., disait-elle à Martha qu'elle avait très vite appris à tutoyer et qui était devenue sa compagne de tous les jours, tout cela se passerait autrement et s'il n'y avait pas Vadime...

Elle voulait dire qu'elle ressentait pour von Kappel quelque chose qui ressemblait bien à de la tendresse. Et Martha, indolemment étendue sur une chaise longue, buvait avec une paille un jus de citron glacé.

— Nous faisons quand même un drôle de boulot !

Jamais, bien entendu, Mata-Hari n'avait révélé à sa

248

camarade qu'elle travaillait pour d'autres patrons que Kieffert, Van Damm et Lissner, et elle était persuadée que toutes deux pouvaient se croire du même bord : l'hôtel Ritz et les agents de Berlin. Aussi était-ce avec une prudence peu à peu acquise qu'elle se livrait aux pratiques les plus banales de l'espionnage : écouter une conversation plus attentivement qu'elle ne voulait le laisser paraître, glisser un regard sur des papiers qui traînaient sur un bureau, prêter l'oreille... Pour un peu, on aurait d'ailleurs pu croire que von Kappel lui facilitait la tâche, tant il conservait négligemment des dossiers dans sa chambre, des documents sans grande valeur peut-être, mais qu'elle pouvait ensuite communiquer à un Desvignes qui les accueillait avec un sourire sceptique.

— Tiens, tiens !... Encore de gros secrets !

Mais chaque fois que Mata-Hari lui posait la question, le harcelant presque : « Et Ladoux, vous avez des nouvelles de Ladoux ? Est-ce qu'il y a de nouvelles instructions pour moi ? » son visage se fermait. Il mâchonnait un cigare et regardait dans le vide.

— Rien de neuf. Pas de nouvelles : bonnes nouvelles ; il est satisfait de votre travail ; voilà tout.

Et, Mata-Hari repartie, les papiers qu'elle avait pu lui laisser, les notes qu'elle avait prises demeuraient longtemps, bien en évidence, sur le bureau du petit commandant, qui murmurait seulement entre ses dents :

— La petite garce ! Quand je pense qu'elle couche avec ce Boche !

Mata-Hari, elle, revenait déjà vers le Ritz, s'inquiétait auprès du portier d'une lettre de Vadime qui n'arrivait jamais puis remontait dans sa chambre sous le regard énigmatique de la petite bonne, cette Paulette au visage maussade, avant de retrouver von Kappel, Hirshenberg, Martha, ceux qu'on appellerait plus tard ses complices : et les jours qui venaient ressemblaient dès lors à ceux qui avaient précédé, Vadime n'écrivait toujours pas, le séjour de Madrid prenait des allures de longue villégiature inutile et poisseuse, sous un soleil d'été qui n'en finissait pas ; et

Mata-Hari s'installait dans l'espionnage comme on s'installe sur une plage pour l'été.

— Et pourtant, l'irrémédiable s'était déjà produit.

Pour la première fois depuis longtemps, Astruc s'est de nouveau versé à boire. Dehors, il pleut : ici, l'hiver qui dure... Desvilliers ne répond pas : lui qui, depuis qu'il est en âge de penser, va de l'avant, cherche, se bat, il a du mal à se représenter ces jours vides d'une femme qui ne savait qu'attendre. Alors Astruc enchaîne, la bouche déjà pâteuse.

— Il fallait bien que cela arrive, n'est-ce pas ? Vadime... son Vadime, son cher Vadime qui craque !

Il pense en lui-même : « Le salaud ! »

Et il imagine si bien la scène : Vittel où le jeune homme est resté après le départ de sa maîtresse, l'hôpital et la convalescence, les lents après-midi passés sur une chaise longue, Vadime qui feuillette un journal, un magazine, et sa mère auprès de lui, la formidable, la redoutable colonelle, qui a reconquis tous ses droits.

— Tu devrais essayer de dormir un peu. Demain, nous partons pour Paris et tu seras fatigué !

La colonelle remonte sur les genoux du jeune homme la couverture de cachemire qui a glissé à terre. Mais celui-ci ne répond pas. Alors, la colonelle pousse un soupir :

— Encore cette fille ! Elle trouve le moyen de t'écrire tous les jours. Mais n'oublie pas que tu m'as promis de ne plus la voir. Et un Maznoffe n'a qu'une parole ! Cette aventurière...

L'air las de Vadime pour tenter d'arrêter le flot des imprécations d'une mère jalouse.

— Mère, je vous en prie. Je suis déjà fatigué. Et vous avez dit que je devrais essayer de dormir...

Mais il a déjà fermé les yeux : déjà il s'éloigne, et sa mère de grogner en elle-même :

— Cette traînée qui a failli te faire chasser de l'armée. Cette Messaline tout juste bonne à se déshabiller... Qui joue, par-dessus le marché. Et qui triche !

Le regard vide de Vadime : cette fois, il n'a pas répondu.

Et Astruc, toute haine vivante, brûlante, dévorante, grogne à son tour :

— Le petit salaud...

Parce qu'à Madrid, le temps durait, durait... Et plus rien n'arrivait jamais.

Ainsi ces dîners, le soir, dans des restaurants à la mode : le Castillian ou chez Paco... Mata-Hari portait des robes noires qu'éclairait seulement la tache sanglante d'une rose et, en face d'elle, Martha s'habillait de gris opale, de vert d'eau... Entre elles, les deux officiers sanglés dans leur uniforme ou vêtus d'un frac, un œillet à la boutonnière — et autour, la foule des suiveurs : ceux qui veillaient, épiaient, attendaient. Elles étaient belles, on les regardait.

Soirées, dès lors, qui semblaient ailleurs : déplacées dans le temps et dans l'espace. Mais, peu à peu, Mata-Hari, lasse de ce tourbillon de mots vains, de manœuvres ou de démarches dérisoires et de moments creux qui duraient des nuits entières, Mata-Hari relevait la tête.

Autour d'elle, on jouait toujours avec le feu, on continuait à danser sur un volcan, mais cela ne l'amusait plus. Et pourtant, ils faisaient assaut d'humour et d'esprit, ceux qui l'admiraient.

— C'est Hölderlin, chère Mata-Hari, remarquait von Kappel comme l'un d'eux avait lancé le mot « amour » dans une conversation où l'intelligence le disputait à l'envie qu'ils avaient de lui plaire. C'est Hölderlin qui a dit qu' « il y a un temps pour l'amour comme il y a un temps pour vivre dans la sécurité du berceau. Mais la vie elle-même nous en chasse ».

Ils étaient, cette fois, au Flamenco. Le vin sur la table était de Champagne et le caviar venait d'Iran. Von Hirshenberg arrêta son compagnon :

— Certes, mais Novalis est allé plus loin lorsqu'il a écrit : « Ce qu'on aime, on le voit partout, et on en voit partout la ressemblance. » L'amour, pour Novalis, ne serait dès lors qu'une illusion d'optique !

Le rire, soudain, de Mata-Hari : oui, ils étaient bien ailleurs...

— Vous ne me gâcherez pas l'amour avec vos citations. Ou alors je vous répondrai, si vous me le permettez, par un seul vers, mais d'un poète français. Verlaine a écrit quelque part : « J'ai la fureur d'aimer. Mon cœur si faible est fou. » Comme Verlaine, c'est tout ce que je peux vous dire, moi aussi.

La voix de Mata-Hari était sourde, comme embuée d'émotion. Mais elle aussi jouait ce jeu fou. Comme les autres. Il n'y avait que Martha pour comprendre vraiment ce qui se passait entre eux, tous ces soirs à ne plus rien se dire tant on parlait en vain. Elle éleva soudain la voix :

— Mes amis, mes amis ! Est-ce que vous vous rendez compte de la situation dans laquelle nous nous trouvons tous les quatre ? L'Europe s'enfonce chaque jour davantage dans la guerre. Tous les jours que le bon Dieu fait, on tue le plus légalement du monde dix mille hommes de tous les pays et de toutes les couleurs, Français, Allemands, Italiens ou Sénégalais confondus, et nous, nous sommes ici, à Madrid, ville neutre, deux Prussiens bon teint et deux Françaises.

Mata-Hari voulut l'interrompre :

— J'ai un passeport néerlandais !

Mais Martha continuait :

— Deux Prussiens, une Française et une danseuse indienne de passeport néerlandais — si tu préfères — en train de parler d'amour en citant Hölderlin et Verlaine !

Von Kappel écartait la fumée du petit cigare noir de la jeune femme.

— Qu'est-ce que vous voudriez que nous fassions ? Que nous nous conduisions en soudards ?

Mais Mata-Hari, brusquement dégrisée par les paroles de Martha :

— Pourquoi pas ? Martha et moi nous nous conduisons bien en putains !

Il y eut un silence. Martha, qui était pourtant la plus lucide, affectait de rire.

252

— Tu as un peu trop bu, ma petite Mata, et tu ne sais plus très bien ce que tu dis.

La main de von Kappel se posa sur son épaule.

— Laissez, Martha. Mata est triste, ce soir, elle n'a toujours pas reçu la lettre qu'elle attend.

Mata-Hari le regarda, le visage brusquement très dur.

— Comment savez-vous que j'attends une lettre ?

La main du Prussien, sur son épaule à elle, maintenant...

— Je le sais, voilà tout... Mais je ne vous en veux pas, Mata. Au contraire, je vous remercie. C'est un honneur pour moi d'avoir à ma table la grande Mata-Hari.

Elle le regarda. Oui, elle l'aimait bien... Mais il y avait au fond d'elle ce grand silence. Alors elle se leva.

— Vous êtes gentil, Alfred. Pardonnez-moi... Je crois que je vais rentrer... Ne vous dérangez pas... A demain.

Elle était déjà partie.

— Plus sombre que jamais, votre amie, en ce moment ! remarqua von Hirshenberg.

Von Kappel, lui, ne disait rien.

Ce que Mata-Hari appelait son travail ressemblait d'ailleurs, tellement à ces soirées... Les mêmes dialogues dix fois répétés, les mêmes allusions triviales d'un Desvignes dans son bureau torride.

— Si je comprends bien, ce Teuton a eu davantage de chance que moi !

Mata-Hari haussait les épaules.

— Commandant, je vous en supplie, soyons sérieux.

Puis elle posait la même question :

— Vous n'avez toujours rien reçu du capitaine Ladoux ?

L'autre, soudain glacial parce qu'une fois encore on lui dit non :

— Toujours rien.

L'inquiétude, brusquement, de la jeune femme :

— Mais vous lui avez au moins signalé mon arrivée ? Depuis le temps...

— Mais bien sûr, mon enfant, mais bien sûr...

Pourtant, Mata-Hari sentait plus que jamais ce vent d'angoisse s'abattre sur elle.

— Je ne comprends pas... Il me laisse comme ça, sans instructions...

Elle se reprenait malgré tout :

— Enfin, j'ai quelques informations. Oh, rien de bien spécial, mais enfin...

— Dites toujours...

Et elle sortait de son sac un petit carnet, des notes griffonnées à la hâte. L'attaché militaire haussait les épaules :

— Et vous gardez cela par écrit !

— Pourquoi ? Il ne faut pas ?

Desvignes semblait atterré.

— Mais non, mon enfant. Ou alors, on a recours à des trucs, je ne sais pas, moi, une encre sympathique...

Puis il faisait mine de s'intéresser quand même à ce qu'elle lui disait :

— Allons, qu'est-ce que c'est que ces secrets d'Etat ?

Et il avait très vite avec elle le même ton ironique et faussement bonhomme : pas plus que les soirées, les journées de Mata-Hari n'apportaient de réponse aux angoisses qu'elle sentait monter en elle.

Un matin, comme elle quittait l'ambassade de France — sans nouvelles de Ladoux ni de Vadime — et que son regard s'attardait sur deux gamines à demi nues qui jouaient aux dames sous leurs haillons tout en tendant la main aux passants, elle remarqua qu'une voiture la suivait de loin. D'abord, elle continua à marcher à la même allure, qui était celle d'une promenade vaguement triste et indolente puis, comme la voiture la suivait toujours, elle pressa le pas. Elle accéléra encore sa marche quand la voiture la rattrapa et la dépassa, mais une voix l'interpella de l'intérieur :

— Monte !

Elle sursauta. Un visage apparaissait déjà à la portière :

ce n'était que Martha. Mata-Hari se jeta sur la banquette à côté d'elle.

— Tu sais que tu m'as fait peur...

Puis, reprenant son souffle, elle voulut s'expliquer :

— Tu sais, j'étais seulement venue chercher un visa. Au cas où je rentrerais en France...

— Je ne te demande rien, Mata. Je voulais seulement que tu ne commettes pas — enfin : pas trop ! — d'imprudences... Von Kappel est un très chic type, tu as pu t'en rendre compte, mais Lissner est redoutable.

Mata-Hari protestait déjà :

— Qu'est-ce que tu veux qu'il puisse m'arriver ? Je fais comme toi : je couche avec qui j'ai envie. Et c'est tout !

Elle jouait à la femme forte, à l'aventurière : à l'espionne, quoi ! Martha, cependant, ne s'y laissait pas prendre.

— Vraiment ? Tu couches vraiment avec qui tu as vraiment envie ? Nous allons rentrer à l'hôtel et nous parlerons de tout cela. Tu es glacée...

C'était vrai que, dans la grande chaleur de cet été qui durait depuis tant de mois, Mata-Hari frissonnait. Martha, brusquement, passa un bras autour d'elle et la tête de la danseuse, très lasse, se laissa glisser sur l'épaule de sa compagne.

Un moment plus tard, les deux jeunes femmes se retrouvaient dans la chambre de Mata-Hari. Celle-ci tremblait toujours.

— Tu sais ce qui te ferait du bien ? Un bain...

Avec des gestes très doux, Martha l'aida à se déshabiller : lentement, entre les deux femmes, une immense tendresse était en train de naître. Dans la salle de bains aux carreaux bleus et blancs, des vapeurs toutes remplies de parfum — santal, bois de pin, héliotrope... — montaient. Et ces deux femmes, l'une nue dans son bain et l'autre, en chemise, qui la massait lentement... Désormais, elles se disaient tout. Ou presque.

— Tu sais que tu es folle ?

Mata-Hari fermait les yeux : cette angoisse en face de Desvignes. Mais peu à peu, elle retrouvait son calme.

— Pourquoi, folle ? Parce que je suis amoureuse ?

255

Dans la voiture, contre l'épaule de son amie, elle avait parlé de Vadime.

— Quand on fait le métier que tu fais, ma chérie, on ne tombe pas amoureuse.

— Tu verrais Vadime, tu comprendrais, va. Comme si tu n'avais jamais aimé personne, toi.

La caresse de Martha devint plus lente, plus tendre... Elle riait.

— Oh! Moi, je n'ai pas le temps. Kieffert, Van Damm, von Hirshenberg : je ne chôme pas.

Mais Mata-Hari, pourtant moins malheureuse, moins triste, moins seule depuis un moment, n'avait quand même pas envie de rire.

— Tu crois que moi ce n'était pas la même chose, avant ? Rien que des vieux. Je me disais qu'avec eux, au moins, je ne risquais rien. Je ne me laisserais pas aller... Et puis, il y avait mon père.

Ton sombre, presque rauque, qu'on lui connaît si bien lorsqu'elle parle de Zelle. Elle a eu un nouveau frisson et la main de Martha s'est attardée au pli du cou.

— Tu l'aimais beaucoup, ton père ?

— Beaucoup, oui... C'est peut-être à cause de lui que...

Mais brusquement, la voix de Mata-Hari s'éclaire :

— Enfin, Vadime est arrivé et tout le reste, envolé !

Le regard de Martha devient fixe. Elle se dit : tous ces hommes, mais tant d'amour ! Nue devant elle, dans la chaleur de cette pièce où tout est devenu doux et languide, Mata-Hari ressemble à une grande petite fille désarmée. Mais une petite fille amoureuse. Et qui aime si fort... Martha la contemple : si belle...

— Tu sais que je t'envie...

— Bah... von Hirshenberg est bel homme.

— Von Kappel aussi.

Le nom de von Kappel est venu un instant troubler ce rêve. Mata-Hari secoue la tête. Elle est revenue sur terre.

— Oui. Von Kappel est gentil. Il m'aime bien...

Elle est sortie de son bain : debout, luisante et brune dans la lumière bleue, irisée. Vapeurs. La tiédeur de ces femmes souples, l'eau qui perle au front, sur les seins... Von Kappel et Madrid, le Ritz et son ballet d'espions disparaissent de nouveau dans cette lumière pâle. Martha achève de la frictionner et si Mata-Hari a un nouveau frisson, c'est cette fois de plaisir.

— Tes mains sont douces...

Troublée, Martha ? Elle rit de nouveau.

— C'est ta peau qui est douce... Une vraie peau de petite fille.

Mais Mata-Hari ne pense qu'à son amour :

— C'est drôle. Vadime a la peau encore plus douce que la mienne. C'est lui qui a une peau de fille.

— Tu l'aimes plus que tout au monde, n'est-ce pas ?

— Plus que tout au monde, oui. Et je ferais n'importe quoi pour lui.

N'importe quoi : ce jeu fou. Tandis que lui, Vadime, ferme les yeux et dit oui à la colonelle sa mère. N'importe quoi : affronter les Desvignes et ceux-là mêmes qu'elle hait le plus fort du monde, tandis que Vadime contemple la lettre — la centième ? la deux centième ? — qu'il vient de recevoir et que la colonelle, sa mère, lui arrache des mains — « Ah ! non ! Tu ne vas pas continuer à te faire du mal en lisant les saletés que t'écrit cette traînée ! » N'importe quoi...

Mais Martha a enveloppé Mata-Hari de son peignoir. Sorties toutes deux de la salle de bains, elles se retrouvent dans la chambre. Avec, soudain, une langueur infinie, la danseuse devenue à jamais amoureuse se laisse tomber sur le lit.

— N'importe quoi..., répète Martha pour elle.

Elle regarde cette femme jeune, belle, abandonnée, et elle pense en elle-même — elle qui sait ! — : « Quel gâchis... »

Mata-Hari ferme les yeux. Dans quelques instants, elle s'endormira. Elles se sont presque tout dit. Presque... Mata-Hari l'espionne va s'endormir.

Cependant qu'à Paris le destin de Mata-Hari l'amoureuse se scelle. C'est dans un café : la même brasserie de Montparnasse, plus désertée que jamais par les hommes. Ils ne sont que deux a s'y retrouver aujourd'hui : Vadime, face à Glenn, vient d'avouer son désarroi Il est bien rentré de Vittel maintenant, mais il demeure toujours dans l'ombre de sa mère. Et la fatigue, la maladie, sa faiblesse... Résigné, il a baissé la tête et promis à la colonelle moustachue de renoncer à Mata-Hari. Il a juré sur les saintes icônes et sur le coussin de velours, où gisent côte à côte les crachats étoilés qui sont les médailles de feu son saint colonel de père.

— Mais enfin, tu l'aimes ! Tu me l'as dit toi-même que tu ne pourrais pas vivre une seconde sans elle.

Glenn ne comprend pas. Il proteste, il refuse de croire à cette folie ; lui qui donnerait sa vie pour Mata-Hari — lui qui... mais on verra ce qu'il fera, Glenn, le moment venu — voudrait le secouer, le réveiller : Vadime ferme les yeux.

— Tu le sais bien, que je l'aime ! Et que je n'ai jamais aimé qu'elle. Mais tout est trop difficile... Et puis, il y a ma mère.

Vadime a aimé Mata-Hari comme un fou, mais surtout comme un enfant. Il a traversé la moitié de l'Europe pour la retrouver, il a bravé les convenances et transgressé toutes les morales de sa race et de son milieu puis, d'un coup, il a capitulé. Faible Vadime, fragile rejeton d'une dynastie morte et que sa mère écrase... Glenn, brusquement, éclate :

— Tu es un petit garçon, ou quoi ? A toujours parler de ta mère...

L'air si totalement désespéré de Vadime. Il hausse les épaules.

— Si tu savais combien je me dégoûte moi-même. Mais ça je le sais, et tu le sais, toi aussi, depuis le début : je suis un lâche.

Cette fois, Glenn n'en peut plus. Il se lève, jette sur la table quelques pièces de monnaie.

— Et tu t'apitoies sur toi-même, par-dessus le marché ! Quand Mata t'écrit tous les jours de Madrid et qu'elle t'attend !

Parce que Glenn a rencontré Astruc, qu'il a appris le départ fou de Mata-Hari et que lui aussi, sans même le savoir, redoute le pire : Madrid et le piège qui se referme.

Alors Vadime se met presque à crier : que Glenn comprenne ! Qu'il sente ! Qu'il devine !

— Mais je ne peux pas aller à Madrid ! Tu ne comprends donc pas ? Je ne *peux* pas !

Il a appuyé si fort sur les mots « Je ne peux pas ». Puis il a baissé la voix.

— Si tu voulais bien y aller, toi, à ma place...

Glenn a regardé son ami avec tristesse. Pas du mépris : seulement une immense compassion.

— Mon pauvre Vadime. Je crois que tu es plus à plaindre qu'à blâmer. Je n'ai rien compris à ce que m'a raconté Astruc, mais qui sait dans quel guêpier Mata est allée se fourrer !

Puis il a quitté cette brasserie, ce garçon qui gémissait, ce monde sans hommes d'un Paris qui flotte à la dérive, pour s'en aller très vite, à grandes enjambées, marcher loin de tout cela. Et pour la première fois — l'unique fois —, il a eu, parlant de ce Vadime qui est pourtant son ami, le mot d'Astruc :

— Le salaud !

A Madrid, les jours de l'inutile attente de Mata-Hari étaient pourtant comptés. Mata-Hari, une espionne ? Eh bien, oui, elle espionnait ; des notes, des messages, des mots glanés de-ci, de-là pour la France, n'est-ce pas ? Et tout cela, ces gestes, ces notes, ces images, devient maintenant plus rapide, de vieilles photos qu'on feuillette et dont le rythme, soudain, s'accélère. Un film de ces années-là, peut-être aux images sautillantes : Mata-Hari l'aventurière perdue, entourée de ces pantins qui sont des hommes.

Ainsi sort-elle de son hôtel, une ombrelle à la main. Il fait très beau à Madrid, et le soleil est haut. Un homme qui la suivait de loin l'aborde. C'est Lissner, le traître de mélodrame.

— Je peux vous accompagner ? Vous allez à l'ambassade de France sans doute ?...

L'ombrelle de la jeune femme, très droite.

— A l'ambassade de France ? Pourquoi pas à la corrida ?

259

Mata-Hari n'a pas ralenti le pas, mais Lissner ne désarme pas.

— Parce qu'il n'y a pas de commandant Desvignes chez les toreros, sinon on vous y aurait vue depuis longtemps !

Elle marche toujours, la tête haute, sans le regarder.

— Il ne vous est pas venu à l'idée que je me rendais chez lui parce que je pouvais précisément obtenir des renseignements du commandant Desvignes ?

Mais le flic-espion, vêtu de noir et au col de chemise douteux, lève les sourcils.

— Si vous avez obtenu des renseignements, comme vous le dites, je n'en ai guère profité.

Le ton de Mata-Hari devient méprisant.

— Je suis assez liée au colonel von Kappel pour ne pas avoir besoin de passer par vous.

— Eh bien précisément, je vous prierai, à l'avenir, de passer par moi. Tout cela ne regarde pas von Kappel. J'attends de vous des rapports réguliers.

Le ton de Lissner est devenu celui de l'homme qui ordonne.

— Vous ne voulez tout de même pas que je vous mette cela par écrit et que je vous l'envoie par la poste !

— Je vous donnerai ce qu'il faut.

— De l'encre sympathique, par exemple ?

Cette fois, Mata-Hari a envie de rire. Pour la première fois peut-être, elle se regarde elle-même en train de jouer à l'espionne, et c'est d'elle-même qu'elle rit : ces images, ces clichés, que l'autre reprend, sans sourciller.

— De l'encre sympathique, pourquoi pas ? Et je vous prie également de ne rien raconter de nos rencontres à votre amie Martha.

— Martha travaille cependant pour vous, que je sache !

Mata-Hari persifle, elle insiste, et Lissner a un grondement.

— Cela ne vous regarde pas. Vous êtes régulièrement payée pour faire un certain travail ; vous touchez votre argent mais moi, je ne vois rien venir !

Il s'est arrêté au milieu de la rue et a saisi la jeune femme par le bras. Mais celle-ci se dégage brusquement.

— Si vous me permettiez d'aller à l'ambassade de France, comme vous l'avez si bien deviné, vous verriez peut-être venir quelque chose !

Sans ajouter un mot, sans se retourner, Mata-hari s'éloigne à grands pas. Lissner demeure seul au milieu de l'avenue brûlée de soleil.

Si encore Lissner était seul ! Mais il y a tous les autres qui se posent désormais des questions, interrogent les dossiers, les mouchards... A Paris, Ladoux compulse des notes en compagnie de deux de ses collaborateurs. Ils ont des visages vides, neutres : ils ne sont rien ni personne, que des comparses.

— Rien de Lisbonne ?

— Calme plat. Jusqu'aux Brésiliens qui se tiennent tranquilles !

Ladoux fait un tour d'horizon : les pions en place dont on vérifie la position.

— Et de Madrid ?

— Calme aussi... Votre amie Mata-Hari est toujours là-bas.

Mais Ladoux hausse les épaules.

— Celle-là ! Elle ne compte pas... Et Desvignes ?

— Oh ! lui, c'est un silencieux. Il travaille selon le système « Pas de nouvelles, bonnes nouvelles ».

Et soudain, la question fuse, apparemment sans conséquence :

— Mais, dites-moi : a-t-on identifié ce fameux agent H 21 que vous aviez repéré ?

Mais l'autre hausse les épaules, comme son patron.

— Desvignes n'en a pas la moindre idée. Il joue au golf et court les filles !

Pourtant Mata-Hari est arrivée, cette fois, très excitée, presque heureuse, volubile, dans le bureau de Desvignes.

— Aujourd'hui, je crois que j'ai quelque chose d'intéressant pour vous ! Von Kappel et Hirshenberg ont un peu trop parlé devant moi, hier soir.

Mais c'est tout juste si Desvignes se donne la peine de prendre une feuille de papier et un crayon pour avoir l'air de s'intéresser à ce que dit la jeune femme.

— Ah ! oui. Qu'est-ce qu'ils ont raconté, cette fois ?

Les joues de Mata-Hari sont roses de plaisir ; elle fait son métier, ce matin, et pense qu'elle le fait bien.

— Une histoire de sous-marins... Attendez... C'est au Maroc... Les Allemands ont l'intention d'y débarquer des hommes. Avec un sous-marin. Ça n'a pas l'air de vous intéresser ?

Il fait trop chaud pour qu'un Desvignes puisse vraiment écouter.

— Bah ! Si les Allemands commencent à débarquer au Maroc avec un sous-marin, moi, je n'ai plus qu'à rentrer en trottinette à Toulon et à prendre ma retraite !

Sa maison rose au bord de la ville rose et la fille de sa fermière, une gamine de seize ans... Mata-Hari s'énerve.

— Vous n'y croyez pas ? C'est pourtant tout ce qu'il y a de plus vrai ! Vous transmettrez à Ladoux, n'est-ce pas ?

— Mais si, j'y crois à votre affaire ! Mais oui, je transmettrai à Ladoux ! Comme le reste... Autrement, je ne vous écouterais pas.

Il fait mine de griffonner quelque chose sur un papier. Puis il laisse tomber son crayon et lève les yeux sur elle. Il n'a pas renoncé à jouer les séducteurs.

— Ah ! Mata ! Petite Mata-Hari... Au lieu de vous passionner pour de vilaines histoires de sous-marins qui ne sont pas des joujoux pour les jolies femmes, pourquoi ne vous intéressez-vous pas un peu plus à un brave commandant français qui s'intéresse, lui, aux jolies femmes ?

Mais Mata-Hari va faire l'ultime imprudence. Commettre, cette fois, l'irréparable. Et pourtant, elle joue encore, elle joue toujours.

— Au lieu de jouer au joli cœur, vous feriez mieux, commandant, de me donner un petit bout de renseignement, n'importe quoi, que je puisse faire passer aux autres pour qu'ils aient quand même l'impression que je travaille pour eux.

Desvignes, qui ne se rend compte de rien, hausse les épaules et bougonne.

— Décidément, mon enfant, vous êtes trop sérieuse pour moi. Qu'est-ce que vous voulez que je vous donne ?

Il fouille sur son bureau où traînent des dossiers en vrac, des plans, des chemises de bristol, et il extrait de l'une d'elles une feuille de papier pour la tendre à Mata-Hari.

— Tenez... Amusez-les avec ça. C'est un plan détaillé d'une opération qui a été annulée dans les Dardanelles. C'est arrivé, Dieu sait pourquoi, sur mon bureau, et je n'en ai rien à faire !

Mais Mata-Hari s'est saisie de la feuille dactylographiée et l'a pliée en quatre pour la ranger dans son sac. Avec le petit carnet, qui sait ? L'encre sympathique...

— Merci... Et surtout, dès que vous aurez quelque chose de Ladoux...

Elle est déjà partie et Desvignes a fait une jolie boulette du papier sur lequel il a griffonné « l'information » de Mata-Hari : il vise de très loin sa corbeille.

— Des sous-marins allemands au Maroc ! Et puis quoi encore ! Et cette gamine qui fait sa mijaurée !

Le temps presse ; les fantoches, un à un, entrent dans la danse : von Kappel, qui aurait pu aimer Mata-Hari, s'éclipse, lui, sur la pointe des pieds. Il doit quitter Madrid et a saisi les épaules de la jeune femme ! La regarde...

— Cela m'ennuie, petite fille, de vous quitter.

— Je n'aime pas vous voir partir.

Elle dit vrai : seule à Madrid, sans von Kappel, elle se sent perdue. Mais lui essaie de la raisonner.

— Je ne serai pas longtemps absent. Un aller et retour à Berlin, et vous me reverrez. Je vous rapporterai un très beau cadeau.

— Vous savez bien que ce ne sont pas les cadeaux qui m'intéressent.

— Ah ! Petite fille... Petite fille... J'aimerais savoir ce qui vous intéresse ! Et comprendre ce qui se cache derrière ces grands yeux noirs.

L'officier a posé ses deux mains sur le visage de la jeune femme : l'aimer, oui... Il aurait pu. Lui seul, ou l'un des seuls : comme Glenn, comme Desvilliers, comme Astruc. Mata-Hari a pris la main de von Kappel :

— Vous êtes bon, mon ami.

Mais von Kappel répète sa question :

— Et vous, Mata, qu'êtes-vous ?

Tout va donc s'accélérant...

C'est la nuit. L'appartement de von Kappel, désert, est plongé dans l'obscurité. Jeux d'ombres, silhouettes : tout devient si net, si précis. Quelqu'un est là, qui cherche. Soudain, un jet de lumière apparaît, qui vient d'une lampe. Frôlement : un souffle suspendu. On ne distingue encore rien. Mais un autre souffle : on devine une seconde personne, dans l'ombre, qui surveille la première. Mouvements maintenant très lents — on a dit : très précis, on a dit aussi une manière de film noir. Le jet de lumière se rapproche ainsi du bureau de von Kappel. On reconnaît alors Mata-Hari, qui fouille dans les tiroirs, qui en force un. Elle jouera donc jusqu'au bout...

La seconde ombre, pourtant, se rapproche, et une main se pose brusquement sur Mata-Hari : c'est Lissner. Un cri étouffé. Mata-Hari se dégage mais l'autre la rattrape. S'abat sur elle. Tous deux luttent en silence. Mata-Hari est forte. Mais Lissner a finalement le dessus. Il la renverse à terre.

— J'en étais sûr, petite garce !

Il n'a pas crié : il a soufflé à son oreille. Et là, à genoux sur elle, il la maintient au sol pour lui souffler encore :

— Si tu veux t'en tirer, tu as intérêt à ne pas bouger.

C'est cela qu'il veut, Lissner : la posséder enfin, cette femme splendide qui a cru pouvoir le braver. Mais Mata-Hari supplie. Elle implore. Un homme, encore... Tous ces hommes.

— Laissez-moi... Laissez-moi.

Lissner se penche davantage sur elle. Sa main, déjà, sur le

visage, les boutons qui sautent, la jupe, les jupons, la jambe de Mata-Hari et cette peur, cette angoisse qui monte, qui monte, jusqu'à ce que... Un coup de feu éclate. Lissner est tombé, mort.

— Viens vite. Tu n'as rien. Lève-toi.

C'est Martha qui a tiré. Elle tient encore un revolver fumant à la main. Le corps de Lissner est renversé, écartelé, sur celui de Mata-Hari : nous sommes vraiment au cœur d'un mélodrame brusquement sanglant. Les pantins, les fantoches, et la mort !

— Vite... Lève-toi.

Martha dégage elle-même Mata-Hari du corps de Lissner qui l'écrase, et la jeune femme se relève et se jette dans ses bras.

— Oh ! Martha ! Martha...

Tendrement — cette tendresse, le bain, la mousse, le corps nu... —, Martha la tient contre elle un moment, puis l'écarte rapidement.

— Viens, dépêche-toi. Ce n'est pas la peine qu'on nous trouve ici.

Quelques instants encore et la scène s'achève. Martha raccompagne Mata-Hari jusqu'à sa chambre. Une fois encore, c'est elle qui l'aide à se coucher. Et Mata-Hari sanglote.

— Cet homme... Cette horreur...

— Allons... Allons... C'est fini... Tout est fini. Calme-toi.

Martha sait tout. Depuis le début, depuis Berlin, depuis Wiesbaden et Paris... Elle seule, peut-être, est au cœur de l'écheveau des fils qu'a noués le destin. Mais elle ne peut rien, elle n'a le droit de rien dire. Alors, elle caresse seulement le front de Mata-Hari qui sanglote dans ses bras.

— Mais qu'est-ce qu'on va dire ? Mais qu'est-ce que je vais pouvoir raconter ?

La main de Martha qui se pose, qui apaise.

— Il n'y aura rien à dire, ni rien à raconter. Tu ne sais rien ; tu n'as rien entendu ; tu étais dans ta chambre.

Plus tard, avec des gestes qui seront alors ceux d'une mère, d'une grande sœur, elle lui donnera un verre d'eau et un calmant.

— Allons, ne t'inquiète pas pour Lissner. On le détestait tellement. N'importe qui aurait pu le tuer ! Toi, tu vas dormir, maintenant. Bois cela.

Requiem pour un espion. Mata-Hari fermera les yeux ; ses sanglots, peu à peu, se calmeront ; son souffle sera plus régulier ; elle s'endormira.

— Petite fille ! Petite fille, murmure Martha à côté d'elle, petite fille, tu es folle et tu es belle.

Puis, plus sourdement :

— Et qu'est-ce qu'ils ont tous, à vouloir nous déchirer ?

Tous : les hommes.

Martha, restée un moment à la regarder dormir, est ensuite partie sur la pointe des pieds.

— Qu'est-ce qu'ils ont, tous ?

Et pourtant, il y avait Glenn. On l'a vu de loin en loin, Glenn Carter, attentif, amoureux, désespéré. A ses amis américains de Paris qui passaient avec lui des nuits entières à boire et à inventer des rêves qui deviendraient des romans, il disait :

— Eh oui ! A aime B, B aime C, mais C n'aime que lui-même : ce sont les bonnes règles de la tragédie classique française ! Comment voulez-vous qu'ayant choisi de vivre en France, je puisse y échapper ?

Dans ces bars, dans ces brasseries où il traînait des nuits entières, il y avait bien des femmes qui le regardaient avec tendresse ou avec désir, mais il secouait la tête :

— Non... Je ne peux pas...

Les mots mêmes de Mata-Hari ! Et Glenn, impuissant, dérivait dans la nuit, dans la vie, dans Paris.

Si bien que ce voyage qu'il fit à Madrid pour parler à Mata-Hari, pour lui expliquer, fut le dernier espoir.

Il arriva précisément le lendemain de la mort de Lissner. La danseuse dormait encore : ce fut lui qu'elle trouva à son réveil, assis à côté de son lit.

— Oh ! Glenn ! Ce n'est pas possible !

— Si Mata, c'est moi...

266

Elle était à demi redressée sur ses oreillers, les yeux encore gonflés de sommeil. Et de larmes...

— Oh! Glenn! Toutes ces semaines, tous ces mois...

A travers la chemise de nuit aux lacets défaits, son épaule, la naissance d'un sein. Il était bouleversé.

— Je suis là, Mata. C'est fini...

Comme s'il avait deviné les abîmes de détresse où elle s'engloutissait. Et c'est lui, maintenant, dont les mains se joignent à celles de la jeune femme et caressent, apaisent.

Lorsque Martha a rejoint Mata-Hari, plus tard dans la journée, elle lui a simplement glissé à l'oreille :

— J'ai dit à ton ami que tu avais eu un petit empoisonnement. Il avait l'air très inquiet.

Mata-Hari s'était levée. En chemise, un peignoir simplement jeté sur les épaules, les cheveux défaits, elle se regardait face au miroir ovale de la commode, le visage fatigué, marqué par ces journées d'attente vide. Elle pensa : « Déjà, autrefois, à Berlin, à Wiesbaden... »

La même absence. Et d'un coup, le petit jeu de gendarme et de voleur auquel elle se livrait depuis son départ de la gare du Nord — il y avait si longtemps! — ne l'amusait plus. Elle soupira. Dans la glace, derrière elle, le visage aussi de Paulette, la petite femme de chambre, qui la regardait. Elle se retourna brusquement.

— M. Carter est là, qui demande à vous voir, madame.

— Dites-lui d'attendre un instant. Je vais me préparer.

Il fallait qu'elle fût jolie pour lui, pour lui seulement qui comptait soudain ce jour-là plus que tous les autres.

Quand Glenn revint, Mata-Hari avait passé une robe claire, et elle s'était maquillée de sombre, car ses joues étaient pâles.

— Je vous laisse, mes enfants, a lancé Martha avant de quitter la pièce avec un sourire qui était bien celui d'une grande sœur. Mais je vous en prie, Glenn, faites attention de ne pas la fatiguer : elle n'est pas encore trop gaillarde.

Alors Glenn a pris la main de Mata-Hari et, sans rien dire, il l'a entraînée à son tour hors de l'hôtel.

— La vie de Mata-Hari, remarque sourdement Astruc, n'a été faite que de cela : vide, indifférence et solitude, coupés de brèves plages de bonheur ou d'oubli, tout aussitôt arrachées, comme les pages heureuses d'un agenda trop rempli. Et le séjour de Glenn Carter à Madrid a été un de ces moments de repos. Imaginez-les...

Ils sont sortis dans les rues. Les mêmes promenades que jadis à Paris — mais cette fois, Mata-Hari connaissait le poids d'une angoisse nouvelle. Lissner, cette nuit, ce jeu diabolique où elle s'était jetée.

— Elle avait peur ? interroge Desvilliers.

— Elle avait peur, oui, je crois bien...

Ils ont pourtant marché le long des avenues inondées de soleil et des rues baignées d'ombre. La foule des passants à cinq heures du soir : leurs regards glissant sur Mata-Hari avec une admiration que traduisaient des sourires, des clins d'œil, et Glenn, qui tenait son bras, se disait qu'autour d'eux, ceux qui les voyaient passer, souriants, épanouis, pouvaient penser que cette femme était à lui : il en éprouvait une manière de joie. Elle aurait pu, oui.... Et, se détournant à demi pour regarder son profil, il la trouvait plus belle, dans cette tristesse qu'il devinait en elle, qu'aux temps révolus de sa plus grande splendeur.

A la terrasse d'un café où elle a commandé de grosses glaces au nougat — au *turrón* — et au chocolat, Mata-Hari a enfin posé la question :

— Et Vadime ? Vous avez vu Vadime ?...

Glenn buvait un café très fort. A côté de sa tasse, un verre d'eau, une petite cuiller et partout, aux autres tables, des couples anonymes qui semblaient ne rien attendre : un bonheur anonyme, quand il savait son bonheur à lui si éphémère. Vadime ? Pour le moment encore, il ne pouvait rien dire. Alors, il a menti :

— Vadime va beaucoup mieux, Mata. Il a presque retrouvé l'usage de son bras gauche.

— Mais pourquoi ne répond-il pas à mes lettres ? Je deviens folle, vous savez...

Mentir lui fait mal, à Glenn. Mentir à cette femme, à propos de cet homme. Il baisse la tête.

— Il est encore très faible. Sa blessure a beaucoup ébranlé son moral. Et puis, votre départ précipité n'a rien arrangé...

Mais il y a des choses qu'elle ne peut pas comprendre et qu'elle ne comprendra jamais. Aussi Mata-Hari se raccroche-t-elle à ces derniers mots de Glenn.

— Vous croyez vraiment que c'est mon départ qui... Mais dans ce cas, je vais revenir. Je vais repartir avec vous. Demain... Ce soir... Tout de suite.

Elle s'enflamme, elle s'enthousiasme, elle va se lever. Ses mains tremblent : pour un peu, elle en perdrait sa capeline. Mais Glenn l'arrête.

— Dans l'état de fatigue dans lequel vous êtes en ce moment ? J'ai promis à votre amie Martha de ne pas vous fatiguer : attendons quelques jours.

Alors, subitement, Mata-Hari rêve. Elle est d'un coup rassérénée. Et elle espère :

— Oh ! Glenn ! Glenn ! Ce sera si bien. Oui... Je vais attendre... Et quand je serai tout à fait remise, nous le prendrons ensemble, ce train de Paris.

Glenn ne répond pas. La gorge serrée, il ne sait que dire. La honte aussi, cette gêne...

De même, plus tard, dans un autre café, un restaurant, une pâtisserie peut-être, où de grosses dames volubiles accompagnées de nuées d'enfants et de nurses moustachues engloutissent des dizaines de gros gâteaux blancs à la crème : Mata-Hari les imite et, sa joie revenue, elle s'étonne de cette sorte d'euphorie qui l'a maintenant envahie.

— En ces dernières semaines de liberté, remarque Astruc, elle passait ainsi du rire aux larmes en l'espace d'un souvenir...

Cette fois, Mata-Hari a donc ri :

— C'est fou de vous retrouver ici, Glenn... On est sur une autre planète, très loin, on oublie. Et tout d'un coup, on retombe chez soi. C'est bon...

Il faut répéter ce qu'est Glenn : l'unique chance qu'ait rencontrée Mata-Hari. Il la regarde.

— Ah ! Mata, Mata, que c'est bon de vous voir, vous, manger des gâteaux à la crème.

Puis il tente quand même de savoir.

— Mais dites-moi, qu'est-ce que vous avez fait à Madrid, tout ce temps ? Loin de tout, de vos amis...

Mais Mata-Hari ne peut rien répondre. Elle a subitement perdu ses angoisses, et cela seulement compte. Alors, elle pose des questions, s'inquiète.

— L'Europe est en guerre, Glenn. Et d'une certaine façon, Madrid est un havre de paix. Et puis, j'ai des choses à faire ici. Mais vous, donnez-moi d'autres nouvelles. Racontez... Et Malvy ? Et le gros Manessy ?

— Malvy a des ennuis, mais Manessy prospère. Il a perdu son portefeuille de ministre, mais n'en a pas moins gagné ses galons d'ancien ministre à vie. Ça vous pose un homme !

— Et Clunet, et Mergerie, et Dumet ? Il n'a pas découvert une autre danseuse sacrée pour me remplacer, le vieux Dumet ?

Des bribes d'images, des visages, des souvenirs...

— Disons qu'avec les années, Dumet donnerait plutôt dans les petits rats de l'Opéra. Quant à Clunet, il reste un modèle de probité... C'est-à-dire un avocat sans clients.

Brusquement, sa voix devient plus basse.

— Et mon père ? J'ai été très dure avec lui...

— Vous n'avez rien à vous reprocher, Mata. La vie qu'il vous faisait mener était monstrueuse.

— C'était mon père...

Une autre image de Zelle, plus ancienne. Un Zelle presque doux, cette fois... Presque tendre. Mata-Hari l'écarte d'un geste.

— Hélas, oui... Il ne va pas bien, vous savez. Il boit. Il boit beaucoup...

D'un coup, Glenn veut chasser ce nuage de mélancolie. Parler d'autre chose. Les amis, le temps d'autrefois, le temps d'avant.

— Mais j'ai de bonnes nouvelles de Pierre Andrieux. Vous vous souvenez de lui ? Le poète de Montparnasse ! Il a été blessé ; juste ce qu'il faut : la petite blessure qui vous ramène tout droit dans les bras de votre petite amie. Il a rapporté du front des poèmes superbes. Il y en a même un où il parle de vous.

Et le nuage passe. Mata-Hari rit en mangeant son troisième gâteau à la crème : une moustache blanche ourle le bord de ses lèvres.

— Que la crème fouettée va bien à votre rire...

Mata-Hari rit encore, puis elle redevient sérieuse.

— Je ris. Mais je pense à Vadime. A sa blessure à lui.

Alors, parce qu'il ne peut pas faire autre chose pour détourner une fois de plus la conversation, Glenn parle de lui-même.

— Et moi, Mata ? Et la blessure que vous m'avez faite le jour où je vous ai vue pour la première fois et qui ne s'est jamais refermée depuis, y pensez-vous ?

Mais Mata-Hari pose son front contre cette épaule d'homme qui l'aime, qu'elle sait ne pouvoir jamais aimer mais dont la présence, là...

— Glenn, Glenn, je voudrais tant être heureuse.

Et plus tard encore, à une course de taureaux où Glenn l'emmènera, Mata-Hari retrouvera les cris, les appels, la foule des combats de boxe, à Paris. L'amitié, la chaleur encore de Glenn. Accrochée, arrimée à son bras, elle semblera presque heureuse. Les hommes de Lissner, ceux de Desvignes ou de Ladoux peut-être, rôderont dans l'ombre : elle ne les verra pas. Nuit chaude et mouvante de Madrid, loin des fantômes grotesques de ses cauchemars.

C'est donc Glenn qui parlera, puisqu'elle ne veut pas répondre à ses questions. Ils sont au coin d'une rue : une impasse malodorante et sublime d'où monte un chant syncopé, lointain, lancinant. Glenn s'est arrêté, et il retient le bras de la jeune femme.

— Mata, vous êtes sûre que vous ne me cachez rien ? Que vous ne faites pas de bêtises ?

Mais Mata-Hari, de nouveau si sûre d'elle-même, l'entraîne.

— Je sais ce que je fais, Glenn. Et je ne fais pas de bêtises.

Alors Glenn soupire. Il va l'emmener au Chico, dans une

ruelle sombre qui va bien aux aveux, puisqu'il ne peut plus se taire.

— Eh bien, c'est moi qui vais vous parler, ce soir. J'ai des choses graves à vous dire.

La même musique, maintenant, les mêmes danses lointaines, des murmures, des appels... Au Chico où Glenn venait lorsqu'il avait vingt ans et qu'il traversait l'Atlantique par Madrid et les Açores, les femmes sont noires et rouges, sauvages, débraillées, elles sentent fort la sueur et la femme ; et les hommes, jeunes, ont tous l'air de brigands au grand cœur. Chico lui-même a pris la commande.

— Une sangria, avec beaucoup de glace.

Va pour une sangria. Chez Chico, la sangria n'est pas une soupe de fruits pour les touristes, mais un alcool très fort, très rude, qui vous emporte la tête et les rêves avec. La main de Mata-Hari joue nerveusement sur la table.

— Vous deviez me parler, Glenn. Me dire des choses graves...

Glenn regarde cette femme dont la beauté le crucifie. Il sait qu'il va lui faire mal et la douleur qu'elle aura, il la sent déjà qui brûle sa poitrine à lui : tant d'amour... Alors, il prend son souffle et avoue ce qu'il sait : Vadime et son amour enterré, la colonelle, sa lâcheté ; Mata-Hari se tait ; son visage est seulement crispé, les lèvres, les dents serrées : qu'elle ne pleure pas, surtout, qu'elle ne pleure pas !

— Je suis triste, Mata, triste à vouloir me saouler à mort, d'avoir eu à vous dire cela..., a achevé Glenn, qui n'a jamais menti.

Mais Mata-Hari ne peut pas répondre. Alors Glenn explique encore, raconte davantage, et maintenant Mata-Hari sait.

— C'est trop horrible...

Elle a baissé la tête. Et Glenn pense que pour rien au monde il n'aurait voulu lui faire cette peine. Alors il excuse, il tente de trouver des raisons :

— Ce n'est pas qu'il ne vous aime pas, Mata, bien au contraire... Je sais qu'il ne pense qu'à vous... Mais vous le connaissez comme moi, il est faible... Il n'a pas beaucoup de volonté... Et puis, il y a sa mère...

272

Elle frissonne.

— Elle me déteste, n'est-ce pas ?

— C'est pire que cela... Elle est jalouse de vous comme seulement une femme peut être jalouse d'une autre femme...

Mata-Hari serre les dents plus encore. Les lèvres fermées, elle murmure :

— Je ne dis rien. Je ne pleure pas. Mais c'est à crier !

Glenn se penche sur elle, passe un bras autour de ses épaules.

— Oh ! Mata... Je voudrais tellement...

— Personne ne peut rien...

Glenn tente une seule fois de mentir, parce que la vérité le déchire lui aussi.

— Mais vous le verrez à Paris... Je suis sûr qu'en lui parlant...

— Je ne veux pas revenir à Paris... Je ne peux plus...

Elle secoue la tête, murée dans sa douleur. C'est lui qui élève alors la voix. Parce qu'il a deviné qu'au bout de ces journées à Madrid, il y a le pire pour elle.

— Mais vous ne devez pas rester plus longtemps ici, Mata... C'est de la folie... Je ne sais pas ce que vous faites, mais il ne faut pas.

Mata-Hari a posé ses deux mains sur ses deux oreilles : à quoi bon entendre ?

— Non, Glenn, je ne *peux plus*.

Elle est rentrée chez elle, et Martha, qui est passée un instant dans sa chambre, a caressé ses cheveux.

— Ma pauvre petite...

Cette fois, Mata-Hari pleurait.

— C'est Vadime, n'est-ce pas ? a demandé Martha qui savait tout.

— C'est Vadime, oui...

Les sanglots si longtemps retenus la secouaient tout entière.

A quelques mètres de là, Glenn Carter pensait qu'après les aveux qu'il venait de faire cette nuit, il ne pourrait jamais plus aimer une femme.

Le dernier soir est arrivé, le dernier soir de ce séjour de Glenn à Madrid. Trois journées encore, ils ont parlé. Trois journées, ils ont erré au hasard des rues : pendant trois jours encore, Mata-Hari a vécu comme si les pions de l'échiquier diabolique sur lequel elle jouait sa vie n'étaient que des fantoches, tout au plus les fous du roi — ou ceux dela reine qu'elle n'était plus. Glenn pensait : « C'est la fin, et je ne peux rien pour elle. » D'une certaine façon, il avait hâte que ces trois jours s'achèvent. Et pourtant, ce dernier jour, dans la voiture découverte qui les emmenait à travers la ville au pas lent d'un cheval caparaçonné de deuil devant son landau noir, l'un et l'autre s'étaient retrouvés comme ils ne l'avaient jamais fait jusque-là. Mata-Hari avait cessé de pleurer.

— Je suis comme droguée... Un état d'hypnose... C'est comme si j'avais tout oublié... Dans ma tête...

— Vous avez l'air si forte, d'un coup...

Elle a eu un petit rire : forte ? Elle ?

— Je me dis que ce n'est pas possible. Demain, vous partirez seul, mais je reviendrai un jour. Avec le temps, Vadime saura quand même se dégager de cette femme... Ce n'est peut-être qu'une question de semaines... Vous ne dites rien ?

— Je vous regarde...

Cet homme qui l'aime comme aucun autre ne l'a jamais aimée...

— Vous m'en voulez ?

Alors, de nouveau, Glenn parle de lui. Il parle d'eux.

— Non... Ce qui est arrivé entre nous — ou plutôt ce qui n'est pas arrivé — ce n'est ni votre faute ni la mienne... On appelle ça le hasard... ou la vie...

La nuit est douce. Les grandes chaleurs sont tombées : bientôt ce sera la plage nue de l'hiver, cette saison à Madrid immobile où d'autres violences se déchaînent. Mais pour le moment — ces jours de répit — on dirait que, lentement, chacun réapprend à respirer, à savoir attendre. Le vent même est tombé — le vent du sud, qui apportait avec lui le sable des sierras poudreuses — et la voiture qui balance Mata-Hari et Glenn Carter les rapproche, les rapproche encore.

— Je me sens, d'un seul coup, si calme, comme si toutes mes angoisses... Oh ! Glenn, je voudrais tant...

Il lui prend la main.

— Ne dites rien !

Il pense : c'est bien le dernier jour, oui, celui où un moment, un mouvement de tendresse serait si facile. Mais tout aurait pu se passer, n'importe quand, sauf précisément ce dernier jour. Alors, il serre plus fort encore cette main.

— Ne dites rien.

Et la voiture continue, dans le vide de la nuit si pleine. Un moment, le cocher s'est retourné. Il a une barbe hirsute de poète fatigué.

— On continue, messieurs-dames ?

— On continue...

La lune se lève. Les maisons sont nues et blanches : avec l'automne qui s'achève, les rumeurs de la nuit s'estompent, elles aussi.

Et Mata-Hari comprend l'émotion qui traverse Glenn, à le blesser, à le transpercer de part en part. A son tour, elle serre sa main.

— Ç'aurait pu être bien, tout de même.

Elle avec lui, dans cette nuit.

— Ç'aurait pu être bien, oui...

Puis ils se taisent.

Glenn reparti, il a fallu recommencer à vivre. Mais cette fois, Mata-Hari ne pouvait plus. Et puis, à Paris, à Berlin, à Madrid même, beaucoup commençaient à s'interroger sur le jeu qu'elle jouait — les déplacements erratiques du pion Mata-Hari, bariolé, arc-en-ciel, sur l'échiquier du jeu fou où tout était ou tout noir ou tout blanc.

— H 21 ? Vous en savez davantage ? demandait Ladoux à ses collaborateurs.

L'un d'eux, qui était jeune et ne savait pas ce qu'il faisait, secouait la tête.

— Peut-être que je suis sur une piste...

Il avait pris un air mystérieux. Alors Ladoux avait fait une boulette de la feuille qu'il avait sous les yeux où figuraient des noms, des numéros de code...

— Ils nous embêtent, nos amis allemands, avec leurs cachotteries !

Desvignes, sans se poser de questions, continuait de jeter au panier les messages d'un H 21 qu'il rencontrait chaque jour et ne connaissait pas.

Tandis que Van Damm, assis à son bureau quelque part en Allemagne — devant lui : l'Europe — refusait d'écouter les remarques de Kieffert.

— Non, mon vieux. Cette fois, trop, c'est trop — mais pas assez, ce n'est pas assez ! Il arrive quand même un moment où je dois dire pouce, moi !

Kieffert, assis en face de lui, avait maigri : ses traits étaient tirés et de grosses poches violettes marquaient ses yeux : il commençait déjà à se poser les questions auxquelles il ne donnerait de réponse que ce 11 novembre 1918 où, dans la fête à Paris et les larmes à Berlin, un dernier coup de feu claquerait. Un ultime pétard.

— Vous n'êtes sûr de rien. Rien ne prouve que ce soit elle qui... Et puis, votre Lissner était un salaud, vous le savez comme moi.

Mais Van Damm regardait la feuille de papier posée sur son bureau : il ne la froisserait pas, lui, n'en ferait pas une boulette !

— De toute façon, la totale inutilité de tout ce qu'elle a pu nous transmettre est accablante ! Le plan d'une opération dans les Dardanelles qui n'a pas eu lieu ! Et encore, c'est là ce que nous avons obtenu de plus précis d'elle...

Kieffert s'est levé : il est voûté et c'est lentement qu'il a quitté le bureau de son agent devenu peu à peu son chef.

— Je vous demande quand même de réfléchir, Van Damm. On ne lâche pas comme cela quelqu'un dans la belle nature.

Mais c'est l'autre qui le retient.

— Ecoutez, mon vieux. Les histoires de cœur de votre protégée ont cessé de m'amuser. Ce n'est pas d'une amoureuse que nous avions besoin, mais d'une femme de tête.

L'air las de Kieffert ; sa démarche de vieil homme.

— Vous avez été bien content, en d'autres temps, de trouver l'amoureuse.

— C'était en d'autres temps, comme vous dites. Maintenant, c'est fini...

Finie l'aventure, finis les espoirs, finie l'attente : Mata-Hari que Glenn Carter vient de quitter, c'est un papillon de nuit qui tourne en rond dans une pièce devenue trop petite et brise ses ailes au verre de la lampe. Avec cette gigantesque lassitude qui s'est abattue d'un coup sur elle. Glenn n'est plus là, elle est seule.

— Tu n'aurais pas dû le laisser partir, remarque Martha.

Elle se défend pourtant :

— Mais toi non plus, tu ne veux pas comprendre que je ne *pouvais* pas ?

Son visage est plus pâle, mais de cette pâleur des brunes : olivâtre, marbrée. Elle feuillette des magazines sans les regarder.

— Tu ne devrais pas rester ici.

Elle soulève les épaules.

— Pour aller où ? A Paris ? Pour quoi faire...

Le sentiment, surtout, que tout ce qu'elle a entrepris jusqu'ici est parfaitement inutile. Assise dans le bureau de Desvignes, vêtue de noir, elle interroge désespérément :

— Mais les sous-marins ? Qu'est-ce qu'ils ont dit, des sous-marins ?

L'autre allume sa pipe et la regarde, les yeux ronds.

— Quels sous-marins ?

— Comment, quels sous-marins ? Mais les sous-marins allemands qui ont débarqué au Maroc et que je vous avais annoncés... Vous aviez prévenu... Paris ?

Un doute horrible a traversé son esprit. Mais Desvignes tire sur sa pipe et il affecte un large sourire.

— Bien entendu... Bien entendu... Tout a été noté, enregistré...

Alors, pourquoi ce silence ? Vadime qui se tait ; Ladoux qui se tait.

— Et alors, Ladoux ? J'attends toujours ses instructions !

— Rien de nouveau. Mais dès que je saurai quelque chose...

La même réponse, depuis tant de semaines. Et les mêmes tentatives du vieil officier pour profiter — sait-on jamais ? — de la faiblesse qu'il devine en elle.

— Vous devriez penser à autre chose qu'à toutes ces histoires de sous-marins et de Boches... Je vous assure que si vous vouliez...

Mais Mata-Hari se lève déjà... Elle secoue lentement la tête.

— Non.

Desvignes connaissait la réponse. Il a un petit sourire entendu : qu'il arrive n'importe quoi à cette femme, il s'en moque bien !

— Comme vous voudrez.

Une à une, les portes se ferment.

Si bien que lorsque von Kappel est enfin rentré de son voyage à Berlin, il ne pouvait plus rien pour Mata-Hari. Arrivé dans la nuit, il était monté se reposer dans sa chambre, lorsque le remplaçant de Lissner — Beck, jeune et les dents en or — est venu le trouver. Les deux hommes n'ont guère passé plus de dix minutes ensemble : un von Kappel méprise un Beck autant qu'un Lissner. Mais dès que l'espion a quitté la pièce, von Kappel a appelé une femme de chambre.

— Vous direz à lady MacLeod de passer me voir lorsqu'elle se réveillera.

Mais Mata-Hari, réveillée depuis longtemps, demeurait étendue sur son lit, les yeux dans le vide. Paulette, la petite femme de chambre, avait haussé les épaules.

— Ce que j'en dis, c'est pour Madame ! Je fais seulement

278

la commission, moi ; et la commission, c'est que le colonel attend Madame.

— Je suis trop fatiguée, a seulement répondu Mata-Hari.

C'est donc Martha qui lui a annoncé la nouvelle. Elle est entrée dans sa chambre un peu avant midi et l'a trouvée toujours prostrée au milieu des draps défaits, à peine vêtue d'un peignoir.

— Ça ne va pas, hein ?

— Non. Ça ne va pas très fort.

L'amie de von Hirshenberg, la maîtresse de Van Damm et de Kieffert, a allumé un petit cigare. L'odeur très âcre, et ses mains qui écartaient la fumée au-dessus de son amie.

— Moi non plus, je n'ai pas de très bonnes nouvelles...

— Tu sais, au point où j'en suis ! Enfin, dis toujours.

Martha s'est levée. Elle est venue s'asseoir sur le bord du lit, à côté de son amie.

— Je suis désolée, ma chérie. Mais c'est encore la mort de Lissner. Je crois qu'à Berlin, on a fini par avoir des doutes. Ça s'est passé chez von Kappel ; en l'absence de von Kappel ; et tu es la maîtresse de von Kappel, tu comprends...

— Je comprends, oui. Alors ? On me juge, on me condamne à mort, et tu es chargée de l'exécution ?

La terrible ironie de la phrase de Mata-Hari. Martha a tout de même souri.

— Ne dis pas n'importe quoi. On veut seulement que tu quittes Madrid.

— Mais pour aller où ? Où veulent-ils m'envoyer, encore ?

Il y avait un tel désespoir dans la voix de Mata-Hari...

— Où tu voudras. Mais si j'étais toi, je m'embarquerais pour l'Amérique.

— Tu sais bien que je n'irai jamais en Amérique...

Mata-Hari secouait la tête, doucement, désespérément. Est-ce que Martha a deviné ? Elle s'est rapprochée encore d'elle.

— En tout cas, ne rentre pas à Paris. Je t'en supplie...

Mais Mata-Hari a souri, comme on sourit à un enfant qui ne peut pas comprendre.

— Vadime est à Paris, non ?

C'était la fin. Et toute la correction de von Kappel, toute sa tendresse même étaient désormais vaines. Il lui avait rapporté de Berlin un superbe rubis, un bijou très sombre que d'autres auraient dit maléfique. Mata-Hari se l'est elle-même passé au doigt.

— C'est le cadeau à la domestique que l'on chasse ?

Le Prussien a retenu sa main.

— Vous n'avez jamais été la domestique de personne, Mata.

Elle l'a regardé avec un sourire qui était cette fois presque de l'amusement : un amusement rempli d'un tel désarroi...

— Peut-être, mais je vous ai tous servis, non ?

Il a gardé sa main entre les deux siennes : vous savez bien, ce petit oiseau blessé qui palpite encore dans vos doigts, mais pour lequel on ne peut plus rien.

— Vous ne pouvez savoir à quel point je suis désolé, Mata... Mais retourner à Paris n'est pas vraiment désagréable.

— Non, pas vraiment désagréable...

Il a ouvert les doigts, la main s'est retirée. Il a eu un soupir.

— Mais qu'est-ce que vous êtes allée faire dans ces histoires, Mata ? Où êtes-vous donc allée vous perdre ?

— Qu'y faites-vous vous-même, mon ami ?

Le rire triste de von Kappel : le même, en somme, que celui de Mata-Hari.

— Vous êtes une artiste, je suis un officier : je ne prétends pas danser, moi !

— Je ne danse plus beaucoup !

— A Paris, vous danserez de nouveau.

C'était « La Cigale et la Fourmi » : Eh bien, dansez maintenant ! La fin d'une fable.

— C'est cela... Je danserai...

Von Kappel a eu encore un soupir :

— Je pense que... Je ne vous reverrai pas...

— Je le pense aussi.

Une dernière fois, il s'est penché sur elle pour baiser la main au rubis sanglant.

— Bonne chance, Mata.

Il s'est redressé et a claqué les talons.

Le dernier train. Ce n'était pas, dans la gare de Madrid, l'animation des autres départs qu'avait connus Mata-Hari tous ces mois. Quelques messieurs graves, qui pouvaient aussi bien être des diplomates que des espions ou des diplomates-espions que des espions-diplomates, attendaient seulement sur le quai que les deux voitures du train de Paris se mettent en place. Assis à même le sol, trois porteurs désœuvrés jouaient aux cartes tandis qu'un groupe de Gitans, affalés comme des paquets de hardes, espéraient vaguement qu'un employé de la gare accepterait, contre quelques pesetas, de les aider à se glisser dans un wagon pour n'importe où. Et c'était tout. De place en place, une faible lumière, une lampe qui se balançait au bout d'une perche.

— C'est sinistre, murmura Mata-Hari en descendant de la voiture que Martha avait retenue pour la conduire.

Elle se souvenait de la gare du Nord lors de son départ pour Dunkerque, et d'Astruc qui l'accompagnait, un bouquet à la main. Martha tenta de lui donner du courage.

— Allons! Dis-toi que, malgré tout, tu vas retrouver Vadime!

— Malgré tout, oui...

Le train se formait en gare. Devant elles, des voitures manœuvraient. L'un des graves messieurs qui attendaient salua Mata-Hari d'un bref mouvement de la tête.

— Tu sais qui c'est?

— Pas le moins du monde...

Mata-Hari tenait serrée dans la sienne la main de sa compagne. Comme von Kappel, elle remarqua :

— Je ne crois pas que nous nous reverrons!

Mais Martha protesta :

— Pourquoi dis-tu des choses comme cela?

Mais il régnait déjà un peu plus d'animation autour

d'elles. Les porteurs avaient rangé leur jeu de cartes et s'approchaient des quelques voyageurs qui marchaient le long du train.

— Allons, Martha, tu vas me laisser là.

— Je veux au moins t'accompagner jusqu'à ton compartiment.

Mata-Hari refusa.

— Ce n'est pas la peine. Moi qui ai toujours aimé les voyages, je trouve tout d'un coup celui-ci d'une telle tristesse ! Il vaut mieux que tu me laisses seule...

Les deux jeunes femmes se regardèrent.

— Au revoir, Mata...

— Au revoir, Martha...

Le compartiment numéro quatre de la voiture deux sentait la cendre froide et le cigare éteint. « Mon Dieu ! pensa Mata-Hari, comment tout cela va-t-il se terminer ? »

A la même heure, dans un bureau camouflé en entrepôt de parfumeur, quelque part derrière la rue du Mont-Thabor, à Paris, deux hommes décodaient un message.

— Tiens ! C'est Madrid qui annonce que leur fameux H 21 a enfin quitté l'Espagne...

Etendue sur une couchette trop dure — le rapide Madrid-Paris n'a jamais été un vrai train de luxe — Mata-Hari somnolait au rythme des balancements du train.

8.

Dès son arrivée à Paris, Mata-Hari a senti que les choses allaient mal tourner...

Astruc s'est levé pour aller jusqu'au meuble classeur de cuir et d'acajou qui fait face aux doubles fenêtres : dans chaque cartonnier, encore des dossiers, encore des notes. Ce sont les premières fiches qu'il a établies lorsqu'au lendemain de l'arrestation de Mata-Hari, il a voulu comprendre. Les rendez-vous annulés, les rencontres décommandées... : toutes les portes qui, en quelques jours, s'étaient fermées.

— On aurait dit qu'ils avaient compris : ce sont toujours les rats qui quittent le navire les premiers...

Les rats : les Manessy et les Dumet, les Malvy, les Guillaumet, les Mergerie et tous les autres barons Victor de Paris.

Le premier jour, pourtant, la matinée avait été marquée du signe de l'espoir. Mata-Hari s'était installée dans un petit hôtel de la rue de Prony, dans le XVIIᵉ arrondissement : à la mort de Lissner, les lettres de change qu'elle recevait régulièrement de Hollande avaient cessé de lui parvenir et c'est avec tout juste quelques milliers de francs en poche qu'elle avait quitté Madrid. Le temps, dès lors, du Ritz ou même de l'Hôtel du Louvre était bien fini ! Elle avait loué une seule chambre au quatrième étage sur la cour et n'y avait fait monter qu'une malle et un bagage à main.

— Il me semble vous avoir déjà vue quelque part, madame, avait remarqué l'hôtelier.

La jeune femme n'avait pas répondu, mais la fiche qu'elle

avait remplie s'était quand même retrouvée deux heures après sur le bureau de Lenoir ou sur celui de Ladoux. Deux heures encore, pourtant, et Mata-Hari était déjà en route pour Neuilly, puisque Glenn Carter lui avait dit que c'était là qu'habitait le jeune officier en compagnie de sa mère. Elle était maintenant détendue, presque heureuse, gaie en tout cas : il suffirait qu'elle voie Vadime, n'est-ce pas ? Et tout redeviendrait comme avant.

— La foi de Mata-Hari dans son étoile, fût-ce dans les pires moments, était tout bonnement miraculeuse, souffle Astruc.

La maison était calme et claire : une villa dans les branches au milieu d'un jardin. Sur la terrasse et sous une véranda, il y avait une chaise longue et, sur la chaise longue, un livre : Pouchkine, en russe. Le cœur de Mata-Hari se mit à battre très fort. A côté du livre, un panama jaune et, au-dehors, le chant des oiseaux dans les arbres de l'hiver : on se serait cru au printemps. D'un coup, elle avait le sentiment d'être à dix mille kilomètres de Paris, à des milliers de verstes, entre bouleaux et champs de blé. Les arbres étaient hauts et droits : oui, c'était cela, la maison des bouleaux...

— Vous cherchez quelque chose ?

Elle sursauta. Une vieille femme à l'allure de rentière provinciale la dévisageait à travers un face-à-main.

— Le lieutenant Maznoffe, s'il vous plaît.

Les lèvres de la logeuse se plissèrent.

— Le lieutenant est sorti, et la colonelle Maznoffe est absente.

Mata-Hari hésita un instant :

— Je peux peut-être l'attendre...

Le pli des lèvres de la logeuse devint presque méchant.

— Nous n'admettons pas les dames seules, madame. Vous êtes ici dans une maison respectable...

Toute la beauté de Mata-Hari, brusquement vulnérable, seule, face à cette femme qui lui montrait la porte...

— Je dirai au lieutenant Maznoffe qu'il y a eu une visite pour lui.

Elle ne pouvait pas rester : Mata-Hari était certes surprise, mais elle ne perdit pas la tête pour autant. Elle sortit de son sac une minuscule carte de visite au nom de lady MacLeod, sur laquelle elle griffonna l'adresse de son hôtel.

— Si ce n'est pas abuser de votre bonté que vous demander de donner au lieutenant Maznoffe cette carte...

La logeuse saisit le morceau de bristol du bout des doigts, comme s'il s'agissait d'un objet obscène.

— Bonsoir, madame.

Elle s'inclinait déjà, tournant le dos à Mata-Hari et l'instant d'après, la grille rouillée grinçait de nouveau derrière la jeune femme, mais toute sa joie était tombée et ce brusque moment de printemps en hiver était redevenu la plus noire des matinées de décembre.

Rentrée à son hôtel, Mata-Hari attendit. Elle se fit monter un repas froid dans sa chambre et s'étendit, tout habillée, sur son lit. Ce n'est qu'à minuit passé qu'elle se décida à se coucher vraiment.

— Il sera rentré tard, se dit-elle.

Mais le lendemain, nul message : Mata-Hari attendit encore. Et la journée passa sans qu'elle sortît de sa chambre.

Ceux qui, déjà, de loin, épiaient tous ses gestes, s'interrogeaient.

— Que fait-elle ? demandait un monsieur à monocle qui jouait à l'homme du monde.

— Elle ne bouge pas de son hôtel.

— Aucun contact avec l'extérieur ?

L'interlocuteur de l'homme au lorgnon était déguisé en ouvrier, en boutiquier, en flic, qu'importait ?

— Rien, à part cette première sortie à Neuilly.

Mais pourquoi Mata-Hari serait-elle sortie puisqu'elle espérait toujours que Vadime viendrait la retrouver ?

Ce n'est qu'au bout de trois jours et de trois nuits d'attente et d'angoisse qu'elle comprit enfin : Vadime ne viendrait pas. Ce que Glenn lui avait avoué était vrai, et Vadime ne voulait plus la voir. Alors, et alors seulement, elle pleura.

— Quand je pense que, pendant ce temps, j'étais à

Marseille, en train d'organiser une tournée des Folies-Bergère! remarque Astruc, en mâchonnant un cigare éteint.

— Et Glenn Carter?

— Glenn était reparti pour l'Amérique et ne devait revenir qu'une quinzaine de jours plus tard. Non, Mata-Hari était bien seule cette fois, désespérément, absolument seule.

Et c'est désespérément, absolument seule que Mata-Hari est donc enfin sortie de chez elle, au matin du quatrième jour. Avant de quitter sa chambre, elle avait jeté un regard à son reflet dans le miroir au-dessus de la coiffeuse. Cette femme au visage fatigué et bouffi, des poches sous les yeux, les lèvres un peu épaisses, c'était donc elle... Elle se dit : « Ce n'est pas possible! Y a-t-il vraiment des gens qui ne se reconnaissent pas dans les glaces? » Le souvenir pourtant, de la danseuse au diadème doré, les hanches nues, les seins seulement retenus par des coupelles d'or et la peau si lisse, si brune, si totalement offerte : ses yeux brillaient alors d'un éclat si clair, si neuf, si brûlant...

Dans la rue, il pleuvait. Une sale petite pluie fine d'un hiver qui ne lui accorderait désormais plus aucun répit : comment aurait-elle vu l'homme déguisé en flic ou celui habillé en ouvrier qui la suivait, de loin?

Elle alla pourtant tout droit boulevard Saint-Germain. Sa décision était prise : il fallait qu'elle parle à Ladoux. Sous le porche, le même fonctionnaire, impassible; elle le reconnut : c'était un enfant.

— Vous cherchez quelque chose?

La phrase de la logeuse de Vadime. Elle eut envie de lui sourire : un enfant!

— Le capitaine Ladoux.

Elle allait continuer, droit devant elle comme lors de ses visites précédentes, mais le jeune soldat l'arrêta.

— Il n'y a pas de capitaine Ladoux ici!

— Comment, pas de capitaine Ladoux? Mais je suis venue le voir au moins dix fois!

Il ne pouvait que se tromper, ce gosse : pour un peu, elle en aurait ri.

— A quel service appartient-il? enchaîna le planton.

— Mais au service...

Elle regarda autour d'elle et baissa la voix.

— Mais au deuxième bureau, bien sûr !

Le soldat eut un éclat de rire amusé.

— Vous voyez bien que vous vous trompez ! Ici, c'est le service central du train des équipages !

Il lui montrait une petite plaque de cuivre gravée et lorsqu'elle insista, qu'elle voulut monter quand même, le garçon appela un gradé qui confirma ses dires, appela Mata-Hari « ma petite dame » et finit par la raccompagner jusqu'à la porte avec un bras passé autour de sa taille.

— Pour sûr, ma petite dame, quelqu'un s'est moqué de vous. Ici, c'est, et ç'a toujours été, le train des équipages. Comme si ces messieurs du deuxième bureau avaient pignon sur rue comme vous et moi, si vous me permettez l'expression !

Lorsqu'elle se retrouva seule sur le boulevard Saint-Germain, Mata-Hari se rendit compte qu'elle n'y comprenait plus rien. Et, pour la seconde fois, elle eut peur.

— Ensuite, je vous ai dit : les rats...

Le visage d'Astruc exprime le dégoût, et Desvilliers imagine si bien, les rats...

L'hôtel particulier de Manessy, à Auteuil. Un homme, derrière une fenêtre, a écarté un rideau.

— C'est cette femme..., murmure-t-il au gros homme assis devant un bureau Empire.

Celui-ci bougonne.

— Félicien est au courant.

Et Félicien, valet de chambre au gilet rayé noir et jaune, d'ouvrir la porte à Mata-Hari.

— M. le ministre ? Mais M. le ministre n'est pas à Paris, madame. Depuis qu'il a quitté le gouvernement, il se repose sur la Côte. Oh ! il ne reviendra pas avant le printemps...

Mata-Hari, dans la pluie d'une fin de décembre qui a oublié de croire à Noël, quitte Auteuil en relevant ses jupes crottées.

— Ailleurs, commente Astruc, ce sera la même chose. Chez Dumet, non loin de l'Alma, ce sera Mme Dumet qui viendra en personne repousser cette grue dans l'escalier de marbre rose. Elle la toisera, les bras croisés, la voix sifflante.

— On vous a assez vue par ici, mademoiselle, vous pouvez disposer !

Tapi dans son bureau, Dumet ne s'est même pas bouché les oreilles pour ne pas entendre.

— Mais que s'était-il passé ? interroge Desvilliers. Parce que, après tout, lorsqu'elle avait quitté Paris, six mois plus tôt, Mata avait encore des amis, des salons qui lui étaient ouverts ?

Astruc se lève à nouveau d'un pas lourd. Il ouvre une fois encore le meuble classeur aux tiroirs doublés de cuir rouge, les dossiers, les fiches...

— J'ai là quelques informations précises selon lesquelles ceux qui n'avaient cessé de prendre en chasse Mata-Hari depuis son retour d'Espagne avaient eu le tact — on ne peut pas appeler cela autrement, n'est-ce pas ? — de prévenir discrètement la plupart de ses amis haut placés qu'il serait désormais prudent d'éviter de la voir. Pour un temps, au moins...

D'où, après Manessy et Dumet, les Malvy, les Mergerie et Guillaumet, tous les diplomates, académiciens et généraux aux trois ou quatre étoiles soigneusement astiquées sur tapis de sobre fantaisie, qui faisaient répondre par des valets faits pour cela que c'était vraiment trop dommage, mais que Monsieur était sorti. Et peu à peu, en Mata-Hari, la peur se transformait en angoisse. Déjà fatiguée à son retour d'Espagne, elle était désormais épuisée. Mais les portes continuaient à se fermer. A l'état-major, on l'avait éconduite poliment : le deuxième bureau ? Mais ce n'était qu'une petite équipe de professionnels qui travaillaient entre eux à des missions ultra-confidentielles : pour rien au monde, ils n'auraient eu à utiliser les services d'une femme ! Quant à Ladoux, nul ne le connaissait. Son nom faisait lever les sourcils à tous ceux qu'elle interrogeait : jamais entendu

288

parler de ce monsieur-là ! L'insistance même de Mata-Hari devenait suspecte et certains services de renseignements qui n'avaient rien à voir avec ceux de Ladoux commençaient à se poser, à leur tour, des questions sur les raisons qu'avait cette femme si belle et si désespérée de vouloir à tout prix entrer en contact avec des fantômes des services secrets : plus tard, on pourrait ainsi lui reprocher ces démarches et y voir une preuve de plus de sa culpabilité.

Au Quai d'Orsay, où l'appui d'un secrétaire général jadis si empressé lui était maintenant refusé, Mata-Hari avait également cherché à rencontrer quelqu'un, n'importe qui, appartenant aux services qui traitaient des questions espagnoles : il fallait qu'elle entre en rapport avec Desvignes. Lui au moins pourrait l'aider, il confirmerait le travail qu'elle avait fait à Madrid et il rouvrirait pour elle les portes closes. Mais les bureaux du ministère des Affaires étrangères lui étaient, eux aussi, fermés. Un jeune secrétaire, beau comme un mannequin de grand magasin au rayon confection pour garçonnets, la reçut fort civilement, l'écouta et fit même mine de prendre quelques notes qu'il glissa tout aussitôt après son départ dans un tiroir de bureau : le Quai d'Orsay avait, lui aussi, été informé par les services de Ladoux...

— Mais Ladoux, dans tout cela ? Il était bien quelque part ?

Ladoux avait des doutes, simplement des doutes. Son réseau madrilène lui avait bien fait état des allées et venues de Mata-Hari entre le Ritz et l'ambassade, mais il y avait aussi cette rumeur qui commençait à courir dans tous les services du contre-espionnage européen sur l'agent H 21. Alors, en attendant de plus amples informations, il préférait demeurer sur la réserve. Le déménagement de ses services du boulevard Saint-Germain vers un immeuble anonyme de la rue de Grenelle l'avait d'ailleurs largement aidé en cela.

La deuxième semaine de février s'écoula ainsi : pérégrinations et attente. Dans la journée, Mata-Hari se heurtait aux fins de non-recevoir de tous ceux qu'elle aurait risqué de compromettre et, chaque soir, la jeune femme allait traîner à Montparnasse, dans les cafés, les brasseries qu'avait jadis fréquentés Vadime. Mais ses soirées et ses nuits étaient aussi vaines que ses journées. Il n'était jusqu'à Renée, la petite Renée, l'amie de Pierre Andrieux, qui n'ait, elle aussi, disparu de Paris : minée par la fatigue, la douleur et la phtisie, elle agonisait sur un lit d'hôpital à la Salpêtrière. Les rares uniformes qu'on voyait encore dans les cafés étaient d'ailleurs ceux de blessés, d'invalides, d'aveugles, et le cœur de Mata-Hari, déjà déchiré par le mur de silence qui s'était fait autour d'elle, était brisé par le regard morne de ces hommes en bleu horizon, la jambe raidie ou une manche vide retenue par une épingle à l'épaule, et qui demeuraient des heures devant un bock ou un Ambassadeur, presque indifférents aux sourires des femmes qui s'acharnaient pourtant autour d'eux à tenter de leur faire oublier. Pour la première fois, l'horreur de la guerre — dans la mémoire de ces hommes, il y avait la boue, les tranchées, la mitraille... — apparaissait à Mata-Hari dans son obscène nudité. Alors, seule, évitant les marlous, les planqués, les gros et gras messieurs qui ressemblaient à ses anciennes conquêtes — quelles amères victoires... —, elle restait là des nuits entières, et les cernes bleus sous ses yeux devenaient plus gris, plus lourds.

C'est en rentrant à son hôtel après une de ces soirées vides, l'âme grise et dans la bouche le goût un peu sale d'un dîner solitaire, qu'elle trouva le message de Glenn : l'Américain était de retour, elle faillit s'évanouir de bonheur. On était le 12 février 1917.

— Oh ! Glenn. C'est toujours vous qui venez me sauver. .

Elle s'était effondrée, cette fois, dans ses bras et pleurait contre son épaule.

— Cette vie, Glenn, que je me suis mise à vivre... Cette vie où je m'enfonce et dont je ne sors plus...

Ils étaient dans la chambre de la jeune femme, et l'Américain qui l'avait connue dans les palaces, les hôtels particuliers de ses protecteurs, ces délires de stuc et de

290

marbre, l'ombre des palmiers en pots et les lits de velours et de moire où elle avait vécu, mesurait le chemin parcouru. Une simple commode de noyer, le miroir ovale au-dessus et le lit de cuivre... Mata-Hari s'en rendit compte :

— Oui... Je n'ai plus beaucoup d'argent en ce moment.

Elle soupira et s'écarta de lui : jadis, la tendresse de Glenn Carter, son amour auraient, seuls, peut-être, pu la sauver, mais elle savait qu'il était trop tard. Il y avait trop longtemps qu'elle avait dit non à cet amour.

— Sortons, voulez-vous ?

Il fallait qu'elle se retrouve avec lui n'importe où, en un lieu étranger, pour qu'elle pût lui parler. Et c'est dans un restaurant anonyme des boulevards, maigrement éclairé de la flamme pâle de becs de gaz d'un autre temps et devant un dîner qu'elle ne mangea pas, qu'elle lui raconta tout : Berlin et Paris, Vittel, Ladoux mais aussi Kieffert, Van Damm et von Kappel, la mort de Lissner, les sous-marins allemands au Maroc et le plan d'opération dans les Dardanelles.

A mesure qu'elle parlait, le visage de l'Américain pâlissait. Il se mordait les lèvres pour ne pas l'interrompre et ses mains, sur la table, jouaient avec de la mie de pain. Et lorsqu'elle eut fini, il commença par se taire. Longtemps. Puis il secoua la tête.

— Et tout cela pourquoi, Mata ? Pourquoi ?

Elle eut son petit rire triste des mauvais jours.

— Pour quoi ? Vous voulez vraiment savoir pour quoi, Glenn ? Pour racheter la maison de Vadime, tout simplement ! Ladoux m'avait promis un million, je n'en ai pas vu le premier sou ; et les Allemands m'ont donné en tout et pour tout cent mille francs !

La tête de Glenn retomba dans ses mains. Ainsi, cette femme qu'il aimait comme il n'en aimerait nulle autre avait risqué sa vie — plus que sa vie — pour un homme qui l'avait depuis longtemps quittée !

— Mais qu'est-ce que je peux faire, maintenant, Glenn ? Dites-moi ce que je dois faire ?

Elle se tordait les mains et lui se disait, comme elle-même quelques instants auparavant, qu'il aurait peut-être suffi qu'il avançât la main. Un geste, peut-être, un simple effleurement. Mais il se redressa : pour lui aussi, il était trop tard.

— Ecoutez, Mata. Ce que vous m'avez dit est très grave. Beaucoup plus grave que vous ne pouvez l'imaginer. Nous vivons en un monde de fous, où les plus fous ont de la poudre, des balles et des canons pour assouvir leur folie : vous ne savez pas ce qui peut arriver.

Les portes qui s'étaient déjà refermées, les amis absents, les refus, les domestiques trop courtois et Ladoux disparu... Tout n'était que trop évident.

— Alors ?

— Eh bien, vous allez rentrer à votre hôtel et vous reposer. Et demain, ensemble, nous consignerons par écrit tout ce que vous m'avez raconté. Et j'irai le porter moi-même au ministère de la Guerre. Dieu merci, j'y ai encore mes entrées, moi...

Il appela le garçon, régla l'addition et l'entraîna.

— Marchons un peu, voulez-vous...

La pluie s'était arrêtée de tomber et, une fois encore — la dernière ! —, Glenn et Mata allaient à la dérive dans les rues de Paris. Mais c'était cette fois un Paris de guerre et de tristesse. Toutes les lumières étaient calfeutrées, les réverbères éteints, et il n'y avait que la vague clarté d'une lune en son premier quartier pour les éclairer à travers une masse de nuages gris qui filaient très loin au-dessus d'eux vers l'est, vers l'Allemagne et vers le front.

Des ombres passaient à côté d'eux, des visages blancs ; vides, nus. Des hommes sans regard, des femmes sans ombre : ils étaient les fantômes de ceux et celles qui avaient, toute une vie, hanté leurs vies. Mata-Hari les reconnaissait bien, et Glenn les devinait, du jeune planton du boulevard Saint-Germain qui avait dit que Ladoux n'existait pas, à Camille, assassinée à Berlin, ou à la petite bonne du Ritz, Paulette, qui la trahirait. Un vent d'ouest s'était levé, qui rasait les rues, rasait la Seine à laquelle ils étaient inéluctablement revenus : il entraînait plus vite encore, au-dessous d'eux, les grandes formes irrégulières et moutonneuses de ces nuages chargés de pluie qui ressemblaient à des voiles successifs qu'on aurait tirés sur ce grand quart de lune bête qui ne donnait des ombres à ces ombres que pour mieux les perdre ensuite dans une ombre plus profonde encore.

— Oh! Glenn... Qu'est-ce que je suis devenue?

Il saisit son bras, mais ne disait plus rien. Qu'aurait-il pu lui dire? D'autres silhouettes, plus précises, plus aiguës, les suivaient de loin. C'étaient les hommes de toujours, ceux qui, toujours, derrière Mata-Hari, s'étaient acharnés et qui, cette nuit encore — presque la dernière pourtant — ne pouvaient se résoudre à la quitter.

— Oh! Glenn...

Sous les guichets du Louvre, une voiture noire aux rideaux tirés, tous feux éteints, avait failli les renverser. Appuyé à l'intérieur sur les coussins, un livre jamais ouvert à la main et, dans la poche, une petite boîte d'argent remplie d'une poudre blanche très légère et très douce, Vadime Ivanovitch Maznoffe regagnait Neuilly après une nuit d'orgie triste. Il avait encore sur les lèvres le goût immonde d'une putain rouge qu'il avait suivie dans une cave. Là, debout, dans l'ombre...

— Oh! Glenn...

Rentrée chez elle, Mata-Hari s'endormit d'un coup et, pour la première fois depuis longtemps, d'un sommeil sans rêves. Et le lendemain à midi, Glenn la rejoignait pour rédiger avec elle la lettre qui racontait tout.

Lorsque ce fut fini, l'Américain se leva, la lettre à la main.

— Je vais repasser chez moi pour me préparer, puis je la déposerai moi-même à qui de droit, avant de partir. Elle seule peut vous éviter le pire.

— Avant de partir? Vous préparer? Mais vous préparer à quoi? Partir où?

Glenn avait bien dit : partir. C'était un autre coup de tonnerre qui éclatait en elle. Mata-Hari ne comprenait pas. Alors Glenn se pencha sur elle.

— La guerre évolue plus vite que nous ne l'aurions pensé.

Bientôt, les Etats-Unis à leur tour vont entrer dans la danse. Je suis rappelé à New York pour une période de réserve et je ne suis revenu à Paris que pour régler mes affaires.

Elle le regardait, interdite, atterrée.

— Mais... moi ?

— Astruc va bientôt revenir. J'ai eu de ses nouvelles ce matin. Il sait que vous êtes ici et s'occupera de vous.

Il était six heures de l'après-midi : la rédaction de la lettre avait duré six heures, à peine interrompue par un rapide repas qu'ils avaient pris dans la chambre. Et maintenant, Glenn s'en allait.

— Je pars en avion jusqu'à Lisbonne, par Bordeaux et Madrid. De là, un bateau neutre me conduira en Amérique.

C'était de nouveau l'angoisse qui étreignait le cœur de Mata-Hari. Mais une angoisse qui ne ressemblait à aucune de celles qui l'avaient jusque-là harcelée ou suivie à la trace comme une bête traquée. Elle avait subitement le sentiment que plus rien de ce qui avait été ne serait. La fin, cette fois. Le vide. Dans quelques minutes, Glenn partirait et ce serait la dernière porte qui retomberait sur elle. La fin, donc. Elle frissonna.

— Et si nous ne devions jamais nous revoir ?

Il se mit à rire.

— Et pourquoi donc ? J'ai cette lettre, qui vous blanchit. Et je suis un as de l'aviation, vous l'oubliez ! Traverser les océans dans un sens ou dans l'autre, c'est un saut de puce, désormais ! Bientôt, je serai de retour, vous verrez...

Quelques minutes, quelques secondes encore...

— Je vous écrirai de New York.

Il était parti. La porte était refermée. On était le 13 février. Dehors, le vent d'ouest de la veille était devenu une tempête véritable.

Il ne restait plus aux autres qu'à en finir. Mata-Hari s'est étendue sur son lit et, une fois encore, elle a attendu. Mais ce soir-là, elle ne savait pas ce qu'elle attendait. Cependant que Glenn repassait à la hâte à son hôtel pour y chercher ses

294

bagages ; mais Fred, son mécanicien l'attendait, fumant nerveusement : les conditions atmosphériques se dégradaient rapidement et il fallait décoller au plus vite. La lettre de Mata-Hari était dans la poche de sa veste. Il passa un blouson de cuir, saisit un simple sac de toile.

— Au Bourget, et en vitesse !

Le taxi fonçait déjà dans Paris : dans sa chambre, Mata-Hari s'était assoupie. Rue de Grenelle, Ladoux avait reçu les preuves qu'il attendait. Il avait appelé le commissaire Priollet, de la Brigade criminelle : « Vous avez le champ libre. » Puis il s'était retiré chez lui pour se reposer. Priollet consulta son agenda : le soleil se levait à sept heures quarante-neuf le lendemain matin. Il convoqua ses hommes pour sept heures trente et alla, lui aussi, se coucher.

Les seconds rôles et les figurants disparus, la nuit du 12 au 13 février 1917 fut dès lors pour tous les vrais acteurs du drame un nouveau cauchemar. Mata-Hari, elle, ne dormait pas. A deux reprises, elle se leva pour avaler quelques gouttes d'une drogue opiacée que lui avait ordonnée un médecin madrilène et marron, mais les battements de cœur qui la tenaient éveillée ne s'arrêtaient pas.

— Mon Dieu, faites qu'il n'arrive rien...

Puisqu'elle redoutait tout désormais. Quant à Glenn Carter, il était déjà au-dessus de Toulouse et la tempête autour de son petit biplan faisait rage lorsqu'il se souvint de la confession de Mata-Hari qu'il avait laissée dans sa veste, à Paris. Pas un instant il n'hésita.

— On fait demi-tour, lança-t-il à son mécanicien.

— Dans cette merde ? Avec l'essence qu'il nous reste ?

Le mécanicien essaya de protester mais Glenn était le commandant de bord, l'autre n'avait qu'à obéir. L'avion décrivit une longue courbe sur des champs de maïs balayés par le vent et reprit la direction de Paris : c'est à Melun, frappé de plein fouet par la foudre, qu'il s'écrasa dans un bois. Quatre heures plus tard, le commissaire Priollet et ses cinq hommes frappaient à la chambre d'hôtel de Mata-Hari.

— Au nom de la loi, ouvrez !

En chemise et les cheveux défaits, le visage ravagé par

une nuit sans sommeil, Mata-Hari regardait sans comprendre la trogne enluminée de cet homme, gras et gros comme tous les autres, une chaîne de montre lui barrant l'estomac, qui venait sceller son destin.

9.

Haute de six mètres, large de quatre et peinte d'un vert olive que le temps avait noirci, la porte de la prison Saint-Lazare était, au milieu des quartiers nord de Paris, la gueule d'une sorte de gigantesque monstre qui n'avait d'autre passion que dévorer les femmes...

— Et nous ? demande Desvilliers, qui commence soudain à se dire que, soldat sage et discipliné, il n'était pas, lui non plus, innocent.

Mais Astruc est désormais loin de lui, perdu dans l'univers piranésien de couloirs, de trappes et de vertigineux escaliers qui se sont refermés sur Mata-Hari.

— Et nous ? Mais nous la dévorions nous aussi, chacun à notre façon...

Toutes celles qui entraient là, putains ou voleuses, infanticides, marâtres, criminelles ou pauvres filles perdues — espionnes ! — entendaient la gueule se refermer avec le même bruit sec et sourd. Puis c'était, après une autre porte cochère encore humaine, la cérémonie immonde du greffe. Deux soudards et deux religieuses y officiaient dans une odeur de poussière et de sueur. Sans un vrai regard pour celles qu'on dépouillait là des quelques hardes qu'elles avaient cru pouvoir conserver, les nonnes en faisaient l'inventaire subitement obscène. Et les policiers, appliqués comme de mauvais élèves, cacographiaient à l'encre violette sur un registre maculé de pâtés, les noms de ces femmes sur lesquelles, à l'abri derrière leur moustache, ils échangeaient des plaisanteries bien grasses.

Une petite porte de bois, qui avait jadis été grise, conduisait à ce qu'on appelait joyeusement la petite lingerie. Là aussi, deux nonnes et deux soudards : seule une cloison de simples planches isolait de ce taudis parfumé à l'eau de Javel le déshabilloir où les détenues échangeaient leurs vêtements de ville contre la tenue réglementaire qui tenait de la robe de bure et du sarau : vaste jupe grise, tablier noir, blouse noire, bonnet noir.

Après ce second sas, les prisonnières pénétraient dans un étroit boyau que coupait brutalement une grille : c'est au-delà seulement que commençait la prison. Odeurs, dès lors : on a dit l'eau de Javel : mais le grésyl, l'ammoniaque, l'urine, le vomi ? Mais la merde qu'on promène dans des baquets de bois ? Mais les relents lourds des blanchisseries et ceux, plus violents encore, plus nauséabonds, des cuisines où, toujours, mijotent des choux, des choux, des choux... Dallés à l'aube des temps ou réinventés en caillebotis, les couloirs débouchent sur d'autres couloirs, d'autres grilles et d'autres couloirs encore. Chaque fois, des portes que l'on ouvre, et la plongée qui devient plus profonde dans les entrailles de la prison.

Que l'on prête attention, qu'on écoute : d'abord, ce n'est rien. Tout au plus, un grondement lointain. Et puis, si l'oreille s'habitue à cet étrange silence, elle en distingue peu à peu les composantes. Les chaudières en hiver ; celles — toute l'année — des buanderies, bien sûr ; mais surtout un incessant murmure qui est celui de toutes ces voix qui se taisent, ces sanglots que l'on retient, ces angoisses qui étouffent ; à mesure qu'on progresse à l'intérieur du ventre nauséabond de Saint-Lazarre, ce sont les gémissements de ces milliers de femmes qui y vivent enfermées depuis qu'on enferme des femmes, les pleurs de ces milliers de millions de femmes qui vivent enchaînées depuis que la femme existe, qui vous arrivent au cœur et vous assourdissent, vous abasourdissent.

Les « longs couloirs », donc : des coupes verticales tranchées à même la chair de la prison ; puis les « travées » sur lesquelles ouvrent les « numéros » qui sont les allées où s'alignent, l'une après l'autre, les portes des cellules. Piranésien, ce monde de chiffres et de lettres gravés dans le suif, la sciure et la pierre sale ? Dantesque plutôt, l'enfer d'un autre temps, où la vérole côtoie le crime, le pus inonde le drap mal lavé, et la pisse coule à même les dalles jusqu'à des caniveaux qui sont des auges avant de devenir des égouts.

— Je sais, murmure Astruc, j'en rajoute. Mais Mata-Hari portait le numéro 729, cellule 97, et cela, je ne peux l'oublier.

Il veut dire : « le pardonner ». Ou, plus précisément encore, « me le pardonner ». Parce qu'il était à Marseille, lui, en train de négocier un contrat inutile, lorsque Mata-Hari a été arrêtée.

Quand la porte de la prison s'était refermée sur elle, la jeune femme n'avait pas compris. C'était une erreur. Ce ne pouvait être qu'une erreur. D'ailleurs, elle avait tout raconté par écrit au ministre de la Guerre. Et puis, se disait-elle, ce qu'elle avait pu faire pour rendre quelques menus services aux Kieffert et autres Van Damm n'était rien à côté de ce qu'elle avait accompli pour Ladoux et pour Desvignes. Elle était allé à Vittel ; elle avait été volontaire pour la Belgique ; elle avait tenu tête à Basil Thomson et avait amplement renseigné les services secrets de Madrid : déjà en Angleterre elle avait été victime d'un premier malentendu et ce qui lui arrivait maintenant n'était au fond rien qu'une répétition de l'incident de Plymouth. Somme toute, Mata-Hari croyait encore en la justice de son pays !

Dès le greffe, pourtant, on l'avait traitée en accusée.

— Vous signez ici !

Aux bonnes sœurs derrière un bureau de bois gris qui la dévisageaient alors qu'elles n'avaient pour les autres prisonnières qu'un regard lointain, elle avait même souri. Elle avait souri aussi à l'intendante de Saint-Lazare, sœur Saint-Edme, qui portait des moustaches sur la Légion d'honneur gagnée en économisant sur la nourriture des prisonnières pour le plus grand bénéfice de l'administration et qui s'était déplacée jusqu'à la petite lingerie pour voir cette prisonnière hors du commun.

— Traînée..., murmura la bonne religieuse entre ses dents et comme pour répondre au sourire que la jeune femme lui avait adressé malgré tout.

Mais Mata-Hari avait souri à toutes et même à sœur Charlotte, chef de division de son allée, pour qui toutes les prisonnières étaient d'abord des vicieuses, ensuite des dangereuses et après seulement des femmes, c'est-à-dire tout juste des êtres humains : peut-être que dans la totale inconscience qui était la sienne, la jeune femme se disait que cette mésaventure ajoutait un peu de piquant au jeu qu'elle jouait.

Son entrevue avec le directeur de la prison se déroula dès lors sur le ton de la comédie. Un magistrat lui avait d'abord donné lecture des motifs de son incarcération.

— « La fille Zelle, Margareth, dite Mata-Hari, habitant Palace Hôtel, de religion protestante, née aux Pays-Bas le 7 août 1876, taille 1,75 m, sachant lire et écrire, est prévenue d'espionnage, tentative, complicité, intelligence avec l'ennemi, dans le but de favoriser ses entreprises. »

Mais Mata-Hari l'avait à peine écouté. Elle regardait par la fenêtre. Au-delà des barreaux, on voyait des arbres, elle pensait à des bouleaux et se disait que son passage par Saint-Lazare n'était qu'une étape de plus vers la maison de Vadime.

— Vous avez entendu ?

Elle sursauta. Le magistrat avait achevé, et le directeur, penché en avant sur son bureau, l'interrogeait :

— Vous avez entendu ?

Elle sourit de nouveau et revint dans cette pièce, face à ces hommes qui, comme tant d'autres, voulaient l'accabler.

— J'ai bien entendu, mais tout cela est faux. Absurde et faux. D'ailleurs — elle prit un air mystérieux —, demain au plus tard, la vérité éclatera.

Gêné malgré tout de se trouver devant une femme aussi belle — et surtout aussi célèbre ! —, le directeur se racla la gorge :

— Je vais maintenant être obligé de vous faire conduire à votre cellule. Est-ce que vous avez quelque chose à demander ?

300

Mata-Hari le regarda droit dans les yeux.

— Oui. Je voudrais pouvoir téléphoner à mon avocat et prendre un bon bain. Vos messieurs ne m'ont pas laissé le temps de faire ma toilette, ce matin.

Pris de court, le directeur demeura d'abord sans réponse : une détenue de Saint-Lazare qui demandait à prendre un bain ! Puis il hocha la tête.

— Vous pouvez appeler votre avocat... Donnez-moi son numéro de téléphone. Quant au bain...

Son regard croisa celui de sœur Charlotte qui assistait à l'entretien. Elle semblait tellement révulsée par semblable idée qu'il haussa les épaules : lui-même haïssait cette femme et la haine qu'elle avait pour ses prisonnières.

— Quant au bain, sœur Charlotte vous le fera prendre dans le quartier de l'administration.

— Mais, monsieur le directeur...

Sœur Charlotte avait voulu protester, mais son chef la fit taire : après tout, c'était lui le patron de Saint-Lazare. Et il ne serait pas dit qu'une Mata-Hari y serait mal traitée.

— Vous ferez préparer un bain pour Mlle Mata-Hari, répéta-t-il.

C'était sans réplique. Mais, toute à ses rêves d'amour et d'innocence, Mata-Hari ne se rendait même pas compte que, pour elle, Eugène Baquier, fonctionnaire hors cadre de l'administration pénitentiaire, transgressait toutes les lois, écrites et non écrites, de son établissement. Son regard se fit seulement de velours sombre quand elle parla à son avocat.

— Allô... Mon bon Clunet... C'est Mata... Il vient de m'arriver un incident assez désagréable... Oui. Il faudrait que vous passiez tout de suite à Saint-Lazare... Oui, la prison... Non : ce n'est pas grave et je ne pense pas que ce doive être trop long...

Elle raccrocha. Le velours sombre de ses yeux virait au noir : sa nuit avait été courte, elle était soudain fatiguée.

Ce n'est que lorsqu'on a tiré sur elle le verrou de sa cellule que Mata-Hari a eu peur. Oh ! pas vraiment peur : tout au plus une petite angoisse. La pièce aux meubles de bois blanc où elle avait été enfermée à Plymouth avait une fenêtre qui donnait sur la mer ; et ses murs, peints à la chaux, sentaient le thé et le tabac pour la pipe. Mais la cellule de Saint-Lazare... Et cependant, M. Baquier avait tenu à bien loger sa prisonnière : les murs étaient à peu près propres, le sol carrelé de rouge avait été balayé, et on voyait un petit morceau de ciel à travers les barreaux d'une ouverture très haut placée qui ressemblait plus à une meurtrière qu'à une fenêtre. Mais là, dans ce décor pour une pièce réaliste, *La Fille tombée*, ou *A Saint-Lazare !* elle éprouva pour la première fois une crainte : et si on ne reconnaissait pas son innocence ?

L'heure qui avait suivi son entrevue avec le directeur de la prison avait été sinistre. D'une poigne de fer, sœur Charlotte l'avait de nouveau traînée à travers les couloirs, précédée d'une nonne encore plus barbue qu'elle et qui agitait un énorme trousseau de clés. Devant elles, les prisonnières en corvée et les gardiens, les autres religieuses s'écartaient avec un air soupçonneux. Quant au bain, qu'on lui avait fait couler dans une salle de bains aux murs lépreux et tachés d'humidité, sœur Charlotte avait dû mettre un point d'honneur à le lui offrir aussi tiède que possible.

— Si ce n'est pas malheureux, grogna la religieuse pendant que Mata-Hari faisait glisser sur ses épaules nues un savon noir qui servait à toutes les lessives de la prison — si ce n'est pas malheureux ! Une fille de rien qui a trahi la France !

Mata-Hari était ressortie en frissonnant de la baignoire et, n'eût été une autre petite sœur qui l'avait aidée à se rhabiller et dont le sourire respirait, lui, une très grande bonté, elle aurait retrouvé toutes les idées noires qui l'assaillaient avant sa dernière rencontre avec Glenn.

— Allons ! Madame, lui lança la petite sœur Agnès, il ne faut pas vous en faire ! Tout cela n'est peut-être qu'une erreur !

Erreur, elle aussi avait prononcé le mot. Et Mata-Hari, d'un coup, lui en fut infiniment reconnaissante. Mais sœur Charlotte les surveillait.

— Dépêchez-vous, sœur Agnès. Vous n'êtes pas là pour bavarder avec cette fille.

Sœur Agnès parlait d'erreur ; sœur Charlotte appelait Mata-Hari une fille. La jeune femme eut un nouveau frisson. Aussi, lorsque sœur Agnès s'arrêta sur le seuil de la cellule, le cœur déjà serré de voir cette femme aussi belle que les madones de ses prières pénétrer dans un cachot dont elle ne savait pas, malgré tout, quand elle sortirait, la petite sœur eut un soupir :

— Que vous êtes belle, madame... Je sais, moi, que vous ne pouvez pas avoir fait tout ce qu'ils disent. Rien qu'à vous voir, on le devine. Vous n'avez pas à avoir peur, allez !

Née dans une banlieue de Lille, battue par son père, placée chez un cafetier lorsqu'elle avait seize ans, sœur Agnès savait ce qu'était la justice des hommes, et c'est dans la prière et la pitié pour les femmes qu'elle avait cherché à se sauver. Et Mata-Hari, une fois de plus, avait souri, mais cette fois son sourire était un remerciement.

— Oh si, ma sœur... Au fond de moi, j'ai un peu peur, vous savez !

En se refermant, la porte de la cellule avait eu un drôle de petit grincement. Comme une chanson...

— Cependant, la nouvelle de l'arrestation de Mata-Hari s'était répandue comme une traînée de poudre.

Sur le tapis du salon, Astruc déploie les journaux de ce 14 février 1917 qui tous annoncent, en première page, le destin de la danseuse. « Une espionne femme du monde ». « La fin d'une belle carrière ». « De Paris à Paris en passant par Berlin ». Et, chaque fois, au-dessus, au-dessous, à côté de la nouvelle, il y a d'autres informations sur la guerre et les opérations du front : c'est la presse, la « bonne » presse qui entend informer selon les ordres reçus d'en haut. Car, face au pacifisme latent de ceux que cette boucherie a fini par écœurer, les Caillaux, les Victor Basch, les Charles Gide et autres — déjà ! — « chers professeurs », il s'agit de montrer que la France tout entière et réunie derrière Clemenceau veut non pas la paix, mais la victoire. Alors, on aligne les morts, les offensives, les coups de clairon — et la « trahison » de Mata-Hari est une information importante qu'il s'agit de cerner de toutes parts dans un écrin de honte.

— C'est cela qu'il faut maintenant que vous saisissiez bien, explique Astruc, si vous voulez comprendre les mois qui ont suivi.

Les réactions, dès lors, de tous ceux qui, de près ou de loin, ont approché Mata-Hari. La peur, la crainte, la lâcheté. Déjà, lorsque la rumeur était venue du ministère de la Guerre qu'il valait mieux prendre ses distances à son égard — Manessy et les autres qui faisaient dire qu'ils n'étaient pas là... — on ne se l'était pas fait répéter. Mais maintenant, ils avaient la frousse, ces messieurs. Et la peur d'un gros monsieur ventru, pansu et cossu qui a couché avec une dame et qui veut l'oublier, ce n'est pas beau à voir.

Chez lui, dans son hôtel particulier, derrière les lourds rideaux de velours rouge, l'ex-ministre Manessy déploie son *Figaro* du matin.

— Ce n'est pas possible !

Il en a eu un haut-le-corps : ainsi, c'est arrivé, et cette fille est en prison. Madame son épouse se penche et lit par-dessus son épaule.

— Quand je te disais ! J'espère au moins que tu n'as pas fait d'imprudence. Je veux dire : rien d'irréparable ?

Il prenait son petit déjeuner, Manessy, et il en a laissé tomber son croissant tiède encore et beurré avec délicatesse.

— Ne parle pas de malheur !

Chez Dumet, c'est la même scène, et chez Malvy, et chez Mergerie. Partout, ces dames les épouses sont là, qui veillent au salut de l'empire et conseillent à ces messieurs de faire un tour à la campagne.

— Et si nous allions passer quelques jours chez les enfants, à Vaize ? suggère Mme Dumet.

Le vieux collectionneur secoue la tête : il se souvient de la jeune femme qui a dansé pour la première fois devant ses statues, la bayadère sombre au milieu des figures de pierre.

— Tu ne crois pas que je devrais peut-être...

Ultime sursaut : comme un hoquet ! Mais son épouse en frémit d'indignation.

— Tu ne crois pas, toi, que tu en as assez fait ? Et que moi, j'en ai assez supporté ?

Le baron Victor, que Mata-Hari a quitté un beau soir de 1913 parce qu'il avait giflé le seul homme qu'elle allait jamais aimer, a fait, lui, une boule du numéro du *Gaulois* qui titrait : « Depuis toujours, dans l'ombre, l'araignée tissait sa toile... » Mais c'était un geste de satisfaction.

— La petite garce ! J'en étais sûr que c'était un coup monté avec son Boche !

Il n'a pas oublié que Mata-Hari est partie pour Berlin avec Kieffert. Mais il n'est pas le seul à s'en souvenir... Dans tous les bureaux de l'état-major, aux services secrets de la rue de Grenelle, dans les tristes officines de la rue Saint-Dominique, on compare les dates, on fait des rapprochements : il faut que tout soit prêt pour la justice exemplaire qui se prépare...

— Vous comprenez, maintenant ? interroge de nouveau Astruc.

Avec une admirable exactitude, les dossiers qu'on s'active à mettre au point, les dernières informations que l'on fignole répondent mot pour mot à la presse déchaînée... *Le Figaro, Le Gaulois, L'Illustration...* Cette vague d'insultes obscènes et le masque hideux mais résolument bleu-blanc-rouge d'un soldat inconnu qu'on porte en étendard : que pèse dès lors le corps somptueux d'une femme que des grands bourgeois ont vu superbement nu *avant ?* Tandis qu'on envoie chaque jour à la mort une nouvelle charrette de soldats enterrés vivants, l'heure est au sacrifice, à la victoire, à la France...

— Je l'ai compris, croyez-le bien, murmure Desvilliers.

Il est pâle. Sa jambe gauche raide : il porte dans sa chair la marque de ces somptueuses et dérisoires mises à mort ! Mais tant d'autres, qui étaient ses amis, n'en sont pas revenus !

— C'était un mécanisme implacable qui s'était mis en route...

Il y avait pourtant ceux qui voulaient encore penser à elle... Dans la chambre de sa pension de famille, à Neuilly, Vadime était accablé. Renversé sur son lit, au milieu du désordre des journaux qu'il avait tous lus de la première à la dernière ligne, il était bouleversé.

— Il faut que j'y aille..., murmurait-il. Je dois y aller...

Mais, là aussi, une femme veillait. Ces saintes femmes, ces épouses, ces mères, qui sont là pour nous sauver des autres femmes, des aventurières, des diaboliques : des vraies femmes.

— Est-ce que tu n'es pas fou ? Après tout ce que cette fille t'a déjà fait ?

Ce que Mata-Hari lui avait fait ? Il avait eu une sorte de sanglot lourd.

— Ce qu'elle m'a fait ?

— Ta carrière ! Paris, Vittel, ce déshonneur...

Le même sanglot, si parfaitement désespéré :

— Oh ! Mère ! Ne parlez pas de mon honneur.

Puis, après une seconde de silence :

— Je dois aller là-bas. Il faut que je la voie. C'est cela, mon honneur.

Mais la veuve du colonel Maznoffe s'était dressée entre lui et la porte, longue figure décharnée, redoutable caricature d'une fausse vengeance poursuivant un crime qui n'existait pas.

— Eh bien, c'est sur mon corps que tu passeras, mon fils ! Sur mon corps ! Si tu veux revoir une seule fois encore cette aventurière !

Et Vadime, pourtant déjà debout, s'était laissé retomber sur le lit.

— Ne criez pas comme cela, mère. J'attendrai.

Vadime avait eu un dernier sursaut. Il avait failli penser à elle — mais une fois de plus, il avait baissé la tête.

Seule une femme osait encore se battre pour Mata-Hari : c'était Martha. Alertée par les dépêches codées dont elle

306

avait eu connaissance, elle était revenue en toute hâte de Madrid et avait fait irruption dans le bureau de ce grand dignitaire de la République qui avait été son amant et que, de Berlin à Wiesbaden et en Espagne, jusque dans les bras d'officiers allemands qu'elle en était presque arrivée à aimer, elle n'avait jamais cessé de servir.

— Mon ami, cette affaire est absurde. Je connais Mata-Hari, c'est une brave fille. Et je sais parfaitement ce qu'elle a fait à Madrid : rien du tout. Elle n'est pas capable de faire du mal à une mouche.

Celui que tous les autres appelaient « monsieur le président » avait eu un sourire lointain — impuissant — sous le visage de marbre de la Marianne altière qui surmontait une console d'acajou dans son bureau Empire.

— Si elle est aussi innocente que vous le dites, ma chère Martha, l'instruction le prouvera. Il n'y aura même pas de procès. Mais je me refuse à intervenir, et je vous interdis bien de le faire vous-même...

Martha avait pourtant discuté, pied à pied.

— Vous savez bien que je ne vous obéirai pas.

— Vous savez bien que vous ne pouvez pas ne pas m'obéir.

Elle avait souri.

— Vous et moi... Tout cela remonte à si longtemps...

Mais son interlocuteur était grave :

— Il ne s'agit plus de vous et de moi, mais du travail que vous accomplissez depuis tous ces mois ; vous savez que vous n'avez pas le droit de le compromettre. Quant à cette fille...

— La pauvre fille n'a pas eu de chance, voilà tout.

Celui qu'on appelait « monsieur le président » l'avait encore écoutée un moment, puis il lui avait tendu une cigarette.

— A l'époque où nous vivons, il y en a beaucoup d'autres qui ont encore moins de chance.

Martha avait compris. La guerre : oui. La mort des autres et, une fois encore, l'exemple. Les dossiers s'accumulaient contre Mata-Hari et Martha elle-même, en dépit de son amitié avec cet homme qui pouvait tant de choses, ne pouvait rien...

C'était le 12 février, à dix-sept heures.

Le lendemain, l'instruction commençait. Mata-Hari rencontra pour la première fois le capitaine Bouchardot à neuf heures trente, quai de l'Horloge, dans un bureau étroit et anonyme. Officier du génie blessé par l'explosion d'une mine, on avait failli l'amputer d'une jambe et la blessure avait été particulièrement horrible — Bouchardot était revenu à Paris et avait été mis à la disposition des tribunaux militaires. C'était un homme de quarante-cinq ans, large, court sur pattes, qui haïssait son métier et ne le faisait qu'avec plus d'acharnement, tout comme il haïssait le monde entier, ses supérieurs, et tout particulièrement les femmes. Cette blessure, peut-être, dont il ne s'était jamais remis...

Le matin, avant de gagner son bureau du quai de l'Horloge où, pendant treize semaines, il allait instruire le procès de Mata-Hari, il avait eu une conversation avec sa mère qui, comme la colonelle Maznoffe, veillait sur son fils avec un soin d'autant plus jaloux qu'elle le savait plus faible.

— J'espère, mon petit, que tu sais au moins à qui tu vas avoir affaire !

Bouchardot trempait sa tartine beurrée dans un bol de café au lait.

— Je sais, mère...

Il se disait peut-être : cette femme plus belle que toutes les autres... Mais Mme Bouchardot savait lire jusqu'aux pensées les plus intimes de son fils.

— Tu sais aussi que cette femme est redoutable. Qu'elle a mené plus d'un homme par le bout du nez...

— Je sais, mère...

— Et que toi aussi, elle va essayer de t'avoir, de te posséder...

Le capitaine Bouchardot, qui était en train de beurrer une seconde tartine, s'était interrompu dans son geste : quel étrange sentiment faisaient naître en lui les paroles de sa mère ? Cette femme qui allait tenter de « le posséder » ? Il en éprouvait une sorte de crampe du côté du cœur. Et si elle essayait vraiment, Mata-Hari, de le mener lui aussi « par le bout du nez » ? Il regardait sa mère, la tartine, le bol de café au lait qui refroidissait, et pensait subitement — pensée folle, absurde, dérisoire ! — que ce serait bon, peut-être, et doux, et chaleureux, de se laisser mener par le bout du nez par une femme que tout Paris avait adorée. Lui qu'un obus dans les jambes avait à jamais réduit à cette condition de larve. Sa jambe qui traînait, oui...

— Tu m'écoutes, ou tu rêves ?

Il sursauta.

— Mais je t'écoute, mère. Je pensais seulement à ce que tu disais...

Il avait terminé à la hâte son petit déjeuner, puis était parti pour son bureau avec toujours au fond du cœur cette sorte d'étonnante inquiétude qui l'avait soudain saisi. Comme un homme amoureux qui se rend à son premier rendez-vous. Et si Mata-Hari allait enfin le regarder comme un homme ?

Mais Mata-Hari n'avait pas eu un regard pour lui : il n'était qu'un nouveau pion placé en face d'elle sur l'échiquier miné de cette vie piégée qu'on avait maintenant dessinée pour elle et dont il lui faudrait encore quarante-huit heures pour réaliser l'implacable déroulement.

Parce que, pendant quarante-huit heures encore, Mata-Hari avait crâné : elle croyait si fort qu'on allait se rendre compte de l'effroyable erreur qu'on avait commise, et que c'était avec des excuses qu'on la relâcherait !

Le bureau de Bouchardot était minuscule et donnait sur une cour intérieure de la Conciergerie : pour tout horizon, la fenêtre ouvrait sur un mur nu et gris. Le règlement de l'instruction prévoyait que l'avocat de la prévenue n'était autorisé à assister qu'à ce premier interrogatoire. Ensuite, ce devait être entre Mata-Hari seule et Bouchardot que tout se jouerait, en présence d'un greffier qui s'appelait le sergent Baudoin. Mais ce fut ce premier interrogatoire qui décida peut-être de tout, simplement parce que le malheureux capitaine meurtri par un obus attendait un certain regard de cette femme, et qu'elle ne pensa pas à le lui accorder.

Comme le directeur de la prison, le capitaine Bouchardot commença par se racler la gorge, puis le rituel qui devait se prolonger jusqu'au 21 juin — soit pendant très exactement quatre mois et une semaine — commença.

— Vous êtes bien Margareth Zelle, épouse MacLeod ? interrogea tout de suite Bouchardot.

Mata-Hari releva la tête : il l'attendait, ce regard, et le regard ne venait pas.

— Pour le monde entier, je suis d'abord Mata-Hari.

Le cœur de Bouchardot battait.

— Vous êtes artiste de music-hall.

Des images passaient dans sa tête. Des clichés, des stéréotypes : cette femme nue et immensément belle soudain désarmée devant lui.

— Je suis danseuse sacrée. Mes danses sont un art millénaire dont je perpétue la tradition.

Bouchardot avait déjà compris. Pour elle comme pour les autres — toutes les femmes qui passaient devant lui et qui ne le regardaient pas —, il n'existait pas. Alors, il jeta un regard désespéré à Mata-Hari puis à Baudoin et alla vers la fenêtre : le mur nu. Il se lèvera désormais et marchera sans arrêt pendant tous les interrogatoires, la voix ferme, le ton assuré : nulle pitié ne saurait plus l'atteindre.

— Vous savez de quoi vous êtes inculpée. Qu'avez-vous à répondre ?

C'était cela que Mata-Hari, elle, attendait.

— Que je suis innocente. D'ailleurs, le ministre de la Guerre est en possession d'une lettre que je lui ai envoyée avant-hier et qui donne tous les détails sur mes activités au cours de ces deux dernières années.

La lettre dont la jeune femme pensait que son sort — sa vie ? mais non, pas sa vie : on ne tue pas une Mata-Hari ! — dépendait.

Bouchardot parut surpris.

— Ah, vraiment ? Une lettre ? Vous avez noté, Baudouin. Eh bien, nous allons la faire rechercher, cette lettre...

Toute son excitation était retombée. Les vagues espoirs, les espoirs fous, aussi, qu'il avait pu avoir. Et son travail, désormais, il le ferait le cœur sec. Mata-Hari n'était qu'une femme comme toutes les autres.

— Cette lettre, poursuivait pourtant Mata-Hari, a été remise avant-hier soir rue Saint-Dominique par un ami à moi, le journaliste américain Glenn Carter.

Bouchardot hocha la tête.

— Vous notez tout cela, Baudoin. Et vous vous occupez de faire retrouver cette lettre.

Puis l'interrogatoire se poursuivit : questions, réponses, une manière de rituel, donc, qui allait durer toutes ces semaines. Après trois heures très exactement, Bouchardot revint s'asseoir en face de la jeune femme.

— Nous en avons fini pour aujourd'hui. Vous n'avez rien à ajouter ?

— Rien du tout. Sinon l'espoir que, dès demain, ce malentendu sera dissipé...

Bouchardot se releva. Il était horriblement — c'est le mot : horriblement — soulagé.

— Je vais vous faire reconduire à Saint-Lazare.

Clunet n'avait pas dit un mot. Témoin impuissant de tout ce qui allait arriver, il alla vers Mata-Hari.

— Mon amie, vous savez que je ne serai pas autorisé à assister aux autres interrogatoires. Mais je crois que vous pouvez faire confiance au capitaine Bouchardot. Il a l'air d'un brave homme.

Mais le regard qu'elle aurait encore pu avoir pour celui qui tenait pour le moment son sort entre ses mains — le regard d'une femme sur un homme —, Mata-Hari ne l'eut pas davantage. Elle ignora l'officier instructeur avec une superbe indifférence, et pressa seulement dans les siennes les mains de Clunet.

— J'ai surtout confiance en vous. Et en mon innocence. Cette lettre éclaircira tout...

Le visage de Bouchardot était de marbre. Clunet déposa

un bref baiser sur le front de la jeune femme qu'une voiture attendait déjà dans la cour.

Sur le trottoir, devant la Conciergerie et la Seine, l'avocat avait rejoint Astruc qui l'attendait.

— Alors ?

— Ce Bouchardot a l'air d'un âne. Mais d'un âne qui serait méchant comme une teigne sous un chêne, à Vincennes, avec la balance de la justice entre les mains.

Georges Clunet, l'avocat de Mata-Hari, n'avait pas compris que sa cliente et amie tendrement aimée avait laissé passer sa seule chance de sauver sa tête. Peut-être qu'il aurait suffi d'un sourire ?

Dans sa cellule, Mata-Hari avait retrouvé la petite sœur Agnès.

— Ah ! sœur Agnès ! C'est presque bon d'être de nouveau ici ! Vous ne pouvez pas savoir combien ça sent mauvais là-bas. Ces militaires sont affreux !

Cependant que la petite sœur s'affairait autour d'elle, tout à l'admiration qu'elle avait pour sa prisonnière et à son plaisir de sentir que Mata-Hari, déjà, avait besoin d'elle.

— Je vous ai chipé une aile de poulet aux cuisines. Vous verrez que ça va être bon. Et puis, j'ai pris un peu de riz au lait. Je suis si heureuse — j'allais dire : je suis si fière ! — de pouvoir m'occuper de vous. Mais c'est si peu de chose. Ah ! Ce devait être différent quand vous étiez aux Indes...

Et comme la petite sœur, éblouie par la légende, le lui demandait, une dernière fois, Mata-Hari s'est souvenue. Les mots d'autrefois ; les clichés ; la mémoire qu'elle s'était inventée pour les autres et dont soudain, ce soir, une fois encore, elle voulait — autant pour elle que pour la petite sœur — renouer les fils magiques. Son regard, alors, qui devient grave :

— Oui, c'était différent. Vous vous rendez compte ? J'avais six domestiques. C'étaient six filles du village, qui ne s'occupaient que de moi. L'une brossait mes cheveux, l'autre maquillait mon visage, la troisième préparait mes bains. Les autres jouaient de la musique quand je dansais.

Ah ! sœur Agnès ! Petite sœur Agnès ! Vous ne pouvez pas savoir ce qu'était ma vie alors...

Et sœur Agnès, fascinée, écoutait Mata-Hari rêver à ce qui avait existé si profondément dans sa légende que c'était devenu sa vie : une vie brusquement abolie et qu'elle prenait plaisir à ressusciter.

Lorsqu'elle eut fini de réciter le poème qu'était son passé mythique, elle raconta de même son existence volage et parisienne, ses amours et, de la même façon, la petite sœur l'écouta longuement. Elle lui décrivit enfin la beauté de Vadimé, sa tendresse, la maison des bouleaux qu'elle n'avait jamais vue, et la jeune religieuse, extasiée cette fois, fermait les yeux.

— Oh ! Madame, que c'est beau, l'amour !

Ce jour-là comme les autres, Mata-Hari s'endormit avec le nom de Vadime sur les lèvres.

Rentré chez lui, Bouchardot avait laissé éclater devant sa mère, qui lui servait le dîner du soir, toute l'amertume de sa déception, en même temps que la hargne qu'il mettrait maintenant à la venger.

— Crois-moi, mère, c'est une vicieuse, je le sens bien. Mais je t'assure qu'elle ne fera pas longtemps la fière ! Tu peux me faire confiance.

Il avait la bouche pleine, le capitaine Bouchardot, mais son regard était dur. Désormais, Mata-Hari serait une femme comme toutes celles qu'il avait croisées, un être méprisable parce que femme. Et sa mère, qui savait la douleur obscure, jamais avouée, qui le crucifiait, abondait dans son sens :

— Je te fais confiance, mon petit. A l'heure où des milliers de mères et d'épouses françaises pleurent un fils ou un mari, que cette femme-là ne soit pas déjà au poteau avec douze balles dans la peau : c'est un scandale !

Le regard ironique, faussement indigné du fils qui bâfre sa soupe parce que les femmes lui tournent le dos.

— Mère, mère ! Et la justice... Vous oubliez qu'il existe dans ce pays une institution qui s'appelle la justice !

Alors, la mère s'approche tendrement de son fils et pose sa main de mère sur son épaule.

— Mais, mon grand, tu es là pour l'aider, la justice ! Et pour tirer les vers du nez de cette horrible femme !

Bouchardot rit : comme s'il était désormais parfaitement sûr de lui.

— Maman, maman... Comme tu y vas... Je l'interroge, voilà tout !

Il interrogeait, oui ; et le second interrogatoire devait être le premier coup porté à la victime subitement aux abois.

Il l'avait d'ailleurs préparé, son coup, le capitaine Bouchardot. L'enquête à laquelle il avait fait procéder après les affirmations de sa prisonnière avait été rapide : il pouvait dès maintenant frapper. Aussi souriait-il, presque affable, si sûr de lui, lorsqu'on introduisit Mata-Hari dans son cabinet. Il affecta même de plaisanter.

— Ah ! Vous voilà ! J'étais en train de dire au sergent Baudoin que vous n'alliez plus venir... Un rendez-vous galant peut-être... Asseyez-vous.

Il se frottait les mains, content de lui et de ce qu'il allait apprendre à la jeune femme. Aussi faisait-il durer le plaisir.

— Bon... Vous avez passé une bonne nuit ? Le lit n'était pas trop dur ? Et votre bain ? Pas trop chaud, pas trop froid, juste ce qu'il fallait ? Vous ne dites rien...

Mais le visage de Mata-Hari demeurait fermé. On aurait dit qu'elle avait deviné...

— Je vous écoute.

— Mais c'est à moi de vous écouter, chère madame... Peut-être que vous pourriez me raconter votre vie, pour commencer...

La jeune femme respira très fort puis, le visage impassible — ce regard très droit dont Bouchardot se disait avec tant de plaisir qu'il allait enfin le faire trembler —, elle reprit :

— Je vous ai dit que j'avais écrit au ministre de la Guerre. Tout est là, dans cette lettre déposée il y a trois jours par mon ami, M. Glenn Carter. Et puis, si vous arrêtiez de marcher de long en large ? Vous ne pouvez pas vous asseoir ? Vous me donnez le tournis...

Cette fois, Bouchardot ne souriait plus. Il allait frapper. Aussi revint-il s'asseoir en face de Mata-Hari. Il prit lui aussi sa respiration puis, la regardant droit dans les yeux, commença :

— Je m'assieds, mais je me demande si vous êtes bien assise, vous ? Parce que j'ai une nouvelle pour vous, moi. Le ministre de la Guerre n'a jamais reçu de lettre de vous ; ni hier ni avant-hier. Quant à votre ami, ce M. Carter, il est mort il y a trois jours dans un accident d'avion, près de Tours.

Mata-Hari ne broncha pas ; peut-être même qu'elle ne pâlit pas. Elle ne baissa pas non plus le regard. Elle murmura seulement :

— Ce n'est pas possible...

Puis elle tomba tout d'une pièce évanouie. Sur la Somme, c'était l'échec de l'offensive Nivelle. Le château de Ham avait brûlé. Noyon, Chauny n'étaient plus que des amas de ruines : une badine à la main, le général Franchet d'Esperey inspectait les décombres et envoyait à l'arrière des messages triomphants. Ramenée à Saint-Lazare, Mata-Hari n'avait repris connaissance que tard dans l'après-midi.

Les heures qui suivirent furent horribles : pour la première fois, Mata-Hari avait cessé de croire. La mort de Glenn et la disparition de la lettre se mêlaient dans son esprit : ce n'était qu'une seule et unique catastrophe qui s'était abattue sur elle et dont elle sentait confusément qu'elle ne se relèverait jamais tout à fait. Tous pouvaient la trahir, sauf Glenn. Or, en mourant Glenn l'avait, sans le vouloir, trahie.

Lorsqu'elle regagna sa cellule, elle était hébétée, et la petite sœur Agnès eut beau s'employer à tenter de la rassurer, elle n'obtint d'elle qu'un regard qui était une question : combien de temps encore ?

— Allons, madame... Un peu de courage ! Il ne faut pas vous laisser aller comme ça. Tout ce que vous m'avez dit sur votre ami... Il était si bon... Il est sûrement près du bon Dieu, maintenant.

— Près du bon Dieu !

La cellule était sombre et froide. Mata-Hari tremblait.

— Oui, madame, reprenait la petite sœur. Et il ne faut pas rire de ces choses-là. Il est heureux, oui... Il faut penser à vous, maintenant. Allons ! Secouez-vous !

Elle voulait être gentille, sœur Agnès, elle jouait la comédie :

— Pensez à ce qu'elles diraient, vos six servantes indiennes, si elles vous voyaient dans cet état ! Et tous ces beaux messieurs qui vous faisaient la cour ? Vous croyez qu'ils ne pensent pas à vous, eux ? Vous croyez qu'ils ne savent pas que vous êtes innocente et qu'ils ne vont pas tout faire pour vous tirer de ce mauvais pas ?

Mata-Hari secoua la tête : cela, bien sûr, elle ne pouvait plus y croire.

— Vous croyez, sœur Agnès ?

Comme mue par l'instinct de ce qu'elle n'avait jamais connu, la petite sœur trouva pourtant les mots qui auraient dû calmer la douleur de la jeune femme.

— Si je le crois ? Mais je prie tous les jours le bon Dieu pour cela ! Et puis, il y a M. Vadime... Je suis sûre que lui ne vous a pas oubliée...

Mais même le souvenir de Vadime, ce soir-là, n'apaisa pas Mata-Hari.

— Et pourtant, remarque Astruc, j'essayais encore !

Dans le salon aux dorures écrasantes de Manessy, il faisait antichambre avec Clunet. Mais lui non plus n'y croyait guère.

— Vous pensez ! Ils sont déjà tous en train de s'esquiver sur la pointe des pieds par la porte de service, pour ne pas dire la sortie de secours !

L'avocat secouait la tête :

— Je ne me tiens pas battu, moi... Nous les connaissons bien...

Astruc a eu un petit rire

— Trop bien, oui !

Mais Clunet jouait son rôle d'avocat : jusqu'à la dernière seconde, il demeure une once d'espoir. Et on en était encore loin, de la dernière seconde ! Une preuve manquait à Mata-Hari, mais il y avait tout le reste. Des témoins, des arguments. Et des hommes qui, le moment venu, se décideraient à parler.

— Peut-être que nous les jugeons trop vite. Pour le moment, c'est l'effet de surprise qui joue. Ils ont peur. Quand on comprendra que Mata-Hari est vraiment innocente, ils sauront qu'ils ne risquent rien, et alors ils viendront à la rescousse.

— La petite faille de votre raisonnement, maître, c'est qu'il faudrait qu'ils viennent *d'abord* à la rescousse, pour qu'on comprenne que Mata est innocente. Tenez... Vous allez voir.

La porte du salon s'ouvrait, Manessy venait vers eux, les mains tendues.

— Ah ! mes amis ! quelle histoire... Je suis confus de vous avoir fait attendre. Restez assis... Restez assis. Mais je suis aussi embarrassé que vous. Vous comprendrez bien qu'il ne faut en aucune façon que mon nom soit mêlé à cette affaire...

Tout de suite, il prenait ses distances. Astruc, pourtant, allait droit au but.

— Mais, monsieur le ministre, Mata-Hari a été votre amie...

L'air gêné, horriblement gêné de l'ancien ministre de la Guerre ! Il s'était assis sur un canapé et contemplait ses mains, qui étaient fines et blanches.

— Sans doute ! Sans doute... Encore que nous ne nous soyons rencontrés que de façon épisodique. Mais, sacredieu, elle en a eu, des amis, Mata ! Je n'étais pas le seul ! Et la situation étant ce qu'elle est, pour le moment, je préfère que vous vous adressiez à ses autres amis ! Je suis certain qu'ils se feront, sinon un plaisir, du moins un devoir...

Il regardait toujours ses mains et faisait craquer les jointures de ses doigts avec un bruit qui sonnait étrangement fort dans le salon surchargé de vases de fleurs et de portraits austères.

— Monsieur le ministre, est-ce à dire que vous refusez de nous apporter votre concours ?

Le regard cette fois douloureux de Manessy : comment pouvait-on le soupçonner de semblable dérobade ?

— Je ne refuse pas, absolument pas... Mais je ne le souhaite pas. Et je vous demande de le comprendre... D'ailleurs, je ne suis pas sûr que mon témoignage serait d'un grand secours... Après tout, on rencontrait un peu n'importe qui, autour de Mata-Hari... Et si je venais à déposer, je serais bien obligé d'en faire état.

Clunet et Astruc se levèrent d'un seul mouvement :

— Monsieur le ministre, nous comprenons que ce n'est pas la peine de vous déranger plus longtemps...

Et le soir même, dans un club où l'on se retrouvait entre héros de l'arrière à fumer des cigares, boire du cognac et parler des petites femmes esseulées qu'on consolait si aisément dans les rues de Paris, Manessy secouait gravement la cendre brûlante de son Corona tout en affirmant au baron Victor :

— Vous comprenez qu'avec ce qui se passe depuis quelques semaines sur tout le front, ces désertions, ces mutineries, tous ces malheureux qui osent lever la crosse en l'air, ce n'est pas le moment de laisser croire à nos poilus que l'arrière ne tient pas bon ! Je le disais à Clunet : après tout, cette fille avait des relations...

Et le baron Victor d'opiner du bonnet, l'air plus sentencieux encore :

— Je ne vous le fais pas dire ! Parce que je ne peux pas oublier, moi, qu'elle est partie pour Berlin avec ce Boche !

— Vous êtes de mon avis ? Il nous faut témoigner de la plus grande prudence et recommander à nos amis d'en faire autant !

Un gros rond de fumée bleuâtre flottait au-dessus d'eux. Même à la retraite, jusqu'au fond des fauteuils de cuir de ce club pour messieurs seuls en quête des ultimes conforts de la vie, ils étaient toujours ceux qui tenaient les rênes du pouvoir. En couverture de *L'Illustration*, le général Fran-

chet d'Esperey observait, en sépia, l'avance des troupes
françaises — qui reculaient !

— A partir de ce moment-là, j'ai su, moi, que tout était
joué. Ou presque...
Depuis quelques jours, Astruc a recommencé à boire,
comme si le cours du destin de Mata-Hari qui s'accélérait
désormais inexorablement ne pouvait que le plonger davantage dans l'alcool et dans l'oubli.

— Et pourtant, j'ai menti. J'ai fait passer par Clunet une
lettre où j'expliquais à Mata-Hari que le monde entier —
enfin : Paris ! — s'inquiétait de son sort et que c'était à qui
en ferait le plus pour assurer sa libération.

Et Mata-Hari, qui avait reçu cette lettre et qui était prête
à tout croire, avait lentement repris courage. Passé la
stupeur que lui avait causée la mort de Glenn, cette douleur
fulgurante et que jamais, dans ses plus sombres rêves, elle
n'aurait imaginée — et grâce à l'affection que continuait à
lui témoigner la petite sœur qui s'occupait d'elle —, la jeune
femme avait regagné un peu de confiance. La lettre d'Astruc, donc, mais surtout cette certitude absolue qu'elle avait
de son innocence — et puis le souvenir de Vadime que sœur
Agnès, sans cesse, ravivait...

— Il pense à vous, vous l'imaginez bien ! C'est seulement
sa sale bonne femme de mère qui l'empêche de venir vous
voir.

Vadime qui pensait à elle, oui... Il avait élu domicile dans
une boîte à putains de la rue Bréa, qui s'appelait le Coq au
Rico et ce n'était plus qu'à l'aube, chaque matin, qu'il
regagnait la pension de Neuilly.

— Alors, beau blond, on traîne sa mélancolie ?
Les filles étaient gentilles avec lui et, comme il n'avait
guère d'argent, elles s'arrangeaient toujours pour que le
patron, bon bougre, laisse à portée de sa main une bouteille
de vodka.

— C'est vrai qu'il a le charme slave..., se disaient-elles

l'une à l'autre, les Marie-Hélène et autres Pétunia. J'aurais bien envie de le consoler...

Sans protester, alors, Vadime se laissait consoler et, dans le lit d'une Pétunia, le divan d'une Mirandoline ou les bras d'une Arabella, il fermait les yeux.

— Je suis un salaud..., murmurait-il entre ses dents.

Les Mirandoline, alors, et les Pétunia lui donnaient un petit peu de poudre blanche. Pour oublier. Mais Vadime ne parvenait pas à oublier, et c'était une espèce de mort vivant qui traversait Paris aux petites heures du matin, bravant le ballet des arroseuses, tandis que, dans sa cellule, Mata-Hari trouvait enfin un peu de sommeil.

— Il pense à vous, vous l'imaginez bien ! répétait sœur Agnès.

Si bien que lorsqu'elle se retrouva une troisième fois en face du capitaine Bouchardot, Mata-Hari avait résolu de jouer de nouveau le jeu de la confiance absolue. Elle s'en voulait, d'ailleurs, d'avoir pu un instant se laisser aller à sa douleur — et à la peur — devant lui. C'est donc maquillée comme aux plus beaux jours de sa splendeur qu'elle se rendit dès lors deux fois par semaine dans le bureau du quai de l'Horloge. Mais Bouchardot avait, lui, décidé de la haïr et il ne la regardait que pour mieux la mépriser de tant de beauté. Seul le petit greffier, le sergent Baudoin, silencieux, avait pour elle un visage grave qui était son unique manière de lui dire qu'elle était belle. Mais le même rituel de questions et de réponses — le jeu du chat et de la souris — se poursuivait. Et durait. Mata-Hari allumait une cigarette. « Vous permettez ? » puis elle toisait le petit magistrat.

— Capitaine, je ne suis pas sûre que vous sachiez très bien ce que peut être la vie d'une femme comme moi — comme vous dites —, c'est-à-dire d'une artiste et d'une femme du monde. Le moins que l'on puisse dire, c'est que nous en connaissons, du monde. Et le moment venu, si le moment doit venir, je me bornerai à citer parmi mes témoins de moralité...

Rire, alors, de Bouchardot :

— Moralité !

— Oui, moralité. Il s'agit d'un terme juridique, si vous ne le connaissez pas. Et puis, arrêtez de marcher sans cesse : je ne peux pas me concentrer ! Je citerai le secrétaire général du Quai d'Orsay, M. de Mergerie, M. Manessy, ministre de la Guerre, M. Malvy, le duc de Noailles, le prince de Broglie, la moitié du Jockey Club, le faubourg Saint-Germain dans sa quasi-totalité et encore, oui, des personnalités étrangères, anglaises et italiennes et aussi — pourquoi pas ? — allemandes ou autrichiennes ! Et alors ? C'est le propre du Gotha de planer au-dessus des frontières, d'avoir des oncles à Paris, des cousins à Vienne et des arrière-neveux à Bucarest ou à Berlin...

Un tel discours ne pouvait qu'irriter celui qui se sentait si loin de ce beau monde qu'on lui agitait aux yeux, telle la cape rouge au nez du taureau dans l'arène. Il ne pouvait qu'en grogner de haine.

— Planer au-dessus des frontières ! Vienne et Bucarest ! Quand nos soldats meurent chaque jour glorieusement enveloppés dans les plis du drapeau !

Mais Mata-Hari avait désormais réponse à tout.

— Je sais que nos soldats meurent. J'ai vécu à Vittel dans un hôpital militaire, capitaine.

— Pour espionner ! Pour arracher à ces malheureux blessés des bribes de secrets contre la France !

Vertueuse, alors, mais si vraie, l'indignation de Mata-Hari !

— Je vous répète que je suis innocente. Que je ne suis pas et n'ai jamais été une espionne. D'ailleurs, le commandant Ladoux vous expliquera très vite tout cela.

Et les interrogatoires succédaient aux interrogatoires, sans que rien de nouveau ne se produisît. Un jeu du chat et de la souris ? Elle ne s'en sortait pas mal, pour le moment, la souris ! Et le chat, qui devait s'expliquer avec ses supérieurs, se faisait tancer vertement.

La scène est sobre et très courte. Elle se déroule dans un bureau du ministère de la Guerre, rue Saint-Dominique. Le capitaine Bouchardot qui est venu « au rapport » tente de se justifier devant un général qui n'a que deux étoiles, mais devant qui s'ouvrent toutes les portes. Jadis, dans l'Espagne de Philippe II, un simple inquisiteur faisait ainsi trembler les rois. L'homme a le visage rasé, le crâne chauve, des petites lunettes étroites sur le bout du nez. On l'appellera le général Martin. C'est lui qui tient entre ses mains tous les dossiers, qui tire toutes les ficelles mais ne quitte pourtant jamais l'ombre.

— Elle ne sort pas de son système de défense, essaie de dire Bouchardot, je lui ai demandé de me raconter sa vie, comme vous me l'aviez suggéré : j'écoute un recueil d'échos mondains...

Mais l'autre lui coupe la parole. Il ne joue pas avec une badine de jonc, il ne porte pas monocle ni uniforme de fantaisie. Il a lu Kant et Hegel : c'est peut-être parce que d'aucuns se demandent pourquoi il porte un uniforme qu'il est plus redoutable.

— Ecoutez, mon vieux, vous avez un travail à faire : faites-le ! On commence à s'agacer en haut lieu. Il faut donner quelque chose à la presse sinon, malgré la bonne volonté dont j'avoue qu'ils ont témoigné jusqu'ici à notre égard, ces messieurs des journaux vont finir par s'apitoyer et par se demander eux aussi si elle n'est pas innocente !

Toute la haine, pourtant, de Bouchardot : cette femme trop belle...

— Mais elle ne *peut* pas être innocente !

Le général se lève. Ce qu'il doit dire maintenant, il faut que ce capitaine borné et pleutre, cet uniforme aigri qu'on a choisi à dessein pour la tâche qui est la sienne, le comprenne bien. Alors, il scande ses mots :

— Vous l'avez dit : elle ne *peut* pas être innocente. La situation sur le front ne le permet pas. Alors, allez-y ! A pleine vapeur !

Bouchardot se lève à son tour. Il a compris que l'entretien était terminé.

— Faites-moi confiance, mon général, je trouverai la faille !

Puis il salue d'un geste trop large. Resté seul, le général a un petit sifflement ironique.

— Lui faire confiance ! Pauvre garçon... Comme si nous pouvions nous permettre de faire confiance à qui que ce soit.

Ce « nous » que le général a prononcé : tous les hommes qui s'acharnent maintenant à la perte, irrévocable, d'une femme jeune et belle qui ne savait pas ce qu'elle faisait...

D'une femme jeune et belle qui, dans sa cellule, écrit, sans fin.

« Mon Vadime, mon amour. Après les heures sombres de ces derniers jours, je recommence à voir la lumière. Pendant quelque temps, j'ai désespéré. Et puis, une bonne petite femme de petite bonne sœur qui veille sur moi comme un ange m'a redonné courage : elle m'a parlé de toi : il suffit de ton nom à mon oreille pour que les murs de cette prison, les affreux militaires qui me posent sans cesse leurs affreuses questions, tout redevienne clair. Ton nom, mon Vadime, ton amour... »

— Mais ce général chauve et intelligent — il en existe ! — avait donné des ordres ; et les bureaux, les services, les officines n'avaient plus qu'à suivre.

On dirait que c'est avec une délectation morbide qu'Astruc décrit désormais chaque rouage du monstrueux mécanisme qu'on a mis en marche.

Les dossiers que l'on constitue à la hâte, les dépêches que l'on relit, les informations qu'on sollicite, les informateurs que l'on soudoie : les preuves que l'on fabrique... Ainsi cette petite nouvelle qui avait longtemps laissé perplexe Ladoux et ses hommes : le télégramme de Madrid qui avait annoncé l'arrivée en Espagne, puis le départ pour la France d'un mystérieux agent H 21... A force de jouer avec les mots nus et blancs, de coder et de décoder des dépêches ennemies, une idée peu à peu a germé. Entre les services de Ladoux et l'état-major, on a échangé des messages, des coups de téléphone ; entre l'état-major et le bureau du général au crâne chauve, entre l'officier de liaison du général et ce cher capitaine Bouchardot... On a mis le temps, mais on y est parvenu : la première preuve.

— Comment ? Vous en êtes sûr ?

Bouchardot vient de raccrocher le téléphone de cuivre poli. Il exulte : ainsi, on lui a fourni le renseignement qu'il attendait depuis le premier jour ; depuis ce 13 février où Mata-Hari, superbe et insolente, n'a pas eu pour lui le regard — un simple regard ! — qu'il espérait. La guerre fait rage : il pourra tout venger. A Laon, à Saint-Quentin, à Lens, les Allemands ont fait élever en terre française des monuments de marbre et de roc à leurs morts à eux ; à Reims, la cathédrale brûle ; à Paris, Mata-Hari continue de le défier : Bouchardot a enfin de quoi l'abattre.

— Faites-moi venir la fille Zelle. Tout de suite.

Quelle petite joie ignoble, déjà, de dire « fille Zelle » et non Mata-Hari ! Baudoin le regarde, sans comprendre.

— Mais... Nous sommes jeudi ? Elle ne vient jamais le jeudi...

Il se frotte les mains de plaisir, Bouchardot, et marche déjà de long en large·dans son bureau. Comme si Mata-Hari était déjà là.

— Et alors, Baudoin ? Il n'y a pas d'heure pour les braves ! Et je m'en voudrais de faire attendre Mlle Zelle !

Mata-Hari, elle-même, ne comprend pas. Elle est en train de se coiffer devant sœur Agnès, qui lui parle de Vadime.

— Je me suis toujours dit, soupire la petite sœur, que la Russie était un pays qui ne ressemblait à aucun autre...

Et les longs cheveux sombres de la jeune femme jouent dans la lumière bleuâtre qui vient quand même éclairer faiblement la cellule à travers le soupirail placé si haut. Lorsque soudain, les verrous grincent et la porte de fer s'ouvre : c'est sœur Charlotte qui, tout de suite, attaque.

— Alors ? Qu'est-ce que vous attendez, sœur Agnès ? Votre « amie » doit être à neuf heures quai de l'Horloge. Vous savez l'heure qu'il est ?

Sœur Agnès se retourne : elle était si heureuse de parler de ce qu'elle ne connaissait pas.

— Mais nous sommes jeudi...

Mata-Hari l'arrête. Elle sourit une fois de plus à tous ceux qui la haïssent.

— Je suis prête, sœur Charlotte. D'ailleurs sœur Agnès était justement en train de me dire de me dépêcher.

Et Mata-Hari se retrouve de nouveau en face de Bouchardot et de son greffier Baudoin. Mais cette fois, Bouchardot est très grave : toujours debout, il savoure ce qu'il va lui dire.

— Je vous ai fait venir un jour plus tôt que prévu, madame, parce que ce matin, j'ai du nouveau.

Ironique, Mata-Hari le dévisage.

— Vraiment ?

— Oui. Ce n'est plus la peine de nier, nous savons tout. *Je* sais tout.

— Vraiment ? répète Mata-Hari pour qui le jeu commencé voilà tant de mois, d'années, ne fait que continuer.

— Vous allez vite perdre ces grands airs, madame. Depuis quelques heures, nous avons la preuve irréfutable que vous êtes l'agent H 21, envoyé en France en 1916 et chargé de déjouer nos services de contre-espionnage. Vous avez été formée à l'école du nommé Kieffert et de Fraülein Hildegarde, dite encore Fraülein Doktor, puis sous les ordres de Van Damm. Vous avez travaillé à Paris, puis à Madrid, et c'est lorsque la situation est devenue impossible pour vous en Espagne que vous êtes revenue en France.

Il y a eu un silence. Comme si la jeune femme mesurait l'importance de ce qu'elle-même allait maintenant dire. Puis elle a poussé un profond soupir, elle a réfléchi un instant encore, et s'est jetée à l'eau.

— Il vous a fallu tout ce temps pour arriver à ce résultat ?

Avec un sourire, Bouchardot l'a regardée, stupéfait : elle crânait.

— Comment, tout ce temps ? Nous avons intercepté des télégrammes en provenance de Madrid qui nous ont permis d'établir la vérité. Et une vérité face à laquelle vous ne pouvez plus rien nier.

Mais Mata-Hari était de nouveau sûre d'elle-même. Soulagée, même, de pouvoir enfin parler.

— Mais je ne nie rien, commandant. Vous notez, monsieur le sergent ? — elle s'est retournée vers Baudouin et lui a souri. Je ne nie rien, bien au contraire ! Maintenant, au contraire, je peux tout vous expliquer.

Bouchardot s'est assis, consterné de tant d'audace.

— Vous faites bien de vous asseoir, car ce sera long, j'en ai peur... Je commence par le commencement. En août 1916, je suis allée voir le capitaine Ladoux, 221, boulevard Saint-Germain. Pour votre gouverne, c'est le général Joffre lui-même qui a nommé le capitaine Ladoux à son poste...

Et à partir de ce jour-là, c'est Mata-Hari qui a parlé. Elle a tout raconté : avec un luxe inouï de détails. Il n'était plus un événement, si petit fût-il, qu'elle cachât à un Bouchardot éberlué et qui n'avait même plus le temps de dire à son greffier de noter !

— Je crois, commente Astruc, qu'elle prenait un véritable plaisir à se raconter ainsi. A mesure qu'elle parlait, elle en oubliait la peur qu'elle avait pu un moment avoir.

— Et elle oubliait Vadime ?

Le regard de Desvilliers se fige.

— Elle n'a jamais oublié Vadime. Jusqu'à la fin.

Bouchardot, lui, commençait de nouveau à s'inquiéter. Il était allé retrouver le général Martin dans son bureau très officiel et très XVIIIe siècle, surchargé d'angelots amusés sous leur stuc doré.

— Cette fille a réponse à tout. Et, somme toute, ses explications se tiennent...

Mais l'autre le regardait, plus ironique que les *putti* du plafond : il savait où il allait.

— Ses explications se tiennent, oui ; ou ne se tiennent pas ! Il suffit au départ d'un seul mensonge, et tout l'édifice s'écroule. Bien sûr, que nous savons que c'est elle qui était allée voir Ladoux pour lui offrir ses services : et après ? Elle venait de Berlin et avait déjà reçu de l'argent des Allemands. Même si, comme elle le prétend, tout était combiné, il n'y a que ses propres affirmations pour le prouver.

Puis, comme Bouchardot suggérait de faire intervenir Ladoux, le général qui avait lu Kant, mais qui aimait aussi Renoir et lisait dans le texte les romans de Jane Austen, eut un petit rire :

— Gardons Ladoux en réserve. Pour le moment. Et continuez à attaquer. Harcelez-la. Elle finira bien par craquer. Même si elle dit la vérité !

Alors, revenant chez lui, dans le pavillon qu'il occupait avec sa mère à Sainte-Geneviève-des-Bois, Bouchardot s'écroula :

— Il y a des femmes, mère, tu ne peux pas savoir...

La main de la vieille femme sur la nuque de son fils : la seule femme qui, jamais...

— Oh ! Je sais, mon petit... Je sais...

Mais Bouchardot, le visage dans les mains, sanglote : cette haine qui ressemble tant à l'amour.

— On sait qu'elles mentent ; on sait que tout en elles est truqué, vicié, corrompu. Mais leur sourire... Elles croient qu'il leur suffit de sourire... Oh ! ce sourire...

— Mais tu es fort, mon grand. Tu es plus fort qu'elle...

Le capitaine relève la tête. Il a les yeux rouges. Mais il sait qu'il doit aller jusqu'au bout de son entreprise qui n'est, après tout, qu'une mise à mort.

— C'est difficile, mère... Si difficile, quelquefois...

Et ce soir-là, pour la première fois de sa vie, le capitaine Bouchardot a fait quelque chose qui, deux mois auparavant, lui aurait paru impensable. Inimaginable. Il a quitté le pavillon de banlieue et la tendresse tiède et gluante de sa mère. Dans cette chaleur d'une soirée qui était déjà de printemps, il est allé jusqu'à la gare et a repris le train de Paris. Puis, toute la nuit, il a marché. Il est allé de bar en bar, de café en trottoir : il cherchait. Rue Saint-Denis, rue de Lappe, rue de Provence, il a cherché : il était désespérément en quête d'un regard de femme qui fût celui de Mata-Hari. Alors, de femme en femme, dans la rue qui durait, il errait.

C'est ainsi qu'il s'est retrouvé dans un bouge de Montparnasse, rue Bréa. A côté de lui, un long garçon blond, maigre et mal rasé, caressait tristement les seins d'une fille qui était brune et sombre. Les regards de Bouchardot et de Vadime se sont croisés : c'était vrai que Pétunia ou Mirandoline ressemblait à Mata-Hari. Tristement, Bouchardot, qui n'avait jamais bu, buvait.

— Tu veux une vodka, petit père ? C'est sur le compte de la maison !

Le lieutenant Maznoffe lui-même a tendu la bouteille à celui qui était en train de fignoler la mise à mort de sa maîtresse abandonnée. Mais ce n'était pas l'alcool que convoitait le capitaine qui, dans son costume civil étriqué, ressemblait à un employé de banque en chômage.

— Ah ! c'est Mirandoline qui te fait envie ? Pourquoi est-ce que tu ne l'as pas dit plus tôt ?

D'une pression de la main sur les épaules de la putain, Vadime a donc poussé vers son bourreau celle qui ressemblait à toutes les autres mais aussi à Mata-Hari.

— Tu peux la prendre si tu veux ! Elle a une sale gueule, mais un beau cul. Et puis elle aime ça !

Dans la poche de Vadime, il y avait le petit sachet de poudre blanche : ce serait assez pour sa nuit, et le reste importait guère. Soumise, la prostituée est passée des bras du jeune lieutenant à demi déserteur à ceux du capitaine français blessé sur la Somme, et Vadime les a vus partir tous les deux avec un hoquet triste.

— Pourquoi inventer tout cela ? interrompt subitement Desvilliers.

Mais Astruc le regarde sans comprendre :

— Inventer ? Pourquoi inventer ? Il fallait bien que les deux amants de Mata-Hari se rencontrent un jour, non ? Celui qui n'oserait jamais et celui qui n'osait plus... Alors, le Coq au Rico, rue Bréa, me paraît un cadre qui en vaut bien un autre...

Dans la chambre d'hôtel de la rue Jules-Chaplain, Bouchardot avait fait mettre la fille nue.

— Tu ne te déshabilles pas, toi ?

Son corps était aussi sombre que son visage et ses cheveux, ramenés en torsade, coulaient sur son épaule

gauche. Elle était belle, certes, mais de grandes meurtrissu-
res bleues marquaient sa taille et ses reins.

— Tu ne te déshabilles pas, toi ?

Bouchardot n'avait même pas dénoué sa cravate. La fille
a haussé les épaules.

— Comme tu voudras...

Elle s'est couchée sur le lit, et elle a attendu. Alors,
Bouchardot s'est simplement approché d'elle et, subitement
pris d'une sorte de rage qui ressemblait bien à du désespoir,
il l'a seulement embrassée. Le visage enfoui sur son visage à
elle et sur son corps, les lèvres perdues dans les replis de sa
peau, il l'embrassait et l'embrassait encore, en pleurant.

Après un moment, il s'est pourtant relevé, hagard.

— Qu'est-ce que je fais ici ?

Il ne comprenait plus : la fille nue sur le lit, les draps en
désordre et le papier horriblement à fleurs de la chambre.
L'odeur d'eau de Javel, le bidet, la serviette, le savon...
Alors, il a lentement retiré sa ceinture.

— Enfin..., a murmuré la fille, que ses baisers avaient
excitée.

Mais, sa ceinture à la main, le petit capitaine qu'un obus
avait à jamais rendu moins qu'un homme a levé le bras. Et
il a frappé. Frappé de toutes ses forces, de toute son énergie.
Il frappait comme on frappe une bête qu'on hait ou une
femme qu'on aime, lorsqu'on est ce reste d'homme qu'il
n'était plus. Et la ceinture cinglait le corps de la fille qui se
tordait de douleur. Cinglait et cinglait encore, laissant de
longues traînées rouges et noires sur le corps admirablement sombre.

Quand il a eu fini, à bout de souffle mais repu, Bouchardot a sorti son portefeuille et a jeté sur le corps de la fille
tout ce qu'il contenait : sa solde d'un mois de bourreau. Puis
il a repris son train de banlieue et, l'âme sereine, il a
retrouvé son pavillon, sa mère et ses décorations qu'il avait
placées dans un cadre au mur et qui n'étaient que le prix
dont on avait payé sa blessure.

— Mon petit, a murmuré Mme Bouchardot mère. Mon
petit...

Cependant qu'à Neuilly, vautré sur le lit où il était revenu s'abattre, Vadime demeurait parfaitement immobile et prostré. Près de lui, le sachet blanc auquel il n'avait pas touché : comme si le départ de cette putain anonyme avec un petit homme timide qui serait bientôt un assassin avait rallumé quelque chose en lui. Cette chose qui pouvait s'appeler le souvenir. Aussi, lorsque sa mère est entrée dans la pièce et qu'elle en a ouvert les fenêtres pour chasser l'odeur de tabac douceâtre qui traînait, n'a-t-il pas levé les yeux vers elle.

A terre, des journaux qui parlaient de la fin imminente de l'instruction du procès de Mata-Hari. « Les preuves sont faites : elle est coupable », proclamait sans vergogne *Le Gaulois*, préjugeant de la chose qui n'était pas jugée.

La colonelle s'est tournée vers son fils.

— J'ai pris une décision, enfant. Tu ne dois plus rester à Paris. Il faut que tu rentres à Moscou.

Vadime Ivanovitch Maznoffe n'a pas bougé. Il a seulement secoué la tête.

— Cela, non, mère. Je ne pourrais pas. Il faut au moins que je sache...

La colère, brutale, violente, de la colonelle :

— Mais à quoi ça sert ? Cette... putain.

— Mère !

Les mots orduriers : encore une fois, la haine.

— Cette putain, je le dis, je le répète, je le crie, cette putain, cette traînée, cette rien-du-tout va mourir, et nous serons tous débarrassés. Allons, pars ! Tu n'as plus rien à faire ici...

Vadime s'est retourné vers le mur. Il enfonçait son visage dans l'oreiller pour ne pas entendre.

— Je resterai, mère. C'est tout.

— Les interrogatoires ont donc duré jusqu'au 21 juin, dit Astruc. Et de jour en jour les preuves contre Mata-Hari s'effritaient à mesure qu'elle en démontrait le ridicule en donnant à chacun de ses gestes, à chacun de ses mouvements, au moindre de ses voyages, une explication si simple !

Mais Bouchardot ne retenait que ce qu'il voulait entendre. On parla du voyage de la jeune femme en Angleterre et de son arrestation à Plymouth : pour le magistrat instructeur, c'est qu'elle était déjà coupable. On discuta longuement des quelques versements qu'elle avait reçus de Hollande : cinq mille francs le 4 novembre 1916, autant le 16 janvier 1917... L'argent que lui avait versé Lissner à Madrid : trois mille cinq cents pesetas !

— Et le million que m'avait promis Ladoux ?

Bouchardot, imperturbable, ne l'écoutait pas.

— Je retiens seulement qu'en deux mois et demi, vous avez reçu en tout quatorze mille francs venant de l'espionnage allemand ! Vous notez, Baudoin ?

Mata-Hari ne se rendait compte de rien, mais le sergent greffier — qui, lui, se rendait compte — lui jetait des regards désolés qu'elle ne pouvait pas voir.

— Si Van Damm ne vous a fait verser que trois mille francs le 23 décembre, vous en demandiez dix mille. Quels renseignements avez-vous donc fournis pour qu'après leur envoi à Berlin, on en ait apprécié la valeur à trois mille francs, sinon à dix mille ?

— Mais je leur racontais ce que Desvignes lui-même me disait de transmettre : trois fois rien ! Des allées et venues...

— Tout cela pour quatorze mille francs !

Plus tard, il fut question d'encre sympathique, de messages transmis dans des flacons. Encore une fois, Mata-Hari s'expliquera :

— Mais ce sont les services français eux-mêmes qui m'ont suggéré ce mode d'information !

Bouchardot haussera les épaules : c'était si simple ! De même que les noms qu'il jettera au visage de la jeune femme : ceux, pêle-mêle, d'officiers qu'elle avait connus, d'amis de rencontre et d'agents qu'elle n'avait fait que croiser dans les couloirs du Ritz à Madrid ou même boulevard Saint-Germain lorsqu'elle rendait visite à Ladoux.

— Le capitaine Ladoux a dû vous dire lui-même...

331

Mais Bouchardot lui coupait la parole :

— Nous parlerons plus tard du capitaine Ladoux !

Les noms, dès lors, les dates, les lieux, les sommes d'argent et les informations vraies ou fausses : tout se mêlait. Chaque fois, pourtant, Mata-Hari avait réponse à tout. Et puis, expliquant tout, il y avait le nom de Vadime.

Toute cette comédie funèbre pour en arriver à la matinée du 21 juin 1917. Il faisait beau et tiède, Paris sentait les marronniers en fleur et le marché aux fleurs, à deux pas du quai de l'Horloge, embaumait le lilas.

Une fois de plus, la jeune femme se retrouvait dans le bureau étroit qui sentait la poussière et la cendre froide. Assis derrière son petit bureau de pin, le sergent Baudoin attendait. Lui savait ; il regardait la prisonnière avec une tendresse désolée : c'était la dernière fois que cette femme, avec ses voiles et ses parfums, viendrait apporter dans ces murs austères un grand souffle d'ailleurs.

Bouchardot, d'abord, la laissa parler. Et elle parla : comme d'habitude, elle se défendait.

— Non, capitaine... Vous ne m'aurez pas de cette façon... Le capitaine Ladoux vous dira ce que je lui ai rapporté de Vittel ; le colonel Desvignes vous confirmera que c'est moi qui lui ai donné la première information sur les débarquements de sous-marins allemands au Maroc ; et les renseignements que j'ai pu obtenir d'un commandant anglais dans le bateau de Dunkerque ? Et tout ce que j'ai appris en fréquentant von Kappel ? Pour ne pas parler de la mort de ma pauvre Camille à Berlin et des confidences qu'elle n'avait pas hésité à me faire : vous le voyez, capitaine, sur tous les points, j'ai une explication. Depuis le premier jour, je savais ce que je faisais : je travaillais pour la France. Jusqu'à la guerre, j'étais une artiste. Je ne vivais que pour la danse et pour mon art.

Le magistrat, qui marchait toujours de long en large, vint se planter en face d'elle : parce qu'il allait la quitter ce jour-là, il la haïssait plus encore ! Et cette obscure jalousie qui le tenaillait...

— Votre art ! Et ces messieurs qui vous le payaient, votre art !

— Vous m'insultez, capitaine, mais vous ne m'atteindrez pas. Parce que cette vie qui était la mienne et dont vous vous moquez, je l'ai moi-même abandonnée... Depuis la guerre, j'aime un homme, un seul, et je me suis mise au service d'un pays, un seul. Vous savez comme moi que cette étiquette d'agent H 21 était une couverture : comment, sans cela, aurais-je pu travailler à visage découvert à Madrid ?

Les mots n'étaient plus nécessaires. L'ordre était enfin venu d'en haut — le général Martin ? Mais les autres aussi : ceux qui tiraient eux-mêmes les ficelles du pantin-général au crâne nu qui, après avoir lu Kant et Hegel, découvrait Marx pour mieux le combattre —, l'ordre était venu, donc, d'en finir. Ils étaient trop nombreux ceux qui levaient la crosse en l'air sur la Marne ou sous Verdun, pour qu'on n'y arrive pas enfin, à un procès retentissant !

Alors Bouchardot alla une dernière fois à la fenêtre : le parfum des lilas, oui... Puis il revint à Mata-Hari : le visage de cette femme... Le goût que pouvaient avoir ses lèvres... Il en eut un frisson, et haussa les épaules.

— Le sergent Baudoin a déjà cent fois enregistré ce que vous me racontez, madame... Je n'ai fait, moi, que vous écouter... Je considère maintenant l'instruction comme terminée. Vous pouvez vous entretenir avec votre avocat.

C'était fini. Le regard de Mata-Hari croisa une dernière fois celui de Baudoin, qui semblait plus souffrir encore qu'elle. Mais déjà Bouchardot se levait et saluait.

— Adieu, madame.

Lorsque, quelques instants après, Mata-Hari se retrouva avec Clunet, elle ne se doutait pourtant de rien. Elle souriait toujours et souleva sa voilette pour lui demander une cigarette. Une de ces cigarettes minces et plates de tabac d'Orient qui lui rappelaient ses années de gloire.

— Ouf ! C'est fini, souffla-t-elle avec sa première bouffée de fumée.

Puis, donnant un baiser rapide à son vieil ami, elle s'amusa.

— Allons, Clunet ! Vous en faites, une tête ! La première étape est passée, non ?

Mais Clunet était sombre.

— Je suis inquiet, Mata... Je sens partout une telle hostilité à votre égard... L'affaire H 21 a fait un bel éclat, dans la presse. Et les retombées n'ont pas fini de vous éclabousser...

— Mon bon Clunet, je me suis expliquée sur tout cela. Mon système de défense est le meilleur ! Je dis tout. Je ne cache rien. A moins d'un complot contre moi, je ne vois pas ce que je risquerais...

— A moins d'un complot, oui, répéta Clunet.

Mais Mata-Hari, humiliée et offensée par tous les hommes qui l'avaient entourée, avait la faiblesse de ne pas croire assez à leur faiblesse.

— Soyons sérieux, Clunet ! Qui pourrait penser à ourdir un complot contre une pauvre petite danseuse qui ne danse même plus depuis qu'elle est amoureuse ?

Trois heures plus tard, les journaux du soir annonçaient : « L'instruction de Mata-Hari est terminée : la parole est aux juges. » Et, à la même page, on parlait d'offensive sur Vimy et de percée de nos troupes dans les bois de la Folie, de Bonval, du Goulot, de Farbus.

Alors que, sa moustache bonhomme au vent, le général Pétain visitait les cantonnements et goûtait dans un quart d'étain bosselé au jus de chaussette de ceux-là mêmes que, deux jours, dix jours plus tard, il enverrait au poteau sans l'ombre d'un remords. Parce que le jus de chaussette, la moustache bonhomme et l'ennemi en face qui les tirait comme des lapins, ils étaient quelques-uns dans les cantonnements et les tranchées, à ne plus vouloir y goûter. « Vimy repris », « Mata-Hari aux abois » : pour *Le Figaro* du lendemain comme pour *Le Gaulois*, c'étaient là les nouvelles du jour.

Comme après les grandes batailles, il y eut ensuite une plage de calme. La presse, certes, poursuivait sa campagne de calomnies, mais entre cette dernière séance du 21 juin et

334

la réunion du tribunal militaire, le 21 juillet, Mata-Hari continua à vivre comme si ce qui allait se déchaîner contre elle ne la concernait pas : son unique inquiétude demeurait le silence de Vadime. Mais comme Clunet avait réussi à lui faire croire que c'était l'autorité militaire qui interdisait à un officier allié stationné à Paris d'écrire à une détenue accusée d'intelligence avec l'ennemi — et à plus forte raison de la rencontrer —, la jeune femme avait fini par s'installer dans ce silence. Elle-même rédigeait chaque soir de longues lettres que son avocat emportait, qu'il postait scrupuleusement et qui s'accumulaient ensuite, leurs enveloppes intactes, dans le tiroir de la table de nuit d'une chambre de pension de famille de Neuilly.

Mais si Mata-Hari elle-même s'était ainsi habituée aux somnolences de ce début d'été dans une prison que le soleil finissait quand même par gagner, aux espoirs qu'elle berçait toujours et à l'affection de la petite sœur Agnès pour qui chaque jour était l'occasion de nouveaux émerveillements et de nouvelle tendresse d'autres, dans tout Paris — dans l'Europe entière ! —, s'agitaient.

Ainsi chez cet homme très officiel et plus affable encore dans son bureau Empire où Martha était venue, trois mois auparavant, implorer une mesure de clémence...

Il est six heures du soir, le soleil est haut encore et le parfum des magnolias envahit la pièce à la Marianne de marbre. Celui qu'on appelle depuis tant d'années le président est occupé à travailler — relire un dossier ou préparer un discours — lorsqu'un domestique frappe à la porte.

— Le visiteur que vous attendez est arrivé, monsieur le président.

Le président s'est levé. Il a poussé un soupir et a rangé ses papiers.

— Ah ! Bien ! Faites entrer...

Et c'est presque au garde-à-vous — lui, le président ! — qu'il accueille ce général deux étoiles dont la mission est, ce soir, d'assurer que le destin de Mata-Hari est bien scellé.

— Mon général, je suis à vos ordres...

L'autre s'est installé en face de lui, dans un fauteuil retour d'Egypte aux bras recourbés ornés de sphinx énigmatiques et dorés.

— C'est très aimable à vous de m'avoir reçu aussi vite, mon cher président. Mais je pense que la situation l'exigeait. Je m'assieds...

— Je vous en prie...

Le général a refusé le cigare que lui tendait son hôte — « Je ne fume pas et n'ai jamais fumé » — puis, tout de suite, il a attaqué :

— Je n'irai pas par quatre chemins. Après l'indulgence dont les tribunaux militaires ont osé faire preuve dans un certain nombre d'affaires récentes — je pense à ces dames Ducimetierre et autres espionnes à la solde de l'étranger qui ne valaient pas la corde pour les pendre et qu'on leur a épargnée —, j'ai donné l'ordre d'agir désormais avec la dernière des rigueurs. Je voulais m'assurer qu'en l'affaire qui nous occupe, le gouvernement de la France est derrière son armée.

Le sourire de la Marianne de marbre était presque indulgent : le président a eu un geste de la main, comme pour balayer des dossiers sur son bureau.

— J'ai étudié de près le cas de Mata-Hari. J'ai d'ailleurs connu cette femme, en d'autres temps, mais en mon âme et conscience, je me pose la question : est-ce qu'elle n'a pas seulement commis quelques imprudences ?

Il y avait la conversation avec Martha, bien sûr... Et puis, peut-être aussi ce que d'aucuns appellent « l'intime conviction »... Mais un général deux étoiles qui lit Marx après Kant, qu'a-t-il à voir avec de semblables faiblesses ? Indigné, il a levé la voix :

— Des imprudences ! Venant d'un homme tel que vous, une pareille indulgence m'étonne. Et vous ne devez pas vous laisser égarer par l'amitié que vous avez pu avoir pour elle, en d'autres temps — des temps meilleurs pour elle, je vous le concède. Des imprudences ? Je vous pose la question, monsieur le président : est-ce que l'armée française doit payer le prix des imprudences d'une femme ? A plus forte raison si cette femme est jeune, jolie, célèbre : nos hommes qui se battent là-bas, dans les tranchées, sur la Marne, à

336

Verdun, au Chemin des Dames, ne comprendraient plus, monsieur le président. Et ils seraient doublement trahis...

Le président, assis sous sa Marianne dont le regard semblait soudain voilé de mélancolie, n'a pas répondu : c'était assez pour son interlocuteur qui s'est levé. Sûr de son fait, désormais.

— Je n'avais rien d'autre à vous dire que cela, monsieur le président : l'armée française a confiance en son gouvernement. J'espère que celui-ci saura s'en montrer digne.

Le général a salué sans ajouter un mot — sans attendre un mot, surtout — et se dirige vers la porte. Accablé, le président l'a regardé partir. C'est donc cela qu'on appelait la justice des hommes dont il était l'un des magistrats supérieurs...

C'est à peu près la même conversation qui se déroulait dans un bureau, à Berlin. A cette différence près que les morts dont on parlait étaient allemands, et que le drapeau qu'on agitait était le fanion prussien.

Adolf Kieffert s'était lui-même déplacé pour rendre visite à Van Damm qui s'était offert le luxe de le faire attendre. Lorsqu'il l'avait enfin reçu, il l'avait écouté quelques minutes à peine, avant de l'interrompre.

— Et alors ?

Kieffert le regardait, sans comprendre.

— Comment : et alors ? Mais nous avons des moyens de prouver que cette pauvre fille n'a rien fait ! Il suffit de laisser traîner une dépêche.

Van Damm avait ri. D'un rire gras, presque obscène.

— Rien que cela ! Et brûler l'un de nos agents pour les beaux yeux de la dame !

— Il ne s'agit de brûler personne... D'ailleurs, nous pouvons discrètement faire savoir à Paris que nous sommes prêts à procéder à un échange.

Mais Van Damm avait allumé un cigare et soufflait la fumée au visage de son interlocuteur.

— Mon cher Kieffert, il n'en est pas question. Le recrutement de cette fille était une idée à vous ; elle ne nous a servi à rien — je répète et je pèse mes mots : à rien ! — ; je n'ai pas l'intention de lever le petit doigt pour elle.

Kieffert avait fait mine de se fâcher.

— Mais je peux, moi...

La réponse était arrivée, cinglante :

— Vous ne pouvez rien, Kieffert. Mata-Hari est un agent fini, et vous-même ne servez plus à rien. Vous le savez bien !

Un à un, tous les appuis sur lesquels Mata-Hari avait pu compter s'effondraient. Il n'était jusqu'à Zelle, le gros, l'infâme, l'obscène Adam Zelle, le père de la jeune femme, qui, de retour à Amsterdam où il vivait calfeutré depuis ce qu'il appelait lui-même « le scandale », ne s'indignât.

— La putain ! La salope ! L'ordure ! Me faire ça à moi ! Moi qui l'ai élevée comme une princesse ! Me faire ça à moi ! Et à la France ! Non mais : tu te rends compte ?

La fille aux cheveux défaits, grosse putain livide qu'il faisait travailler sur le port — après Mata-Hari, ses ducs et ses ministres, une pouffiasse épaisse et qui sentait le hareng fumé ! —, haussait les épaules devant la glace où elle exhibait sa nudité adipeuse.

— C'est ta fille, non ?

— Ma fille ? Une fille qui trahit son pays après avoir trahi son père ? Tu crois que j'appelle encore ça ma fille ?

Il avait eu un rot sonore et la putain, devant la glace, avait arrangé ses cheveux.

— Allons, il faut que j'y aille.

Le gros homme ne la regardait même pas.

— C'est ça, ma belle. Sors un peu. Et ne reviens pas les mains vides ; sinon...

— C'est alors seulement que j'ai obtenu l'autorisation d'aller la voir, remarque Astruc.

Tant qu'avait duré l'instruction, Mata-Hari avait été au secret : jusqu'aux entrevues avec Clunet qui étaient rigoureusement surveillées, minutées — voire comptées. Il s'écoulait parfois trois jours sans que son avocat pût la rencontrer.

— J'avais bien tenté une nouvelle démarche auprès de Manessy, mais la vieille crapule n'avait même pas voulu me recevoir.

Et puis un jour, sans qu'il en ait particulièrement fait la demande, Astruc avait reçu un appel téléphonique d'un capitaine inconnu — Bouchardot ? au début, il l'avait cru, mais ce devait plutôt être un militaire attaché au cabinet du président ami de Martha — qui l'avait prévenu qu'il pouvait se rendre le lendemain à Saint-Lazare.

— Je l'ai trouvée alors d'un calme qui m'a bouleversé...

La cellule était nue, mais tiédie par le petit bout de soleil qui perçait quand même et, avec un napperon, un morceau de miroir, quelques fleurs des champs dans un verre à moutarde, la petite sœur Agnès était parvenue à l'égayer. Quant à Mata-Hari elle-même, elle avait maigri, ses yeux étaient légèrement cernés de mauve, et pourtant, dans ce décor hostile, elle parut soudain à Astruc d'une beauté à lui couper le souffle. Discrètement, la petite sœur, qui devait assister à leur entretien, s'était assise à l'écart et semblait s'absorber dans la lecture d'une grosse Bible.

Tout de suite, Mata-Hari avait affecté la gaieté.

— Vous savez que si je ne vous avais pas, tous les deux, toi et la petite sœur Agnès, je ne sais pas qui me remonterait le moral ! Je comptais au moins sur un signe d'amitié, un geste de Manessy ou de Dumet. Mais rien : ils m'ont laissée tomber comme une vieille chaussette !

Astruc avait continué sur le même ton.

— C'est qu'en temps de guerre, une jolie femme qui sent un peu le soufre, c'est plus compromettant que la même dame qui danse en temps de paix dans des odeurs de myrrhe et d'encens !

Mata-Hari s'était levée pour venir se planter face au morceau de miroir ébréché.

— Ah ! Si tu savais, mon bon Astruc, combien j'aimerais pouvoir danser de nouveau ! Mais je suis trop moche, trop vieille : regarde la tête que j'ai !

— Tu sais bien que c'est aux autres de te dire que tu es belle. Pas à moi !

Mata-Hari jouait subitement les coquettes et, plus tard, Astruc devait se demander jusqu'à quel point la jeune femme avait joué la comédie devant lui.

— J'aimerais bien savoir qui pourrait me le dire, en ce moment.

— Mais toute la presse, ma chérie ! Elle n'est pleine que de cela ! « La belle espionne », « La séductrice fatale ».

Alors, Mata-Hari avait pris une fleur — un iris ! — dans son bouquet et se l'était piqué dans la chevelure d'un geste qui remontait à si loin, avant de se regarder dans le petit miroir.

— Le détail authentique, tu te souviens ? Est-ce que ça fait davantage belle espionne que femme fatale ? Ou le contraire ?

Toute une musique de mots et de souvenirs... Astruc sentait les larmes lui monter aux yeux. Mais il ne fallait pas, il ne fallait pas qu'il montre la moindre émotion : rire, sourire, comme elle...

— Tu sais que tu es merveilleuse, de plaisanter ainsi.

Le sourire, donc, le sourire de la jeune femme. Comme si rien ne s'était jamais passé.

— Tu ne voudrais pas que je pleure ? Il n'y a que la mort de ce pauvre Glenn qui ait pu me faire pleurer. Pour le reste, si tu savais comme j'espère... Mais dis-moi, as-tu des nouvelles de Vadime ?

Il fallait encore mentir. Astruc a levé la main en signe d'impuissance.

— On lui interdit toujours de communiquer avec toi. Il en est malade, tu sais. Mais il n'a pas quitté Paris. Malgré les pressions de la mère.

Cela, au moins, était vrai. Mata-Hari a eu un nouveau sourire.

— Tu vois que j'ai des raisons d'espérer. Je sais bien que le moment venu, si une personne peut convaincre le tribunal, ce sera Vadime. Parce que lui, lui seulement — pardonne-moi, Astruc —, lui seulement sait tout.

Un moment encore, Astruc était resté à causer avec elle.

Mais il avait désormais le sentiment qu'il s'adressait à une étrangère. Une étrangère aimée, adorée, mais qui parlait un autre langage que le sien. Une inconnue qu'il avait toujours connue mais qui serait tombée d'une autre planète en ce monde d'hommes qui allait la broyer : elle n'en connaissait plus ni les règles ni le jeu... Elle rêvait... Après un moment, donc, Astruc s'était levé. D'ailleurs, sœur Charlotte était apparue au judas de la porte, qui lui faisait signe d'en finir.

— Mon ange, il va falloir que je parte...

Mata-Hari avait eu un petit regard triste : le premier signe de tristesse depuis l'arrivée de son ami.

— Mais tu reviendras, n'est-ce pas ?

— Je reviendrai.

— Sûr ?

— Sûr.

Au moment où la porte allait se refermer sur lui, elle avait encore ajouté :

— Et puis, essaie de persuader les autres qu'ils peuvent laisser venir Vadime : je n'ai plus aucun secret à arracher à personne !

Elle avait encore ri...

Mais, étendu sur le lit de cette pension triste de Neuilly, Vadime, lui, se taisait désormais. Et sa mère avait beau revenir à la charge, l'accabler de reproches, lui parler de la Russie et du tsar, de l'armée, de son père, il fumait en silence cigarette sur cigarette. Ni la vodka ni même cette poudre blanche que sa mère elle-même avait tenté de lui apporter — le remords, mais le remords désert, la conscience morte — ne parvenaient à le faire sortir de cette léthargie.

— Ta putain..., commençait pourtant la colonelle, dévidant son chapelet d'insultes.

Vadime ne répondait même plus.

Astruc, à son tour, s'est tu. Combien de jours, de semaines qu'ils parlent ainsi, dans la lumière tiède et verte de ce salon sur le parc ?

A terre, autour d'eux, sur les meubles, les tables, les

fauteuils, il y a désormais tous les dossiers en vrac. Les coupures de journaux, les éléments du procès, les comptes rendus de l'instruction qui ont pu filtrer. Du papier, rien que du papier... Mais Astruc ne dit plus rien. Alors, doucement, comme en une sorte de rêve émerveillé par le souvenir, c'est Desvilliers qui élève maintenant la voix.

— D'une certaine manière, c'est alors que ma vie a commencé.

Sa vie : il veut dire ses attentes, ses angoisses, son amour, bien sûr, mais surtout cet espoir insensé.

— Je l'avais croisée une fois, vous vous en souvenez. Je rentrais à Paris pour une permission au milieu de 1916. J'étais reparti et, pendant plus d'un an, je n'étais pas revenu...

Et c'est lors d'un nouveau retour, dans les derniers jours de juin, que la violence de la presse, la lâcheté des éditoriaux, la vertueuse indignation des bien-pensants lui avaient éclaté au visage. Comme un crachat immonde qu'il ne pouvait supporter.

— J'étais dans un de ces cercles d'officiers qui étaient devenus les seuls lieux de Paris où je n'étouffais pas, tant l'agitation fiévreuse des embusqués et le regard mouillé et compatissant de ces dames m'étaient devenus odieux.

Et là, avec des camarades — Desvilliers se souvient : ils s'appelaient Ravel et Genet —, le jeune homme passait de longues soirées à parler, à boire aussi, pour ne pas tout à fait oublier. C'est alors que, d'un coup, les gros titres d'un journal qui, comme les autres, couvrait Mata-Hari d'insultes, lui avaient sauté au visage. Il s'était levé, livide.

— C'est immonde !

Le torchon parlait d'une prostituée qui vendait à la fois son corps et sa patrie mais qui toucherait bientôt le salaire qu'elle méritait : douze balles dans la peau.

— Qu'est-ce que tu veux, mon vieux, avait répondu son camarade Genet. L'armée française réclame une tête : on ne refuse rien à l'armée française !

Alors, Desvilliers avait éclaté.

— L'armée française ! L'armée française veut ceci, elle

exige cela, demande une tête, arrache une vie ! Est-ce que nous ne sommes pas, nous aussi, l'armée française ?

Genet — ou Ravel — avait ri :

— Voilà notre Desvilliers qui s'enflamme ! Est-ce qu'il ne serait pas tombé amoureux de la belle espionne ?

Amoureux ? Le jeune lieutenant avait haussé les épaules. Il ne s'agissait pas d'amour, mais des principes les plus élémentaires de la plus élémentaire justice :

— Tant que Mata-Hari ne sera pas passée devant ses juges, je ne pense pas qu'on puisse parler d'elle en ces termes, mon vieux !

Alors l'autre, Ravel — ou Genet — avait renchéri :

— Ne te fâche pas, Desvilliers ! On est tous du même avis : ce serait dommage d'abîmer cette fille. D'autant que si j'en crois la rumeur publique, c'est un joli morceau. Mais de là à en faire une montagne...

Brusquement, Desvilliers comprenait ce qui allait se passer. C'était un éblouissement. De l'amour ? Non : une simple lucidité.

— On veut bien en faire un exemple ! Le front craque, Nivelle et Pétain vont d'échec en échec, alors on tue une femme à l'arrière, comme ça, pour faire plaisir à ceux qu'à l'avant on fait tuer pour rien !

— Pour rien ?

L'indignation, soudain, de son compagnon.

— Soit, je retire « pour rien ». Je parlerais seulement de ceux qu'on fait tuer pour un quart de vin rouge et un morceau de terre labourée à la mitraille.

Ravel s'était retourné vers Genet. Devant eux, la bouteille de cognac était vide.

— Tu dois avoir raison, Genet. Notre ami est sûrement amoureux.

Amoureux ? Desvilliers cette fois haussait les épaules. Mais lorsqu'il se retrouva chez lui, dans un grand appartement désert de la place de l'Alma, il ne put s'endormir. Le visage de Mata-Hari, les photographies dénudées qu'en publiait une presse complaisante, les souvenirs qu'il avait gardés de leur rencontre sur un quai de gare... Autant d'images confuses qui, peu à peu, se mettaient en place. Il était seul à Paris. Sa famille, au mois de juin, était déjà à Biarritz ou à Arcachon et, subitement, il se rendit compte que Genet et Ravel avaient raison : il était amoureux.

Alors, vérifiant un nom dans un journal, un numéro de téléphone auprès de la demoiselle des postes, il appela Clunet.

— Je voudrais parler à l'avocat de Mata-Hari.

Desvilliers avait rencontré Clunet dès le lendemain de leur conversation téléphonique. Le vieil avocat l'avait reçu affablement dans son cabinet du quai Voltaire, mais il s'était étonné de l'intérêt que portait son visiteur à Mata-Hari.

— Vous ne l'avez pourtant pas connue, que je sache ?

A quoi bon évoquer une unique rencontre ? Desvilliers n'avait pas répondu. Il avait seulement expliqué ce qui n'était, au fond, que la vérité : l'indignation éprouvée devant la parodie de procès qui se préparait, et l'énergie qu'il était prêt à déployer pour tenter d'arracher la jeune femme à ses bourreaux.

L'avocat continuait pourtant à jouer la comédie de l'espoir.

— Comme vous y allez ! Mais rien n'est perdu tant qu'elle n'a pas comparu devant le tribunal militaire !

Le vieil avocat était soudain apparu à Desvilliers pour ce qu'il était : un vieillard fatigué qui s'accrochait à ses arguties juridiques ; un brave homme, certes, et qui aimait sincèrement Mata-Hari — mais qui ne voulait pas, lui non plus, voir la réalité en face.

— Mais vous ne lisez pas les journaux ? s'était alors exclamé Desvilliers. Mais vous n'entendez pas les gens autour de vous ?

Tant de naïveté le confondait. Il était pourtant resté longtemps à parler avec l'avocat, recensant toutes les éventualités. Et lorsqu'il avait quitté le cabinet qui sentait les vieux dossiers et la poussière, sa décision était prise : il attendrait le procès certes, mais quoi qu'il advienne ensuite, il agirait.

— Aujourd'hui encore, remarque sourdement Astruc, je crois que vous étiez fou.

Desvilliers regarde les journaux, les photographies de Mata-Hari nue vêtue d'un unique collier de perles de verre.

— J'étais fou, oui, je le sais. Mais je le suis encore.

C'est ainsi qu'il s'était retrouvé sur le quai Voltaire animé d'une ardeur inconnue, violente, qui le faisait se parler à lui-même : comme un fou, donc ! L'envie, peut-être, de faire payer au monde entier le traitement abject que subissait cette femme qu'il ne connaissait pas mais que, comme jadis Vadime Ivanovitch Maznoffe ou Glenn Carter, il aimait aujourd'hui d'un amour fou.

— Tout de suite, répète-t-il à mi-voix, j'avais fait le tour de toutes les possibilités. Et, d'une certaine manière, je savais, quoi qu'il arrive, ce que je ferais.

Desvilliers baisse la voix. D'un geste de la main il a ramené vers lui tout un paquet d'images, de photographies : Mata-Hari encore et toujours nue, vivante, pulpeuse, offerte. Et Astruc regarde soudain le jeune homme avec une sorte d'inquiétude. Mais Desvilliers soutient son regard.

— Il faut que vous compreniez, avoue-t-il, que j'étais — je le sais maintenant — follement amoureux d'elle.

Trois semaines après, le procès débutait. C'était la Sainte-Christine et Paris somnolait dans la chaleur de l'été, mais ce qui allait commencer n'était après tout que la seconde partie d'une cérémonie qui n'était toujours qu'une même mise à mort. Un nouveau rituel, dès lors, avec son apparat de juges et d'avocats, de président et de procureur, mais une même comédie écrite d'avance et qu'il s'agissait seulement de mener à son terme jusqu'au rideau final.

La première étape de cette marche à l'abîme fut un simple transfert de prison. Pour la commodité des débats, le tribunal militaire avait jugé plus opportun d'avoir la prévenue à portée immédiate de sa justice : on fit donc quitter Saint-Lazare à Mata-Hari pour la Conciergerie.

Comme auparavant, sœur Agnès et sœur Charlotte continuaient à assurer sa surveillance et, dans la sombre cellule de Saint-Lazare — le soleil n'atteignait pas encore l'étroite ouverture —, la petite sœur Agnès aidait Mata-Hari à faire son maigre bagage. D'une certaine manière, ce déménagement l'excitait : elle n'y voyait pas le prélude d'une messe bien noire.

— Vous êtes sûre de n'avoir rien oublié, madame ?

Comme si, entre les murs nus, la paillasse et la table de bois blanc, il avait été possible d'égarer quelque chose. Mais sœur Agnès courait à droite et à gauche, s'inquiétait auprès des gardiens de la nouvelle cellule et, lorsqu'elle s'y retrouva avec « sa » prisonnière, elle passa les lieux en revue pour finir par s'en trouver satisfaite.

— C'est plus grand que Saint-Lazare, non ? Un peu plus sombre, peut-être, mais plus aéré...

Tout ce jeu de la petite sœur amusait Mata-Hari presque malgré elle, et lui faisait un peu oublier l'inquiétude qui, depuis la veille, avait quand même fini par naître en elle : et si les choses ne se passaient pas comme elle l'espérait ? Mais, les joues roses d'excitation, sœur Agnès s'activait toujours et Mata-Hari secoua la tête : à Dieu vat !

Quelques minutes avant l'heure qui avait été fixée pour le début de la première séance, elle manifesta même le désir de se changer.

— Vous croyez que c'est le moment de faire des élégances ? remarqua sœur Charlotte, restée jusque-là remarquablement silencieuse.

Mata-Hari ramena ses cheveux en arrière en un geste qui était celui de toutes ses coquetteries passées.

— Je veux seulement montrer à mes juges que je ne suis pas aussi horrible que me dépeignent certains journalistes.

Sœur Charlotte haussa les épaules et tourna le dos à la jeune femme tandis que sœur Agnès aidait Mata-Hari à s'habiller ; brusquement ce fut une flambée de beauté à vous couper le souffle : robe de soie noire, un foulard-cravate d'une discrète élégance et une petite capeline sombre. A mesure que s'effectuait la transformation de la prisonnière en femme du monde, sœur Agnès la regardait avec davantage d'admiration.

Enfin prête, Mata-Hari se retourna vers sœur Charlotte :

— Je suis à votre disposition.

Quelqu'un frappa à ce moment à la porte : on venait précisément la chercher. Alors Mata-Hari, la tête haute, n'eut pas un regard pour la petite escouade de geôliers et de gendarmes armés jusqu'aux dents qui allaient l'escorter au Palais comme quelque dangereux gangster.

— Messieurs, vous êtes à l'heure, moi aussi.

Commence alors à travers les couloirs de la Conciergerie, puis du Palais, une longue pérégrination, une sorte de premier chemin de croix le long de corridors obscurs, d'escaliers de pierre ou de marbre, de paliers branlants, de grandes salles sonores : Mata-Hari, précédée de ses gardiens et suivie de sœur Agnès et de sœur Charlotte, marchait d'un pas lent, assuré — et si l'un de ces hommes qui l'avaient jadis aimée s'était trouvé sur son chemin, il l'aurait admirablement reconnue.

C'est après dix minutes peut-être de cette première marche au supplice dans de longs espaces sonores que ponctuait, devant elle et derrière elle, le bruit des portes que l'on ouvrait et que l'on refermait, que Mata-Hari est enfin arrivée dans la salle du tribunal. Et là, tout de suite, face à elle, les hommes qui vont la tuer. Sept hommes : six juges et un président, le président Somprou. En face d'eux, le commissaire du gouvernement Mornet, jeune, vif, à l'aube de la carrière que l'on sait. Et puis, tassé sur son siège, inquiet soudain, horriblement inquiet, Clunet et ses assistants, brusquement prêts au pire.

Ce n'est que lorsqu'un murmure s'est élevé de la salle — gens du monde et curieux, journalistes, gros messieurs ventrus et hommes qui venaient une fois encore voir — que Mata-Hari s'est rendu compte qu'une dernière fois elle retrouvait son public. Elle s'est à demi retournée vers lui et a esquissé un salut qui était presque celui de l'artiste au moment d'entrer en scène.

Mais le président Somprou avait ordre de ne pas laisser

347

les choses traîner... Il a donc immédiatement entamé sa messe noire.

— Asseyez-vous, madame. Et je demande au public d'observer le plus rigoureux silence. Veuillez décliner, madame, vos nom, prénoms et qualité.

Mata-Hari a obéi au président : toujours cette impression de jouer une pièce, de tenir un rôle... Les faits, alors, dans leur rigoureuse sécheresse.

— Je m'appelle Margarethe Zelle, épouse MacLeod. Je suis née à Leeuwarden, aux Pays-Bas, le 7 août 1876. Mon père était chapelier, mon époux officier de l'armée hollandaise des Indes. C'est là-bas que j'ai trouvé ma vocation et que je suis devenue danseuse, sous le nom de Mata-Hari.

C'était la première réplique, elle n'avait rien omis de son texte. Le président hocha la tête.

— Je vous remercie. Greffier, lisez l'ordre du jour et la convocation du tribunal.

La voix du greffier était celle de son emploi : un notaire dans une comédie du xviiie siècle, suraiguë et mal assurée.

— Le 24 juillet 1917, à Paris, le tribunal militaire s'est réuni...

Il bégayait presque, le malheureux greffier. Mais Mata-Hari était soudain ailleurs. Le texte, désormais, ne l'intéressait pas, et les répliques qui allaient suivre se succédèrent sans elle.

Peut-être qu'elle écoutait une musique qui jouait très fort en elle et qui était sa musique ; peut-être que, par-delà les visages graves de ces messieurs qui n'avaient d'autre rôle que la tuer, elle voyait un visage, un seul : un autre. Dans l'assistance, deux regards amis seulement, qui ne la quittaient pas des yeux : celui d'Astruc et celui du lieutenant Desvilliers. Mais aussi l'assistant de Bouchardot, le petit Baudoin. Et la mère de Bouchardot, en robe de veuve.

Le greffier, cependant, achevait de donner lecture de la composition du tribunal : le nom de ces hommes, enfin.

— Le lieutenant Henri Deguesseau, du 237e régiment d'infanterie territoriale ; chef de bataillon Fernand Joubert, du 230e régiment d'infanterie territoriale ; capitaine Lionel du Cayla, du 19e escadron du train des équipages ; sous-lieutenant Joseph de Mercier de Malava, du 7e régiment de cuirassiers ; capitaine de gendarmerie Jean Chatin ; adjudant Berthommé, du 12e régiment d'artillerie...

Lorsqu'il eut fini son énumération, le greffier s'arrêta. C'était au tour du président de prendre la parole.

— Est-ce que le commissaire du gouvernement a une remarque à formuler ?

Et la voix du lieutenant Mornet s'éleva, claire, nette, tranchante. En d'autres temps, Mata-Hari l'aurait trouvé bel homme, mais elle était toujours ailleurs : comme si ces échanges de répliques convenues d'avance ne la concernaient pas.

— Deux remarques, monsieur le président. Je demande que les débats aient lieu à huis clos, car toute publicité pourrait être dangereuse pour l'ordre. Je demande également que soit interdit le compte rendu de l'affaire.

Le président hocha une fois de plus la tête.

— Je vous remercie. L'avocat de l'accusée veut-il répondre ?

Clunet n'avait rien à dire.

— Tout en regrettant toute décision que le tribunal prendrait en ce sens, je me rangerai à l'avis du tribunal...

— Le tribunal va en délibérer, conclut le président, la séance est suspendue.

C'était la fin du premier acte, scène un. Le tribunal se leva et Mata-Hari, brutalement revenue sur terre, jeta un regard un peu inquiet à Clunet : qu'est-ce que cela voulait dire ? Mais Clunet se contenta de poser une main sur celle de sa cliente.

— Il fallait le prévoir..., murmura-t-il.

Acte un, scène deux : le tribunal est revenu. Le visage du président était parfaitement immobile pour débiter d'une voix monocorde un charabia juridique auprès duquel les exercices de haute voltige médicale de la famille Diafoirus étaient d'une éclatante limpidité.

— Après avoir entendu le défenseur et ses observations,

a-t-il commencé, j'ai posé les questions suivantes : premièrement, y a-t-il lieu d'ordonner le huis clos ? Deuxièmement : y a-t-il lieu d'interdire le compte rendu de l'affaire Zelle ? Les voix ont été recueillies séparément et conformément à la loi sur chacune des questions. Dès lors, le Conseil a considéré que la publicité des débats serait dangereuse pour l'ordre ; il a en outre estimé qu'il serait également dangereux pour l'ordre que la publication du compte rendu de l'affaire Zelle soit autorisée ; pour ces raisons, le Conseil déclare à l'unanimité qu'il y a lieu : premièrement : d'ordonner le huis clos ; deuxièmement : d'interdire le compte rendu de l'affaire Zelle.

Un murmure est monté de la salle et Astruc s'est penché vers un journaliste.

— Les salauds ! Evidemment : comme cela, tout est plus facile. Et tout leur est permis.

Mais le président avait, cette fois, élevé la voix.

— Veuillez faire évacuer la salle, s'il vous plaît.

Désespérément, le regard de Mata-Hari a cherché celui d'Astruc. Deux secondes encore, une seconde, une fraction de seconde, elle s'est accrochée à lui. Puis Astruc a disparu avec le reste du public.

Mata-Hari était seule. On avait placé des sentinelles à dix mètres des portes et ces messieurs du tribunal se retrouvaient entre eux : on pouvait, dès lors, passer aux choses sérieuses et à la scène trois de la tragi-comédie écrite à l'état-major par un général qui annotait rageusement Marx. Le vrai procès commençait.

Les mains un peu tremblantes d'Astruc jouent dans les dossiers, les coupures de presse. Toutes ces notes accumulées qui étaient, comme des cartes de joueur sûr de sa chance, truquées, biseautées, calculées d'avance.

— Les débats n'ont duré que deux jours mais dans l'odeur des tranchées qui en dominait chaque moment ; ils auraient duré deux heures ou deux mois, le résultat aurait été le même.

Une litanie de questions, de réponses, d'interrogations et surtout de dépositions plus accablantes les unes que les autres parce que soigneusement préparées, soupesées, étudiées... Se souvenir, alors, en vrac...

La première attaque, cinglante, du procureur Mornet :

— Madame, vous avez la réputation d'aimer les hommes. Je ne vous le reproche pas, bien que, étant moi-même végétarien, cela ne soit pas dans mes goûts. Or, par un curieux hasard, vous semblez avoir une prédilection pour une race particulière d'hommes. Je ne parle pas ici des Prussiens — dont on pourrait mettre en question l'appartenance à la race humaine — mais de cette variété de mammifères pensants qui porte baudrier, tunique et épaulettes, je veux parler des militaires.

Il y a eu quelques sourires chez les juges et Mornet, encouragé, a poursuivi :

— Je vois que ces messieurs semblent flattés de l'attention que je vous prête à la... race qu'ils représentent. Pour ma part, j'y verrais cependant un inconvénient majeur : ce ne sont pas ces hommes que vous aimez, mais leur conversation. Et pas n'importe quelle conversation, mais bien plus précisément leurs confidences ou, pour être plus exact encore, leurs confidences sur l'oreiller.

C'en était peut-être un peu trop : Clunet s'est levé.

— Monsieur le président, je pense que vous jugerez utile de faire remarquer au commissaire du gouvernement que ni ce genre de propos ni cette sorte d'humour ne sont de mise dans cette enceinte.

Puisque le président connaissait la fin de la pièce, il n'avait rien à refuser à l'avocat. Il a donc eu un sourire indulgent.

— Je prierai donc M. le commissaire du gouvernement de donner à son discours des allures moins... imagées. Continuez, lieutenant Mornet.

— Pour le moment, monsieur le président, je serai bref. Je me bornerai à dresser la liste des messieurs portant uniforme qui ont « connu » — je dis bien connu ! — la prévenue : capitaine de Védrines, général Romager, capitaine Rémy...

Les noms se sont succédé... Les grades, les moustaches et les épaulettes... Mais une fois de plus, Mata-Hari n'écoutait plus. Dans les brumes de son souvenir, un seul visage émergeait...

Le ton était donné, il suffisait de continuer. On a appelé à la barre des espions vrais et faux, des agents doubles, des soldats à qui on avait promis un bel avancement, et des flics.

Ainsi cet homme qu'on a vu dès le début rôder dans l'ombre. Le petit homme vêtu de gris, toujours aux aguets, le commissaire Lenoir. Il porte chemise blanche, col dur et cravate noire, et s'avance à la barre.

— Commissaire Lenoir, lance Mornet, vous connaissez l'accusée depuis combien de temps ?

La voix du petit homme en gris énonce méticuleusement les termes d'un rapport.

— J'ai vu pour la première fois la fille Zelle le 3 octobre 1913, lors d'une réunion mondaine donnée par M. Girard, banquier. Réunion mondaine au cours de laquelle l'accusée s'exhibait très déshabillée.

— Pourrais-je savoir la raison de votre présence à cette petite... sauterie ?

Questions, réponses, répliques encore une fois toutes prêtes.

— Certainement. J'étais là en mission, pour surveiller un certain Kieffert, dont on m'avait signalé qu'il se rendrait à cette exhibition.

— Le sieur Kieffert était certainement un individu dangereux pour qu'un policier de votre rang se soit rendu dans ces... mondanités pour le surveiller. Pouvez-vous donner au tribunal davantage de détails sur ce Kieffert ?

Kieffet qui, de Berlin et parce qu'il a ses hommes à lui jusque dans l'ombre de ce tribunal, suit ce qui s'y dit, presque mot à mot...

— Des détails ? Certainement, poursuit Lenoir. Kieffert était alors le chef de l'espionnage allemand à Paris. Ses agents avaient tenté d'infiltrer nos rangs, et nous le serrions de près. Il était arrivé en France à la fin de septembre 1913 et il devait repartir en janvier 1914 pour Berlin.

Mais Mornet n'a que faire de ces dates : il veut arriver à un nom.

— Avec qui Kieffert est-il reparti pour Berlin le 4 janvier 1914 ?

— En compagnie de la fille Zelle.

Voilà. Une première preuve contre Mata-Hari. Ce que tout le monde savait, pourtant : qu'à la suite d'un chagrin d'amour, elle avait suivi le premier venu. Mais il se trouve que ce premier venu était un espion allemand, et que c'est à Berlin qu'elle l'a suivi. Ces messieurs du tribunal prennent cependant fiévreusement des notes.

Mais il faut pourtant river le clou, frapper plus fort. Mornet tire une photographie d'un dossier.

— Je vous remercie, commissaire. Avant que vous vous retiriez, je voudrais quand même que vous preniez connaissance de cette photographie de journaliste qui a été prise à Berlin le 4 août 1914, immédiatement après la déclaration de guerre. Est-ce que l'homme à la moustache noire à côté de ce noble vieillard à l'air passablement éméché ne serait pas votre Kieffert ?

Lenoir a chaussé ses besicles pour regarder la photographie.

— Certainement.

Alors, dans la volée, Mornet peut se donner le luxe de continuer.

— Et qui est la dame qui semble trinquer à la victoire de l'Allemagne avec le noble vieillard ?

— La fille Zelle.

— C'est-à-dire Mata-Hari ! Merci encore, commissaire Lenoir.

Sans triomphe excessif — le procureur général Mornet est un vrai professionnel — l'accusateur de Mata-Hari montre la photographie aux membres du tribunal. Les heures passent. Astruc, dans un vestibule, ronge son frein.

Et les témoins se succèdent. C'est maintenant l'huissier de l'ambassade de France à Madrid. Il regarde longuement Mata-Hari : c'est vrai qu'elle est encore belle, la mâtine !

— J'en suis tout à fait certain, c'est bien là la femme qui a tenté de... troubler ce brave colonel Desvignes lorsqu'il était attaché militaire à Madrid. Je l'ai moi-même annoncée au colonel, et je lui ai même dit : « Mon colonel, méfiez-vous de la comédie de cette femme, elle ne me paraît pas très claire ! »

Ou bien Paulette, la petit bonne du Ritz, à Madrid, qui moucharde pour quelques centaines de francs. Les fins de mois sont dures, en temps de guerre...

— Je travaillais à l'hôtel Ritz, mais pour le compte des services de l'ambassade d'Italie à Madrid. Et j'ai eu bien souvent l'occasion de voir cette dame. Avec elle, ce n'étaient que coucheries, parties fines — la nouba, quoi ! — avec tout ce que l'armée allemande comptait de gradés à Madrid. Elle voyait aussi des Français, des Italiens, et elle s'est même servie d'un journaliste américain pour faire son sale boulot.

Mata-Hari, indignée, sort brusquement de son silence.

— Mademoiselle, vous n'avez pas le droit de salir la mémoire de Glenn Carter.

Mais la petite bonne maussade, qui ne travaille que pour de l'argent, la dévisage, haineuse.

— Qu'est-ce qu'elle a, celle-là ? Comme si elle s'était gênée, elle, pour le faire salement, son sale boulot !

Et après Paulette, ce sera un employé des chemins de fer qui a croisé Mata-Hari dans le train de Dunkerqye ; un croupier du casino de Vittel, ennemi fervent du Tzigane qui s'est suicidé pour elle ; un soldat inconnu qu'elle ne reconnaît pas. Jusqu'au portier de l'Hôtel du Louvre qui n'osera pas la regarder en face lorsqu'il évoquera des messages qu'il lui a transmis : chaque fois, les mêmes mots, les mêmes accusations, les mêmes regards entendus des membres du tribunal.

Mata-Hari ne répondait pas. Pour elle, il n'y avait aucun doute : ses juges ne pouvaient pas la condamner, puisqu'elle était innocente. Dès lors, elle n'avait aucune raison de s'inquiéter : comme les autres, elle jouait la comédie. Si bien que, lorsqu'à l'heure du déjeuner, la jeune femme a regagné sa cellule, c'est sœur Agnès qui s'indignait à sa place.

— Ces gens sont d'une méchanceté! Je n'aurais jamais pensé que le bon Dieu avait mis sur terre des gens aussi méchants! Les femmes, surtout... Elles sont horribles.

Sœur Charlotte a haussé les épaules.

— Vous feriez bien de garder vos émotions pour vous, sœur Agnès. Mme Zelle en a vu d'autres!

Et Mata-Hari a eu un geste tendre pour la petite sœur qui prenait sa défense avec une si belle énergie. Elle a passé un bras sur ses épaules.

— Oh! vous avez raison, sœur Charlotte. J'en ai vu d'autres. J'en ai même vu qui vous ressemblaient... Mais je n'ai jamais vu quelqu'un d'aussi gentil que sœur Agnès. Merci, sœur Agnès...

Une petite larme coulait sur le visage de sœur Agnès.

Au même moment — il était midi quinze, dans la pension de famille de Neuilly —, Vadime s'est levé et il est allé jusqu'à la glace au-dessus du lavabo. Il a regardé sa barbe de trois jours. Ses yeux étaient cernés de gris et la bouteille de vodka, cette fois, était vide. Lorsqu'on a frappé à sa porte, qu'il avait fermée à double tour, il n'a pas répondu.

— A midi trente, moi, ce 24 juillet, ajoute Desvilliers, je faisais antichambre chez un ami de mon père.

Un général deux étoiles et qui lisait Kant : comment le jeune lieutenant aurait-il pu se douter que c'était précisément sous les ordres de cet officier qu'on avait rédigé chaque réplique de la comédie sinistre qui était en train de se jouer?

— Je savais que ce Martin était un brave type et on m'avait assuré qu'il avait quelque influence à l'état-major...

Et puis, étudiant, Desvilliers l'avait rencontré et ils avaient parlé musique : un général qui aimait Debussy! Ensemble, ils avaient évoqué la première de *Pelléas*.

— Des rustres, avait dit le général en parlant des siffleurs de Debussy ; des butors qui ne comprennent rien à rien !

Mais le planton qui était allé porter au général la petite fiche remplie par Desvilliers sur laquelle celui-ci avait inscrit l'objet de sa visite — « affaire Mata-Hari » — était revenu, l'air presque ironique.

— Je regrette, le général n'est pas là.

A travers la porte capitonnée, on entendait des éclats de voix...

La séance a repris le même jour, à deux heures. Acte deux, scène un : comparution du capitaine Ladoux. De lui, Mata-Hari attendait tout...

Ce n'est pourtant pas à la jeune femme que le vaillant officier du contre-espionnage français s'est adressé, mais à son avocat. Comme s'il n'avait d'abord pas voulu la regarder en face.

— Je suis désolé, monsieur, mais il me faut faire mon devoir et dire la vérité. Or, la vérité, c'est que, dès le premier instant, j'ai su que Mata-Hari était une espionne allemande. Je ne lui ai jamais accordé la plus petite once de confiance, et les pseudo-missions dont je l'aurais chargée sont pure invention de sa part ! Son voyage à Vittel ? Parlons-en ! Je tenais avant tout à me débarrasser d'elle ; et j'avais pensé que, loin de mes services, elle ne m'importunerait plus. Quant aux prétendus renseignements qu'elle m'a fournis, je me bornerai à dire qu'il s'agissait de ragots récoltés dans un train ou glanés dans un hôpital militaire. Tout cela ne valait pas tripette !

Effondré, Clunet brassait en vain ses dossiers inutiles.

— Et l'affaire des sous-marins allemands au Maroc ?

— Quelle affaire de sous-marins ?

L'avocat avait retrouvé la fiche qu'il cherchait. Sa voix s'était affermie :

— Une information que Mata-Hari vous a transmise d'Espagne par l'intermédiaire du colonel Desvignes.

Ladoux s'est enfin retourné vers la jeune femme. Il l'a regardée en face.

— Je n'ai jamais rien reçu de Desvignes qui vienne de cette femme. Mais attendez ! Je voudrais préciser encore que si j'avais reçu quelque chose d'une source pareille, je n'y aurais accordé aucun crédit. Cette femme était rapace et ne pensait qu'à l'argent.

C'est à ce moment précis que Mata-Hari a compris. Elle s'est levée, indignée.

— Vous savez comme moi, capitaine, qu'il s'agissait d'assurer l'avenir de l'homme que j'aimais. Je n'en ai jamais fait mystère.

L'ombre de Vadime, une fois encore, qui flotte dans son souvenir... Mais Ladoux s'exclame :

— Parlons-en de cet homme !

Alors Clunet, qui est parvenu à remettre de l'ordre dans ses dossiers, se rassied.

— Nous en parlerons, capitaine. En temps voulu.

Mais pendant vingt-quatre minutes, Ladoux continuera. Mata-Hari qui, dès Plymouth, se prétendait un agent à lui ? Mensonges, tromperies, duplicité. Mata-Hari qui arrive à Madrid sur ses ordres ? Invention pure et simple. Mata-Hari à qui il aurait promis son fameux million ? Illusion ! C'est tout le système de défense de la jeune femme qui s'écroule.

Lorsque Ladoux s'est retiré, il y a eu un silence. Brusquement, le drame commençait. Et le silence a duré, que le président a rompu enfin :

— La défense a-t-elle d'autres témoins à appeler ?

Acte deux, scène deux : entrée de Manessy. Et cette fois encore, c'est la débandade.

— Messieurs, je ne sais même pas ce que je fais ici. Bien entendu, j'ai connu Mata-Hari ; j'allais dire : je l'ai connue comme tout le monde ! Mais, messieurs, si tous les Parisiens qui ont eu ce bien peu rare privilège de la connaître devaient comparaître devant vous, c'est jusqu'à la fin de l'année prochaine que vous siégeriez ! Quant aux activités paramilitaires de cette femme, c'est autre chose. Et là, je n'ai, Dieu merci, rien à dire.

Clunet veut ramener son témoin sur la voie qu'il avait choisie.

— Monsieur le ministre, vous êtes ici comme témoin de moralité.

Mais Manessy a un rire gras :

— Diantre ! Vous me demandez de témoigner de la moralité d'une fille que son père — enfin, son père : c'est ce qu'elle dit ! — prostituait au vu et au su de tout Paris ?

Le président en a assez entendu. Il se tourne vers Clunet.

— Je pense que votre témoin a répondu, maître.

Désespéré, l'avocat secoue la tête.

— Je vous remercie, monsieur le ministre. Par égard pour les fonctions que vous occupez, je ne ferai pas usage de certaines lettres échangées entre vous et, précisément, le père de Mata-Hari. Vous y sembliez pourtant très... attentif à satisfaire ce monsieur.

Mais cette fois, le président l'interrompt :

— Je vous en prie, maître, vous avez déjà remercié le témoin.

Acte deux, scène trois : même décor, mêmes personnages. Mais Desvignes a remplacé Ladoux et Manessy. Et ce sont les mêmes répliques, les mêmes jeux de scène. Le même effondrement.

— Colonel, interroge Clunet qui espère pourtant, le capitaine Ladoux nous a assuré n'avoir jamais reçu la moindre information de vos services émanant de Mata-Hari. Est-ce bien exact ?

Le fringant vieux beau se met presque au garde-à-vous.

— Tout à fait exact. La fille Zelle m'a bien raconté à deux ou trois reprises des histoires à dormir debout, mais je n'ai jamais cru utile de les transmettre.

Mata-Hari ne comprend plus. Elle éclate :

— Mais, colonel ! Vous m'aviez pourtant promis de tout faire passer au capitaine Ladoux. C'est pour cela que je suis restée à Madrid.

Le sourire narquois de Desvignes : il la tient enfin, sa revanche sur cette femme qui a osé se refuser.

— J'avais plutôt le sentiment que vous étiez demeurée à Madrid pour les beaux yeux du colonel von Kappel.

Elle s'insurge, Mata-Hari, et ne comprend pas.

— Mais c'est vous, colonel, qui m'avez demandé d'obtenir de lui des renseignements. Et c'est parce que j'en obtenais que Lissner, qui dirigeait les services secrets allemands en Espagne, a été tué.

— Vous déraisonnez, madame ! Le nommé Lissner a été assassiné par ses propres collègues avec qui il se montrait de plus en plus exigeant. Cela a été établi par les services allemands eux-mêmes. Quant à vous, quels renseignements auriez-vous pu obtenir ?

Alors, Clunet brandit de nouveau son dossier, ses fiches.

— Mais justement, l'affaire des sous-marins allemands !

Le regard du colonel se trouble un instant. C'est vrai : ces fameux sous-marins... Est-ce sa faute, s'il n'y a pas cru un instant ? Alors, avec une belle ardeur, il va mentir. Il a trop traîné ses guêtres dans tous les bureaux de l'administration militaire pour savoir que cela ne coûte guère. Solennel, il lève la main :

— J'atteste sur mon honneur que jamais cette femme ne m'a dit quoi que ce soit relatif à cette affaire, qui n'était d'ailleurs que secondaire.

Mata-Hari l'a regardé, stupéfaite. Et Clunet, qui sait que Mata-Hari n'a pas inventé cette information dont elle semble faire si grand cas, répète :

— Sur votre honneur ?

Mais Desvignes répète après lui :

— Sur mon honneur.

Il en a tant vu, l'honneur de Desvignes ! Clunet laisse tomber les notes qu'il tenait en main.

— Après cette déclaration, qui va contre ma plus intime conviction...

Mais le président, une fois encore, lui coupe la parole :

— Je vous en prie, maître, vous mettez en cause l'honneur d'un de vos témoins.

Clunet a refermé le dossier. A quoi bon continuer ?

— Je vous demande pardon. Je voulais simplement dire qu'après cette déclaration de mon témoin, je n'avais plus rien à lui demander.

Mais la scène n'est pas finie : tout ce que Mata-Hari a fait, tout ce qu'elle a dit, espéré, se retourne maintenant contre elle. Comme Desvignes va se retirer, Mornet le retient.

— Pardon, monsieur le président. Moi, j'ai une question à poser au colonel Desvignes.

— Faites, monsieur le procureur.

Il a lui aussi ses dossiers, ses notes, le procureur Mornet.

— Le colonel Desvignes s'était-il, oui ou non, retrouvé par erreur en possession de certains documents qui ne le concernaient pas du tout, et relatifs à des opérations alliées dans les Dardanelles ?

Cela, le président ne l'attendait pas. Mais ce ne peut être que de l'eau au moulin de sa justice à lui — à eux —, aussi fait-il signe au greffier de prendre note.

— Vous posez la question ? demande-t-il à Mornet.

— Je la pose.

Alors Desvignes se dresse sur les petits talons de ses bottes trop bien galbées.

— La réponse est oui. Ces documents sont bien arrivés par erreur sur mon bureau.

— Alors, comment se fait-il que Madrid soit la seule ambassade où ces documents soient parvenus, et que ce soit précisément à Madrid qu'ils soient aussi venus à la connaissance des services allemands, comme le rapporte un télégramme en date du 6 décembre et que nous avons pu décrypter.

Mata-Hari veut de nouveau protester : encore une carte biseautée !

— Mais c'est le colonel Desvignes qui me les a lui-même communiqués pour que je les fasse passer à von Kappel.

L'air parfaitement indigné du colonel : comment cette femme ose-t-elle laisser supposer pareille infamie ? Le procureur jubile.

— Vous voulez dire par là que le colonel Desvignes était votre complice ?

— Pas du tout ! Je lui avais demandé quelque chose afin d'appâter le colonel von Kappel.

La confusion est à son comble. Chacun proteste, s'explique, affirme sa bonne foi. Mais comment croire à la bonne foi d'une Mata-Hari ?

— C'est une histoire de fous, fulmine Desvignes ; je n'ai jamais...

Tandis que Mata-Hari lui fait face :

— Mon colonel, vous ne pouvez pas refuser d'admettre...

Il est temps alors, pour le président, de tirer le rideau. Acte deux, scène trois : finale.

— Silence ! lance le président Somprou. La séance est interrompue ! Elle sera reprise demain et nous entendrons enfin ce lieutenant Maznoffe dont l'accusée nous a, à plusieurs reprises, promis le témoignage.

Le rideau est tombé d'un coup : cette fois, Mata-Hari a compris.

Lorsqu'elle s'est retrouvée seule au parloir, avec Clunet, son désespoir a éclaté. Jusque-là, elle refusait de croire à l'évidence : Ladoux, Manessy, Desvignes l'avaient tour à tour accablée.

— C'est horrible, mon bon Clunet. Horrible ! Mais qu'est-ce qui se passe ? On dirait qu'ils se sont tous donné le mot.

Elle avait pris la main de son avocat et la serrait, nerveusement.

— Je commence à croire, en effet, qu'ils se sont tous donné le mot.

Alors, pour la première fois, elle a posé la question :

— Mais, ils ne vont tout de même pas me...

La main de Clunet a pressé la sienne.

— Non. Ils ne peuvent pas.

Comme pour se rassurer, elle a répété :

— Ils ne peuvent pas, non... D'abord, je les connais trop !

Et Clunet, amer, a répété après elle :

— Moi aussi, je les connais trop !

Une image, une seule, un seul visage, un dernier témoignage, pouvait encore la sauver.

— Il n'y a plus que Vadime, n'est-ce pas...

Et la voix de Clunet a repris, après elle :

— Vadime, oui...

Mais y croyait-il encore ?

Revenue dans sa cellule en compagnie de sœur Agnès, Mata-Hari était désormais accablée. Cette caste des hommes qui, subitement, l'écrasait.

Et la petite religieuse tentait pourtant, tentait encore de trouver des mots. Des mots très simples... Des mots de petite fille.

— Allons, madame, il ne faut pas vous laisser aller... Comme on dit : tant qu'il y a de la vie, il y a de l'espoir...

Mais Mata-Hari était au-delà de ces mots.

— Quel espoir ?

La petite sœur insistait, pourtant ; elle se raccrochait, elle aussi, à cette image, à ce visage...

— Votre ami, votre fiancé ; d'ailleurs, ces messieurs du tribunal ne sont peut-être pas si méchants que cela, eux...

Et puis, d'une petite voix d'enfant :

— Vous ne voulez pas essayer de le dire au bon Dieu ?

Mata-Hari a souri quand même :

— Mais je ne suis pas catholique !

Alors, sœur Agnès, pleine de tous les espoirs :

— Qu'est-ce que ça peut faire ? Le bon Dieu entend toutes les voix ! Et puis, vous voyez, rien qu'à parler de ça, vous avez souri...

Le sourire, de nouveau, de Mata-Hari.

— C'est vous qui me faites sourire, sœur Agnès...

— Alors ? Vous essayez de prier ? Un Notre-Père ? Tout le monde y croit, au Notre-Père, même les protestants. « Notre Père, qui êtes aux cieux... »

Et Mata-Hari, pour la première fois depuis qu'elle était une petite fille en robe blanche, à Leeuwarden — la voiture à chèvre, les leçons de piano... —, a essayé de prier.

Il était sept heures et demie du soir.

Devant la glace de sa chambre, Vadime était en train de se raser. Soudain, sa main s'est arrêtée, le rasoir posé à nu sur sa gorge.

— Ce serait si simple..., a-t-il murmuré.

Sa main ne tremblait plus.

362

Le troisième acte s'est déroulé selon tout ce qui avait été prévu. 25 juillet 1917, neuf heures et demie du matin. Le président Somprou a bu son café très noir et ses vieilles aigreurs d'estomac lui remontent à la gorge. Les six juges sont là, un peu pâles ; mais ils savent ce qu'ils ont à faire. Quant à Mornet, il est aux aguets, fébrile : il attend.

Clunet, fiévreusement, fouille dans ses dossiers.

— Maître, lance alors le président après que la séance eut été déclarée ouverte, nous poursuivons l'audition de vos témoins. J'appelle le lieutenant Maznoffe.

Mata-Hari retient son souffle : tout, enfin, allait se dénouer.

Il y a eu un silence... Puis la porte s'est ouverte. Mata-Hari s'est redressée sur son banc ; mais ce n'est pas Vadime qui est entré, c'est la mère de Vadime, la colonelle Maznoffe. La formidable, la redoutable veuve — tout de noir vêtue.

— Ce n'est pas vrai..., a murmuré Mata-Hari.

Pour elle, tout était fini. Le président, cependant, faisait taire les juges eux-mêmes qui s'agitaient. Puis il s'est retourné vers la colonelle :

— Madame, pouvez-vous m'expliquer...

La mère de Vadime n'a pas eu un regard pour la maîtresse de son fils.

— C'est très simple, monsieur le président. Mon fils a pris cette nuit un train pour la Russie où il a accepté une mission dangereuse auprès des services de l'armée impériale chargée de lutter contre les infiltrations des bolcheviks. J'ai veillé moi-même à ce qu'il ne manque pas son train. Mais avant de partir, il m'a remis cette lettre, que je vous apporte moi-même.

Toujours ce regard fixé sur le président : on aurait dit que la seule vision de Mata-Hari l'aurait aveuglée. En silence, le président a ouvert la lettre.

— Je crois que je me dois de donner lecture au tribunal de cette lettre, signée Vadime Ivanovitch Maznoffe. Elle est d'ailleurs courte.

Il a repris son souffle, rajusté ses lunettes, avant de commencer :

— « Au moment de quitter Paris pour toujours, je tiens à préciser que les relations que j'ai pu avoir avec la nommée

Mata-Hari étaient interrompues depuis plusieurs mois et que, résolu à regagner la Russie, j'avais alors décidé de rompre. Je tiens à préciser également que, pendant le séjour qu'elle a effectué à Vittel, Mata-Hari a rencontré d'autres officiers que moi, et qu'elle a parfaitement pu s'entretenir avec eux sans que j'en aie eu connaissance. »

Le président a replié la lettre : c'était fini.

Le visage très droit, sans un mouvement, sans une larme, Mata-Hari avait écouté en silence.

Alors, dans ce même silence qui durait, la voix de la colonelle Maznoffe s'est élevée de nouveau. Impitoyable, cinglante, inhumaine.

— Je veux ajouter, monsieur le président, que cette femme, Mata-Hari, a eu sur mon fils une influence déplorable. Elle l'a entraîné au jeu, à l'alcool, que sais-je ? Et il ne doit qu'à mon énergie de mère d'avoir pu lui échapper !

Le président a quand même tenté de la faire taire.

— Je vous remercie, madame.

Mais la noble colonelle, déchaînée, poursuivait, comme jadis devant son fils, le torrent de ses insultes :

— Cette femme est une aventurière ! Une coureuse, une moins que rien, une danseuse. Une fille à soldats !

— Madame, je vous en prie...

Il a fallu deux gardes pour faire quitter la salle à la mère de Vadime. Mata-Hari ne disait toujours rien. Alors, le président s'est tourné vers Clunet : tout cela était trop beau ! Le général qui lisait Kant n'aurait lui-même osé l'imaginer.

— Avez-vous d'autres témoins à nous présenter, maître ?

— Non, monsieur le président.

— Nous entendrons donc les plaidoiries tout à l'heure. La séance est levée.

Dans le train de Moscou, Vadime, impassible, fuyait vers son destin. Tandis que la petite sœur Agnès, devant l'immense douleur de Mata-Hari, ne pouvait plus rien.

— Ils sont tous immondes, sanglotait Mata-Hari. Ce sont tous des bêtes.

Elle parlait des hommes...

Il fallait une femme — et Desvilliers plus tard — pour tenter encore l'impossible.

Revenue de Liège où elle mettait en place un réseau d'agents français camouflés en espions allemands, Martha avait de nouveau rendu visite au président. Le bureau sur le jardin et la lourde Marianne de marbre. Mais Martha n'a, cette fois, plus un regard pour les ors ni pour les pompes, pas plus qu'elle n'a vu l'huissier lourdement enchaîné qui l'a introduite. Elle se fâche. Et elle se fâche tout rouge.

— Il n'y a plus de président qui tienne : ce qui s'est passé, mon ami, est insupportable. Vous ne pouvez laisser vos gens prendre une décision fatale.

Le vieil homme, harassé, lève les épaules en signe d'impuissance.

— Ma petite Martha, vous savez bien que la décision ne relève pas de moi.

— Allons donc !

Il corrige seulement :

— Disons qu'elle ne relève *plus* de moi.

Martha quitte le fauteuil où elle était assise, allume un de ces horribles petits cigares noirs qu'elle a rapportés d'Espagne, et vient se planter devant lui.

— Eh bien, je sais ce qu'il me reste à faire.

— Quoi donc ?

— Témoigner, parbleu. Dire ce que je sais. Dire que Ladoux a utilisé cette pauvre fille, puis qu'il s'est débarrassé d'elle ; dire que Desvignes s'est moqué du monde ; dire que Mata-Hari a toujours cru, fût-ce pour un peu d'argent, servir la France.

Le président secoue la tête :

— Jusque dans le lit d'un officier allemand !

Mais Martha n'accepte plus rien. C'est son indignation à elle qu'elle crie.

— C'est à moi que vous osez dire cela ?

Elle que l'état-major tout entier et le président lui-même ! ont envoyée, de bouge en palace, dans tant d'autres lits.

— Je vous demande pardon, corrige le vieil homme. En revanche, je vous dirai autre chose, Martha. C'est que vous ne pouvez pas témoigner. Et vous le savez bien. Vous n'avez pas le droit de compromettre tout ce que nous avons jusqu'à présent fait ensemble en révélant au grand jour — et les juges d'un tribunal militaire, c'est quand même le grand jour — vos activités, que ce soit à Madrid ou ailleurs.

Martha le regarde droit dans les yeux, lui qui l'implore depuis le premier jour. Lui qui l'a aimée aussi, un jour.

— En ce cas, je préfère renoncer à jamais à ces activités.

C'était au tour du président de se lever. Car il est de nouveau le président, investi de tous les pouvoirs que d'autres lui ont confiés : sa grosse moustache, son visage de bouledogue fonceur.

— Je vous le défends, Martha. Nous avons encore besoin de vous.

— Vous ne pourrez pas m'en empêcher, mon ami.

La voix du vieil homme de gauche rallié à l'unité de la nation devient tranchante.

— C'est un ordre, Martha.

Martha a seulement baissé la tête.

— Nous vivons dans un monde bien horrible.

Son interlocuteur a repris ses derniers mots.

— Un monde bien horrible, oui. Mais un monde en guerre. Je vous demande pardon, Martha.

Les titres des journaux du soir qui, une fois de plus, annoncent côte à côte la clôture des débats du procès Mata-Hari et le bilan de la cent cinquante-cinquième semaine de la guerre : les combats entre Heurtebise et l'est de Craonne, la chute et la reprise des lignes des casemates et de Californie.

C'est la nuit, maintenant, sur Paris. Le verdict doit être annoncé le lendemain. Dans le bureau de Clunet, Astruc, Desvilliers et l'avocat lui-même devisent — conspirent ? — à la lueur d'une unique lampe.

— On peut encore espérer, murmure Clunet.

366

Mais Desvilliers sait bien que l'espoir même est désormais interdit. Il montre les titres des journaux.

— Vous avez vu les nouvelles ? En termes prudents, cela veut dire de nouveaux revers. Et on ne parle pas des mutineries qui se poursuivent.

Astruc balaie tout cela d'un grand geste de la main : comme s'il croyait en ce qu'il va dire.

— Mais demain, le tribunal jugera Mata-Hari ; le reste est une autre affaire.

Clunet, soudain réaliste, lève les yeux sur lui.

— Vous savez bien que non, Astruc. C'est à cause du reste, comme vous dites, qu'on juge Mata-Hari. Et qu'on la jugera comme on la jugera.

Subitement, c'est Desvilliers qui se redresse et les regarde : ces deux hommes fatigués, vieillis ; alors que Mata-Hari joue sa vie. Son coup de sang à lui ; d'un coup, sa folie.

— En tout cas, moi, je suis prêt à tout. Le cas échéant, j'ai des amis à Vincennes.

Mais Clunet a beau le faire taire :

— Taisez-vous... Ne parlez pas de cela...

Desvilliers répète :

— Ne vous inquiétez pas. Vous ne serez mêlés à rien. Mais je vous l'ai dit, j'ai passé en revue toutes les éventualités, et j'ai mon plan.

Dix heures plus tard. La parodie du procès s'achève. Pendant deux heures, on a encore joué à Guignol. Il y avait le juge, le gendarme et la voleuse. Maintenant, le Conseil a passé sa sentence et le juge prend la voix qui convient à la circonstance.

— Accusée, levez-vous, lance le président Somprou. Vous allez entendre lecture du verdict. Greffier, lisez le verdict.

Mata-Hari se lève, très pâle.

Alors, le greffier, d'une voix blanche, donne lecture du mince document qu'il a en main.

— « Le Conseil condamne à l'unanimité la nommée

Zelle, Margareth, Gertrude, sus-qualifiée, à la peine de mort. »

Mata-Hari, qui voulait encore ne pas croire, le regarde, sans comprendre. Et le greffier continue d'une voix qui s'étrangle — ce n'est pas tous les jours qu'on envoie au poteau la plus belle femme de Paris :

— « Au nom du peuple de France, le Conseil la condamne en outre aux frais envers l'Etat. »

Clunet n'a pu empêcher Mata-Hari de s'écrouler sur son banc.

A la même heure très exactement, dans un champ que les mines d'abord, les obus ensuite, la mitraille enfin avaient engraissé de leur pluie d'acier, douze hommes en uniforme et l'arme au pied en attendaient trois autres qui portaient le même uniforme : on en avait seulement arraché tous les galons — il y avait un sergent —, tous les boutons et les insignes. L'un avait quarante ans, il était boulanger ; l'autre, trente-sept : un instituteur ; le dernier n'avait pas vingt ans et il tremblait dans cette matinée subitement fraîche pour la saison. Les douze premiers, commandés par un jeune lieutenant très pâle, étaient là pour fusiller leurs trois camarades qui avaient refusé de sortir du trou de boue où ils pourrissaient depuis des mois — lorsqu'un capitaine balafré qui voulait une citation de plus en avait donné l'ordre absurde.

— Pardon, camarade...

L'un des soldats du peloton a fait trois pas en direction de l'ancien boulanger. Il lui tendait sa cigarette allumée, mais l'homme a refusé. Il a refusé aussi le secours du prêtre en uniforme qui voulait encore parler de leur patrie à ces hommes qui allaient mourir pour rien.

— Allez-y... Faites vite...

C'était l'instituteur qui avait haussé les épaules : qu'on en finisse, et qu'on en finisse vite ! Alors, le colonel à monocle qui surveillait de loin les opérations, de même qu'il surveillait, de plus loin encore, les sorties, les attaques inutiles et les replis désespérés, avait fait signe au lieutenant. Le capitaine balafré qui n'avait pas eu sa citation regardait les trois hommes avec une manière de haine.

— Allez-y ! Faites vite...

Le peloton s'était mis en place : six hommes debout, six agenouillés et trois en face d'eux.

— En joue...

Deux des douze soldats ont quand même tiré en l'air.

— Allons, remarque le général qui lisait Kant, comment aurions-nous pu faire autrement ?

Prostrée dans sa cellule, Mata-Hari ne disait plus rien. Elle n'écoutait plus les prières et les suppliques, les mots tendres et affectueux de la petite sœur Agnès ; et sœur Charlotte elle-même, soudain devenue grave, aurait voulu trouver des paroles de consolation.

Cependant que les Manessy, les Malvy, les Dumet soupiraient enfin de soulagement. La fumée bleue de leurs cigares empuantissait les salons de MM^{mes} leurs épouses, mais celles-ci avaient pour eux un regard attendri. Allons ! ils s'en tiraient tous à bon compte, mais on avait senti le danger passer : Manessy, d'un geste paresseux, ralluma son cigare éteint.

Le président, lui, écrasa le sien avec une sorte de rage dans le grand cendrier de Sèvres, sous la Marianne qui ne souriait plus. Il avait fait ce qu'on attendait de lui, c'est-à-dire qu'il s'était tu. Dans le grand palais désert, il devinait quelques domestiques aux aguets, qui attendaient. Un instant, sa main joua avec le téléphone : appeler Martha ? Mais il haussa les épaules : à quoi bon ? Alors il regarda sa montre et décida d'aller se coucher. La nuit serait longue...

Bouchardot, lui, dînait avec sa mère : il était sombre. Le procès s'était déroulé sans lui, et il en éprouvait une sorte de frustration. C'était sans lui qu'on avait décidé la mort de cette femme, lui qui avait tout fait pour la mener au poteau.

— Tu ne manges pas ?

Affable, sa mère lui tendait la soupière. Mais le capitaine inquisiteur secouait la tête, et la vieille dame soupirait.

— Encore cette femme !

Parce qu'elle avait deviné, Mme Bouchardot, quel obscur sentiment avait agité son fils. Et elle sentait bien que, jusqu'à la salve finale, ce serait la même attente, une angoisse mêlée de quel remords ? Avec un nouveau soupir, elle se leva et desservit la table du dîner.

— Couche-toi de bonne heure. Tu en as besoin.

Bouchardot, comme le vieil homme qui détenait tant de pouvoirs et ne pouvait rien, se coucha très tôt.

Quant à Astruc, écroulé dans un bar du quartier de la Bourse, où il ne s'aventurait jamais, il buvait tristement, salement. Des filles autour de lui tournaient, qui ne pouvaient savoir.

— Alors, mon gros, il est gros ton gros chagrin ?

Astruc ne levait même pas les yeux vers elles. L'une, pourtant, le visage très sombre, était celle de la rue Bréa qui avait levé Bouchardot le soir où il avait décidé de tuer Mata-Hari : Mirandoline ou Pétunia...

— Tu sais, je sais les consoler, moi, ces gros chagrins.

Hébété, Astruc ne voyait rien. Il se leva, tituba sur le seuil de la porte et l'air de la nuit lui donna une brusque nausée. Appuyé contre une porte cochère, il vomit longuement.

Clunet, qu'il avait quitté quelques heures auparavant, travaillait déjà sur ses dossiers.

— Bien entendu, nous faisons appel ! avait-il lancé aux journalistes qui le harcelaient depuis la fin de la matinée.

Mais les grands publicistes de la guerre à outrance, du cocorico sur toutes les bouches et du bleu-blanc-rouge en bannière à l'arrière, préparaient fiévreusement leurs éditoriaux du lendemain : elle serait belle, la presse du matin qui commenterait la condamnation à mort de Mata-Hari !

— Contre tout espoir, pourtant, j'espérais..., lance alors Desvilliers.

Toute la nuit, le jeune lieutenant avait erré. Il allait de bar louche en cercle de jeu, de brasserie en bouge.

— Tu cherches quelqu'un, beau blond ?

A la fille qui l'interrogeait, au gargotier qui le toisait d'un air rogue, aux croupiers minables qui levaient vers lui leur regard glauque, il posait toujours la même question :

— Vous n'avez pas vu Georges Vernet, le lieutenant Vernet ? Je suis à sa recherche...

Vernet, soldat débauché, lieutenant de fortune et joueur toujours malheureux, dirigeait l'armurerie du fort de Vincennes. Desvilliers avait dit qu'il avait envisagé toutes les éventualités, et la pire c'était bien le peloton d'exécution, à l'aube, dans les fossés du fort. Alors, un plan fou, un projet insensé, avait germé dans la tête du jeune homme. Il fallait qu'il retrouve ce Vernet, ex-gigolo pourri qui détenait tant de clés à Vincennes et qui était prêt à tout pour beaucoup d'argent. On l'a dit : comme Glenn qui était mort, et comme Vadime qui vivait toujours mais qui aimait encore, le lieutenant Desvilliers aimait Mata-Hari d'un amour fou.

Destins, dès lors, étrangement croisés que ceux de ces deux jeunes gens : l'un qui parcourt Paris à la recherche d'un complice pour tenter de la sauver ; l'autre qui, dans le train de Moscou, étendu sur le dos et une cigarette aux lèvres, n'a pas trouvé le sommeil depuis trente-six heures. De Moscou, il devra gagner Plesseï, non loin de la maison des bouleaux. Une manière de retour... Là-bas, une école de cadets forme à la hâte des hommes plus jeunes et plus frais pour la grande boucherie ; mais des partisans bolcheviks — on était en 17, n'est-ce pas ? — veillent dans les bois. Et dans l'esprit de Vadime Ivanovitch Maznoffe, l'amoureux impuissant, une idée, peu à peu a germé.

— Moscou dans vingt minutes ! lança un contrôleur en entrouvrant la porte de son compartiment.

Comme un mannequin triste et empesé, Vadime, d'un coup, se redressa.

Rue des Abbesses, rue des Martyrs, rue Chaptal, rue Blanche, Desvilliers cherchait toujours le lieutenant Vernet.

C'est pourtant un troisième personnage qui fit le seul geste qui parvint à tirer Mata-Hari de la détresse absolue, où elle se trouvait plongée. Un troisième personnage qui, en quelques minutes, trouva les mots qui, seuls, pouvaient lui faire relever la tête.

Il était dix heures du matin, trois jours après l'énoncé de la sentence. La jeune femme somnolait dans sa cellule : cela faisait plus de quarante-huit heures qu'elle n'avait rien mangé, lorsque la porte s'ouvrit et une forme voilée entra. C'était une femme : c'était Martha.

— Laissez-nous, ma sœur. J'ai l'autorisation de demeurer seule avec la prisonnière.

A regret, la petite sœur Agnès s'était éloignée. Mata-Hari n'avait pas bougé. Alors Martha s'était penchée vers elle et lui avait caressé la tête. Comme réveillée d'un long sommeil, Mata-Hari s'était redressée et l'avait reconnue.

— Oh ! Martha !

Les deux femmes se sont étreintes, longuement. Puis, doucement, Mata-Hari a pleuré.

— Décidément..., a murmuré Martha. On dirait que je choisis mon moment pour arriver chaque fois que tout va mal, hein ?

Et, pendant une heure, les deux femmes ont parlé. Ou plutôt Martha a parlé et Mata-Hari l'a écoutée. Le soleil atteignait lentement l'étroite fenêtre qui donnait sur un morceau de ciel.

— Je sais, ma chérie, expliquait-elle. C'est horrible. J'ai voulu témoigner, mais on ne me l'a pas permis...

— Parce que tu...

Mata-Hari s'était arrêtée : elle n'avait même pas la force de continuer. Mais c'est Martha qui a parlé pour elle.

— Oui, ma chérie, je suis de ce côté. Moi aussi. Et je sais que tu y es aussi...

L'espoir insensé de Mata-Hari :

— Mais alors, il suffirait...

Mais Martha a secoué la tête :

— Si je parlais, on me désavouerait. J'ai déjà dû tricher pour venir jusqu'à toi.

Le visage de la prisonnière est retombé sur l'épaule de son amie. Dix minutes sont déjà passées. Dix si petites minutes...

— Nous vivons dans un monde d'hommes, continue

Martha d'une voix sourde. Un monde où, partout, les hommes mènent le jeu. Tu danses, j'espionne, on nous paie et nous n'avons qu'à dire merci. Merci qu'on te laisse danser, merci qu'on te paie, merci qu'on t'aime un peu. On nous offense et on nous humilie, et nous n'avons pas le droit — pas encore ! — de lever le poing...

Les minutes passent encore. Si vite. Et Martha parle toujours. Inspirée, douloureuse ? Désespérée.

— Notre beauté ? Elle ne fait que servir. Nous servons. On se sert de nous. En ce moment précis, on se sert de moi : je suis sûre qu'on sait que je suis là. On se dit : « Elle va la calmer. » Et je te calme. Oh ! ce n'est pas pour leur faire plaisir : c'est parce que je veux que tu saches...

Une demi-heure déjà : Mata-Hari a peu à peu relevé la tête. Elle ne sourit pas, mais les mots de Martha l'atteignent au plus profond d'elle-même. Lentement, elle comprend. Elle comprend tout. Et elle les comprend tous : les Manessy, et les Victor, les Girard, les Ladoux, les Kieffert, les Bouchardot, Lenoir, le commissaire impitoyable, jusqu'à ce général au crâne chauve qui achève de lire Marx et qu'elle comprendrait si elle le connaissait. Et elle se voit, face à eux. Femme et démunie... Seuls les mots qu'a maintenant Martha sont pour elle un éclat de lumière.

— Tu comprends ? répète son amie.

— Je comprends...

Alors, Martha continue, tenant maintenant la tête de Mata-Hari sur ses genoux. Très tendre. Bouleversée de l'émotion qu'elle sent elle-même naître en Mata-Hari. Cinquante-cinq minutes ont passé.

— Il faut alors que tu penses aux autres. A la poignée de ces hommes qui ne sont pas comme les autres hommes. A Clunet, à Astruc, à ce jeune lieutenant Desvilliers que tu ne connais pas mais qui se bat pour toi. A cause d'eux, tu ne dois pas permettre que ta beauté foute le camp ; que ton espoir foute le camp ; tu ne dois pas te laisser foutre le camp toi-même...

Les deux femmes vont se quitter. Elles s'embrassent.

— Nous ne nous reverrons peut-être jamais, Mata. Mais nous sommes ensemble. Nous restons ensemble, dans le même combat. Le nôtre. Celui des femmes... Au revoir, ma chérie.

Mata-Hari est maintenant debout, et elle a la tête haute.

— Je suis avec toi, Martha, murmure-t-elle simplement. Au revoir...

Et comme Martha sort et que la petite sœur Agnès entre à son tour, en larmes, c'est Mata-Hari qui va la consoler.

— Allons, petite sœur Agnès. Ce n'est pas si terrible que ça ! On s'en sortira ! Nous ne sommes pas seules ! — elle a un petit rire. Et puis : peut-être que mon Vadime, non plus, ne m'a pas oubliée.

Destins croisés, donc, de ces deux hommes qui l'aiment..

Vadime est arrivé à Moscou. De là, il a pris le train pour Plesseï et, dans le vaste palais baroque transformé en école de cadets, il se trouve face au directeur de l'établissement. Précisera-t-on que celui-ci s'appelle Chousky, et qu'il n'est autre que ce jeune lieutenant qui voulait partir en poste pour Paris un jour de 1913, et qu'on envoya à Vladivostok parce que Vadime Ivanovitch Maznoffe, appuyé par son oncle le général Boulgakov, lui avait pris sa place ?

Devant Chousky, Vadime se met au garde-à-vous.

— Repos, Vadime Ivanovitch. Je remercie le ciel de vous avoir mis à ma disposition. Vous êtes le seul à pouvoir nous aider.

— A vos ordres, capitaine.

Puisque Chousky, lui, a été promu capitaine.

— Venez, que je vous explique tout de suite.

Il l'entraîne vers une carte déployée sur un mur. Un sergent moujik leur apporte du thé très chaud et des cigarettes. Et Maznoffe sait quel sera son destin. Devant la carte, Chousky achève ses explications.

— Voilà, c'est simple. Votre ancienne propriété semble être le point de départ des infiltrations bolcheviques dans toute cette partie du pays. C'est votre connaissance du terrain qui nous a donné l'idée d'avoir recours à vous.

— Je suis à vos ordres.

Vadime va se retirer, mais Chousky le retient.

374

— Une question encore : vous avez bien un cousin, du nom de Sergeï Vassilevitch ?

Le grand garçon fort et râblé avec qui il se battait dans les granges : celui à qui il criait si fort son amour de Mata-Hari. Pluie de souvenirs en étoiles...

— J'ai bien un cousin, qui s'appelle Sergeï Vassilevitch.

Chousky sourit : décidément, l'arrivée de Vadime Ivanovitch Maznoffe à Plesseï est tout ce qu'il attendait. Il écarte de la main le verre de thé vide qui était posé devant lui et cherche une bouteille de vodka dans un tiroir.

— Il a disparu depuis quelques semaines, et la police le soupçonne d'être au centre des activités de ce groupe de saboteurs... Mais nous en reparlerons plus tard. Vous pouvez prendre un peu de repos, Vadime Ivanovitch.

Quant à Desvilliers, il a enfin trouvé Vernet. Celui-ci, dans un bar de la Fourche, joue et perd éperdument.

— Allons, camarade ! Il faut que je te parle.

Ils étaient ensemble à Saint-Cyr, le jeune lieutenant amoureux et son compagnon épuisé, débauché, le visage pâle de ceux pour qui toutes les nuits sont de mauvaises nuits. Mais Vernet le repousse.

— Laisse-moi, cette fois, la chance est avec moi.

Il abat trois rois, son adversaire — un colosse barbu, boucher de son état et qui a dans la poche de son veston de ratine un portefeuille bourré de gros billets craquants — montre trois as. La main passe.

— Merde ! lance Vernet qui n'a plus rien.

Puis il se retourne vers Desvilliers.

— Tu ne pourrais pas me prêter...

L'autre le regarde : il sait que tout, désormais, est possible.

— Peut-être. Mais écoute-moi d'abord...

Il ne reste plus que cette folie pour sauver Mata-Hari : la faire fusiller à blanc. Et seul Georges Vernet peut substituer des cartouches à blanc aux vraies balles qui tuent.

— Voilà mille francs. C'est juste un petit acompte. Mais écoute-moi bien.

Il ne reste plus que cela, parce que la séance de la cour d'appel, le 27 septembre 1917, n'a été qu'une farce, plus sinistre encore que la comédie du procès.

L'ultime séance du tribunal s'est réunie à onze heures quinze du matin. Clunet, bien sûr, était dans la salle, mais il n'avait pas le droit de prendre part aux débats car il n'était pas accrédité à cette cour. Un certain Raynaud — avocat à la cour d'appel, lui — le remplaçait. Les deux conseillers Geoffroy et Peyssonié assistaient un président solennel et ennuyé.

— Nous sommes appelés, a commencé celui-ci d'une voix lasse, à juger du pourvoi en appel devant cette juridiction de la dame Zelle, Marguerite, ou Margarethe, dite Mata-Hari. Maître Raynaud, vous avez été amené à représenter la défense, nous écoutons vos observations.

Maître Raynaud s'est levé, l'air plus absent encore que le président. Il était onze heures dix-sept. On lui avait demandé de tenir ce rôle, il le tenait. Mal. Il a donc prononcé quelques paroles inutiles, puis il a enlevé ses lunettes.

— J'ai quelque chose à ajouter : maître Clunet, le défenseur de l'accusée devant le Conseil de guerre, insiste pour qu'on veuille bien ajourner la séance et l'écouter en personne.

Tout cela n'était qu'un débat de procédure. Le ton du président n'a pas changé :

— Je ne peux que refuser ces deux demandes. Seuls les avocats accrédités auprès de la cour d'appel ont, en effet, le droit d'y prendre la parole ; quant à l'ajournement, il ne peut être ordonné, car il y a trois semaines que le dossier a été distribué. La parole est au conseiller Geoffroy.

Le premier conseiller s'est à peine levé de son siège. Il était onze heures vingt-deux.

— Je demande le rejet pur et simple de la demande de pourvoi, sans discussion.

Le président a bâillé.

— Je vous remercie. La parole est au conseiller Peysonnié.

— Il n'y a qu'une seule question à débattre : celle de la compétence, a précisé le second conseiller qui, lui, faisait des effets de voix. Il s'agit de savoir si, en temps de guerre, les crimes d'espionnage et d'intelligence avec l'ennemi sont de la compétence du Conseil de guerre. La jurisprudence est unanime pour répondre affirmativement. Je conclus au rejet du pourvoi.

Le président n'a pas répondu tout de suite. Il a regardé les deux conseillers. Puis il a poussé un soupir de satisfaction : allons, tout s'était bien passé comme prévu.

— La décision de la cour d'appel est prise : le pourvoi est rejeté.

Le président s'est levé : il était onze heures trente et une. L'affaire avait été expédiée en quelque onze minutes et tout s'était déroulé sans Mata-Hari.

Le soir même, dans ce qu'on appelait désormais un night-club, ils étaient tous là : Manessy et Dumet, Mergerie, Girard, Victor, plus pansus, plus ventrus que jamais. Jusqu'à la rosette rouge à leur boutonnière qui avait grossi et gagné son canapé blanc de commandeur. Et, béats, ils regardaient de tous leurs yeux.

Au son d'une musique qui n'était plus celle, orientale, des sitars et des tambourins de Mata-Hari, mais le rythme déchaîné, trompettes, saxo et batterie d'un jazz-band américain, une femme dansait. Elle était noire, superbement noire, Négresse des îles importée à Paris et qui, mieux encore que Mata-Hari, ne cachait rien. Et les ventrus, les pansus d'applaudir.

A deux cents kilomètres de là, le tonnerre grondait. A moins de quelques centaines de mètres du night-club, la femme qu'ils avaient tous convoitée comme ils désiraient tous ce soir cette Négresse aux seins de marbre noir, attendait son dernier matin. Et ceux qui savaient si bien ce que serait ce petit matin-là applaudissaient à tout rompre et la nouvelle musique, et la nouvelle danse, et cette nouvelle femme...

La danse sacrée de Mata-Hari appartenait à un passé bien oublié de bimbeloterie de bazar...

Mata-Hari, elle, se tait. Elle passe maintenant de longues heures dans sa cellule à parler, calmement, avec sœur Agnès — une manière d'apaisement — et avec sœur Charlotte qui s'est approchée un soir de la jeune femme. Mata-Hari était sereine et tenait la main de sœur Agnès.

— Je ne désespère pas tout à fait, vous savez, petite sœur. Je me dis que ce n'est pas possible, et voilà tout.

Pour la première fois, sœur Agnès l'avait regardée bien en face pour dire :

— Et si, malgré tout, c'était possible ?

— Eh bien, depuis que je suis avec vous, sœur Agnès, on peut dire que j'ai eu le temps de me préparer. Vous m'avez même appris à prier !

C'est alors que sœur Charlotte a fait un pas en avant :

— Je prie aussi pour vous, mon enfant.

Elle a posé sa main sur l'épaule de la jeune femme, la nuit tombait. Encore trois semaines, encore quinze jours...

Elle était déjà ailleurs : tout, on l'a dit — le peu qu'il restait, pourtant ! — se déroulait désormais sans elle.

Dans une brasserie de Montparnasse, le moment était pourtant venu pour Desvilliers de révéler au lieutenant corrompu qu'il avait acheté ce qu'il attendait précisément de lui.

— C'est facile, expliqua-t-il à voix basse. Tu seras prévenu la veille au soir. Tu n'auras qu'à vérifier toi-même les fusils du peloton, et tu remplaces les balles par des balles à blanc.

Vernet avait souri. Il avait des souvenirs !

— Comme dans *La Tosca* ?

L'opéra de Puccini et la fausse exécution ratée de l'amant de la chanteuse jalouse...

— Comme dans *La Tosca*, oui... Mais cette fois, Tosca ne mourra pas ! Le médecin a accepté d'être dans le coup.

Le visage de l'armurier s'était tendu : quelques milliers de francs, peut-être, à gagner encore.

— Tu l'as payé cher, le toubib ?

— Moins cher que toi, Vernet.

Alors, le rire ignoble du soudard.

— Tu dois l'aimer, cette femme. Elle est bien au lit, au moins ?

Desvilliers s'était levé.

— Tais-toi, Vernet. Aujourd'hui, je te paie. Mais un jour, je te casserai la gueule pour ça.

Encore quinze jours, encore dix jours. Le consulat néerlandais commençait à s'inquiéter : après tout, Mata-Hari — née Zelle à Leeuwarden ! — avait un passeport néerlandais... Mais il était trop tard. Et le président de la République, effrayé peut-être de la responsabilité qui lui incombait, tardait à examiner le dossier.

— Autant de temps de gagné..., disait Clunet.

Mais c'était sans y croire.

Vadime, lentement lui aussi, se prépare. La grande plaine russe et blonde est balayée par le vent. Déjà là-haut, très loin, une alouette. Et il marche à grands pas, vêtu de son bel uniforme blanc, dans les blés blonds, que nul n'a, cette année, moissonnés. Il reconnaît tout : les champs, les arbres au loin, l'odeur et, un peu plus bas encore, la maison des bouleaux. Il marche en respirant très fort, la tête pleine de souvenirs : il sait si bien où il va ! Dès lors, quand deux partisans qui ont bondi d'un fourré se sont jetés sur lui, il n'a éprouvé aucune surprise. C'était cela qu'il attendait. Il s'est laissé maîtriser, désarmer, et on l'a entraîné vers une maison qui n'était autre que sa propre maison.

— Vous en avez mis, du temps, à venir ! leur a-t-il seulement lancé.

Mais les deux garçons n'ont pas compris. Pas plus qu'ils

n'ont compris lorsque, face à celui qui était leur chef, Vadime Ivanovitch Maznoffe, lieutenant de l'armée du tsar, s'est jeté dans les bras d'un commissaire du peuple.

— C'est bien toi ! a murmuré Vadime en reconnaissant Sergeï.

Et l'autre, qui le tenait toujours embrassé, ne pouvait que répéter :

— Tu es fou ! Tu es fou de venir ici !

Plus tard, les deux hommes se sont assis pour boire et fumer ensemble.

— Le monde va basculer, Vadime, expliquait Sergeï. Nous ne sommes encore qu'une poignée, mais avec les jours, nous deviendrons plus nombreux. Et plus nombreux encore. Cette guerre est une abomination. Il faut y mettre fin.

Mais Vadime n'a pas baissé les yeux.

— Si tu savais combien je la hais, moi aussi, cette guerre...

— Alors, qu'est-ce que tu attends pour nous rejoindre ? Davantage de larmes, de sang, de misère ?

Le beau lieutenant blanc a seulement secoué la tête.

— Je ne sais pas, Sergeï... Je ne sais plus.

— Qu'est-ce que tu es venu faire ici ?

Le même geste pour montrer son désarroi :

— Je ne sais pas non plus... Je fuis...

Alors Sergeï, qui veut d'un coup abolir le temps :

— Et Paris ? Ta vie ? Ta Mata-Hari ? Tu l'as trouvée ?

Il voulait rire, mais Vadime a eu un frisson.

— Tais-toi, Sergeï...

Longtemps, les deux hommes ont parlé. Mais Vadime avait le sentiment que tout ce que lui disait son cousin, il le savait déjà au plus secret de lui. Puis Sergeï a raccompagné Vadime dans la campagne.

— Allez... Et ne reviens pas... Ça pourrait être dangereux. La prochaine fois, c'est nous qui reviendrons.

Les deux cousins se sont embrassés et Vadime Ivanovitch Maznoffe, lieutenant du tsar, a quitté le quartier général du groupe bolchevik en marchant à nouveau à grands pas dans les blés trop mûrs.

Dix jours, huit jours : dans l'Aisne et en Champagne, l'artillerie allemande bombarde sans répit nos tranchées ; dans la Meuse aussi, l'artillerie allemande se déchaîne, on en arrive à des combats d'infanterie sur les deux rives : à l'ouest, dans le secteur de Forges ; à l'est, vers le bois de Chaume et Bezenvaux. Bientôt, c'est la cote 344 qui recevra l'ennemi de plein fouet.

Sur le front français, le roi d'Italie visite les ruines de Coucy. A ses côtés, petite casquette ronde sur son crâne rose, le président...

Huit jours, six jours : trois fois encore, Clunet a tenté de rencontrer le président de la République, et trois fois il a été éconduit.

— C'est que le bougre a le cœur sensible..., a seulement remarqué le général qui lisait Kant avant de donner ses ordres au garde des Sceaux. Ne nous pressons pas. Attendons un bon communiqué, bien pessimiste, quelques mutineries de plus, et notre brave président saura ce qu'il lui reste à faire !

Six jours, trois jours...

Le visage de Mata-Hari a minci. Il a pris la couleur blême et un peu cireuse de ceux qui ne voient plus guère la lumière du jour. Mais la flamme, dans ses yeux, brûle toujours.

— Je n'ai plus peur, maintenant, dit-elle à sœur Agnès.

Et sœur Charlotte, seule dans la chapelle de la prison, prie pour elle.

Tout est en place, désormais, pour la dernière salve.

— Pour moi aussi, tout était pourtant prêt ! remarque Desvilliers, avec, dans la voix, quelque chose qui est bien une sorte de sanglot.

Astruc le regarde : le petit lieutenant avec ses projets fous d'évasion lui paraît soudain aussi pitoyable que lui.

— Il a suffi d'un grain de sable pour tout enrayer... Un as de pique !

C'était précisément le soir où le président de la République devait enfin examiner le recours en grâce. Car le général au crâne chauve l'avait eu enfin, son communiqué désastreux : le front avait craqué sur la cote 344, sur la rive droite de la Meuse, et une brigade entière paraissait sur le point de refuser de monter à l'attaque. Aussi, discrètement, le garde des Sceaux avait-il suggéré au secrétariat général de l'Elysée de hâter maintenant la décision.

— Il a suffi d'un as de pique...

Dans un cercle de jeu des beaux quartiers, rue Balzac ou rue de Marignan, le lieutenant Vernet, qui seul pouvait pénétrer dans l'armurerie de Vincennes et procéder à l'échange de cartouches, a sorti un as de trop de sa manche. Un inspecteur de la police des jeux l'a vu, qui a fait intervenir la police militaire : une heure plus tard, le lieutenant tricheur était au cachot et le plan échafaudé par Desvilliers s'écroulait.

A quelques centaines de mètres de là, rue du Faubourg-Saint-Honoré, Astruc et Clunet faisaient les cent pas en attendant l'heure de l'audience qui avait été fixée à l'avocat de Mata-Hari. Une serviette de cuir noir à la main, Clunet affectait une solide assurance. Non loin d'eux, quelques journalistes, des curieux...

— Tout est possible, mon vieux ! Tout est possible..., murmurait encore Clunet.

Et Astruc lui-même se disait soudain qu'il n'était pas pensable qu'un homme sain d'esprit, un homme qui avait aimé les femmes et qui les aimait encore, prît sur lui — et sur lui seul — de mettre à mort une femme qui avait été la plus belle de Paris.

Cependant, à Plesseï, dans le collège de jeunes nobles transformé en école de cadets — les grands murs blancs, la touche de rococo qui reste ici, au cœur de la tourmente, un ultime vestige de cette civilisation qu'on va brûler —, le capitaine Chousky donnait ses ordres au lieutenant Maznoffe.

— Demain, à neuf heures, le soleil sera déjà haut...

L'amant de Mata-Hari frissonna.

— C'est pour cela que votre présence nous était indispensable, lieutenant, poursuivit le capitaine Chousky, demain, à neuf heures, le soleil sera déjà haut et vous mènerez l'attaque contre votre propre demeure.

La maison des bouleaux, Sergeï et ses amis, cette ultime embrassade qu'il avait eue avec son cousin : peu à peu, Vadime devinait ce qu'il lui restait à faire. D'ailleurs, le ton tranchant de son chef, son visage de marbre où tremblait pourtant la rage de tuer, tout l'y invitait.

— D'ici là, les hommes sont consignés à l'école : des fuites sont toujours possibles, et je ne tiens pas à ce que les terroristes qui ont pris possession de vos terres en soient avertis. Il s'agit de les surprendre et de les exterminer jusqu'au dernier. Sans pitié !

Chousky jouait avec une cravache de cuir sombre qu'il fit siffler dans l'air. Mais Vadime s'était mis au garde-à-vous : il savait maintenant comment allait s'achever cette aventure.

— A vos ordres, mon capitaine.

Et Vadime Ivanovitch Maznoffe tourna les talons.

— M. Poincaré a dû se montrer d'une grande affabilité pour le brave Clunet..., murmure Desvilliers.

Astruc secoue les épaules : pour eux aussi, l'aventure arrive désormais à son terme. Le salon suspendu au-dessus du parc est devenu un gigantesque désordre de papiers et de classeurs, de fiches, de dossiers où demain, dans un mois, la vérité finira bien par s'inscrire en lettres de sang. Alors, jusqu'au bout, il faut lutter encore contre la bêtise et la lâcheté des hommes.

— Oh ! M. Poincaré a su donner toute l'onctuosité qu'il fallait à son refus de signer la grâce de Mata ! Il a souri tristement pour parler de la beauté de celle qu'ils allaient assassiner, puis il est devenu très grave en évoquant la jeunesse de ceux qui mouraient alors dans les tranchées et qu'il envoyait lui-même, chaque jour, à l'abattoir.

— Et Clunet...

— Lorsque Clunet a su qu'il était vaincu, il a pleuré... Les larmes de vieillard sur les joues flasques et ridées ; la barbe grise tristement, grisement mouillée. Gêné, le président de la République l'a fait raccompagner jusqu'à la porte avec beaucoup d'égards, comme s'il s'était agi d'un grand malade.

— Nous sommes désormais quelques-uns à être malades à en mourir, de Mata-Hari..., gronde Astruc.

Rue du Faubourg-Saint-Honoré, il y avait quelques journalistes qui attendaient encore, malgré l'heure tardive. Mais lorsqu'ils ont vu l'avocat de Mata-Hari s'engouffrer dans sa voiture sans répondre à aucune de leurs questions, ils ont compris.

Dans sa cellule de Saint-Lazare qui portait le numéro 12, celle-là même où, avant elle, Mme Steinheil et Mme Caillaux ont vécu des heures d'angoisse, Mata-Hari conversait doucement avec les deux religieuses qui ne la quittaient plus. Elle parlait à sœur Agnès de l'amour qu'elle avait connu et sœur Charlotte, à l'écart, priait à voix basse.

Alors, Mata-Hari a élevé la voix :

— Vous savez, ma sœur, quoi qu'il arrive, je n'ai plus peur, maintenant.

La religieuse s'est interrompue : elle avait les yeux d'un bleu très pâle.

— Je n'ai plus peur non plus, Mata, je sais que vous êtes sauvée.

La danseuse nue, la bayadère, l'égérie de tout ce que Paris avait compté de banquiers repus et de petits marquis dorés sur tranche, d'hommes d'affaires et d'espions assassins, a souri.

— Je suis sauvée, oui...

Consigné dans sa chambre avant de s'échapper à l'aube pour prévenir son cousin du danger qui le menace, Vadime écrit enfin à la femme qu'il aime la lettre qu'elle attend depuis toujours. Assis devant la table de bois blanc sur laquelle il a seulement posé sa montre et une photographie de Mata-Hari sur un volume de Pouchkine. Sauvés, oui : cette lettre qui, elle et lui, les sauvera. Et il écrit, le regard fiévreux, la main qui tremble.

« Mon amour... Depuis toutes ces semaines, ces longs mois, je me suis tu ; mais cela fait des années que je me tais. Face à ma mère, face à ceux qu'on appelle mes supérieurs, face à toi.

« Voilà pourquoi, aujourd'hui, je veux parler... »

Et jusqu'à ce que la minuscule montre d'or qui lui venait de son père et qu'il avait placée devant lui marque l'heure enfin de déserter, Vadime Ivanovitch Maznoffe a écrit à la seule femme qu'il ait jamais aimée.

Puis, l'heure arrivée, il a soigneusement plié la longue missive — la lettre la plus longue qu'il ait jamais écrite, l'aveu le plus difficile et le plus doux... — qu'il a glissée dans une large enveloppe aux armes de son école. Il a seulement barré l'aigle impérial de l'enveloppe d'un seul trait de plume. Enfin, il l'a cachetée avant de la glisser dans sa vareuse avec une autre lettre, adressée à Sergeï. Il a alors regardé sa main : elle ne tremblait plus.

La nuit était sombre encore, mais Vadime Ivanovitch Maznoffe a passé son bel uniforme blanc et il a simplement mis dans sa poche gauche, du côté du cœur, la photo de Mata qui sourit.

— Ensuite, tout est allé très vite, remarque seulement Astruc.

L'heure de l'exécution avait été fixée très précisément ce lundi 15 octobre 1917 à l'aube. Si la reine Wilhelmine elle-même avait refusé d'intervenir en faveur de Mata-Hari, le ministre des Affaires étrangères des Pays-Bas, Ridder de Stuers, avait pourtant tenté une ultime démarche. Et une lettre avait été transmise au Quai d'Orsay.

« Monsieur le ministre, je viens d'être chargé par mon gouvernement, pour des circonstances d'humanité. de demander la grâce de... »

Mais de bureau en bureau, petits chefs de service, sous-fifres et huissiers réunis, on avait su faire traîner, et la lettre et la réponse : il fallait aller vite, n'est-ce pas ?

Lorsque les voitures des assassins se sont présentées devant la grande porte cochère de Saint-Lazare, il faisait nuit encore. Mais les rapaces étaient tous là : Bouchardot, le commissaire du gouvernement Mornet, un membre du Conseil de guerre, jusqu'au commandant du quartier général des armées de Paris, l'ineffable commandant M..., qui écrira tout un livre pour salir un peu plus la mémoire de celle qu'il a aidé à tuer ; et puis un médecin, un pasteur ; et enfin, des journalistes : les vautours...

Lentement, la grande porte de la prison tourne sur ses gonds. Dehors, le vent est frais et les arbres dépouillés de leurs feuilles semblent faits de larges traits malhabiles tracés au fusain par un artiste naïf. Mais déjà la porte s'est refermée et c'est à nouveau l'enfer piranésien des corridors et des couloirs, des escaliers, des passages, des grilles de la prison.

— Dépêchons-nous..., lance le commandant M..., les ordres sont les ordres et j'ai pour ordre de les faire respecter !

La formule est belle, quand l'ordre en question est celui d'assassiner à l'heure dite. Mais ces messieurs savent où est leur devoir : en rangs serrés, trois devant, quatre derrière, costumes sombres et chapeaux ronds, képis de triste cérémonie, ils vont vers leur devoir.

Dans le bureau du directeur de la prison, il y aura cependant la dernière tentative de Clunet : dérisoire, pathétique.

Le vieil avocat, très pâle, les yeux bordés de rouge, s'adresse soudain au commissaire du gouvernement. Il parle d'une voix blanche et hachée :

— Mata-Hari ne peut être exécutée ce matin. Je m'y oppose formellement, et j'invoque pour surseoir à l'exécution l'article 27 du code pénal.

Le directeur de la prison était en train d'apposer sa signature au bas d'une feuille dactylographiée ; le commandant M... faisait les cent pas dans l'étroit cabinet ; Bouchardot, les bras croisés, attendait : tous se sont regardés.

— L'article 27... ?

Clunet s'est raclé la gorge :

— Oui. L'article 27, livre I, chapitre premier du code pénal : « Si une femme condamnée à mort se déclare — et s'il est vérifié qu'elle est — enceinte, elle ne subira sa peine qu'après la délivrance. »

Il y a eu un silence qu'a enfin rompu le directeur de la prison en haussant les épaules.

— C'est impossible. Aucun homme n'est entré dans la cellule. Vous le savez bien, maître...

Cette inquiétude, quand même, dans la voix de l'honorable fonctionnaire, qui ne fait, comme les autres, qu'exécuter des ordres. Mais la réponse de Clunet l'a très vite rassuré.

— Si, monsieur le directeur, un homme est entré. Souvent, même. Il s'agit de moi.

Un vague sourire a éclairé le visage des hommes en noir : ce vieillard... Clunet avait plus de soixante-quinze ans.

— Vous plaisantez, je pense.

Cette fois, l'avocat s'est redressé. Indigné :

— Je ne pense pas, moi, que l'heure soit à la plaisanterie.

Alors, le commissaire du gouvernement est intervenu. Mornet était un homme jeune qui avait encore beaucoup de peines capitales à requérir : il savait que la déclaration du pauvre Clunet était bien inutile.

— Le Dr Soquet procédera tout à l'heure à une visite pour vérifier votre affirmation.

C'est lui qui a montré ensuite la porte ouverte, l'antichambre, le corridor :

— Allons-y, voulez-vous ?

On ne s'arrête pas à semblables radotages...

Le commandant M... a tout raconté. A sa façon, mais il a raconté.

« Le cortège avançait maintenant dans un sombre couloir à peine éclairé de quelques becs de gaz vacillants. Le bruit des pas lourds retentissait bruyamment dans les corridors :

on marche toujours ainsi vers la cellule des condamnés à mort, en faisant le plus de bruit possible dans la pensée de trouver le condamné réveillé... »

Lâches jusqu'au bout : ne pas avoir à secouer Mata qui dort ; ne pas avoir à lui dire : « Allons, debout, c'est le moment. » Mais il a paru « tout de même long », au triste commandant M..., le chemin qu'il a parcouru pour arriver jusqu'à la cellule de la prisonnière.

Entrés en force dans la geôle, les magistrats ont pourtant trouvé la jeune femme encore endormie. On a posé une main sur son épaule :

— L'heure de la justice est venue...

Que les mots étaient bien trouvés ! La justice...

— Votre recours en grâce a été rejeté par M. le président de la République... Il faut vous lever... Ayez du courage.

Mata-Hari s'est redressée d'un coup : l'image du lieutenant blanc de son dernier rêve a basculé.

— Ce n'est pas possible... Ce n'est pas vrai...

Elle balbutiait encore :

— Mais tous ces hommes... Ces officiers...

Il y avait quand même Clunet. Elle s'est relevée tout à fait et lui a tendu la main.

— Merci d'être venu.

C'est alors que l'avocat s'est penché vers elle : jusqu'à la dernière démarche, le coup d'épée dans l'eau.

— L'article 27..., a murmuré Clunet à l'oreille de Mata-Hari.

Et il a expliqué son plan. Mais la jeune femme a secoué la tête.

— Non, mon bon Clunet. Vous savez bien que cela ne servirait à rien.

Elle a pressé son bras : de tous ceux qui avaient vécu d'elle, il était le seul, en cet instant, à lui être resté.

— Merci, mon ami.

Mais lorsque le pasteur a voulu lui parler à son tour à l'oreille, elle a encore secoué la tête.

— Tout à l'heure...

Puis, calmement — il était pressé, pourtant, le commandant M..., il regardait sa montre ... —, elle s'est habillée. Une chemise, un corset, un cache-corset. Et puis de fines bottines, son chapeau : son dernier luxe.

— Vous avez des épingles ?

Mata-Hari, qui allait mourir dans moins d'une heure, réclamait des épingles à chapeau ! Impatient, le directeur de la prison a fait un pas en avant.

— Je suis désolé, c'est interdit par le règlement !

Un mince sourire a éclairé les lèvres de la jeune femme. Ce même sourire qui est devenu plus mince encore, lorsque le greffier s'est avancé à son tour.

— Avez-vous maintenant des révélations à faire ?

Elle a toisé le petit jeune homme à la moustache en croc qui raconterait le soir même la scène à sa bonne amie, cocotte ou femme du monde, avec un rire avantageux : après tout, il serait l'un des derniers à avoir vu vivante la plus belle fusillée de Paris.

— Moi ? Vous savez bien que je n'ai rien à vous dire. Et si j'avais quelque chose à dire, ce n'est certainement pas à vous que je le dirais !

Ce devait être son seul moment de révolte : presque tout de suite après, la petite sœur Agnès a fondu en larmes, et Mata-Hari l'a alors embrassée et ne s'est plus occupée que d'elle.

— Ne pleurez pas, sœur Agnès, il ne faut plus pleurer ! Soyez gaie, comme moi !

Elle souriait de nouveau vraiment. Mais la petite sœur sanglotait toujours.

— Ce n'est pas possible ! Ce n'est pas possible... Ils ne vont pas vous faire ça !

Mata-Hari l'a serrée dans ses bras.

— Comme elle est petite, la sœur Agnès ! Il faudrait au moins deux sœurs Agnès pour faire une seule Mata ! Ne pleurez pas, petite sœur chérie...

Son regard est devenu très fixe.

— Il faut se dire, voyez-vous, que je pars pour un grand voyage, mais que je vais revenir et que nous nous retrouverons. D'ailleurs, vous allez venir un peu avec moi, n'est-ce pas ? Vous m'accompagnerez...

Puis elle s'est retournée vers les autres, les hommes :
— Je suis prête, messieurs !

A travers la prison sonore, le cortège a repris sa marche funèbre. Les pas sur les dallages, les caillebotis, les planchers de bois blanc du greffe. Les lourdes portes qu'on ouvre et qui grincent puis qu'on referme dans un fracas de tonnerre — et le silence autour. Dix hommes, quinze hommes en redingote noire ou aux baudriers sanglés de cuir pour cette seule femme que suit, comme une ombre, une petite sœur dont les voiles volent comme les ailes d'une colombe brisée. Des portes, encore, et encore des corridors.

— Nous sommes presque arrivés, murmure sœur Agnès.

Mata-Hari ne répond pas. Ces portes, ces corridors, le fracas de pas sur les dalles... Elle a une heure à vivre : alors seulement elle sera arrivée, et l'image de Vadime lui revient avec tant de souvenirs. Ces hommes en noir et le bel officier blanc ; ces murs lépreux et la plaine russe... Oui : dans une heure, elle sera enfin au port.

Une porte de fer, la dernière, celle du greffe où elle remet des lettres, une porte de bois, le pavé d'une cour et, subitement, l'air du matin qui va venir lui cingle le visage.

... Comme l'air de la nuit qui s'achève a frappé Vadime de plein fouet : derrière lui, il y a les hauts murs du château-école, de la prison-école de Plesseï et, devant lui, à l'infini, la plaine. Cette terre qui était sa vie, ces blés qui étaient son pain de tous les jours et qu'il gorgera tout à l'heure de son sang. A une heure de marche, la maison des bouleaux. Et dans l'ombre, les partisans qui veillent.

— Attention ! Il y a une marche !

Mata-Hari sursaute ; Clunet a pris son bras et l'aide à franchir le seuil : l'air et la nuit, c'est déjà fini. On la pousse

390

en avant vers une voiture, une portière claque : elle n'a même pas entendu se refermer sur elle la porte de Saint-Lazare ! Et le cortège, déjà, s'ébranle.

En tête, la voiture des magistrats militaires, puis celle de la condamnée suivie de celle du commandant du quartier général des armées de Paris, le commandant M... ; à quelque distance, la voiture du Dr Soquet et enfin une voiture de secours, en cas de panne... Au départ, la cinquième voiture était vide, à l'arrivée, elle contiendra six personnes : ce n'est pas tous les jours qu'on fusille une danseuse nue à Paris !

Paris du matin qui reste Paris de la nuit, les éboueurs et le laitier, la chaleur rougeoyante d'une cave où dore le pain de toute une ville. Paris de nos retours après les nuits de plaisir, Paris de nos plus grandes lassitudes, Paris de juste avant l'aube et Paris des détresses qui ne s'achèvent qu'avec la nuit. La Nation, la porte Daumesnil, des avenues encore, et vingt voitures soudain, surgies de nulle part et qui amènent des journalistes : les militaires fulminent, ils sont faits pour cela, les militaires ! Plus ils sont gradés, plus ils savent fulminer. Mais Mata-Hari ne voit rien. C'est à peine si les cahots de la route agitent son visage et sa main, crispée sur celle de sœur Agnès, serre une autre main, une main d'homme, large et solide : celle du lieutenant blanc qui s'avance maintenant vers elle.

Vadime vivant pour moins d'une heure encore...

Dans la plaine où le vent se lève, où les blés ondoient doucement, où l'aube un peu plus tard va poindre, Vadime Ivanovitch Maznoffe marche à grandes enjambées. Au-delà du champ, un autre champ, puis un autre et un autre encore ; et enfin, les premiers bouleaux : accroupis dans l'herbe, les deux partisans que Sergeï a placés là pour la nuit achèvent leur garde : Vadime tient maintenant à la main la lettre qu'on doit trouver sur lui et qui dit tout, le plan de Chousky et l'attaque prévue quand le soleil sera haut.

Et puis la seconde lettre : la lettre à Mata-Hari que Sergeï saura acheminer.

— Dans une heure, on boira un thé bien chaud, murmure le premier partisan.

Le second ne dit rien. Il caresse son fusil : une belle arme volée à un soldat déserteur.

— Dans une heure, ce sera fini, reprend le premier partisan.

Il a vingt ans, son compagnon en a seize : ce sont deux enfants et Vadime marche vers eux.

Les cinq voitures ont pénétré dans le fort de Vincennes. Les journalistes, repoussés par un officier, trempent déjà leur plume dans l'encre bien noire de leur venin. L'un d'eux commence : « Ce matin, à l'aube... » L'aube n'est pas encore là, mais tout va aller très vite, plus vite encore.

Le donjon où une escorte de dragons se joint au convoi puis le chemin défoncé à travers le bois, et la butte, enfin, sinistre, grise : au loin, la sirène d'une usine qui appelle des ouvriers gris et pauvres. Un dernier cahot et les voitures se sont immobilisées dans le chemin fangeux. Perché sur la branche basse d'un arbre, un merle...

A deux mille kilomètres de là, ce sera une alouette qui va se lever, mais Vadime a encore, lui aussi, cinq minutes à vivre.

Trois pas séparent Mata-Hari des troupes qui forment un carré en présentant les armes, puisqu'on salue, comme dans l'arène, ceux qui vont mourir.

— Vite ! lance le commandant M...

Les trompettes de l'artillerie sonnent la marche. Vadime foule les blés hauts avec au cœur une manière d'allégresse ; l'herbe, sous les fines bottines de Mata-Hari, est humide de rosée, mais c'est vers un autre soldat que ces dragons, encore mal éveillés, sabres au clair, et baïonnettes au canon, que s'avance la jeune femme.

— Vite ! dit à son tour le procureur Mornet.

Il reste si peu de temps ; d'ailleurs, au pied du bouleau, l'enfant partisan a aperçu l'officier blanc.

— Vite..., murmure Clunet dans sa barbe grise qui

tremble de froid, de peur, d'émotion. Vite, et qu'on en finisse.

Le merle a chanté, l'alouette a poussé à son tour son cri, Vadime a fait vingt pas encore, Mata a refusé qu'on lui bande les yeux et la salve est partie, en même temps que l'unique coup de feu du gamin au fusil volé.

L'aube naissait à Paris, à Plesseï c'était encore la nuit, et Vadime et Mata sont morts en même temps.

— C'est fini..., a murmuré Clunet.

Mais dans le salon au-dessus du parc Monceau, cette pièce aux lambris sombres que les livres et les dossiers, les notes, les fiches maintenant dévorent, Astruc et Desvilliers, eux, savent la vérité. Ils ont tiré les rideaux : devant eux, il y a les allées où les enfants joueront toujours à la guerre — mais aussi ce livre qu'ils vont écrire.

— Fini ? remarque alors Astruc en se retournant vers son compagnon. Fini ? Mais tout ne fait que commencer, mon ami.

Le sang de Mata-Hari mêlé à celui du lieutenant Maznoffe n'a pas fini de souiller la mémoire des hommes en noir qui sont restés derrière elle, et la seconde vie de Mata-Hari commence : la légende.

Paris, octobre 1982

Note de l'auteur

Interrogé trente ans après par un journaliste qui voulait quand même savoir, le commissaire du gouvernement qui requit la peine de mort contre Mata-Hari aurait souri en haussant les épaules : « Mata-Hari ? Il n'y avait vraiment pas de quoi fouetter un chat ! »

Il en eut pourtant assez, lui, le procureur, pour l'envoyer à Vincennes un matin d'octobre 1917 devant un peloton de dragons ébahis de ce qu'ils allaient faire.

On a beaucoup écrit depuis cette aube grise : des livres « pour », et des livres « contre ». Les uns se sont apitoyés, les autres, jusqu'au-delà de la mort, ont voulu encore assouvir leur colère et cracher sur la tombe. Tous prétendaient apporter un témoignage.

Mais l'histoire de Mata-Hari est un roman : c'est donc un roman qu'on a cette fois écrit. Le vrai y joue avec le possible, les héros authentiques et les faux lâches côtoient des personnages de roman : pourquoi pas ? Dans un film où elle incarnait Mata-Hari, Greta Garbo tuait bien de sa main un diplomate russe ! On s'est gardé d'aller jusque-là et on a seulement inventé ici des lieutenants russes amoureux, là des imprésarios au grand cœur, puis on a joué un peu avec les noms pour ne pas faire de peine à ceux qui peuvent encore se souvenir. On découvrira ainsi des Bouchardot, des Dumet et autres Manessy dont on ne se demandera pas trop d'où ils viennent : derrière eux, il y a les fantômes d'hommes en noir qui ont assassiné ; mais on a, en revanche, scrupuleusement respecté ce qui a été la vraie vie de Mata-Hari : le cours de son destin et les détours de sa carrière, sa vie d'espionne et d'amoureuse, ses grands voyages, ses petits secrets, son procès inique et sa mort superbe. Le reste n'est que la poussière des dossiers...

J.-R. P.

La composition de ce livre
a été effectuée par Bussière à Saint-Amand,
l'impression et le brochage ont été effectués
sur presse CAMERON
dans les ateliers de la S.E.P.C. à Saint-Amand-Montrond (Cher)
pour les éditions Albin Michel

AM

Achevé d'imprimer le 20 mai 1983
N° d'édition 7990. N° d'impression 896.
Dépôt légal : mai 1983.

Imprimé en France